왕의 딸로 태어났다고 합니다

외전

왕의 딸로 태어났다고 합니다 외전

비츄 장편 소설

초판 1쇄 찍은 날 | 2017년 12월 20일
초판 6쇄 펴낸 날 | 2019년 6월 14일

지은이 | 비츄
펴낸이 | 예경원

기획 | CL프로덕션
편집책임 | 박우진
편집 | 이즈플러스

펴낸곳 | 예원북스
등록번호 | 제396-2012-000132호
등록일자 | 2012. 7. 25
WFN | 제3-005호

주소 | 경기도 고양시 일산동구 호수로 646-24 위너스21II빌딩 206A호 (우)10401
전화 | 031-819-9431 팩스 | 031-817-9432
E-mail | yewonbooks@naver.com

ISBN 979-11-5845-558-8 04810
979-11-5845-558-3 (set)

※ 이 도서의 국립중앙도서관 출판시도서목록(CIP)은 서지정보유통지원시스템 홈페이지(http://seoji.go.kr)와 국가자료공동목록시스템(http://www.nl.go.kr/kolisnet)에서 이용하실 수 있습니다.

왕의 딸로 태어났다고 합니다

외전

비츄 장편소설

위치

Contents

외전 1
그 여자가 결혼을 하면

김환석은 인상을 찡그렸다.

'젠장.'

기분이 매우 별로다. 요즘 김상희는 한진수와 찰싹 달라붙어 지내고 있다. 그래, 그거야 뭐 그렇다 쳐.

김상희가 이렇게 말했었다.

"오빠도 오빠의 가정에 충실해 보셔요."

거기에 한마디 덧붙였다.

"자기 가정을 사랑하는 남자가 그렇게 멋있던데."

거기에 또 한 마디를 덧붙였다.

"진수처럼요."

그래서 김환석은 그날부터 아내들과 잠자리도 가져 보고 대화도 해보려고 했다. 물론 전제 조건이 있었다.

"너, 따라와라."

아내들 중 한 명인 최지수가 지목됐다. 그래서 그녀는 얼른 일어섰다.

"팔짱 껴라."

최지수의 얼굴에 웃음꽃이 가득 피었다.

"네."

최지수는 행복해졌다. 이런 날이 오게 될 줄은 몰랐다. 고려 왕자와 팔짱을 끼고 궁정을 거닐게 되는 날이 오다니. 어떻게 이런 날이 있단 말인가! 꿈에서나 그려왔었는데, 그 꿈이 현실이 됐다.

김환석은 손목에 찬 손목시계 타입의 위치 추적기를 쳐다봤다.

'이쯤이면 마주치겠군.'

김환석이 물었다.

"밥은 먹었나?"

그 말에 최지수는 감동했다.

"네, 저는 먹었어요."

고려의 왕자가 자신에게 밥을 먹었냐고 물어주셨다. 이 얼마나 엄청난 은총이란 말인가. 최지수의 눈에 눈물이 고였다. 냉혈한이라는 김환석의 입에서 이렇게 다정한 말이 나오게 될 줄이야.

김환석이 다시 물었다.

"밥 잘 챙겨 먹고 다녀라."

그는 코너에서 김상희와 마주쳤다.

"어맛, 오빠?"

김상희는 최지수에게 정중하게 인사했다.

"형님을 뵈어요."

"……."

하지만 최지수는 대답하지 못했다. 너무 감동받아서 목소리가 안 나왔다. 이대로 말을 하면 울어버릴 것 같아서 가볍게 고개를 끄덕하는 것으로 마무리하고, 한진수에게 다소곳하게 허리를 숙여 보였다.

김환석은 모르는 척했다.

"왜 하필 이 코너를 도니 네가 나타나는 거냐? 똥개 주제에."

그 말에 한진수는 황당해졌다.

'기적을 못 느끼셨을 리 없는데.'

김환석은 100프로 알고 있었다. 그런데 어째서 저 형님이 모르는 척하는 건지 알 수 없었다.

김환석이 말했다.

"내 아내에게 밥 잘 챙겨먹고 다니라고 말하는 중이었다."

"정말요?"

김상희는 눈을 크게 떴다. 김환석이 턱을 조금 높이 들었다. '어떠냐? 이 오빠가 이 정도다'라고 주장하는 것 같았다. 김상희는 옆을 쳐다봤다. 보아하니 최지수 지금 엄청 감동받았다. 딱 봐도 보였다. 눈망울에 눈물이 그렁그렁 맺혀 있다.

"오빠, 오빠는 정말 다정한 분이셨군요."

다정한 말을 건넨 것이 맞는 것 같기는 했다. 김상희는 방긋방긋 웃었다. 김환석이 정말로 좋다는 듯 말이다.

김환석의 턱이 더욱 높게 들렸다. 어깨도 쭉 폈다. 김상희는 속으로 한숨을 내쉬었다.

'야, 너가 평소에 안 해주니까 겨우 그거에 감동받고 울먹거리는 거잖아.'

그런 주제에 지금 자기 잘했다고 우쭐대고 있는 꼴이라니, 저게 고려의 둘째 왕자가 맞는 건지 의심스러워졌다. 저게 진짜 실세야? 저딴 게 진짜 내 오빠라고?

며칠 뒤, 한진수가 물었다.

"상희야, 네 명의의 계좌를 조회해 봤는데……."

나는 깜짝 놀랐다.

"세상에! 0이 몇 개야……?"

세 봤다. 일, 십, 백, 천, 만, 십만, 백만, 천만, 억, 십억, 백억, 천억, 조, 십조, 백조. 그 흔히들 말하는 백조 있잖아? 내가 이 세계로 오기 전까지만 해도 대한민국 청년 실업이 몇 프로였더라? 하여튼 그건 잘 기억 안 나는데 그 백조, 취직 못한 상태의 백조가 아니고 숫자 백조다.

'세상에…….'

흔히들 로또가 되면 인생 역전이라고 말한다. 내가 한국에 있을 당시, 로또의 실수령액이 약 15억 원쯤 된다고 했던 것 같다. 그 정도만 있어도 인생 역전이란 말이 따라다닌다.

'백조라고……?'

한국과 이곳의 화폐가치는 거의 동등하다. 백조라니, 돈이면 귀신도 부린다고 했다. 감이 안 왔다. 나는 첫째 망나니의 방으로 갔다. 첫째 망나니는 언제나 그렇듯 시크한 태도로 나를 맞이했다.

"뭐냐?"

"오빠, 이게 도대체 어떻게 된 일이어요?"

통장을 보여줬다.

"아."

김환석이 대충 말했다.

"오다가다 주웠어."

나는 황당해졌다. 100조를 오다가다 주웠다고? 그런데 이유는 잘 모르겠지만 김환석의 표정이 조금 안 좋아졌다. 뭐랄까? 갑자기 약간 불안해진 표정이라고 해야 하나?

"똥개."

갑자기 얘 왜 이래? 갑자기 왜 진지해져? 이유가 뭐야?

"물론 내가 네 인감을 마음대로 사용한 것은 옳지 못한 행동이라고 생각한다."

어라? 이, 이게 아닌 거 같은데?

"내 마음대로 네 명의의 통장을 개설했다. 네 개인정보를 내 마음대로 도용한 것이지."

아니요, 오빠. 내가 지금 그걸 말하려는 게 아니잖아요. 개인정보 도용했는데, 당사자한테 100조 쥐어줬잖아. 사기를 친 것도 아니고. 김환석의 표정을 보아하니 '이왕에 이렇게 된 거 그냥 다 이실직고하고 용서받자' 뭐 이런 게 아닐까 싶다. 나 참, 얘 왜 이래?

"그리고……."

"오빠, 그게 그러니까요……."

첫째 망나니는 나에게 말을 할 시간 자체를 주질 않았다.

"100조밖에 없는 건 미안하게 생각하고 있다. 내가 다 설명할 수 있다."

"……네?"

그러니까 지금 너 추궁하러 온 거 아니라니까.

첫째 망나니는 서랍에서 도면 몇 개와 두꺼운 서류 뭉치를 가지고 와 내게 보여줬다.

"김상희 리조트 사업을 추진하다 보니……."

김환석은 머리를 긁적거렸다.

"네 돈을 횡령하려는 의도는 전혀 없었다. 다만, 실제 네 돈을 사용하여 조성한 대규모 초호화 리조트 단지를 네게 선물하고 싶어서……."

아, 무슨 말인지는 알겠다. 그래서 돈이 100조밖에 없다고 나한테 사과하고 있는 거다. 이거 뭐야, 얘 뭐야? 나 무서워. 사과하는 포인트가 좀 이상하잖아.

"네 생일에 맞춰서 완공식을 진행하려고 했었는데……."

"……."

그러니까 생일 선물로 대규모 초호화 리조트 파크를 내게 선물해 주려고 했다고? 그런데 그건 내 돈이라며?

"제 생일 선물이 리조트 파크라구요……?"

김환석이 인상을 찡그렸다. 기분이 조금 나빠진 듯 보였지만 내게 화를 내지는 않았다.

"설마……."

그래, 그럼 그렇지. 리조트 파크를 선물로 주는 미친 왕자가 어디 있어?

"T.O.P 왕국을 인수 합병했는데."

이건 또 무슨 소리래? 인수 합병 얘기가 왜 나와?

"인수 합병이요?"

"그래."

기업을 인수하는 것도 아니고 나라를 인수했다고? 이 작자는 도대체 뭐 하는 작자야?

"네 깜짝 생일 선물이었는데……."

아, 그러니까 리조트 파크는 그냥 덤이고, 그 리조트 파크가 있는 나라를 내게 선물하려고 했었단다. 설명을 덧붙이자면 T.O.P 왕국은 지구로 치자면 대충 한국만 한 나라다. 이 세계 기준으로 큰 나라는 아닌데, 그렇다고는 해도 아주 작은 나라는 아니었다. 그 나라를 사서 생일 선물로 주려고 했단다.

"아무튼 미안하게 됐다."

한편, 고려 왕궁 내 사자관. 김훈상의 집무실이 있는 그곳에서 김훈상이 목소리를 높였다.

"한진수, 정녕 네놈은 내 말을 거역할 셈이냐?"

한진수도 말했다.

"아버님, 아버님이 저를 생각해 주시는 마음은 정말 잘 알겠습니다. 하지만…… 저는 아직 그러한 그릇이 못 됩니다."

"네가 그릇이 되지 않는다면 도대체 누가 그릇이냐?"

"저는…… 폐하께서 황제가 되셔야 한다고 생각합니다. 작금의 시대를 평화로이 이끌어갈 수 있는 영웅이십니다."

김훈상이 미간을 찡그렸다. 영웅이고 나발이고 나는 그런 거 필요 없다고. 나는 내 딸과 함께 여행을 다닐 거란 말이다! 네놈은 일에 파묻혀 죽으란 말이다!

'어차피 최선책은 물 건너갔다.'

당사자의 의지가 저렇게 확고해서야 더 말해봐야 소용없다.

"그렇다면 차선책을 제시하겠다."

한진수가 김훈상을 쳐다봤다. 이럴 줄 알았다. 어차피 김훈상도, 한진수도 그 귀찮고 일 많은 황제를 하지 않겠다고 생각한 바 있다.

김훈상이 종이와 펜을 내밀었다.

"이곳에 네가 생각하는 황제감을 생각해서 써내도록 해라. 쓴 다음 우리 둘이 동시에 종이를 확인하도록 하자. 우리 둘이 똑같은 생각을 하고 있다면, 그놈은 황제의 자질을 가지고 있는 것일 터."

김훈상과 한진수는 동시에 생각했다.

'그래도 역시 첫째 왕자가 명분이 서지.'

'역시 첫째 형님이시지.'

둘이 그렇다고 입을 맞춘 적도 없고, 서로 회의를 한 적도 없지만 동시에 김형석을 떠올렸다.

김훈상이 물었다.

"다 썼냐?"

"예, 다 썼습니다."

둘의 종이를 확인했다. 그런데 그때, 긴급 보고가 올라왔다. 김훈상이 자리에서 벌떡 일어섰다.

"뭐라고!"

결론부터 말하자면, 김훈상과 한진수의 생각은 완전히 일치했다. 차기 황제는 김형석이다. 김훈상은 그렇게 내정했다. 누가 봐도 한창 왕성한 활동을 보여야 할 나이임에도 불구하고 그는 이렇게 생각했다.

'나는 이제 곧 할아버지가 될 몸이니까 은퇴해야 해.'

나라를 부강하게 만들겠다던, 언젠가는 제국을 뛰어넘고 말겠다던 야망을 가진 왕은 이제 이 자리에 없었다. 이것이 좋고 나쁘고를 떠나서, 하여튼 김훈상은 과도하게 가정적인 아버지로 변해 버렸다.

그런데 지금은 그게 중요한 게 아니었다.

"환석이 이 녀석이……!"

김훈상은 몸을 부들부들 떨었다.

"당장 알렉스를 불러라."

한진수는 무슨 일이 일어났나 싶어 얼굴이 굳어졌다. 차기 황제를 논하고 있는 매우 중요한—그렇다고 하기에는 개인의 주관적 감정과 욕구가 지나치게 많이 들어가기는 했지만—자리다. 그런데 그 중요한 사안을 놔두고 다른 얘기를 할 만큼 긴급한 보고라는 뜻인가?

한진수가 조심스레 물었다.

"폐하, 무슨 일이 있습니까?"

김훈상이 고개를 끄덕였다. 한진수는 그게 뭘까 생각해 봤다. 저토록 진지한 모습을 보이고 있는 것을 보니 어쩌면 국내 혹은 국외에 커다란 문제가 생겼을 수도 있겠다고 생각했다.

'가만, 그런데 알렉스 학자님을 부른다고?'

한진수는 고개를 갸웃하며 의아스러워했다.

'혹시 상희랑 관련된 얘기일 수도 있지 않을까?'

에이, 그래도 설마, 차기 황제를 논하고 있는데. 아무리 저 작자가 딸 등신이라고는 해도 그걸 중간에 끊고서 알렉스 학자를 부를 리가.

'왠지 가능성이 있는 것 같은데.'

잠시 후 그 가능성은 사실로 드러났다.

"알렉스, 너는 알고 있었나?"

"예?"

"김환석이 T.O.P 왕국을 인수 합병한 사실을?"

"……."

알렉스는 순간 대답하지 못했다. 저 왕이 왜 저러는 걸까?

"폐하, 일전에 보고서가 올라갔었던 것 같습니다만…… 혹시 보고가 누락되었습니까?"

그랬다가 알렉스는 기억을 떠올렸다.

"그런 조그마한 나라의 사정 따위 알 필요도 없고 알고 싶지도 않다고 그때 폐하께서 말씀하셨습니다."

그제서야 김훈상도 기억났다. 김환석이 T.O.P 왕국을 돈으로 사들였다는 얘기를 들은 적이 있었다. 그때, 아들이 나라 하나 사는 게 뭐 그리 대수냐고 아무 생각 없이 그냥 흘려들었다. 그땐 한진수와 김상희가 신혼여행을 떠났을 때라서 둘의 경호에만 온통 신경이 쏠려 있었다.

"그러니까 환석이가 T.O.P 왕국을 산 것이……."

그때는 그냥 거기서 나는 특별한 광물이 있겠거니 생각했다. 아니면 그냥 심심풀이로 샀다든지, 아니면 그냥 주차장이 필요해서라든지 하여튼 개인적인 용도로 샀을 거라고 생각했었다.

"맞습니다. 김상희 공주님 생일 선물을 준비하고 계셨던 것으로 사료됩니다."

"알렉스, 넌 내 마음을 읽는 신묘한 능력을 가지고 있다. 그런데 이번에는 어째서 말리지 않았지?"

알렉스는 억울했다. 김훈상의 마음을 읽는 건 맞다. 상희학이라는 엄청난 학문을 연구 중에 있으니까. 추후 몇 년 내로 공개할 계획까지도 세우고 있다. 하지만 그렇다고는 해도 김훈상의 모든 마음을 다

읽어낼 수 있는 건 아니었다.

'왕 앞에서 억울하다고 할 수도 없고.'

왕이 그렇다면 그런 거다. 감히 어떻게 억울하다고 할 수 있겠는가.

"아둔한 저는 폐하의 말씀이 무슨 뜻인지 잘 이해할 수가 없습니다. 송구합니다."

그렇게 말했다가 이내 떠올렸다.

'혹시……!'

문득, 어떤 생각이 번개처럼 스쳐 지나갔다.

"혹여 폐하께서도 생일 선물을……."

아, 이제 알겠다. 명확해졌다.

"그럼 최근 변방국들을 정리하러 가셨던 것은……."

조금 이상하기는 했다. 이 나라에는 훌륭한 무장이 많다. 특히나 프리온 나이트를 대거 부릴 수 있는 한진수의 경우는 일인 군단이라고 해도 과언이 아니었다. 그는 프리온 나이트를 소환할 수 있으며 워프까지 가능한 전천후 전략폭격기였다.

알렉스는 생각했다.

'그럼에도 불구하고 직접 정리하러 가셨지.'

고려가 세계 전체를 완벽하게 장악한 것은 아니다. 아직까지 반발하는 세력이 있었다. 그걸 왕이 직접 치러 갔고 평정했다.

'그건 저 딸 등신이 자기 손으로 선물을 마련하려고 했던 것이다!'

그랬다. 그래서 굳이 왕이 직접 움직인 거다. 딸한테 선물도 해줄 겸, 변방 정리도 할 겸.

"상희 공주님에게 선물을 주시기 위함이셨습니까?"

김훈상은 힘겹게 고개를 끄덕였다. 그랬건만 아들 녀석이 자기와 똑같은 항목을 선물로 준비하고 있었단다. 그것도 돈으로 쉽게 말이다. 이건 정성의 문제다.

한진수는 어이가 없어 김훈상을 쳐다보고 말았다.

'생일 선물이 겹쳐서 저렇다고?'

방금 전까지 차기 황제에 관해서 얘기하던 그 왕이 저 왕이 맞나 싶다. 그랬다가도 이내 납득했다. 만약 자신이 왕이라 할지라도 이랬을 것 같다는 생각이 들었다.

한진수가 말했다.

"폐하."

"말해라."

"생일 선물이 겹치는 것은 그다지 중요한 문제가 아닌 듯싶습니다."

한진수는 입에 발린 말을 했다.

"폐하께서는 직접 몸을 움직이셔서 그 손으로 친히 나라들을 평정하셨습니다."

가려운 곳을 팍팍 긁어줬다.

"여자에게 중요한 것은 그 선물의 값어치가 아니라……."

알렉스는 호기심 어린 눈으로 한진수를 쳐다봤다. 어라? 저 한진수 뭔가 만만치 않은데? 상희학을 공부한 것도 아닐 텐데, 무슨 말이 나올지 흥미진진해졌다.

"그 선물을 준비하는 정성과 마음입니다."

알렉스는 순간 충격을 받았다.

'한진수가 변했다.'

세기의 대천재 한진수의 입에서 저런 말이 나올 줄이야. 상희학을 가르친 것도 아닌데 어떻게 저럴 수 있단 말인가!

한진수가 말을 이었다.

"심지어 그 선물을 준비하는 사람은 이 세상에 단 한 명뿐인 아버지입니다. 그리고 그 아버지의 사랑은 그 어떤 바다보다도 깊고 그 어떤 하늘보다도 높습니다."

"……."

"딸에게 잊지 못할 선물이 될 겁니다."

어쨌거나 나라를 선물해 주는 거니까.

알렉스는 황당해졌다. 한진수가 오히려 상희학에 정통한 사람 같다. 혹시 다른 세계에서 온 것은 아닐까. 그런 기분이 들 정도였다.

한진수가 계속 말을 이었다.

"제가 능력이 없던 시절, 저는 상희에게 아무것도 해줄 수 없었습니다."

알렉스는 계속해서 한진수의 말을 경청했다. 능력이 없었단다.

'제국에게 쫓기던 그 시절을 얘기하는 건가?'

하긴, 그렇게 해석할 수도 있을 것 같다는 생각이 들었다.

"그때, 제가 해줄 수 있는 거라곤 매일 사랑한다고 속삭여 주는 것과 따뜻한 음식을 준비하는 것밖에는 할 수 없었습니다."

김훈상과 알렉스가 동시에 크흠 헛기침을 했다. 알렉스는 솔직히 이해하기가 좀 어려웠다.

'한진수가 그랬었나? 매일 사랑한다고 말했었나? 따뜻한 음식은 언제?'

무슨 말인지 알 수 없었다.

"상희는 제가 돈을 들여 무언가를 하는 것보다 제 정성이 들어간 손 편지를 더 좋아했습니다. 수십, 수백만 원짜리 반지보다도 사랑한다는 말 한 마디를 더욱 좋아했습니다."

"그래서 결론은?"

"결국 상희에게 있어서 값어치 같은 건 중요하지 않다는 겁니다."

뜸은 들일 만큼 들였다. 이제 본론을 말할 차례다.

"김환석 왕자님의 선물은 돈만 있으면 얼마든지 구할 수 있는 겁니다."

비록 그게 왕국 하나라는 게 좀 특별한 선물이지만.

"하지만 폐하께선 정성을 보이셨죠."

알렉스는 맞장구쳤다. 왠지 저 한진수와 마음이 맞을 것 같다는 확신이 들었다.

"맞습니다."

"상희는 폐하의 선물을 훨씬 더 좋아할 겁니다."

김훈상의 표정이 비로소 밝아졌다.

김환성이 문을 나섰다.

"나이트 제9대대, 따라와!"

제9대대를 인솔하여 밖으로 나섰다. 그의 목적지는 펜릴 왕국. 펜릴 왕국은 일전에 계집에게 공개 사과를 했었다. 엄청난 굴욕이었다. 그들은 다른 나라들과 연합하여 반고려 결사대를 조직했다. 고려가 막강하기는 하나, 다른 나라들과 연합하면 괜찮을 줄 알았다. 그러나 그것도 아니었다.

"무조건 항복을 선언합니다."

고려의 힘은 그야말로 막강했다. 반기를 드는 모든 나라를 깨끗하게 정리하고 있었다. 펜릴 왕국도 하마터면 정리당할 뻔했다.

김환성이 목을 돌리자 뿌드득뿌드득 소리가 났다. 그 모습만 보면 마치 일국의 왕자가 아니라 어디 길거리의 양아치 같았다.

"야, 일단 너네가 다스려."

"예……?"

김환성은 뿌듯해했다.

'내가 정리한 영토는 나 주신다고 했었지.'

참고로 김환성은 땅 욕심이 별로 없다. 땅 같은 거 안 가져도 그만이라고 생각하고 있다. 김환성은 땅 갖고 왕 노릇 하는 것보다 그 땅에서 놀이기구를 타는 게 더 좋다.

'나라를 선물로 줄 생각은 아무도 못 했을 거야!'

그 누가 생각했겠는가. 나라를 선물로 주는 기막힌 아이디어를 생각해낸 자신이 김환성은 더없이 자랑스러웠다.

'내가 접수한 나라가 이제 3개라고.'

김환성이 우쭐대며 말했다.

"너네는 솔직히 마음 같아선 다 죽여 버리고 싶은데."

예전에 똥개를 괴롭혔던 그놈의 얼굴이 보였다.

'윌리엄이랬나?'

솔직히 이름은 잘 기억 안 났다. 미친 듯이 팼었던 기억만 남아 있었다.

"하여튼 예쁘게 잘 다스리고 있어라."

"……."

"음, 여기는……."

이 땅은 뭘 하면 좋을까 생각해 봤다.

"역시 놀이동산이 좋겠어."

"……네?"

김환성은 혼자 생각하고 혼자 뿌듯해했다. 펜릴 왕국의 영토는 그렇게 넓은 편이 아니다.

'그렇다면 그냥…… 여기는 펜릴 놀이동산으로 꾸며야지.'

이내 고개를 저었다. 아무래도 이름이 마음에 안 든다.

'상희 파크로 해야겠다.'

이왕에 '상희'라는 이름이 들어가는 거, 그냥 이 나라 전체를 놀이동산으로 만들면 재미있겠다는 생각이 들었다.

'에이, 그럴 거면 상희 월드가 나으려나?'

그래도 오빠가 주는 선물인데 이 정도는 되어야 하지 않겠나 생각했다. 김환성은 경쟁심에 불타올랐다.

'아부지랑 형의 선물보다 좋아야 할 텐데.'

주먹을 불끈 쥐었다.

'내가 제일 멋진 오빠니까.'

아니, 제일 멋진 오빠여야만 하니까. 다른 건 몰라도 제일 많이 줘야만 했다.

같은 시각, 장미관에 머물고 있는 김상희는 몸을 부르르 떨었다. 송수진이 걱정스런 얼굴로 김상희의 이마에 손을 짚었다.

"공주님, 어디 불편한 곳 있으셔요?"

"아, 아무것도 아니야."

뭔가 불길했다. 뭐랄까, 목 뒷덜미가 갑자기 좀 차가워진 것 같은 그런 느낌이랄까?

'뭔가 엄청난 것들이 벌어지고 있는 것 같은데.'

이건 이유가 없는 감정이었다. 그냥 괜히 불안한 거.

'뭐, 아무것도 아니겠지.'

사실 큰일은 아니다. 김상희는 자기도 모르는 사이에 땅 부자가 되어가고 있었을 뿐이니까. 그리고 생일날이 다가왔다.

며칠 전, 김환성은 자신의 부관인 정선화를 불렀다. 계집아이의 이름이라고 놀림을 받기는 하지만 하여튼 그의 이름은 정선화가 맞다.

"선화야."

"네, 대장님."

"네가 생각하는 제일 비싼 생일 선물이 뭐냐?"

"다이아몬드 반지가 아니겠습니까?"

김환성은 한숨을 내쉬었다. 부관이라는 놈의 스케일이 저렇게 작아서야.

"됐다."

한차례 손짓으로 정선화를 내보내고 나서 왕실의 위대한 학자 알렉스를 불렀다.

"알렉스 할아범."

"네, 왕자님."

알렉스는 이미 예상하고 있었다. 그렇다. 저 힘만 세고 무식한 돌대가리(?)는 자신이 필요할 것이다. 그래서 선수 쳤다.

"저는 왕자님께서 저를 왜 부르셨는지 알고 있습니다."

"역시 할아범이야."

이젠 놀랍지도 않다. 알렉스는 신통방통한 재주를 가지고 있었다. 아버지인 김훈상의 마음은 물론이거니와 자신과 형의 마음까지도 모두 꿰뚫어봤다. 김환성은 '상희학'의 존재를 모른다. 알렉스의 모든 판단은 딸 등신과 동생 등신이라는 상희학의 기본으로부터 시작된다. 그 사실을 알 리 없는 김환성은 그저 알렉스를 대단한 학자로만 생각했다.

"왕자님께서 저를 부르신 것은 김상희 공주님의 생일 선물 때문이겠죠?"

"어, 맞아. 어떻게 알았어?"

알렉스는 속으로 생각했다.

'어떻게 알긴.'

왕자님 너뿐만 아니라 당신 아버지랑 당신 형도 당신이랑 완전히 똑같은 생각을 하고 있거든.

'어쩜 부자들이 저렇게 똑같은지 원.'

속으로는 좀 한심하다고 생각하면서도, 저들의 거대한 스케일에는 내심 혀를 내두를 수밖에 없었다.

'왕은 자기가 정복해서 나라를, 둘째 왕자는 돈으로 사서 나라를, 셋째 왕자는…….'

아무래도 역시 왕의 전철을 밟을 것 같다고 생각했다. 아니나 다를까?

"지금 열심히 정리를 하러 다니신다고 들었습니다."

"어, 맞아."

"그걸 생일 선물로 하실 생각 아닙니까?"

김환성이 눈을 크게 떴다. 역시 범상치 않은 할아범이다. 그는 특유의 어린아이 같은 천진난만한 미소를 지으며 순수하게 감탄했다.

"역시 알렉스 할아범은 대단해!"

"새삼스러운 것도 아닙니다."

당신 아버지랑 형도 똑같다니까 그러네.

"그러나 한 가지 확실히 아셔야 할 것이 있습니다."

"뭔데?"

"폐하와 둘째 왕자님도 똑같은 생각을 하고 계십니다."

김환성이 인상을 찡그렸다. 말도 안 돼. 어떻게 그럴 수가 있단 말인가.

"솔직히 말씀드리면 셋째 왕자님은 지금 매우 불리한 형세입니다."

"……응?"

"생각해 보십시오. 폐하는 왕자님보다도 훨씬 막강한 힘을 지니고 계십니다. 고려 왕국군 전체를 통솔하시는 전군 통수권자이십니다. 게다가 둘째 왕자님은 세계에서 제일가는 재력가입니다."

"끙……."

김환성은 자신이 불리하다는 것을 깨달았다. 이 아부지랑 형, 이건 아무래도 반칙인 것 같다. 아부지는 권력으로, 형은 금력으로 밀어붙이고 있다. 이대로는 안 되겠다.

"그래서 왕자님은 차별화된 포인트가 있어야 합니다."

"어떻게 하면 될까?"

"그냥 나라를 선물하는 것만으로는 차별점이 전혀 없습니다. 체크포인트가 있습니다. 나중에 김상희 공주님이 이 선물을 떠올렸을 때 김환성 왕자님이 떠오르느냐가 바로 그것입니다."

"그러니까 결론이 뭐냐니까?"

"왕자님의 이미지와 잘 어울리는 것이 있습니다. 바로 테마파크죠."

"아!"

"테마파크라면, 나중에 김상희 공주님이 왕자님을 계속해서 떠올릴 수 있겠죠."

"좋았어, 바로 그거야. 안 그래도 펜릴 왕국 정리하러 가려고 했는데."

"거기라면 입지도 좋고 아주 딱이죠."

알렉스가 회심의 미소를 지었다.

"제가 아주 잘 아는 건설사가 있습니다."

"그래, 그래. 알렉스 할아범한테 다 맡길게. 알아서 진행해 봐."

알렉스는 속으로 만세를 불렀다. 참고로 그 회사의 대주주가 바로 알렉스다.

'이번 예산은 이걸로 충당이 되겠어!'

정말 만세다.

'김상희 공주님 만세!'

참고로 김환석이 진행하고 있는 T.O.P 왕국 내의 대규모 리조트 사업도 알렉스가 맡아서 진행하고 있다.

'이걸로 상희학을 더욱더 발전시킬 수 있겠다!'

실적이 없는 학문은 그다지 각광받지 못하고 있는 추세인데 실적까지 확보하고 있지 않은가! 몇 마디 말만으로도 대규모 사업을 몇 개씩이나 따냈다.

'상희학 만세! 아니, 상희 공주님 만세!'

아니, 예산 만세! 예산에 굶주린 알렉스는 기뻐했다.

김상희는 매우 커다란 시련(?)에 봉착했다.

"자, 누구의 선물이 가장 마음에 드는 것이냐?"

왕이 물었다. 이것은 마치 예전에 아빠가 좋아 약혼자가 좋아, 하고 물어볼 때와 별반 다르지 않았다.

김상희는 생각했다. 이 아빠, 나이를 먹으면 먹을수록 점점 더 유치해지는 것 같다.

그때 한진수가 연회장 앞에 마련된 무대에서 노래를 불렀다. 마이크를 통해 한진수의 담담한 목소리가 전해졌다. 생일 파티에 함께 참여하게 된 알렉스는 눈을 휘둥그레 떴다.

'한진수는 정말……!'

엄청났다. 상희학을 공부한 것도 아닌데 마치 상희학을 공부한 것처럼 여자에 대해 파악하고 있었다. 마치 이 세계의 남자가 아닌 것처럼, 어디 다른 세계에서 나타난 것처럼 그는 특별했다.

'게다가 음악적 소양까지 갖추고 있다고?'

저 노래는 들어본 적이 없는 노래다. 그렇다는 말은 곧, 한진수가 작사, 작곡을 했을 가능성이 높다는 소리다. 물론 아니지만 알렉스가 그것까지 파악할 수는 없었다.

김상희는 입을 틀어막았다.

'저 노래는…….'

아주 오래전, 둘은 가난했었다. 가진 거라곤 정말로 노래밖에 없었다. 그마저도 그렇게 잘하지는 않았었다. 둘만의 작은 결혼식을 할 때 한진수는 이 노래를 김상희에게 불러줬었다. 잘 부르지는 못해도 정말 열정적으로, 진심을 담아 불렀었다.

삼부자가 준비한 나라 선물들. 그렇게 거대한 스케일의 선물도, 한 진수와의 추억보다 대단하지는 않았다.

'진수야…….'

김상희는 입을 틀어막았다. 눈물이 새어 나왔다. 소박하게 치른 첫 결혼식 때 진수가 불러줬던 노래. 그게 다시 진수 입에서 흘러나왔다. 진수는 그 노래를 잊지 않고 있었다.

알렉스의 눈이 번뜩였다.

'김상희 공주님이 울고 계신다!'

틀림없이 감동받았다. 어떻게 이럴 수가 있는지, 상희학은 공부하면 공부할수록 신비한 학문이었다. 천문학적 금액의 선물보다도, 어떻게 저 요상한(?) 노래가 상희 공주님에게 감동을 줄 수 있는 건지 알렉스는 도무지 이해할 수 없었다.

누구의 선물이 가장 마음에 드냐고 묻던 김훈상은 꿀 먹은 벙어리가 됐다. 김환석과 김환성도 아무런 말을 못 했다. 모두가 봤다, 김상희가 울고 있는걸. 누가 먼저랄 것도 없이 삼부자는 똑같이 생각했다.

'내가 졌다.'

그런데 화장실에 갔다 와서 상황을 제대로 파악하지 못한 김환혁은 분노했다.

"우리 누나 누가 울렸어!"

고래고래 소리를 질렀다.

"우리 예쁜 누나 울린 놈 당장 나왓! 내가 죽여 버릴 테다!"

상황을 모두 알고 있는 김훈상은 김환혁을 굳이 말리지 않았다. 오히려 속으로 응원했다. '그래, 저 마음에 안 드는 사위 놈을 죽여 버려라, 아들아' 하고 말이다.

온갖 시달림(?)으로부터 벗어난 김상희는 침대에 누웠다.

"그러니까 나는 지금 땅 부자에 돈 부자에 건물주가 되었다는 거야?"

아무래도 상황이 그런 것 같다.

"나 참……."

사랑을 받는 건 좋은데 그 스케일이 너무 큰 것 같다. 어쨌든 오늘 하루도 평화로웠다. 그런 줄로만 알았다. 그녀는 잊고 있었다. 첫째 오빠, 김형석이 생일 파티 자리에 없었다는 것을. 그리고 그는 아직 선물을 주지 않았다는 것을 말이다.

김형석은 조금 특별한 왕자다. 서열상으로는 첫 번째이기는 하나, 가진 바 능력이 특출 나지 못하다. 그나마 김환석과 김환성, 그리고 김환혁이 제대로 형님 대우를 하고는 있으나, 어쨌거나 고려를 이끌어갈 차기 왕으로는 약간 부족한 감이 없지 않았다. 하지만 능력이 없다고 해서 눈치까지 없는 건 아니었다. 아니, 오히려 능력이 없기 때문에 눈치가 더 빨랐다.

'아무래도 황제 자리를 내게 주실 것 같다.'

김형석은 황제 자리가 싫지 않다. 오히려 좋아한다. 남자치고 권력을 좋아하지 않는 이는 별로 없지 않겠는가.

'하지만…….'

최근에는 자신을 황제로 추대하기 위한 비밀회의-비밀회의라기에는 조금 거창하고, 한진수와 김훈상의 밀담 정도-까지 있었다는 사실을 알아냈다.

'내가 황제 자리에 앉기에는…….'

그는 자신의 능력을 충분히 인지하고 있었다. 아직은 과도기다. 지금 이러한 시국에 능력 없는 황제가 제국을 맡으면, 그 제국은 필시 붕괴하게 된다.

'나는 많이 부족하다.'

그렇기에 욕심을 내지 않기로 했다. 솔직히 그는 고려의 왕위를 이어받을 생각도 하지 않고 있다. 고려의 왕위는 둘째인 김환석이 이어받게 하려고 했다. 정통성을 부여하기 위해 때가 되면 어디론가 멀리 가서 숨어 살거나, 일부러 죄 하나를 지어서 귀양이라도 가려고 했다. 그게 고려를 위해서도, 자신을 위해서도, 동생을 위해서도 좋은 선택이 될 테니까. 그런데 상황이 조금 바뀌었다.

'이 시대는 영웅을 필요로 한다.'

혼란스러운 시대, 강력한 힘을 가진 영웅이 필요하다.

'바로 너다.'

그래서 친필 문서를 작성하기 시작했다. 바로 황제위를 넘겨받게 된다면 그 즉시, 황제위를 한진수에게 양위하겠다는 내용의 문서였다.

'이 정도면 상희에게도 충분한 선물이 되겠지?'

생각해 보라. 남편이 무려 황제가 된다면 김상희가 크게 기뻐할 게 아닌가.

'한진수의 성격상 상희를 홀대하지도 않을 거고.'

황후라는 것이 원래는 그다지 높은 자리도 아니고 그리 좋은 자리도 아니지만 한진수 옆의 황후는 얘기가 달라지지 않겠는가.

'동생의 생일 선물로 황후 자리면 괜찮겠지.'

김형석은 크게 착각했다. 한진수에게 황제 자리를 넘겨주면 김상희가 좋아할 줄 알았다.

알렉스는 마음이 급해져 김형석을 찾았다.

"왕자님, 제가 들은 소문이 사실입니까?"

김형석은 비장한 얼굴로 고개를 끄덕였다. 그로서는 정말 큰마음을 먹었다. 동생의 생일 선물도 선물이거니와 그것보다는 오히려 이 세상을 위해, 그리고 한진수를 위해 그 문서를 작성한 것이었으니까.

"맞아요. 사실상 차기 황제는 나로 내정되어 있으니까요."

"아이고……."

알렉스는 이마를 짚었다. 김형석이 오해했다.

"알렉스, 나는 이 세상을 위해 충분히 옳은 결정을 했다고 생각합니다."

"아니, 왕자님, 그게 아닙니다……."

이 왕자님을 어찌할꼬.

"왕자님, 왜 폐하께서 왕자님을 차기 황제로 추대하려고 하셨을까요? 왜 한진수는 자신이 능력이 있음에도 불구하고 왕자님을 차기 황제로 밀려고 했을까요?"

"그거야 내가 고려의 첫째 왕자이기 때문에 그렇지 않겠습니까?"

그는 동생들이 자신을 대우해 주고 있다는 것을 안다. 다른 거 없다. 그냥 형이기 때문이다. 고려 왕국의 첫째 왕자이며, 제국에서 고생했던 그 공로를 인정하고 있기 때문이다.

"그저 태어난 순서 때문에 나는 특혜를 받는 것이지요. 능력이 없음에도 불구하고."

"그렇다면 왕자님, 묻겠습니다."

사실 이 모든 상황을 알렉스는 이미 예상하고 있었다. 그렇다면 이제 반론을 펼칠 차례다.

"왕자님께선 황제위를 한진수에게 넘긴 다음, 무엇을 하실 생각이십니까?"

"나는 그저 소박하게 상희가 낳은 아이들을 돌보며 지낼 생각입니다."

그럼 그렇지. 알렉스의 눈이 번뜩였다. 상희학 이론에서 정말 한 치도 벗어나지 않는구나!

알렉스가 말했다.

"그것이 바로 폐하와 한진수가 노리는 것입니다."

"알렉스, 무슨 말인지 나는 잘 이해가 안 됩니다."

"그것이야말로 폐하와 한진수가 정말로 원하는 것이라, 이 말입니다. 지금 왕자님이 원하는 그거요."

김형석은 생각지도 못했던 알렉스의 말에 충격을 받아야 했다.

'설마…….'

아예 생각을 못했었는데, 그렇게 생각을 하고 보니 퍼즐이 맞춰지는 것 같았다.

'나를 우대한 것이 아니라…….'

정말로 황제 자리가 싫어서?

'아니, 아무리 그래도…….'

김형석은 스스로 상식적인 사람이라고 생각하고 있다. 상식선에서 어떻게 그런 이유로 황제 자리를 거절할 수 있단 말인가. 황제가 어떤 자리인가. 만인지상의 최고 높은 자리가 아닌가.

'정말로……?'

어쩌면 알렉스의 말이 맞을 수도 있겠다는 생각이 들었다.

알렉스가 힘주어 말했다.

"한번은 폐하께서 이렇게 말씀하시더군요."

"……."

"상희 공주님이 낳은 딸을 보고 싶다고요."

김형석은 충격을 받아 휘청거렸다.

"확실히…… 딸이 맞습니까?"

아들이 아니라 딸이라고? 손자가 아니라 손녀? 이게 있을 수 있는 일인가.

'말도 안 된다.'

김상희가 사랑받는 건 물론 알고 있다. 그러나 그건 어디까지나 김상희에게 국한된 상황이다.

'아무리 성녀인 상희라지만, 상희의 아들을 원하는 것이 아니라 상희의 딸을 원한다고?'

어쩌면 아버지가 많이 변하신 것 같다는 생각도 들었다. 그때 알렉스가 쪽지 하나를 내밀었다.

"왕자님, 이걸 보십시오."

알렉스는 다짐했다. 언젠가는 상희학을 반드시 세상에 공표하고 말겠다고. 그래서 여태까지 착실히 준비를 해왔다. 착실한 준비 없이 그냥 세상에 내던지면 자신은 돌에 맞아 죽을지도 모른다는 생각에 열정을 다해 준비해 왔다.

"이것은……."

"제가 정확히 1년 전에 작성했던 일지입니다. 아시다시피 마력으로 이 날짜를 작성하게 되어 있어 위조가 불가능하지요."

"과연 그렇군요."

공문서를 작성할 때나 쓰는 마력 종이가 보였다.

"한번 보시지요."

그런데 그 안에 담긴 내용이 놀라웠다. 아주 정확하지는 않지만 지금의 이런 상황을 예견한 내용이 적혀 있었다.

"저는 무려 8년 전부터 이러한 일지를 작성해 왔습니다."

미래를 예측했다. 더 정확히 말하자면, 김상희의 행동에 대한 딸 등신과 동생 등신들의 반응들을 세세하고 구체적으로 예측하여 미리 작성해 놨다. 거의 10년 전부터 말이다.

"나중에 원본들을 모두 보여 드리겠습니다."

"이럴 수가……."

김훈상이 황제 하기 싫어한다는 내용, 한진수 역시 그걸 싫어한다는 내용. 그래서 김형석 왕자를 황제로 추대할 거라는 내용. 그러한 분석과 예측들이 세세하게 담겨 있는 이 일지는 김형석을 충격에 빠뜨렸다.

알렉스가 회심의 미소를 지었다.

"이건 제가 거짓을 고하는 것이 아닙니다."

테마파크, 리조트 파크 건설 건으로 이미 떼돈을 벌고 있다. 돈을 벌기 위해서 이런 게 아니다. 이건 어디까지나 상희학의 실질적 용도(?) 중 하나를 증명하기 위해서 그런 거다.

"저는 이것을……."

알렉스는 잠시 뜸을 들였다. 일단 가장 만만한(?) 첫째 왕자부터 포섭에 들어갔다. 그래도 여자에 대해 굉장히 호의적인 왕자였으니까.

"상희학이라고 명명했습니다."

"상희학……?"

"예, 이 이론에 따르면……."

알렉스는 미리 준비해 온 마력 리포트 용지의 첫 장을 펼쳤다.

세상은 남자가 지배하지만, 남자를 지배하는 것은 여자다.

거기에는 이런 황당한 문구가 적혀 있었다. 그것을 보고 김형석의 얼굴이 굳어졌다.

"이런 말도 안 되는 학문을 연구 중이셨습니까?"

"말이 안 되지 않는다는 것을 이미 경험하고 계시지 않습니까?"

"……."

시간이 흘렀다. 김형석은 백기를 들었고, 결국 상희학을 인정할 수밖에 없었다. 그것은 대단한 학문이었다. 진리의 학문이었다. 그는 크게 깨우쳤다.

알렉스는 든든한 지원군을 얻었다.

"알렉스, 내가 지원하겠습니다. 연구에 박차를 가하세요."

나 지금 기뻐해야 하는 거지……?

음, 대충 따지자면 나라 6개와 황제 남편(?)을 나는 생일 선물로 받았다. 내가 알기로는 조만간 공식 문서가 내려와서 형석 오빠의 제안은 없었던 일이 되기는 하겠지만. 나 기쁜 거 맞지?

나는 나도 모르는 사이에 부자가 되었다. 그것도 상상도 할 수 없는 엄청난 부자 말이다. 대한민국의 건물주 따윈 하나도 안 부러운 그런 부자.

진수의 목소리가 들려왔다.

"오구, 예뻐라."

……아, 녹는다 녹아. 저 눈빛을 보고 있노라면 나는 행복에 빠져든다. 나는 이 시간이 참 좋다. 침대에 누워 서로의 체취가 느껴질 만큼 가까운 거리에서 진수의 팔을 베고 누워 있는 이 순간. 사랑이 가득한 눈길로 날 바라보는 진수의 저 음란함이 조금 섞인 눈빛을 바라보고 있는 이 순간이 정말 행복하다. 평소라면, 침대가 아닌 다른 곳이었다면 나는 저런 말투를 거부했을지도 모르겠다. 하지만 여기서는 다르다. 우리 둘만이 있는 비밀스런 공간이다. 진수가 나를 아기 취급하는 것도 좋고, 귀여워 죽겠다며 내 머리를 쓰다듬는 것도 좋다. 진수의 따뜻한 체온이 좋다.

"너도 잘생겼어."

진수가 고개를 저었다. 워낙 진지하게 고개를 젓기에 뭔가 싶었다.

"너 말고 여보라고 해야지."

"……."

그러더니 여보라고 말하라고 계속 강요했다. 한 번도 아니고 무려 한 열 번은 강요한 것 같다. 결국 나는 성화에 못 이겨 말을 하고 말았다.

"여보……."

그랬더니 진수의 광대가 우주까지 폭발할 지경이다. 여보란 말이 그렇게 좋은 건지 모르겠다. 진수가 날 꽉 껴안았다. 으악, 숨 막혀!

이 인간아, 나를 좀 배려해서 안아 달라고!

진수가 실실 웃으면서 허공에 붕붕 뜬 듯한 목소리로 말했다.

"나 너무 좋아."

"……."

"네가 나 보고 여보라고 하는 게 너무 좋아. 이 순간이 너무 행복해. 행복해서 미치겠어. 보고 있는데도 보고 싶어. 시간이 멈춰 버리면 좋겠어. 내 주머니에 넣어 다니고 싶어."

"내가 들어갈 만큼 커다란 주머니가 있어?"

"만들지 뭐."

"……."

"형님한테 부탁할까?"

……아, 얘는 진짜로 만들 것 같다.

진수가 진지하게 고민하다가 말했다.

"대충 10억 정도면 만들지 않겠어?"

……그, 그래. 나는 아직도 실감이 안 난다. 10억이라는 돈은 그저 숫자로만 느껴진다. 내가 그렇게 부자가 되었다는 것도 잘 모르겠고. 나 그렇게 부자 맞기는 한 거지?

진수가 말했다.

"우리 새로 지은 신혼집 보러 갈까?"

이때까지 나는 알 수 없었다. 이 신혼집이라는 것이 세상을 정말로 바꿀 열쇠가 될 거라는 것을 말이다.

나는 진수와의 추억을 떠올려 봤다. 진수는 입버릇처럼 이렇게 얘기하곤 했었다.

"나중에 차를 사게 되면 이름을 붕붕이라고 지을 거야."

그때 나는 어이가 없어 웃고 말았다. 차에 이름을 붙이겠다니, 이 얼마나 소년틱한가. 물론 그때 나는 이미 진수를 많이 좋아하고 있는 상태여서 그 모습조차도 귀여워 보이긴 했었지만.

"차에 무슨 이름이야?"

그때 진수는 진지하게 말했던 것 같다.

"요즘은 차에도 다 이름 붙여. 애칭이지."

"어휴, 퍽이나 그렇겠다."

"이것이 바로 여자들은 이해하기 어려운 남자들의 세계지."

'이궁, 그러셨어요?' 하고 나는 그다지 마음에 담아두지 않았었다. 우리는 어차피 차를 살 형편도 아니었으니까. 그냥 행복한 상상에서 멈추고 말겠지, 가볍게 생각했었다.

"붕붕이야. 타."

그 행복한 상상이 현실이 되었다. 이쯤 되니까 이제 놀랍지도 않다. 지구에서, 그것도 강남에나 가야 겨우 한 번씩 볼 수 있는 그런 차 있잖아. 뭐라더라? 람보르기니? 페라리? 하여튼 지나가면 사람들이 우와! 하고 한 번 씩은 꼭 쳐다보는 엄청 비싸 보이는 자동차. 저 안에 탄 사람은 도대체 뭐 하는 사람일까, 하고 한 번쯤은 생각해 본다는 그런 차.

진수가 그런 차의 조수석 문을 열어줬다.

"내가 열 수 있어."

"너한테는 먼지 한 톨, 물 한 방울 묻지 않게 하고 싶어서 그래."

"정말이지……."

나는 한숨을 내쉬었다. 하지만 기분 나쁜 한숨은 아니었다. 나도 손이 있고 발이 있다. 내가 문 여는 것쯤 얼마든지 할 수 있다고 생각했다. 그런데 웬걸.

“이거 왜 문이 위로 열려?”

아니었다. 나는 이거 문 어떻게 여는지도 모른다.

“내 마력에 반응해서 저절로 열리는 반자동 시스템이 구축되어 있어. 상희 너 같은 경우는 유리창에 손바닥을 대면 너를 인식해서 문이 열릴 거야.”

문이 옆으로 열리는 게 아니라 위로 열렸다. 그 왜, TV에서 나오는 그 이상한 차들. 문 열고 닫으려면 주차장 자리 두 개는 필요하다는 그런 차다.

왕궁의 문이 열렸다.

부와아앙-!

요란한 배기음을 터뜨리며 자동차가 앞으로 쏘아져 나갔다.

와, 대박이야 이건! 원래 나는 시끄러운 자동차 좋아하지 않는다. 그런데 이 차는 조금 달랐다. 뭐랄까, 차에 대해 잘 모르는 나조차도 심장이 벌렁벌렁 뛰는 것 같다.

진수가 말했다.

“신기한 거 보여줄게.”

“뭔데?”

갑자기 천장이 트랜스포머처럼 열리기 시작했다.

“오픈카 타고서 해안 도로 달리고 싶다고 했었잖아, 내가.”

예전에 그랬었다. 제주도로 여행을 갔을 때, 오픈카를 타고서 해안 도로를 달리던 커플을 봤었는데 얼마나 부러웠었는지. 나는 그렇다 치더라도 진수가 정말 부러워했었다. 상희 너한테 저렇게 해주고 싶다고, 나는 언젠가 꼭 그렇게 되고야 말겠다고 말했었다.

내가 조심스레 물었다.

"여기 사람이 너무 많지 않아?"

사람들의 시선이 느껴졌다. 지구나 여기나 이런 건 비슷한 것 같다. 거리를 지나치는 대부분의 사람이 이쪽을 쳐다봤다. 뭐라고 수군거리고 있는데, 듣지 않아도 대충은 알 것 같았다.

그때, 좋은 향기가 느껴졌다. 내가 좋아하는 냄새다. 진수의 몸에서 나는 향수 냄새. 옆을 바라보니 한 팔은 창가에 올려놓고, 한 팔로 여유롭게 핸들을 돌리고 있는 진수가 보였다. 머리카락이 바람결에 휘날리고 있는데 저 모습이 얼마나 멋있는지. 나는 나도 모르게 진수를 한참이나 쳐다보고 말았다.

진수가 말했다.

"식당에 좀 들르자."

식당에 들렀을 때, 나는 또 하나의 새로운 것을 발견할 수 있었다.

"저거 도대체 뭐야?"

"그, 글쎄."

사람들이 수군거렸다. 듣도 보도 못한 슈퍼카다. 차종이 뭔지는 잘 몰라도 일단 보고 있노라면 무지막지하게 비싼 차구나, 하는 것은 느껴졌다. 개중에는 저 차종을 알아보는 사람도 있었다.

"아, 저거……."

"뭔데?"

"그 왜, 로얄 엠프리오에서 수제 제작한 프리미엄 베네치아……인 것 같은데요."

"그게 뭔데?"

로얄 엠프리오는 세계적으로 알아주는 슈퍼카 회사다. 성능도 성능이거니와 아무나 구입할 수도 없는 차다.

"돈 있어도 못 사는 물건이에요."

이 세계에는 돈이 있다고 해도 살 수 없는 것들이 몇 가지 있다. 로얄 엠프리오 역시 마찬가지다.

"현금 자산 100억 이상이 기본 조건이고……."

"뭐라고……?"

"로얄 엠프리오에서 인정할 만한 위대한 업적을 세운 이만 탈 수 있는 거거든요."

최소 한 국가의 공작 이상은 돼야 탈 수 있는 차란다.

"한 나라에서 저 차를 탈 수 있는 사람은 10명이 안 된다고 보시면 돼요. 그런데 저건 워낙에 고가의 차량이고 2인승이라 실용성도 떨어지죠. 고려에는 딱 한 대 물량이 풀렸다고 알고 있어요. 주인은 누구인지 밝혀지지 않았지만."

"저 차가 그렇게 대단한 차라고?"

"돈도 돈이거니와 명예도 함께 갖고 있어야 탈 수 있는 프리미엄급 슈퍼카거든요."

그런데 차 문이 열렸다.

"저렇게 달리는 와중에 뚜껑을 열 수 있는 기술력을 갖춘 곳도 로얄 엠프리오밖에는 없어요."

뚜껑이 열리자 한 쌍의 남녀가 보였다. 사람들은 충격을 받을 수밖에 없었다. 남자도 못 타는 저 자동차 안에 계집 따위가 타고 있다니, 어떻게 저런 일이 있을 수 있단 말인가.

"지금 내 눈이 잘못된 건가?"

"아뇨…… 계집이 맞는 것 같은데요……?"

그런데 누군가가 이상한 것을 발견했다. 차 뒤에, 그러니까 자산 100억 이상에, 명예와 권력이 있어야만 겨우 구할 수 있는 프리미엄급 슈퍼카 뒤에 이상한 스티커가 붙어 있었다.

상히상히 알라봉봉 ♡

사람들은 또 충격을 받았다.

"저런 슈퍼카 뒤에……."

어떻게 저런 슈퍼카 뒤에 저런 해괴망측한 스티커를 붙일 수 있단 말인가. 저 스티커는 무슨 다이아몬드로 제작된 것이란 말인가! 저건 슈퍼카에 대한 모독이다. 적어도 남자들은 그렇게 생각했다.

한편, 한진수와 김상희는 식당에 도착했다.

피슈웅—

SF 영화에서나 들어 봤을 법한 소리와 함께 버터플라이 도어가 열렸다.

한진수가 말했다.

"가만히 있어."

"응?"

한진수는 아예 김상희를 마력으로 눌러 버렸다. 물론, 아주 조심스럽고 부드럽게. 한진수는 굳이 옆으로 가서 손을 내밀었다.

한진수가 활짝 웃었다.

"내 손 잡고 일어서세요, 공주님."

여느 슈퍼카가 그러하듯, 로얄 베네치오는 차체가 매우 낮아서 혼자서 앉고 타기가 불편한 구조다.

김상희는 괜히 민망해져서 얼굴을 붉혔다.

'마력으로 일으켜 줘도 되잖아.'

이 차를 타고 온 것만으로도 이미 관심이 집중된 상태. 거기에 또 굳이 무려 남자가 계집의 손을 잡아줘서 일으켜 줬다. 이건 정말로 눈에 띄는 행동 아니겠는가.

그때, 한 직원이 다가왔다.

"저…… 죄송합니다만 손님."

"예?"

직원이 머뭇거렸다.

"너무 초고가의 차량이다 보니…… 발렛파킹이 조금 어려울 것 같은데요."

이런 거 잘못 건드리면 큰일 난다. 실수로 어디 긁기라도 했다가는 인생 종치는 수가 있다. 자신이 가입되어 있는 보험은 겨우 대물 2억이다. 이건 한 번 잘못 긁으면 2억은커녕 20억이 날아갈 수도 있다. 그러면 평생 노예로 살아야 하는데, 그럴 수는 없지 않은가. 발렛파킹을 하는 직원은 안다. 저 자동차는 최소 공작 이상만 탈 수 있는 자동차이며, 전 세계에서 가장 비싸고 가장 호화스러우며, 또 최고의 디자인으로 손꼽히는 슈퍼카라는 것을.

"아…… 그래요?"

지금 한진수는 마음이 급하다. 우리 예쁜 상희랑 빨리 밥 먹고 싶다. 어화둥둥 내 새끼 하면서 밥도 먹여주고 싶다. 그래서 그냥 급한 대로 로얄 베네치오의 기어를 중립으로 바꾸고-마력을 사용해서-

발로 툭 밀어버렸다.

직원은 입을 쩍 벌렸다.

'세, 세상에…….'

지금 도대체 무슨 일이 벌어진 건가!

'저, 저걸 발로 찼어?'

이게 가능한 일인가? 다른 차도 아니고 로얄 베네치오를? 저, 저 사람은 도대체 누구란 말인가!

'마력 컨트롤이 엄청나게 뛰어나다.'

그냥 발로 차면 당연히 안 밀린다. 마력으로 조절해서 주차 라인에 정확하게 댔다.

"됐죠? 이제 들어가면 되나요?"

사장이 안에서부터 헐레벌떡 뛰어나왔다. 이 식당은 원래 최고급이고 부자들이 이용하는 곳이기는 하지만, 이 정도의 손님은 처음 본다. 최소 공작급 이상이라고 자동차가 말해주고 있었으니까.

"어서 오십시오. 인사가 늦었습니다. 죄송합니다."

한진수는 마음이 급하다. 인사고 나발이고, 우리 상희랑 빨리 들어가야 했다.

"빨리 안내해 주세요."

사장은 마음이 급해졌다. 아무래도 이 손님, 기분이 안 좋아진 것 같다. 자신이 늦게 나와서인가? 대접이 미흡했나? 발렛파킹 직원이 뭐 잘못이라도 한 건가? 머릿속이 복잡해졌다. 물론 그런 거 아니다. 한진수는 조금이라도 더 빨리 상희랑 밥을 먹고 싶을 뿐이다.

그때, 김상희는 발견했다.

"저게 뭐야?"

'상히상히 알라뵹뵹 ♡'이라니, 김상희는 이마를 짚었다.

"야…… 진짜……."

내가 쪽팔려서 못산다, 못살아! 김상희는 소리치고 싶었다. 머리가 아파왔다. 아니, 아무리 그래도 그렇지, 저게 뭐냐고!

사장은 이때다 싶었다. 감히 계집 따위가 저렇게 높으신 분에게 야 진짜라고 반말을 하다니. 그는 지극히 상식적인 사람인지라 남자로서 당연히 할 말을 했다. 이 남자 손님에게 점수를 딸 생각에 얼른 버럭 성질을 내기로 했다.

"감히, 이렇게 존귀하신 분께 그따위 언사를 구사하다니!"

발렛파킹 직원은 말리고 싶었다.

'사, 사장님.'

직원은 봤다. 저 높으신 분이 직접 문을 열고 또 저 여자를 직접 일으켜 줬다. 그래서 확신할 수 있었다.

'겉으로 보기에는 여자지만.'

그렇지만 여자가 아닐 거다. 고려, 공작급 이상만 탈 수 있는 슈퍼카. 그리고 그 공작가 이상의 자제라 짐작되는 저 남자가 극진히 받드는 대상. 거기에 여자라면? 그제서야 그는 알아차릴 수 있었다.

'저분은 바로 김환성 왕자님이란 말입니다!'

하지만 직원이 말리기엔 이미 늦었다.

"감히 계집이 어찌 높으신 분께 훈계질이란 말이냐!"

김상희는 분명 뉴스에도 나왔고 유명한 사람이기는 하다. 그러나 왕궁 밖을 벗어난 적이 거의 없었다. 보통의 경우, 그런 유명인을 보더라도 그 유명인이라고는 생각하지 못한다. 그것도 친숙한 얼굴도 아니고 뉴스에 잠깐–교묘한 편집을 통해 그렇게 만들었다–얼굴이 나왔던 유명인이라면 더욱 그렇다.

직원이 소리치다시피 하면서 끼어들었다.

"아이고, 김환성 왕자님. 방문하여 주셔서 감사합니다!"

그 말에 사장의 얼굴이 흙빛으로 변했다. 그러고 보니, 자신이 엄청난 실수를 했다는 걸 깨닫게 되었다.

'이, 이런 병신이 있나!'

현시대에 있어서, 아니, 고금을 통틀어서 가장 강력한 가문을 꼽자면 바로 고려 왕가를 들 수 있다. 그 고려 왕가 내에서도 무식하기로는 둘째가라면 서럽다는 그 김환성 왕자가 마력을 최대한도까지 끌어올리면 여자의 모습으로 변한다는 것은 이미 널리 퍼져 있는 사실이었다. 사장은 김상희를 김환성이라고 착각하고 그 즉시 바닥에 엎드렸다.

"와, 왕자님. 죽을죄를 지었습니다!"

그렇다. 어떻게 계집 따위가 베네치아에 탈 수 있단 말인가. 원래부터 말이 안 되는 얘기였다. 여자의 모습을 하고 있는 김환성 왕자. 모든 상황이 너무나 정확하게 저 여자가 김환성이라는 걸 알려주고 있었다.

김상희는 내심 한숨을 쉬었다.

'아이고…….'

그래. 뭐, 그렇게 알고 있는 것이 저 사장님 입장에서도 괜찮을 거야. 그렇게 생각했다.

'이 세계는 그런 세계니까.'

언젠가는 꼭 이 세계를 바꿔보겠다 마음을 먹고는 있지만 현실의

벽이란 그렇게 만만한 것이 아니었다. 당장 고려 왕가만 벗어나도, 세상의 모든 남자가 여자를 내리깔아 보고 있다. 이 세상을 바꾸는 게 쉽지 않은 일이라는 거 안다.

'오늘은 그냥 이렇게 넘어가는 게 서로 편하겠어.'

김상희는 그렇게 생각했는데, 한진수는 아닌 듯했다.

"김환성 왕자님이 아닙니다만."

김상희가 한진수의 팔을 잡고 미세하게나마 고개를 양옆으로 저었다. 기분 좋게 식사하러 왔는데 괜히 일 크게 만들기 싫었기 때문이다. 그리고 애초에 밖으로 식사를 하러 나왔을 때, 이 정도 상황은 얼마든지 예견하고 있었다. 다만 이런 일이 무서워서 데이트를 하지 않을 수는 없었기 때문에, 그것을 감수하고 밖으로 나왔을 뿐이다.

한진수가 무표정한 얼굴로 말을 이었다.

"이 여자는 내가 사랑하는 여자입니다."

사장은 이 상황을 이해할 수 없었다.

"그, 그, 그런……."

그때 주위를 둘러보며 한진수가 말했다.

"이곳에 모인 모든 분께 감히 경고합니다."

한진수는 화가 난 표정은 아니었다. 오히려 담담해 보였다. 그러나 그의 목소리에는 마력이 담겨 있었다. 무슨 일인가 하고 여기로 모여든 구경꾼들의 귓가에 그의 목소리가 똑똑히 박혔다.

"앞으로 나와 내가 사랑하는 여자가 식사를 하는 데에 방해를 하는 이가 있다면 지위 고하를 막론하고 즉결 처분하겠습니다."

"……."

사람들은 조용해졌다. 지가 뭔데 즉결 처분이니 뭐니 말도 안 되는 소리를 한단 말인가. 심지어 그 이유도 어이없다. 사랑하는 여자와 식사를 하는 데 방해를 하면 즉결 처분한단다. 그것도 지위 고하를 막론하고. 양아치도 저런 양아치가 없다고 대부분 그렇게 생각했다.

'젊은 혈기에 뭘 못 해?'

젊어서 객기를 부리는 거라고 생각했다. 저건 누가 봐도 완벽한 허세 아닌가.

"나는 이 여자를 사랑합니다. 내 생명보다 이 여자가 귀합니다."

"……."

감히 구경하지 못하고 일을 하던 여자들, 길거리에서 곁눈질로 훔쳐보던 여자들은 그 말에 동작을 멈췄다. 이 세상에선 있을 수 없는 일이 벌어지고 있었다. 수많은 남자 앞에서, 나는 이 여자를 사랑하고 있으며 이 여자와의 식사를 방해하는 사람은 즉결 처분하겠다니, 이게 정말 고려 왕국 내에서 일어난 일인지 그녀들은 믿을 수 없었다.

'아…….'

저분은 도대체 누구란 말인가. 그리고 저 여자분은 어쩌면, 어쩌면 성녀가 아닐까?

'혹시……?'

그렇다. 성녀라면 저런 대접을 받을 수도 있지 않겠는가. 모든 여자가 꿈꾸고 동경하는 그 성녀라면 말이다.

한진수가 김상희의 손을 잡고 식당 안쪽으로 걸음을 옮겼다.

"내 생명보다 귀한 이 여자의 털끝이라도 건드린다면, 내 목숨을 위협한 것으로 간주하겠습니다."

사람들은 그때까지만 해도 콧방귀를 꼈다. 정말로 지체 높으신 왕자님쯤 되는 분이라면 저런 허세는 부리지 않을 거다. 그냥 어중간하게 높은 놈이라서 저렇게 기고만장하여 까불고 있는 거라고 생각했다. 한진수가 프리온 나이트 4기를 소환할 때까지 말이다.

김상희가 물었다.

"진수야, 이게 뭐야?"

"프리온 나이트."

사람들에게 말을 할 때와 김상희에게 말을 할 때 한진수의 표정은 달라도 너무 달랐다. 이중인격이 아닌가 싶을 정도였다. 김상희는 이마를 짚었다. 그렇게 쉽게 얘기하지 말라고. 불과 얼마 전까지만 해도 극비에 쌓여 있던 제국 최강의 전략 병기잖아.

"그러니까 식사를 하는데 프리온 나이트가 왜 필요한 거야?"

"괜히 시비 못 걸게 하려고."

시비 못 걸게 하려고 핵무기로 위협하는 인간이 어디 있겠니. 이 세계의 핵무기잖아, 이건.

김상희는 한숨을 내쉬었다. 드문드문 사람들의 목소리가 들려왔다.

"저게 프리온 나이트라고?"

그래서 정체가 확실해졌다.

"저분이 한진수 님이셔?"

"그런가 봐."

"대박이다. 저런 사람을 실제로 보게 될 줄이야."

차기 황제로 거론되던 세기의 젊은 대천재, 한진수다. 어쩌면 이 세계에서 가장 강할 수도 있는, 혼자서 대군단을 이끌고 있는 영웅.

"저런 분은 도대체 식사하면서 무슨 말을 할까?"

"모르지. 국제 정세를 논하고 있을지도 몰라."

아니다. 사랑하는 여자랑 밥 먹는데 국제 정세 얘기 따윈 한진수도 하기 싫다.

"상히상히 알라뿡뿡?"

그 표정이 짓궂기까지 해서 김상희는 그저 웃고 말았다. 귀엽긴 귀여운데 뭐라고 말을 해야 할지 모르겠다. 다른 사람들 시선도 신경 쓰이고.

"그거 정말 네가 쓴 거야?"

한진수는 고개를 저었다.

"아니, 기현이가 장난쳤어."

"저 차 뒤에 스티커는? 슈퍼카에 대한 모독이라고 누가 그러는 거 같던데."

한진수는 정색했다.

"붕붕이의 영광이지. 무려 상히상히 알라뿡뿡 스티커를 붙여줬는데. 고마워해야 해."

"아…… 그래."

김상희는 좋아해야 할지 말아야 할지, 도무지 갈피를 잡을 수가 없었다. 좋은데 참 뭔가 좀 그렇다. 얘가 정말 사람들이 말하는 대천재 혹은 젊은 영웅이 맞는가 싶기도 하고. 좀, 좀 그렇다. 뭐랄까, 이 남자 답이 없다. 더 직설적으로 말하자면 노답이다.

그때 입구에서 실랑이가 벌어졌다.

"성녀님!"

김상희가 소리를 듣고 뒤를 돌아봤다. 누군가가 울부짖고 있었다.

"성녀님, 저희 아가가 많이 아파요."

"이 미친년이! 썩 꺼지지 못해!"

입구에서는 직원 중 한 명이 그 여자를 밀쳐 내고 있었다.

"성녀님, 제발요. 저희 아가가 정말 많이 아파요."

김상희가 이제 그 목소리를 확실히 들었다. 한진수가 김상희를 쳐다봤다. 이 세계에서는 당연한 일이다. 여자가 일을 열심히 해봐야 남자가 모두 착취한다. 여자의 인권이 최악인 세상에서 아가가 많이 아프단다.

김상희가 물었다.

"진수야, 잠깐 갔다 와도 돼?"

두 가지 상황으로 가정할 수 있다. 남자가 임신만 시켜 놓고 여자를 버린 경우, 혹은 딸아이라서 치료할 돈을 주지 않는 경우. 거의 대부분 그런 경우다.

한진수는 솔직히 싫었다. 그의 관심사는 오로지 김상희뿐이다. 지금은 김상희와 데이트를 하는 중이고.

그때, 꺅! 하고 비명이 들려왔다. 아무래도 남자에게 얻어맞은 것 같았다. 김상희가 그 여자를 봤다. 정말 가난한 여자인 것 같았다. 몰골도 그렇고, 정말 많이 말랐다. 예쁘게 마른 것도 아니고 불쌍하게 말랐다. 눈도 퀭했다.

'여기에는 남자들이 진 치고 있는데다가…….'

전략 병기 프리온 나이트까지 있다. 남자들이 어떻게 생각할지는 몰라도 김상희가 보기에 저 여자는 정말로 필사적이었다. 정말 목숨까지 걸었다. 혹자가 보기엔 아무것도 아닐지 몰라도, 저 여자는 목숨을 걸고 성녀를 찾아온 한 명의 어머니였다.

'나는…….'

밖으로 나올 때마다 느낀다. 이 세계는 뭔가 잘못되었다. 남자가 또 여자의 뺨을 때리려고 손을 들어 올렸다. 남자도 화가 많이 난 모양이었다.

김상희가 '그만둬요'라고 말하려고 했다. 하지만 그보다 한진수가 빨랐다.

"그쯤 하죠?"

한진수가 남자의 손목을 붙들었다. 그리고 남자의 귓가에 속삭였다. 김상희가 듣지 못하도록.

"내 여자가 슬퍼하잖아."

김상희는 자세하게는 모르고 있지만 한진수는 한때 단신으로 제국과도 맞섰던 인물이다. 온갖 전쟁을 다 경험했다. 그 경험으로부터 우러나오는 묵직한 카리스마가 갖는 힘은 일반인은 상상하기조차 힘들 정도였다.

"여기서 조금만 더 움직이면 죽여 버린다."

그 말에 남자는 인형처럼 굳어버렸다. 온몸에 소름이 돋았다. 내 여자가 슬퍼하면 죽여 버린다는 그 말도 안 되는 협박에 화도 못 냈다. 그렇게 말한 주제에 한진수는 김상희에게는 따뜻하게 말했다.

"가 봐, 여기서 기다리고 있을게. 내가 같이 가면 저분이 부담스러울 거야."

김상희는 고개를 끄덕였다. 이거, 오지랖인 거 안다. 이 세계 상식으로는 한진수가 저 남자를 제압해서는 안 됐다. 그걸 안다. 이 세계는 다른 세계다. 하지만 어떻게 그냥 두고 볼 수 있겠는가.

'오지랖인 거 맞아. 그런데 그 오지랖이 잘못된 건 아니잖아?'

당장 이 세계를 어떻게 바꿀 수는 없다고 해도.

'나는 내가 할 수 있는 최선을 다할 거야.'

그게 어쩌면 누군가가 자신을 이 세계로 보낸 이유가 아닐까. 그리고 그 작은 걸음, 작은 시작이 바로 이것일 수도 있지 않겠는가.

김상희가 여자를 일으켜 세웠다.

"괜찮아요?"

여자는 감격에 겨워 말을 제대로 잇지 못했다.

"성녀님, 저희 아가가…… 저희 아가가……."

김상희가 물었다.

"아가가 어디에 있어요?"

한편, 한진수가 아무도 모르게 혼자서 중얼거렸다. 아주 작은 목소리로.

"아버님, 잘 참으셨습니다."

우연인지는 모르겠지만 한쪽 구석진 테이블에서 모자를 깊게 눌러쓴 누군가가 고개를 끄덕였다. 얼굴은 제대로 보이지 않았지만 뭔가 깊은 생각에 잠겨 있는 듯한 모습이었다.

왕궁 안이 발칵 뒤집어졌다.

"폐하께서 사라지셨습니다."

"엇? 오늘은 켈라이 왕국 사신과의 접견이 있는 날이 아닙니까?"

"맞습니다."

"설마 잊으신 건 아니시겠지요?"

신하들은 사라진 김훈상을 찾으려고 애썼다.

"적어도 왕궁 내에는 없는 것이 확실합니다."

“전화를 한번 해보는 게 좋을 것 같습니다.”

그때, 알렉스가 조용히 입을 열었다.

“여러분, 지금 아주 중요한 사실을 잊고 계시는군요.”

“예?”

“지금 상희 공주님이 출타 중이라는 것을 알고 계십니까?”

“그건 알지만…….”

신하들은 알렉스가 무슨 말이 하고 싶은 건지 이해할 수 없었다. 성녀님이 외출한 것과 폐하가 이 자리에 없는 것이 도대체 무슨 상관이란 말인가.

알렉스가 이상한 말을 했다.

“딸이 있는 곳에 딸 등신이 있다.”

“무슨 뜻입니까?”

알렉스는 이제 상희학을 만천하에 공개해도 될 때라고 생각했다. 상희학에 따르면 지금 딸 등신은 딸이 걱정되어 딸을 스토킹하고 있을 것이 뻔했으니까.

‘아무래도 바깥세상은 걱정되시겠지.’

왕궁 내부와 바깥은 완전히 다르다. 그냥 다른 세계라고 해도 무방하다. 게다가 김상희의 얼굴은 대외적으로 알려져 있지 않았다. 다시 말해, 세상 사람들이 보기엔 김상희가 성녀인지 아니면 길거리의 그냥 예쁜 여자인지 구별을 할 수 없다는 소리다.

“제가 연구한 학문 이론에 따르면…….”

그때 김형석이 회의실에 나타났다.

“이번 켈라이 왕국 건은 제가 대신하여 진행합니다.”

“왕자님께서 말입니까?”

신하들은 고개를 갸웃했다. 폐하께서 정말로 은퇴를 계획하고 계신 건지 그 의중을 알 수 없었다. 아니, 그렇다고는 해도 이렇게 갑자기 전권을 첫째 왕자에게 일임하고 어디론가 홀연히 사라지시다니. 평소 완벽을 추구하는 김훈상과는 너무나 다른 모습이었다.

알렉스가 다시 말했다.

"나는 이 모든 현상을 하나의 이론을 기반으로 설명할 수 있습니다. 이것은 진리에 상당히 근접한 학문이라 확신합니다. 내 모든 손가락을 걸 수 있습니다. 또한 앞으로 폐하와 왕자님들의 파격적인 행보를 충분히 예상할 수도 있을 겁니다."

충분히 예상하는 게 아니라 예상하기 엄청 쉽습니다. 알렉스는 그렇게 말하고 싶었지만 참았다. 그래도 왕의 행동을 다 예측할 수 있다고 말하는 건 좀 건방지니까.

그런데 김형석이 가만히 고개를 저었다. 그의 눈빛이 말하고 있었다.

'아직은 때가 아닙니다.'

비교적 여자를 잘 이해하고 있고, 처음부터 여자를 배려해 왔던 김형석에게도 '상희학'은 너무나 파격적이었다. 이곳에 모인 남자들에게 있어서 '상희학'은 거의 악마의 학문에 가까울 것이다.

알렉스는 고개를 끄덕였다.

'그래도 내 뜻을 알아주는 사람이 최소한 한 명은 있구나.'

첫째 왕자는 완전히 한편이 되었다. 이제 나머지 왕자들과 왕을 포섭하면 드디어 때가 올 것이다.

'그때는 상희학이 만천하에 공개되리라!'

일단 지금은 참기로 했다. 알렉스가 씨익 웃었다.

"하여튼 폐하는 지금 김상희 공주님 근처에 있을 것입니다. 확신합니다. 제 불알 두 쪽을 걸지요!"

한편, 김훈상은 재채기를 한 번 했다.

'이 세계는…….'

원래는 당연하다고 생각했다. 힘 있는 자가 힘없는 자를 지배하는 거다. 마력이 있는 자가 마력이 없는 자를 지배하는 거다. 그게 맞는 거다.

'하지만…….'

이성은 그게 맞다고 머리가 소리치고는 있는데 감성은 다른 쪽을 향하고 있다.

'상희가 슬퍼하고 있다.'

하나밖에 없는 딸이 굉장히 슬퍼했다. 그 사실만으로도 아버지의 가슴은 찢어진다. 그는 딸이 매일매일 행복했으면 좋겠다.

'나는 어떻게 해야 하지?'

딸이 무언가를 원한다면 그는 그것을 어떻게든 구해서 딸에게 줄 거다. 그게 바로 아버지의 사랑이다. 이 세계 상식으로는 말도 안 되는 거지만 그는 그렇게 생각했다. 그런데 그 반대의 경우, 그러니까 딸이 싫어하는 것, 딸을 슬프게 만드는 것, 그런 건 어떻게 해야 하지?

'이 세계를 바꿀 수는 없다.'

김훈상이 아무리 잘났어도, 아무리 강하다 하더라도, 굉장히 유력한 제국 황제 후보라 할지라도 말이다.

'하지만 바꾸고 싶다.'

왕인 그는 이 세계를 바꿀 수 없지만 아버지인 그는 이 세계를 바꾸고 싶었다.

'세상은 나를 향해 미친놈이라 욕할지도 모르지.'

아니, 미친놈이 맞다. 스스로 생각하기에도 그렇다. 어떻게 하면 딸의 눈으로 바라본 이 세상이 그렇게 슬프지 않을지 김훈상은 진지한 고민에 빠졌다.

김환성이 김환석의 방을 찾았다.

"우와, 이게 다 뭐야?"

김환성은 주위를 두리번거렸다. 형의 방은 언제나 신기하다. 지금은 약간 어두운데, 이상한 푸른 화면들이 허공에 둥둥 떠다녔다.

그때, 김환석이 한쪽을 손가락으로 가리켰다. 그랬더니 그 푸른색 화면이 김환석에게 가까이 다가왔다.

"확대."

그러자 그 화면이 커지고 어떤 영상이 재생됐다.

"됐다."

김환석은 아무도 모르게 아주 작게 미소를 지었다. 김환성은 신기한 듯 그 화면을 들여다봤다.

"이게 뭐야? 똥개네? 이상한 계집을 따라가고 있어."

김환석은 또 아무도 모르게 씨익 웃었다.

"찾았다."

김상희의 몸에는 위치 추적기가 부착되어 있다. 그것과 연계하여 군사위성을 동원해 실시간으로 김상희의 동선을 파악하고 있다.

"와, 이거 저쪽 동네 CCTV 영상들이야? 전부 해킹했어? 역시 형아는 대단해."

김환석은 고개를 저었다. 동생이 무슨 소리를 하는가 싶다.

"해킹한 거 아닌데?"

"그럼?"

"그냥 내가 다 설치한 건데?"

"아하."

김환성은 헤 웃으며 형을 쳐다봤다. 전국에 CCTV를 설치했다. 전국의 상황을 실시간으로 확인할 수 있다는 소리다. 그걸 실제로 행한 김환석이나, 그걸 보고도 '아하' 한 마디로 끝내는 김환성이나 역시 둘 다 정상은 아니었다.

한편, 김상희는 한참을 걸어야만 했다.

"거의 다 왔어요."

여자의 집은 정말 허름하고 외딴곳에 있었다. 이런 곳에 집이 있으리라고 생각하기도 어려울 정도로 갈대숲이 무성한 곳에 집이 있었다. 거의 폐가나 다름없었다.

김상희가 물었다.

"아가는 어디에 있어요?"

여자의 몸이 바르르 떨렸다.

"아가의 소리가 들리지 않아요. 제가 나올 때까지 분명히 울고 있었는데……."

여자가 빠르게 뛰기 시작했다. 김상희도 덩달아 뛰었다. 가슴이 아파왔다. 이런 집에서 살고 이런 곳에 아픈 아가를 두고 자신을 찾아왔다니. 그것도 목숨을 걸고 말이다.

문을 열고 방 안에 들어섰다. 방 안에는 이상한 상황이 펼쳐져 있었다.

김상희의 목소리가 착 내려앉았다.

"아가는…… 어디에 있어요?"

누군가가 침을 퉤 뱉었다.

"아가?"

또 다른 누군가가 웃었다.

"이거?"

김상희를 데리고 왔던 여자가 꺅! 비명을 질렀다. 으아아악! 비명을 지르며 울부짖었다. '아가! 아가!' 하고 말이다. '성녀님을 데려오면 아무런 짓도 하지 않겠다고 약속했잖아!'라고 악을 쓰다가 이내 혼절해 버리고 말았다. 3살쯤 되었을까. 정말 어린아이가 죽어 있었다. 시체였다. 그것도 머리가 없는.

김상희는 주위를 둘러봤다. 남자들이 아니었다.

'여자들이…….'

숫자는 6명.

"무슨 짓이죠?"

"이야, 성녀님은 제법 담이 세네. 시체 보면 놀라서 엉엉 울 줄 알았는데. 질질 짜는 게 취미라고 들었는데 말이야."

아마도 이 무리의 대장이라 짐작되는 여자가 김상희를 향해 걸어왔다.

"네 몸에 금은보화가 그렇게 많다면서?"

성녀에 관한 소문은 다양하다. 그녀의 침이 성수라느니, 그게 퓨리어스라느니 말도 안 되는 소문도 많았다.

"그리고 퓨리어스를 항시 1병 이상 소지하고 다닌다고?"

그렇다면 그건 빼앗아야 한다고 그들은 그렇게 생각했다.

김상희가 말했다.

"이런 짓, 후회하지 않을 자신 있어요?"

어떻게 이런 짓을 할 수 있는가 싶다. 아기는 왜 죽였단 말인가. 그것도 어머니 앞에 시체를 던지는 행위까지. 이런 몰상식한 행위를 김상희는 이해할 수 없었다.

"후회? 우린 이미 잃을 게 없어. 그나마 네가 우리에게 마력을 준 덕분에 우리도 어느 정도 떵떵거리면서 살 수 있게 됐지. 그건 고맙게 생각해."

또 다른 여자가 말했다.

"그러니까 이왕 우리한테 적선하는 거, 퓨리어스만 주면 조용히 끝낼 거야."

또 다른 여자가 김상희의 귀에 속삭였다.

"험한 꼴 치르고 싶지 않다면 쉽게 쉽게 가는 게 좋을 거야. 듣자하니 성녀는 마력이 없다며?"

"저항하면 죽일 거야."

"마력도 없는 주제에. 감히 우리에게 대들 생각은 하지 않는 게 좋을 거야."

같은 시각, 김환석이 군사위성을 통해 좌표를 찍었다.

같은 시각, 김환성이 나이트 제9대대를 소환했다.

같은 시각, 보호가 가능한 거리에서 김상희를 지켜보던 한진수가 워프했다.

같은 시각, 고려 최강 최후의 보루 스페셜 나이트와 더스 나이트가 워프했다.

그리고 같은 시각, 김훈상이 일어섰다.

김환석의 손이 빠르게 움직였다. 그가 독자 개발하여 우주로 쏘아 올린 최첨단 군사위성 '태극 1호'가 한 좌표를 찍었다. 그 군사위성을 두고 전 세계가 말이 많았었다. 이 순간, 그러니까 고려가 제국으로 발돋움하기 직전에, 비밀리에 쏘아 올린 군사위성이다. 이 군사위성을 통하여 초정밀 레이저 광자포 등을 발사할 수 있다는 소문까지 돌았다. 세계 각국은 긴장했다. 그 위성의 용도를 정확하게 파악할 수 없었으니까.

"투시 활성화."

태극 1호의 용도는 간단했다.

"음성 확대."

각국의 주요 인물들의 동선을 파악하고 어떤 모략을 꾸미는지 알아내기 위해서라고 대내적인 보고서에는 올렸지만 실제로는 아니다.

김훈상도 안다. 태극 1호의 주요 목적은 바로 김상희와 한진수에 대한 지원이다. 더 정확하게 말하자면 동생 등신 김환석이 동생을 스토킹하기 위해 쏘아 올린 군사위성이다. 겸사겸사 타국 주요 인물들을 관찰도 할 겸.

김환석이 말했다.

"김환성, 뛰어라. 전체 상황 지시는 내가 하겠다."

"오케이."

김환성이 뛰쳐나갔다.

"나이트 제9대대! 비상대기조! 당장 뛰어나왓!"

한편, 한진수는 여자들이 하는 말을 듣고 속이 부글부글 끓어올랐다.

"세, 세상에! 저, 저게 뭐야!"

"저, 저거…… 프, 프리온 나이트 아니야?"

"무, 무슨 일이 벌어지고 있는 거지? 또 전쟁이야?"

갈대밭 위로 거대한 형태의 프리온 나이트가 나타났다. 3기의 초거대 프리온 나이트. 그 크기가 무려 30미터에 이르렀다. 멀리서 봐도 확연히 보일 정도. 그 옆에는 인간의 모습을 하고 있는 최종 형태 프리온 나이트 400기가 거의 흉가에 가까운 집 하나를 포위했다.

세계 각국의 정보기관이 온갖 첩보를 올리기 시작했다.

"고려가 움직였습니다."

"프리온 나이트는 물론이고 김환성 왕자가 직접 이끄는 나이트 부대, 거기에 한진수까지 현장에 모습을 드러냈습니다!"

세계 각국의 첩보부는 이게 어떻게 된 일인지 파악하려 애썼다.

"무슨 의도로 집결하고 있는 것인지 당장 파악하도록 해!"

그 주변에 도렉스 왕국이 있다. 혹여 도렉스 왕국을 치러 가는 것인지 그건 알 수 없었다.

"도렉스 왕국을 치려면 나이트들만 데리고 급습하는 것이 훨씬 낫습니다! 저렇게 대규모 군단이 필요하지도 않습니다! 또한 굳이 도렉스 왕국을 쳐서 좋을 것도 없습니다. 도렉스 왕국은 고려에 충성을 맹세한 상태입니다. 그러한 상황에서 도렉스 왕국을 친다면, 고려는 신뢰를 잃게 될 것입니다. 따라서 고려가 도렉스 왕국을 칠 가능성은 거의 없다고 보는 것이 좋을 것 같습니다."

"그렇다면 도대체 뭐냔 말이다!"

특히, 도렉스 왕국의 경우에는 발등에 불이 떨어졌다.

"뭐, 뭐냐!"

"모, 모르겠습니다. 현재 상황 파악 중에 있습니다."

"상황 파악하다가 우리 모두 뒤지게 생겼는데 상황 파악은 무슨! 빨리 알아내란 말이닷!"

보통 독사가 옆에 있으면, 평범한 사람은 무서워하게 마련이다. 독사가 언제 자신을 물지 모르니까. 독사에게 물리면 죽을 수도 있으니까. 독사가 실제로 사람을 공격할 의사가 있는지 없는지 그건 차치하고서 하여튼 옆에 있으면 무서운 게 사람이다. 하물며 독사도 아니고 고려의 대군단이 몰려들고 있는데 긴장하지 않을 수 없는 노릇이었다.

도렉스 왕국의 왕자 헤일로는 입술을 질근 깨물었다.

'혹시 나에 대한 원한이 아직도 남아 있는 건가……?'

모르겠다.

'만약 그렇다면…….'

그는 일국의 왕자다. 이 나라를 생각하는 마음 그 누구보다도 크다고 스스로 생각하고 있다.

'내가 모든 책임을 지겠다.'

마음의 준비를 했다. 만약 고려가 정말로 도렉스 왕국을 멸망시키려 한다면 자신이 나서서 할복을 할 거라고. 그걸로 고려의 분노를 누그러뜨릴 수 있다면 그걸로 됐다고 생각했다.

세계의 첩보부가 발 빠르게 움직이며 상황을 즉각 보고했다.

"고려의 대군단이 하나의 집을 포위했습니다."

거기에 엄청난 속보가 또 전해졌다.

"고려 국왕, 김훈상이 현장에 직접 모습을 드러냈습니다!"

"뭐라고!"

고려 국왕이 함께하고 있단다. 백제와의 전쟁 이후로 가장 커다란 사건이라 할 수 있었다. 변방을 정리하러 다닐 때도 이렇게까지 큰 병력 이동은 없었다.

"보통 고려 국왕이 직접 움직일 때, 반기를 든 나라는 멸망하거나 회유당했습니다. 대부분은 항복을 선언했습니다."

"도렉스 왕국은 이미 항복을 선언했을 텐데?"

"어쩌면 그 허름한 집이 어떠한 군사기지 역할을 하고 있었을지도 모르겠습니다."

그것으로 의견이 좁혀졌다. 세계 각국의 엘리트들이다. 생각하는 것이 보통 비슷했다.

"그곳을 기점으로 하여 어떠한 마력진이나 군사시설이 세워지고 있을 거란 것이 거의 확실시되고 있습니다. 혹은…… 아주 확률은 희박하지만 고대에 사라진 흑마법을 연구하고 있었을지도 모르겠습니다."

"대량 살상을 목적으로 한 생화학 무기를 연구하고 있었을 확률도 큽니다."

아무래도 그런 것 같다. 그렇게 중요한 일이기 때문에 최첨단 군사위성이 동원됐고, 프리온 나이트와 김훈상이 직접 움직이지 않았겠는가.

"내 딸 내놔."

김훈상이 작게 말했다. 그러나 여자들에게는 똑똑히 들렸다. 김훈상이 마력을 실어서 여자들의 귓가에 음성을 꽂아 넣었다.

김환성이 버럭 소리를 질렀다.

"밖으로 튀어나와, 이 미친……."

'이 미친 계집년들아!'라고 소리치려고 했다. 하지만 그럴 수 없었다.

'앗차.'

내가 욕을 하면 똥개가 무서워한다. 그건 바라는 바가 아니다. 그럼 뭐라고 해야 할까? 욕을 하긴 해야겠는데, 열은 받는데 감히 내 똥개를 건드려?

"미친 여자 친구들아!"

이 정도면 욕은 아닐 거야. 무섭지도 않겠지. 김환성은 뿌듯해했다.

한편, 한진수가 김상희를 안아 들었다. 애초에 김상희를 혼자 보낼 생각은 아니었다. 여자가 부담스러워할 것을 배려해서 약간 거리를 두고 쫓아갔다. 얼마든지 보호가 가능한 한도 내에서 말이다. 이상한 일이 벌어지자마자 한진수는 워프를 통해 김상희를 안아 들었다.

'나는 가만히 있어야지.'

김상희를 보호할 수 있으면 됐다. 밖에서 소리가 들려왔다.

"이 미친 여자 친구들아!"

김환성이 외치는 소리를 듣고 한진수가 씨익 웃었다.

'폐하도 오셨고. 음, 나이트들도 왔고.'

그럼 이제 나머지 일들은 저 딸 등신과 동생 등신들이 알아서 할 거다.

'그럼 나는 착한 척해야지.'

굳이 아내 앞에서 험악한 모습 보일 필요 없지 않은가. 게다가 기본적으로 김상희는 이 세계의 여자들에게 연민 비슷한 것을 느끼고 있다. 이 여자들을 아마도 그렇게까지 미워하지는 않을 거다. 이 세계가, 이 세상이 이 여자들을 이렇게 벼랑 끝으로 몰아세웠다고 그렇게 억지로라도 생각하고 있을 것이 분명했다. 한진수가 아는 김상희라면 그랬다.

'그러니까 난 착한 놈.'

나이트들이 들이닥쳤다.

"꿇어, 이 미친년들아."

한진수가 또 씨익 웃었다.

'너희는 나쁜 놈.'

김환성도 들이닥쳤다. 정말 화가 났는지 여자들의 머리통을 한 대씩 후려쳤다. 옆에 김상희가 있어서 좀 살살 때렸음에도 불구하고, 정말 커다란 소리가 났다. 잘못했으면 죽었을 수도 있었다.

'형님은 더 나쁜 놈.'

김훈상이 걸어 들어왔다. 여자들은 이미 무릎 꿇려진 상태. 언제나 그렇듯 김훈상이 위엄 넘치는 표정으로 김환성에게 말했다.

"내가 너를 그렇게 가르쳤더냐?"

"아, 그게요…… 아부지."

김환성은 머뭇거렸다. 아부지가 뭘 말하는지 단박에 알아차렸다. 뭐가 됐든 할 때는 정말 확실히 해야 한다. 그렇지 않으면 안 하느니만 못하다. 그러니까 아부지의 말은 이왕 때릴 거면 정말 아프게 때렸어야 했다는 거다. 죽기 직전까지 말이다.

한진수는 직감했다.

'폐하가 가장 나쁜 놈이 되었어야 했는데.'

역시 폐하는 호락호락하지 않았다. 김환성을 움직여 대신 복수를 하고 있지 않은가.

'뭐 어쨌든.'

결과는 나쁘지 않았다. 아내에게는 아무런 일도 벌어지지 않았고 결정적인 순간에 아내를 구해냈으며, 또한 착한 역할만 했다. 나쁜 역할은 다른 사람들이 알아서 잘해 줬다. 또 씨익 웃음이 나왔다.

그런 한진수를 보고 나이트 중 한 명이 고개를 갸웃했다.

"한진수 님, 뭔가 좀 사악해 보이지 않아?"

김훈상이 말했다.

"처우는 김환석 왕자에게 일임하겠다."

여자들은 고려 왕궁으로 압송됐다. 나머지 인원들도 왕궁으로 돌려보냈다. 이제 이곳에는 아기를 잃은 그 여자, 한진수, 김상희, 그리고 김훈상만 남게 됐다.

한진수는 고개를 갸웃했다.

'무엇을 말씀하시려고 저러는 거지?'

김훈상이 조용히 입을 열었다.

"너는 괜찮은가?"

그의 눈은 여자를 향하고 있었다. 한진수는 충격을 받았다.

'폐하께서…… 상희가 아닌 다른 여자에게 위로를 건네셨다.'

어떻게 이런 일이 있을 수 있는가. 너무나 신기한 일이었다. 이제 여자는 김훈상의 정체에 대해서 알게 됐다.

"폐, 폐하……!"

무릎을 꿇고 머리를 땅에 박았다. 감히 왕의 얼굴을 똑바로 쳐다볼 수는 없었다.

“일어나라. 너는 내게 죄를 짓지 않았다. 비록 너 때문에 내 딸이 위험에 처할 뻔하기는 했지만.”

그 말에 김상희는 황당해졌다. 내가요? 언제요? 묻고 싶었다.

“너는 네 사랑하는 자식을 잃었다. 그 마음, 내가 알고 있다.”

“폐하……!”

그 별거 아닌 말에 여자가 꺼이꺼이 목 놓아 울기 시작했다. 김훈상은 여자를 쳐다봤다. 그리고 김상희를 쳐다봤다. 저 여자의 마음, 정말 잘 알고 있다. 가슴이 찢어지는 기분이 들 거다.

김훈상이 말했다.

“김유신.”

모습을 숨기고 있던 김유신이 모습을 드러냈다.

“이 여자를 왕궁으로 데리고 가라. 그리고 적당한 자리를 주고, 생활에 불편함이 없게 해라. 나의 특명이다. 그리고 슬픔에서 벗어날 수 있을 때까지 그 누구도 이 여인을 강제하지 못하게 하라.”

“명을 받듭니다.”

김상희마저도 놀랐다. 이제 개차반이라고 하기에도 미안할 지경이다.

김훈상이 김상희를 쳐다봤다. 김훈상은 거의 3분 동안 김상희를 멀뚱멀뚱 쳐다보기만 했다.

김상희는 안다. 김훈상은 뭔가 중요한 말을 하려고 할 때 저렇게 머뭇거린다. 아, 물론 겉으로 보기에는 전혀 머뭇거리는 것 같지 않지만.

‘무슨 말을 하려고…… 오늘은 좀 긴데……?’

김훈상의 입에서 여태까지는 상상도 할 수 없었던 말이 흘러나왔다.
"김상희, 너는 여자들을 위한 세상이 올 거라고 생각하는 거냐?"
"……."
김상희는 대답하지 못했다.
'개차반 씨가 무슨 말을 하려는 거야?'
그러나 김훈상은 딱히 김상희의 대답을 듣고자 했던 건 아니었던 모양이다.
"나는 예전부터 네 길을 응원하겠다고 마음먹었다."
예전 고려 왕궁을 벗어나 백제와의 대전투를 향해 나아갈 때 여자들을 보면서 그런 생각을 했었다. 세상은 변화하고 있고 그 변화의 시작은 김상희였으며, 자신은 그 변화를 뒤에서 응원하겠다고 말이다. 그 길이 비록 이 세계 기준으로는 말도 안 되고 허황 찬란하며 쓸데없는 길이라고 할지라도 말이다.
"아빠……?"
"그래, 내가 네 아버지다. 아버지이기 때문에 나는 네 길을 응원하겠다는 것이다."
한진수의 표정이 조금 안 좋아졌다.
'나쁜 놈으로 만들려고 했는데.'
다른 왕자들은 다 넘어갔는데 이 아버님만 안 넘어간다. 착하고 나쁘고는 어느 정도 상대적인 개념이다. 나쁜 놈 옆에 있으면 더 착해 보이는 법이고, 착한 놈 옆에 있으면 더 나빠 보이는 거다. 그래서 다른 사람은 다 나쁜 놈으로 만들고 자기만 착해지려고 했다.
'나쁜 놈은커녕 멋진 놈이 되려고 하시네.'
역시 호락호락하지 않았다. 한진수가 선수를 쳤다.

"나는 너를 사랑하는 남자이기 때문에 네 길을 함께 만들어 갈 거야."

김훈상이 인상을 찡그렸다. 저놈이 감히? 간만에 폼 좀 잡아 보려고 했더니 사위 놈이 망쳤다. 이런 말을 할 때엔 타이밍이 중요하다. 그런데 타이밍을 빼앗겼다. 원래는 '너는 네 길을 가라. 내가 전폭적으로 지원하겠다. 내 딸이 원하는 것이, 바로 내가 원하는 것이다'라고 말을 하려고 했다. 결론적으로 말하자면 김훈상은 지금 왕의 말을 끊은 한진수가 짜증 나는 게 아니라, 멋진 모습을 보일 수 있는 기회를 빼앗겨서 짜증이 난 거다. 물론 말은 이렇게 했다.

"왕의 말을 끊는 것은 어느 나라 예의냐?"

겉으로는 위엄을 잃지 않았다. 한진수는 그 속마음을 파악했다.

'그게 아니라 타이밍 놓쳐서 그렇잖아요.'

미리 답을 생각해 놨다. 김훈상이 천재라면 한진수도 천재다. 수싸움에는 이골이 났다.

"제 아내, 그리고 폐하의 따님을 너무나 사랑한 나머지 그 마음을 감히 숨길 수가 없어 저도 모르게 말이 튀어나왔습니다. 정말 죄송합니다. 제가 죄인입니다."

"……."

김훈상이 아무도 모르게 입술을 깨물었다. 저놈이 정말 보자 보자 하니까. 옆을 보아하니 김상희는 지금 사랑에 빠진 소녀의 눈동자를 하고서 저 도둑놈 새끼를 쳐다보고 있지 않은가. 물론 김훈상의 착각이다.

김상희는 속으로 이렇게 생각하고 있었다.

'아, 진짜 가지가지 하네.'

이 남자들, 너무 중증이다. 이건 과하다. 두 남자의 속마음이 뻔히

다 보인다. 아는데 모르는 척해야 하는 게 답답했다. 어쨌거나 진심은 알겠다. 두 남자 모두 자신이 어떤 생각을 하고 있는지 대충이나마 파악하고 있으며 자신을 응원해 주겠다고 했다. 그 마음은 정말 고맙다.

'아빠란 아저씨나, 남편이란 아저씨나 정말이지…….'

답이 없다. 마음은 정말 고마운데 표현 방법이 저렇게 서툴러서야. 타이밍도 조금 이상하다. 이쯤 되면 자기가 멋있게 보이고 싶어서 그러는 건지, 정말로 자신을 위하는 건지 분간하기도 조금 애매하지 않은가.

김훈상이 말했다.

"나는 이 나라의 왕이다. 이 나라의 태양이며, 이 나라의 그 누구보다도 높은 이다. 그런 내가 너를 돕겠다. 너는 내 팔을 의지하며 네 길을 걸어라. 내가 너의 힘이 되겠다."

말하자면 '자, 봐라 사위 놈아. 그래 봤자 너는 일개 한진수고 나는 고려의 국왕이다' 이렇게 유세를 떤 거다.

그 뜻을 깨달은 한진수는 속으로 이를 갈았다.

'치사하게 권력 가지고 이렇게 나오시다니.'

하지만 한진수는 이내 여유를 되찾았다. 그런 권력 같은 거, 전혀 중요하지 않다. 한진수는 씨익 웃었다.

김훈상은 불안해졌다. 저놈이 왜 웃지?

"저는 폐하와 같은 대단한 능력은 없습니다."

김훈상은 더더욱 불안해졌다. 그럴 리가. 저놈, 마음만 먹으면 황제도 될 수 있는 놈이다. 자기가 귀찮다고 황제 자리를 걷어찬 놈인데, 능력이 없을 리가 없다. 왜 저렇게 밑밥을 까는 건지 모르겠다.

"하지만 저는 상희의 남편입니다."

김훈상은 말하고 싶었다. 그게 제일 짜증 나는 거다.

한진수가 말을 이었다.

"제게는 경천동지할 능력 같은 건 없으나, 상희가 슬플 때 함께 슬퍼할 수 있고 기쁠 때 함께 기뻐할 수 있습니다. 위로가 필요할 때 위로를 할 것이며, 눈물이 필요할 때 함께 울어줄 것입니다. 상희는 제게 있어서 이 세상 그 무엇보다도 크고 이 세상 그 무엇보다도 아름다운 보물입니다. 그 보물의 옆자리가 제가 되어서 저는 너무나 기쁩니다. 폐하에 비하면 아무것도 가진 것이 없으나 딱 한 가지, 자신 있는 것이 있습니다."

한진수의 미소가 짙어졌다.

"여자는 사랑받을 때 가장 빛나는 법입니다."

승리자의 미소였다.

"저는 상희를 이 세상의 빛이 되도록 하겠습니다. 고려의 태양이 폐하이듯, 저의 태양이 바로 상희가 될 것입니다."

한진수가 물었다.

"상희, 너 괜찮아?"

김상희는 여자에게 호감을 갖고 있다. 이 세계를 바꾸고 싶어 한다. 그런데 같은 여자에게 큰일을 당할 뻔했다.

김상희는 밝게 웃었다. 이런 상황, 예상하지 못한 거 아니다.

"괜찮아."

한진수와 김훈상이 유치한 것은 차치하고서 김상희는 한진수에게는 고마웠다. 한진수의 볼에 가볍게 키스해 줬다. 쪽 소리가 나자 한진수는 정말로 세상을 다 얻은 등신처럼 실실 웃었다.

한진수가 김상희의 손을 잡았다.

"그럼 가보실까?"

"응?"

차 키는 반쯤 강제로 빼앗겼다. 왕께서 드라이브를 하고 싶다나 뭐라나. 그래서 그냥 줬다.

"드라이브도 할 겸 나왔는데 차도 없으니까."

그럼 그냥 워프를 사용하기로 했다.

"우리 신혼집 구경해야지. 아마 깜짝 놀랄 거야. 자신할 수 있어."

한진수가 워프를 했다.

이때까지만 해도 김상희는 알 수 없었다. 왜 한진수가 그렇게 자신만만하게 '깜짝 놀랄 것'이라고 호언장담했는지 말이다.

나는 주위를 둘러봤다.

음, 어라?

"집으로 간다며?"

주위를 둘러보니 집이 아니었다. 흡사 고려 왕궁 내에 있는 정원 같은 곳이었다. 이름은 잘 모르겠지만 높은 침엽수들이 일렬로 죽 늘어서 있었다.

'이곳은…….'

내가 언젠가 진수와 함께 걸었던 길이 생각났다. 양옆으로 높이 솟은 나무가 일렬로 늘어서 있고 진수와 나는 그 길을 걸으며 서로 사랑을 속삭였었다.

"이건……?"

오른쪽 아래를 봤다. 거기에는 대리석인지 뭔지 제대로 알 수는 없지만 매끈한 소재의 비석 같은 것이 있었다. 거기에는 이런 글자가 쓰여 있었다.

느려도 괜찮아요. 사랑을 속삭이는 걸음은.

나는 진수를 올려다봤다. 진수는 무언가를 회상하듯 눈을 감고 있었다. 진수가 말했다.

"그때…… 네가 나한테 그랬잖아. 걸음이 왜 이렇게 느리냐고."

그랬었다. 솔직히 말하면 그때 나는 화장실이 가고 싶었다. 경치도 좋고 분위기도 좋은 건 맞았는데 그래도 생리 현상이 너무 급했었다. 진수한테 '나 급똥 마려 죽겠어'라고 얘기하지도 못했던 때다. 화장실 가겠다고 말하면 될 일인데, 이상하게도 그 말이 안 나왔었다. 그래서 괜히 진수를 구박했었다. 빨리 좀 걷자고. 진수는 아직도 모르고 있겠지만.

"그때 나는 네가 좋아하는 이 길 위에서 우리가 좀 더 긴 시간을 함께 보냈으면 좋겠다고 생각했어."

알아. 하지만 난 급똥 상태였었지. 그 말을 삼킨 내가 다시 물었다.

"그래서 저런 머릿돌을 만들어 놓은 거야?"

"응."

진수가 앞장서서 걸었다. 뭔가 이상하다. 분명히 집을 보여준다고 했는데? 얘가 워프 실수를 한 건 아닌 것 같고.

"응?"

땅이 저절로 움직였다.

"마력으로 구동되는 무빙워크야. 충전식이라서 너도 이용이 가능해."

"세상에……."

그때 진수가 얘기했었다. 이 길을 너랑 나랑 함께 차를 타고 달리면 좋겠다고. 그런데 이게 뭐야? 차가 아니라 땅을 타고 달리고 있네. 속도 자체는 그렇게 빠르지 않아서 주변의 분위기를 만끽하기에는 충분했다. 나무로 만든 예쁜 간판에는 이런 말이 쓰여 있었다.

초록색 나뭇잎들 사이로 황금빛 태양이 스며드는 곳.

아…… 나는 진수를 또 쳐다보고야 말았다. 저 글귀, 내가 중학교 때 썼던 글이다. 뭐였더라. 독후감이었는지 기행문이었는지는 잘 기억이 안 나는데 그때 상을 받았었다.

"내가 했던 말을 그렇게 다 기억하고 있는 거야?"

"그럼. 너와 있었던 순간순간이 내게는 모두 보물이었는데. 보물을 잊고 다니는 멍청이는 없잖아."

계속해서 땅이 움직였다.

"이, 이건 또 뭐야?"

깎아지르는 듯한 절벽, 화산지대의 주상절리 같은 모양새. 안전을 위하는 것인지 투명 유리창 밖으로 보이는 저곳은 푸른 에메랄드빛 색깔의 바다였다.

진수가 말했다.

"내가 해안 도로에서 오픈카 타고 드라이브해 보고 싶다고 했잖아. 그때 너는 오픈카 필요 없고 그냥 산책이나 하자고 핀잔을 줬었지만.”

“…….”

그때, 김상희도 솔직히 마음이 동하기는 했다. 푸른 바다를 내려다보며, 바람을 맞으며 드라이브를 하면 기분이 참 좋을 것 같기는 했다. 하지만 괜히 그런 소망을 말했다가, 현실의 진수가 자존심 상할 것 같아서 일부러 그런 얼토당토않은 생각은 하지도 말라고 했다.

‘그래서…….’

지금 여기다가 해안 도로를 만들었다고? 그것도 저절로 움직이는 땅? 그냥 움직이는 것도 아니다. 이를 테면 해저터널 같다. 투명한 유리창으로 덮여 있고, 우리는 그 길을 따라 가만히 서 있기만 하면 된다.

“물론 드라이브도 가능해. 저기 아래 보여?”

이곳은 해안 절벽. 그런데 저만치 아래, 절벽의 중간쯤에 굽이굽이 돌아가는 도로가 하나 보였다.

“저기는 드라이브 코스야. 바다랑 최대한 가깝게 만들었어.”

“여기에…… 바다가 있었어?”

진수가 피식 웃었다.

“인공 바다인데?”

……뭐라고?

진수가 또 한 번 피식 웃고는 내 머리를 쓰다듬었다.

“사실 바다는 아니고.”

저게 바다가 아니면 뭔데? 좌로 봐도 우로 봐도 어딜 봐도 바다인데. 심지어 저기 수평선이 보인다고.

“바다를 모티브로 해서 만든 거대한 인공 호수야.”

"이게……?"

그러고 보니 들어본 적 있는 것 같다. 엄청나게 넓은 호수는 흡사 바다처럼 보이기도 한다고. 너무 넓어서 말이다.

"그러니까…… 해안 도로 드라이브를 하고 싶어서 인공 바다를 만들었다는 거야?"

"응. 마음에 들어?"

마음에 들고 아니고를 떠나서 이건 정말 미친 거 아닌가 싶다. 드라이브하려고 도로를 새로 깔다니. 그것도 해안 도로를. 스케일 한번 거대하다.

나는 얼떨떨해진 상태로 물었다.

"그런데…… 우리 신혼집에 간다면서?"

"신혼집에 와 있잖아."

"응?"

"여기."

나는 한참이나 말을 하지 못했다. 무슨 말인지, 좀 오랫동안 생각해 봐야 했다. 그러고 나서 깨달았다.

"설마……."

"이거 전체가 우리 신혼집인데? 여기가 실내야."

한진수는 신혼집 준비에 심혈을 기울였다. 과거의 추억을 곱씹어 보고, 그 추억을 되살릴 수 있는 그런 특별한 공간을 만들기를 원했다. 과거의 상희가 원했던 것, 지금의 상희가 원하는 것, 그 모든 것을 다해 주고 싶었다.

혹자는 미쳤다고 말할 수도 있고, 호구라고 말할 수도 있지만 한진수는 아랑곳하지 않았다. 내가 사랑하는 여자를 위해 하겠다는데 그게 왜? 돈이 많이 든다? 그런 거 상관없다. 돈이 아무리 귀중해도 김상희의 머리카락보다도 덜 중요하다. 호구다? 내 여자에게 호구가 되는 거, 그게 뭐 어때서.

한진수는 신혼집을 거대하게 준비했다. 일반적인 집의 구조와는 완전히 달랐다.

한진수가 만든 그 특수한 시설이 가동되자, 세계 각지의 첩보부가 긴장하기 시작했다.

"한진수가 새로운 건축물을 만들고 있습니다. 투명한 돔 형태의 이상한 곳인데, 그 안에 거대한 인공 호수를 만들고 정원 등을 만들었습니다."

"투명한 돔?"

"중요한 군사기밀을 다루는 군사 요새일 가능성이 큽니다."

신혼집이라고는 아무도 상상하지 못했다.

"돔의 강도는…… 토마호크 미사일도 막을 수 있을 정도라고 합니다."

"고려 왕궁의 쉴드에 버금가는 특별한 공간이라는 소리군."

"그렇습니다."

"고려에서 그것을 허가했나?"

"허가했을 겁니다. 그렇기 때문에 조심해야 합니다."

고려가 허가했다. 고려는 제국으로 발돋움을 하려고 하고 있다. 그러려면 강력한 군사력이 필수다. 그 군사력을 한진수가 갖고 있다. 프리온 나이트라는 이름으로.

"어쩌면 프리온 나이트를 육성하고 키우기 위한 비밀시설일 수도 있습니다.”

“그래서 온갖 미로와 호수를 만들었군.”

미로가 아니고 산책로다. 산책로치고 지나치게 광활하기는 하지만 마력으로 구동되어 걸어 다니는 데에도 전혀 지장이 없었다.

“거대한 마력장이 포착되었습니다.”

당연하다. 한진수가 아끼는 이른바 ‘어화둥둥 내 새끼’ 걸어 다니면 힘들 테니까. 그래서 집 안을 전부 무빙워크화했다. 그것도 충전식이다. 충전식으로 이런 거대한 시스템을 운용하려면 어마어마한 마력이 필요하다. 이것을 유지하는 데 들어가는 비용도 천문학적이다.

“상상하기도 힘들 정도의 마력장입니다. 일개 군사시설이라고 보기에도 힘들 정도입니다. 따라서 프리온 나이트의 육성 기관이라고 보는 것이 타당할 것 같습니다.”

거대한 호수까지 있다. 수평선이 보인다. 눈으로는 끝이 확인조차 안 된다. 그렇다는 말은 수중 훈련까지도 계획을 하고 있다는 소리다. 그렇지 않고서야 저렇게 거대한 인공 호수가 필요할 리 없으니까.

“저번부터 고려의 움직임이 심상치가 않다.”

김환석의 군사위성이 움직이고, 고려 왕과 나이트들이 움직이며 일대 파란이 일었었다. 그리고 얼마 지나지 않아, 예전부터 먼발치서 주시하기만 했던 한진수의 군사시설이 가동되기 시작했다. 이것이 의미하는 바가 무엇일까? 이것을 두고 많은 첩보기관이 머리를 싸매야만 했다. 고려의 심기를 거스르는 행동을 하면 안 된다. 그것은 곧 멸망을 의미한다. 그들이 취할 수 있는 최선의 선택은 고려의 행동을 면밀히 관찰하고 그 의도를 파악하여 고려의 뜻에 반하지 않게 행동하는 것이다.

"뭔가…… 엄청난 바람이 불 것 같군."

"그 바람이 피바람이 되지 않기를 빌어야 할 것 같습니다. 저희 정보부가 최선을 다하겠습니다."

"그래, 너희를 믿겠다."

그들의 대화는 자못 비장하기까지 했다.

자신이 만든 신혼집 때문에 세계가 긴장하고 있다는 걸 알 리 없는 한진수가 태연히 말했다.

"어때? 드라이브 코스로 제격이지?"

"……어."

한진수가 한 곳을 가리켰다.

"짜자잔."

"응……?"

한진수가 가리킨 곳을 봤다.

'저곳은…….'

한진수와 김상희가 살았던 원룸과 외양이 똑같았다.

"안에 들어가 보자."

둘의 과거가 고스란히 녹아 있었다. 둘이 썼던 이불, 둘이 썼던 컴퓨터. 김상희가 뭔가에 홀리기라도 한 듯 책상에서 무언가를 집어 들었다.

"이건…… 내가 쓰던 펜이잖아?"

"모양이 정확하게 기억은 안 나서 대충 복원해 봤는데…… 어때?"

김상희는 멍하니 그걸 쳐다만 봤다. 애초에 자기가 쓰는 펜이 어떻게 생겼는지 아는 사람 별로 없다. 펜은 그냥 펜이다. 펜을 굉장히 아끼고 좋아하는 사람이 아니라면 대부분 그럴 것이다.

"너 진짜……."

한진수가 웃었다.

"여긴 우리의 과거가 녹아 있는 곳이야. 그래서 박물관이라고 이름을 지었어. 여기서 살 건 아니고……."

걸음을 좀 더 옮겼다. 그랬더니 이상한 곳이 나타났다. 김상희가 고개를 갸웃했다.

"무슨 마법진같이 생겼는데?"

아주 옛날, 몇 번인가 봤었던 로봇 만화영화에 나올 법한 그런 문양이 바닥에 새겨져 있었다. 그 위로는 황금색 빛줄기가 이따금씩 솟구쳐 올랐다.

"워프 포탈이야. 집이 너무 넓어서 너 혼자서는 못 돌아다니거든. 그래서 만들었어."

참고로 워프는 마력을 가진 남자들도 못 한다. 정말 극소수의 사람만 할 수 있는 최상급 기술이다.

"환석 형님께서 많이 도와주셨어."

그런데 이제 과학기술을 빌어 김상희도 워프를 할 수 있게 됐다.

"비록 집 안에서 포탈로의 이동밖에 안 되기는 하지만."

김상희는 모른다. 이 시스템을 구축하고 운용하는 데 한 달에 수천만 원 이상의 경비가 필요하다는 것을.

"나중에 자세한 작동법 알려줄게. 일단 이동하자."

유럽식 정원과 주상절리 해안 도로를 지나 워프를 한 곳은 김상희를 다시 한 번 놀라게 만들었다.

"세상에…… 이게 뭐야……?"

실내에 인공 호수—인공 호수라고는 하지만 바다에 가까운—가 있는 집. 해안 도로를 끼고 드라이브를 하고 싶은데, 해안 도로까지 가기가 귀찮아서 집 안에 해안 도로를 만들어 버린 그 스케일을 접했다. 그 이후로는 이제 놀라지 않을 거라고 생각했는데 김상희는 또다시 놀라고 말았다.

"세상에……."

"뭘 그렇게 놀라?"

"저게 뭐야?"

"응, 여기 관리할 사람들이랑 손님들 묵을 곳."

그렇다고 하기엔 너무 지나치게 거대하지 않아? 라고 묻고 싶었다. 하나의 도시 같았다. 철저한 도시계획 아래 짜여진 도시 같은 느낌. 대로 양옆으로 대형 빌딩이 즐비해 있기는 하나, 사람도 없고 차도 없었다. 그저 잘 닦여진 아스팔트 길만 보였다.

"아직 아무도 입주 안 해서 좀 썰렁하지?"

김상희는 한진수를 쳐다봤다.

"그러니까…… 집 안에 도시를 만든 거야?"

"응. 네가 원하는 게 있기도 했고."

"내가 원하는 거……?"

한진수가 설명을 이었다.

"너는 이 세계가 변화하길 원하잖아."

김상희는 묻고 싶었다. 그거랑 신혼집이랑 무슨 상관이야? 묻기도 전에 한진수가 계속 말했다.

"이곳은 이제 상희 특별자치구가 될 거야."

"뭐라고?"

"음, 이건 대외비이긴 한데……."

밖으로 새어 나가서는 조금 곤란한 비밀이다. 아직까지 공표된 사실도 아니고. 이곳은 김훈상의 승인 아래 지어진 한진수의 자택이다.

"이 자택은 사유지거든. 사유지 내에서는 주인이 그 권리를 행사할 수 있어."

한진수가 놀라운 말을 이어나갔다.

"그래서 일단은 이 집을 상희 특별자치구라고 이름을 지은 거야. 아직 확정된 이름은 아니니까 일단은 흘려들어."

"……."

김상희는 말을 잇지 못했다. 집 크기가 하나의 자치구만 하다니, 뭐 이딴 집이 다 있나 싶었다. 그런데 얘기를 듣고 있노라니 그냥 집은 아닌 듯했다. 굳이 '특별자치구'라는 이름을 붙였고 또한 '사유재산의 권리'를 언급하고 있는 걸 보면 뭔가 특별한 이유가 있는 것이 틀림없었다.

"여기 말고도 도시를 여러 개 만들 거거든."

"응."

"최고의 복지와 교육 여건 등을 마련해 줄 거야."

"……응."

"신도시를 세운다는 거지."

"……."

집 안에 말이지……? 김상희는 잠자코 들었다.

"이 신도시에서는 최상의 대우를 받을 수 있을 거야. 내 개인 집이고 내가 내 손님들을 대접하는 거니까."

"……."

김상희는 여전히 아무 말도 못 했다. 개인 집의 손님을 대접하는데, 그 손님이 도시민이라니. 어떻게 이런 발상을 할 수가 있는 건지. 천재라더니 정말 천재가 맞는 것 같다는 생각이 들었다.

"대신에 이곳은 우리 집이니까, 우리의 허락을 받은 사람만 들어올 수 있어."

"……응."

"이곳은 프리온 나이트들이 경비를 책임지게 될 거야."

한진수는 거기까지만 말했다. 사실 여기에는 프리온 나이트만 있는 게 아니다. 신혼집을 만든다는데 가만히 있을 동생 등신이 아니다. 그 동생 등신의 이름은 김환석. 천문학적인 돈을 들여 최고의 중앙 경비 시스템을 구축해 놨다. 어지간한 왕국의 왕성보다도 삼엄한 경비를 자랑한다. 타국이 군사 요새라고 오해하는 건 어찌 보면 당연하기도 했다. 어쨌든 한진수는 그 사실은 말하지 않았다. 말하지 않은 거지 거짓말을 하는 건 아니었으니까. 한진수가 피식 웃고선 김상희의 머리를 쓰다듬었다.

"그러니까 이곳은 최고의 복지와 최상의 의료 및 교육 환경이 제공될 거야. 거기에 철통같은 치안까지 자랑하게 되는 거지."

"신혼집…… 치고는 지나치게 거대한 거 아니야……?"

"걱정 마. 워프 포탈이 있으니까 네가 이동하는 것에는 그다지 무리 없을 거야."

어, 어이. 그게 아니잖아. 내가 걱정하는 건 지금 그게 아니라고……. 김상희는 할 말을 잃었다. 이럴 때 보면 정말 천재가 맞나 싶다.

"어쨌든 이곳은 최고의 환경을 갖춘 우리 집이고, 우리의 허가를 받은 사람만 들어와서 생활을 할 수 있어. 여기에 가장 큰 특징은 이후 폐하께서 은퇴를 하신 후에 여기에서 생활을 하실 거라고 말씀하셨다는 거고."

물론 아직 대외적으로 밝혀지지 않은 기밀사항이다. 김상희도 몰랐고.

"왕께서 움직이시면 그에 따른 세력이 움직이게 마련이거든."

한진수가 비로소 이 집(?)을 만든 이유를 설명했다.

"이곳에 모이게 될 사람들은 아마도 고려 내에서도 사회 지도층이 될 거야."

아무나 오지는 못할 거다. 소위 말하는 엘리트 집단이 이주해 오게 될 것이다.

"그럴 경우 사회 지도층은 내게 대접을 받는 대신, 내 집의 법은 지켜야 하겠지. 그들은 손님이니까."

"그 법이 뭔데?"

"우리 집에서는 남녀 차별이 없을 거야."

"……응?"

"남자와 여자, 모두가 동등해. 여자를 우위에 놓는다는 소리가 아니야. 성이라는 것을 배제하고서 동등한 인격체로 대우할 거야."

"그게…… 가능할까?"

"물론 쉽지는 않다고 생각해. 하지만 이곳은 프리온 나이트들이 지키고 있어."

프리온 나이트는 불과 얼마 전까지만 하더라도 제국이 자랑하는 최강의 전략 병기였다. 지금은 비록 집 지키는 문지기밖에 안 되지만 말이다.

"내 집의 법을 지키지 않는 손님은 필요 없어."

다시 말해 다소 무력을 사용할 수도 있다는 소리였다.

"대부분의 거리에 CCTV가 설치되어 있어. 적어도 밖에서는 그 누구도 여자를 무시할 수 없을 거야. 애초에 그렇게 서약을 해야만 이 집에 들어올 수 있을 테니까."

"……."

김상희는 말을 잇지 못했다. 이 세계를 바꾸고 싶다, 바꾸고 싶다 생각은 했었지만 그 생각을 구체화시켜 본 적은 없었다. 아직 그럴 만한 힘도 없었고. 분명히 그렇다고 생각했는데 아빠와 오빠, 그리고 남편이 움직이니 뭔가 그럴싸한 그림이 나왔다.

"물론 이걸로 전 세계가 변할 거라고 생각하지는 않아. 이 세계는 이미 안정화를 이룬 세계고 몇몇 개인이 단시간에 변화시킬 수는 없어."

"……."

"그렇지만 이것이 시작이 될 거라고 생각해. 내가 아까 말했던 거 기억나? 이곳에 모이게 될 사람들이 어떤 사람들인지."

"응."

아까 들었다. 왕부터 시작하여 사회 지도층이 모이게 될 거라고.

"빠르든 늦든 대중들은 사회 지도층을 따라가게 되어 있거든."

"아……."

무슨 말인지 알 것 같았다. 일단 이곳을 시작으로 하여, 남녀평등의 바람을 조금씩 불러일으키려고 하는 것 같았다.

김상희가 한진수를 쳐다봤다.

"진수 너는……."

한진수가 이런 일을 하는 이유는 간단했다. 김상희가 원하니까. 더 정확히 말하자면 자신이 사랑하는 김상희가 원하니까. 그러니까 귀찮음과 번거로움을 무릅쓰고 이러는 거다. 김상희가 시킨 적도 없다. 세계를 바꿔 달라고 요구한 적도 없다. 한진수는 순수하게 김상희가 원하는 것을 대신해 주고 싶을 뿐이다.

"왜…… 이렇게까지 하는 거야?"

"이 세계 여자들이 차별당할 때의 네 표정을 봤거든."

"……."

"나는 그 여자들 때문에 네가 슬퍼하는 모습이 보기 싫어. 아니, 볼 수 없어."

"……."

한진수가 김상희의 턱을 살짝 들어 올렸다.

"불가능한 거 아는데…… 나는 네가 항상 웃었으면 좋겠어. 항상 행복했으면 좋겠어. 내가 바라는 건 그게 다야."

한진수는 침을 꼴깍 삼켰다. 늘 느끼는 건데, 오늘 또 느꼈다. 정말 미치도록 예뻤다. 눈에 넣어도 안 아플 만큼. 한진수의 표정이 조금 진지해졌다.

"아참, 나 바라는 거 하나 있는데."

한진수의 표정이 진지해지자 김상희도 약간 긴장했다. 원래 이런 거 말하는 아이가 아니다.

'그러고 보니…….'

진수는 자신에게 바라는 것이 정말로 별로 없었다. 진수는 김상희에게 뭔가를 해달라고 요구한 적도 없었다.

'다만 옆에 있기만 해달라고…… 바라는 건 그게 다라고, 그렇게 말했었어.'

그 사실을 떠올리니 괜스레 짠해졌다. 정말 바보 같았다. 사랑이라는 건 이성으로 설명할 수 없는 것 같았다.

'하다못해 나는…… 이거 사달라, 저거 요리해 달라, 여기 가자, 이렇게 투정도 부렸었는데…….'

그때마다 진수는 거절이란 걸 하지 않았다. 물론 김상희가 말도 안 되는 수백, 수천만 원짜리 가방을 사달라고 요구한 건 아니었지만 하여튼 김상희는 한진수에게 바라는 것이 제법 많았었다. 김상희는 그 사실을 떠올리고 나서 조금 더 긴장했다. 여태까지 자신이 바라는 걸 말한 적이 없었는데 말이다.

"그러고 보니 이렇게 너한테 직접적으로 요구하는 건 처음인 것 같네."

김상희가 되물었다.

"뭔데?"

한진수가 머뭇거렸다.

"뭐냐니깐? 왜 머뭇거려?"

"그게……."

"나한테 말하기 곤란한 거야?"

한진수가 잠시 눈을 감았다. 정말로 곤란한 것 같기도 했다. 도대체 뭔데 저렇게 뜸을 들이는 건지, 김상희는 괜히 더 긴장했다.

"뭐냐니까? 큰일이야?"

"그런 건 아니고……."

"그럼 뭔데?"

한진수가 한참을 머뭇거리다가 이내 말했다.

"나 뽀뽀 한 번만 해주면 안 되냐?"

"……응?"

순간 한진수가 결연한 표정을 지었다. 이왕에 말한 거, 끝까지 다 말할 생각인 것 같았다.

"나 요구할 것들이 좀 있어."

속사포처럼 말을 이었다.

"앞으로는 나한테 먼저 뽀뽀도 좀 해주고, 나한테 먼저 좀 안기고, 나한테 먼저 애교 좀 부리면 안 돼?"

"……응?"

그러니까 그게 그렇게 비장한 표정으로 말할 건 아닌 것 같은데……. 김상희는 복잡 미묘한 심정에 빠져들었다.

'뭐라고 한담?'

한진수는 애가 탔다. 지금 당장에라도 김상희가 안겨 들어서 새끼 고양이처럼 볼을 비벼주었으면 좋겠다고 생각했다. 다른 그 어떤 때보다도 김상희가 자신에게 안겨 있을 때 그는 제일 행복했으니까. 하지만 김상희는 호락호락하지 않았다.

"안 돼."

해달라는 대로 너무 쉽게 해주면 안 된다는 걸 김상희는 머리가 아닌 본능으로 알고 있었다. 이유는 딱히 설명하기 힘들었지만 하여튼 그녀는 그렇게 생각했다.

세계의 대천재 한진수가 울상을 지었다.

"왜!"

"안 돼. 민망하잖아."

"아씨……."

한진수는 제법 토라졌다. 실제로 토라진 건 아닌데 괜히 서운했다.

내가 너한테 정말 잘하려고 노력하고 있는데 뽀뽀 한 번 정도는 해줄 수 있는 거 아니냐! 그렇게 겉으로는 드러내 놓지도 못하고 속으로만 반항했다.

김상희는 혀를 살짝 내밀고 배시시 웃었다. 일부러 귀여운 척을 하는 게 아니었다. 그냥 한진수 앞이라서 저절로 그런 표정이 나왔다. 한진수가 한차례 서러움의 바다에서 헤엄치고 난 뒤에 김상희가 한진수에게 안겨 들었다. 그리고 발뒤꿈치를 들어 한진수의 입술에 뽀뽀했다. 쪽 소리가 났다. 김상희의 돌발 행동에 한진수의 광대가 꿈틀거리기 시작했다. 그리곤 하늘 높은 줄 모르고 치솟았다. 서운했던 건 아주 잠시, 오히려 그 서운함이 기쁨으로 바뀌었다. 그 기쁨이 더 증폭됐다. 한진수가 김상희를 꽉 껴안았다.

김상희는 신혼집을 처음 봤을 때부터 아끼고 아꼈던(?) 그 말을 하기로 했다. 사실 여태까지 참느라 힘들었다.

"오빠야."

여기서는 오빠가 맞다. 그리고 한진수는 예전 세계에서 동갑일 때도 오빠 소리를 참 듣고 싶어 했었다. 한진수가 김상희를 쳐다봤다. 그의 얼굴에는 행복감이 가득 들어차 있었다. 행복해서 미친다면 저런 표정이 아닐까 싶었다.

김상희는 원래 부산 출신이다. 주로 표준어를 쓰지만 아주 어쩌다가 사투리를 쓰기도 한다. 그럴 때면 한진수는 좋아 죽는다. 김상희가 사투리로 속삭였다.

"사랑한데이."

그러자 상상하지도 못했던 일이 벌어졌다.

예전에 김상희는 한 영화에서 이런 대사를 본 적이 있었다. 사람은 하늘을 날 수 없다고. 그런데 김상희는 이제 그 말이 거짓말이라는 것을 아주 잘 안다.

김상희는 고개를 들어 올렸다. 하늘은 푸르렀다. 투명한 돔이 씌워져 있다고는 하는데 육안으로는 구별이 되지 않았다. 하늘에는 아무것도 없는 것 같았다. 이게 문제다. 정말로 아무것도 없는 것 같다는 것.

김상희가 외쳤다.

"진수야!"

한진수가 하늘로 날아올랐다. 그런데 너무 높이 날아올라서 김상희의 눈으로는 식별이 불가능했다. 아마도 구름 위를 뚫고 올라간 것 같았다.

"무, 무슨 일이라도 생긴 건 아니겠지?"

아닐 거야. 아닐 거야. 그렇게 되뇌었다. 한참의 시간이 지나도 나타나지 않으니 걱정될 법도 했다. 만약 알렉스가 듣는다면 이렇게 얘기했을지도 모를 일이다.

'공주님도 참, 사서 고생하시네요. 멀쩡한 사람이 배탈 한 번 난다고 죽습니까?'

그 말인즉슨, 한진수에게 있어서 대기권을 돌파(?)했다가 떨어져 내리는 건 배탈 정도밖에는 안 된다는 소리다. 그러나 사랑하는 사람은 입장이 조금 다르다. 한진수는 김상희의 몸에 바람이라도 닿으면 걱정한다. 금이야 옥이야 조금이라도 다칠까 노심초사한다. 김상희도 마찬가지다. 물론 한진수만큼은 아니지만 하여튼 그 마음은 비슷하다. 한진수가 조금이라도 다칠 것 같으면 걱정된다. 사랑하니까 어쩔 수 없다. 머리로는 그다지 안 위험할 것을 아는데 그래도 혹시 나라는 게 있으니까.

각 나라의 첩보부는 이상한 것을 발견했다.

“영상 확대하겠습니다. 미확인 비행 물체는 한진수로 파악되었습니다.”

“저게 지금 무엇을 의미하는 거지?”

“파악 중입니다.”

한진수가 갑자기 모습을 드러낸 채 하늘을 날아다니고 있었다. 왜 그런지 파악하는 것이 바로 정보국이 할 일이다.

“도저히 알 수가 없습니다.”

“저희가 한진수의 모습을 파악할 수 있는 것조차 미스터리입니다.”

원래대로라면 저 안쪽은 제대로 투영이 되지 않아야 한다. 어쩌면 고려의 일급 군사시설일지도 모를–세계 정보부가 보기에는 그랬다–곳이다. 당연히 보안이 잘되어 있다. 일반적으로는 안쪽 상황이 제대로 보이지 않는다. 방해장이 펼쳐져 있으니까. 그런데 지금은 잘 보인다.

“의도는 모르겠지만 이번 기회에 안쪽을 최대한 살펴보겠습니다.”

아주 사소한 것 하나하나가 전쟁의 승패를 가르기도 한다. 이들에게 있어서 지금 이 순간은 아주 좋은 기회라고 할 수 있었다.

이것은 고려의 정보부에도 보고가 되었다. 고려 학자들조차도 고개를 갸웃했다.

“한진수가 이상한 행동을 보이고 있습니까?”

“예, 저희도 도저히 이해할 수가 없군요.”

사실 고려의 학자들조차도 긴가민가하고 있는 중이다. 저 광활한 곳이 정말로 신혼집이냐, 아니면 군사 시설이냐, 단순히 신혼집이라고 하기엔 너무나 철통같은 경계를 자랑한다. 또 지나치게 넓다. 그런데 한진수나 김훈상은 단순한 신혼집이라고 말한다.

고려 학자 중 한 명이 손바닥을 탁! 쳤다.

"아…… 저는 알 것 같습니다."

"뭐죠?"

"지금 고려의 과학기술 수준을 간접적으로나마 드러내고 있는 것 아니겠습니까?"

김상희는 잘 모르지만 김상희의 신혼집은 김환석의 역작이라고 할 수 있다. 타국에는 발표조차 하지 않은, 세상 사람들이 그 존재조차도 모르는 최첨단 기술이 총동원되었다.

"평소에 그들은 신혼집 안을 살펴보지 못했을 겁니다. 이번 기회를 빌려 열심히 탐지하려고 하겠죠. 한진수가 얼마 뒤, 다시 돔을 가동시키면 그때부턴 또 모든 정보가 제한될 겁니다."

"무슨 뜻인지 잘 모르겠군요."

"어린애들은 겁이 별로 없습니다. 왜냐하면 무서운 것을 모르기 때문이죠. 뭐가 무서운지 모르는데 어떻게 무서워하겠습니까?"

"……."

"같은 관점입니다. 평소에는 완벽한 보안을 자랑합니다. 그러나 이번에는 일부러 길을 터줬죠. 기술력을 보라고. 사실상 저렇게 방해장을 완벽하게 펼쳤다가 완벽하게 없애는 것은 엄청난 기술력이 필요합니다. 충전식 시스템이라 온 · 오프 시의 마력 소모도 어마어마하구요. 이것인즉, 시스템에 대한 내구성과 신뢰도를 완벽하게 자신하고 있다는 뜻으로 해석될 수 있겠죠."

또 다른 학자가 말했다.

"어쩌면 저들이 보고 있을 위성 영상조차도 거짓된 영상이라는 판단까지 이르게 할 수 있습니다. 지금은 한진수가 하늘을 날아다니고 있습니다. 저런 행동, 분명 이상하지 않습니까?"

"분명 이상합니다."

"우리는 그것에 집중해야 합니다. 한진수가 굳이 할 필요도 없는 이상한 퍼포먼스를 진행하고 있습니다. 그렇다는 말은……."

학자들은 깨달을 수 있었다.

"퍼포먼스! 그렇군요! 결국 저것은 시선 돌리기용입니다!"

몇 사람이 세계를 바꿀 수는 없지만, 그 몇 사람이 세계에 미치는 영향력은 어마어마하다. 세계를 이끄는 위대한 사람들 중 몇이 앓아눕기라도 하면 그와 연관된 주식이 폭삭 망하기도 한다. 멀리서 찾아볼 것도 없다. 고려 왕가의 김씨 부자들이 김상희에게 생일 선물을 주려고 세계 지도를 바꾸고 있는 판국이다. 결론은, 몇몇 사람의 영향력은 대단히 크다는 거다. 그 사람의 일거수일투족을 파악하는 것, 그것은 각국의 정보부들이 반드시 해야만 하는 일이다.

"저 행동에 분명히 어떠한 의미를 찾으려 애쓰고 있을 것입니다."

그러한 행동에 무슨 의도가 있든 없든 그건 중요한 게 아니다. 무조건 있다고 가정하고 그 의도를 파악해야 한다. 그게 정보부다.

"그렇지만 아무도 의미를 찾을 수 없겠죠. 저 행위는 말 그대로 퍼포먼스니까요. 각국 정보부는 지금 혼란을 느끼고 있을 겁니다. 왜 신혼집의 돔을 거뒀는지, 어째서 안을 보여주고 있는지, 그리고 어째서 한진수가 하늘을 날아다니고 있는지!"

그나마 한진수의 행동으로 인하여 해를 입을 일이 없는 고려의 학자들이라 좀 더 느긋하게 상황을 관망할 수 있었다.

그러나 타국은 아니었다. 한진수의 손짓 한 번에 멸망할 나라도 부지기수다. 한진수의 기침 한 번까지도 신경을 써야 한다.

"비행 속도가 어마어마합니다. 어쩌면 저것은 무력시위일 수도 있습니다."

"적외선 초정밀 센서와 슈퍼컴퓨터를 동원하여 비행경로를 역추적해 본 결과……."

잠시 정적이 흘렀다.

"KILL이라는 글자가 새겨졌습니다."

이곳에 모인 남자의 숫자는 총 6명.

"그 흔적은 미비하지만 KILL이 틀림없습니다. 우리가 코드 네임, 아리아를 훔쳐보고 있었다는 것이 들통나면……."

모두가 침을 꿀꺽 삼켰다. 이건 어쩌면, 그렇다. 함정일 수도 있는 것이다. 한진수가 지금 무언의 메시지를 보내고 있는 것일 수도 있었다. 함부로 훔쳐보면 죽는다고.

'그런 것인가!'

아무래도 그런 것 같다. 그렇지 않고서야 저렇게 눈에 띄는 행동을 하면서 돔을 해제했을 리가 없다.

"어쩌면 고려의 정보부가 움직이고 있을 수도 있습니다."

"우리가 저들의 비밀 군사시설을 훔쳐보고 있었다는 그 사실이 밝혀지기라도 한다면……."

그들의 입장에서 저곳은 일급 군사시설이다.

"꼬투리를 잡히게 될 것입니다. 최악의 경우, 멸망까지도 고려해봐야 할 겁니다."

정보부의 리더가 말했다. 발등에 불이 떨어졌다.

"왕께는 내가 보고하겠다. 일단 우리가 저곳을 탐지했다는 사실 자체를 지워 버렷! 우리는 저곳을 본 적도 없고 한진수를 찾은 적도 없다. 우린 전혀 모르는 사실이다. 알겠나? 흔적을 완벽하게 없애라!"

남자는 확신했다.

'이건 꼬투리를 잡기 위함이다!'

아무리 강한 고려라도 명분 없이 타국을 칠 수는 없다. 여태껏 고려는 그들에게 반기를 드는 국가를 대부분 멸망시켰다. 학살을 자행한 건 아니었으나 어쨌든 고려의 속국으로 만들든지 고려에 병합시켜 버렸다.

'이런 시국에는 꼬투리를 잡히면 안 돼.'

선 조치, 후 보고 하기로 했다. 자신의 선택이 옳았음을 확신하면서.

같은 시각, 김상희가 말했다.

"도대체…… 뭘 한 거야?"

김상희는 지금 조금 화났다.

"하늘을 날아다니는 기분을 만끽하고 왔어."

하도 황당해져서 김상희는 저도 모르게 옛날처럼 말하고 말았다.

"또라이 아이가?"

아주 가끔, 김상희는 이런 식으로 말하곤 했다. 정말 또라이라고 욕하는 건 아니었다. 다만 그녀의 좋지 못한(?) 언어 습관 중 하나였을 뿐. 부산에서 살 때 굉장히 자주 썼던 말이라서 그냥 입에 익었다. 이 세계로 넘어오면서 고쳤었는데, 한진수 앞이라서, 또 하도 황당해서 저도 모르게 말해버렸다.

한진수는 굉장히 어색한 사투리로 대꾸했다. 그는 서울 토박이였고 사투리 못 쓴다.

"또라이 아이다. 내가 진짜로 하늘을 날아당기는 기분이 들어 날아다녔다. 내는 지금 갱장히 행복하다. 니가 내한테 사랑한데이라고 말해준 거, 이번까지 다해서 겨우 열한 번인 거 아나?"

김상희가 다시 한 번 확인했다.

"그래서 너는 지금 하늘을 나는 기분을 만끽한 거라고……? 그게 다야?"

"너무 좋아서 나도 모르게 뛰어오른 기다. 왜 갑자기 사투리 안 쓰노? 사투리 좀 써도. 응? 사투리 써도. 니는 사투리 쓸 때가 제일루 귀엽다."

김상희는 이마를 짚었다. 얘가 정말 세계가 인정하고 있는 대천재가 맞나 싶다. 한진수가 싱글벙글 계속 웃었다.

"와? 니 내 걱정했나? 그런 것 같은데? 걱정했제?"

"아, 몰라!"

짝!

요란한 소리가 터져 나왔다. 간만에 나왔다. 한진수가 엄살을 부렸다.

"아이고! 나 죽네!"

김상희의 손바닥이 한진수의 등을 강타했기 때문이다. 한진수는 피하거나 막으려면 얼마든지 그럴 수 있었으면서 일부러 맞아 놓고선 죽겠다 엄살을 부려댔다.

"서방님을 이렇게 패면 되나?"

"그 이상한 사투리 그만두지 않으면 진짜 백 대 팰 줄 알아."

한진수가 정색했다.

"알겠습니다."

김상희는 한숨을 내쉬었다. 정말이지 '사랑한데이' 한 마디에 하늘을 날아갈 것 같은 기분이 드는 게 아니라, 실제로 하늘을 나는 남자는 이 남자밖에 없을 거라고 생각했다.

한진수가 변명하듯 말했다.

"진짜로 하늘을 나는 기분이었어."

"진짜로 하늘을 날았으니까 그렇겠지!"

"아, 그런 게 아니라 정말 기분이 너무 좋았다니까? 하늘 나는데 거치적거려서 이곳을 보호하는 돔도 해제했어."

"……그래."

한진수가 두 팔을 활짝 벌렸다.

"일로 온나. 앵겨라, 쫌."

한진수가 김상희를 꽉 껴안자 김상희가 뿌리치려고 했다.

"안 놓을래?"

발버둥을 치려고 했으나 소용없었다. 김상희는 일반 남자도 제대로 상대하지 못한다. 하물며 상대가 한진수니 힘으로 이길 수 있을 리가 없다.

"싫다."

"놓으래도."

"싫어. 죽을 때까지 너 안고 있을 거야."

김상희는 낑낑댔다. 한진수의 품에서 빠져나오려고 말이다.

"나한테 힘쓰지 마."

그 말 한마디에 한진수가 힘을 풀었다. 힘을 풀면서 말했다.

"내가 더 사랑한데이~"

그리고 김상희의 정수리에 가볍게 키스를 했다.

"죽을 만큼 사랑한데이~"

김상희의 이마에 가볍게 키스를 했다.

"눈 감아라."

김상희는 저도 모르게 눈을 감았다. 한진수가 김상희의 감은 두 눈에 한 번씩 가볍게 키스를 했다.

"진짜로 사랑해."

김상희의 코끝에 가볍게 키스를 했다.

"세상에서 제일 사랑해."

김상희의 턱을 살짝 들어 올려 눈을 마주쳤다. 낑낑대며 투정 부리던 김상희는 온데간데없었다.

한진수의 얼굴이 보였다. 한진수의 체취가 느껴졌다. 한진수의 입술이 가까이 다가왔다. 입술과 입술이 맞닿았다. 그 상태로 한진수가 속삭였다. 입술이 겹쳐진 상태라 발음이 이상했다.

"사야해(사랑해)."

한진수가 김상희를 껴안았다. 김상희도 이번에는 발버둥치지 않았다. 시원한 바람이 두 사람을 스치듯 지나갔다. 김상희가 한진수의 허리를 감싸 안았다.

'행복해.'

내색은 하지 않았지만 김상희는 정말로 행복했다. 사랑하는 남자가 자신을 따뜻하게 안아주고 있다. 이 기분, 말로 형용할 수 없는 행복한 기분이었다. 김상희는 그 행복함을 만끽했다. 누군가 그 둘을 지켜보고 있다는 것을 모른 채 말이다.

고려 왕궁, 기록의 관.

학자들이 한진수의 이상행동과 신혼집의 돔을 없앤 것에 관한 열띤 토론을 하던 와중에 누군가 나타났다.

“알렉스 학자님, 늦으셨네요.”

“아, 폐하와 함께 얘기를 조금 하느라고.”

학자들은 부러워했다. 역시 알렉스는 달랐다. 이번에 리조트 사업 건과 테마파크 건설 건도 왕이 엄청나게 밀어주고 있지 않은가. 사실은 알렉스를 밀어줬다기보다는 김상희를 위해 한 건데, 그 내막을 모르니 학자들이 오해할 수밖에 없다.

“역시 최고의 총애를 받는 학자님이십니다.”

“감사합니다. 그저 이 늙은이를 폐하께서 어여삐 봐주시니 감사할 따름이지요. 그런데 무슨 얘기 중이었습니까?”

알렉스는 학자들의 얘기를 듣고 한숨을 내쉬었다.

‘역시 상희학의 보급이 필요하다니까.’

일전에 김형석 왕자가 말리는 바람에 말을 못했다. 하지만 아무리 생각해도 상희학이 필요할 것 같다. 상희학의 기본 이론에 따르면 저 얘기들은 한 방에 정리가 가능하다.

“그 지역은 신혼집이 확실합니다.”

“……예?”

“한진수가 이상행동을 보인 건…….”

알렉스는 생각에 빠져들었다. 왜 하늘을 날았을까? 그것도 굳이 돔을 없애고.

"아마도 하늘을 나는 기분을 만끽하고 싶었던 거겠죠."

"……뭐라고요?"

"돔은 자기가 하늘을 나는 데 방해되니까 잠시 제거한 거고요."

"아니, 알렉스 학자님. 그게 말이나 되는 소리입니까……?"

학자들은 모두 생각했다. 알렉스가 지금 농담을 하고 있거나 아니면 왕의 총애를 받고 있기 때문에 생각 없이 아무 말이나 지껄이고 있는 거라고.

"아무리 폐하의 총애를 받고 있기로서니 너무 이상한 말을 하시는 것 같습니다."

"이를테면 상희 공주님이 뽀뽀해 줬다거나 뭐 그랬을 수도 있죠. 한진수는 그래서 기뻐서 하늘을 날아 다녔고."

모두가 충격에 빠졌다. 너무나 허황된 얘기 아닌가.

"……."

알렉스가 자신 있게 말했다.

"저는 그곳이 특수 군사시설이 아니라 단순히 신혼집이라 확신합니다. 그리고 한진수의 이상행동에도 그 어떤 정치적 목적이 없었다고 단언할 수 있습니다."

모든 학자가 생각했다.

'분명히 특수 시설이다!'

지금 알렉스가 저렇게 연거푸 강조하고 있는 걸 보니 틀림없었다. 학자들은 이해했다. 원래 내부의 적이 가장 무서운 법이다. 중요하고 은밀한 일일수록 비밀 엄수를 위해 최소한의 인원만 아는 것이 중요하다. 그 '최소' 안에 자신이 들어가 있지 않다는 건 서운한 일이지만 그렇다고 해도 일의 중요성을 아는 이상, 개인의 감정을 앞세울 수는 없는 법이었다.

학자들은 고개를 끄덕였다.

"그렇군요."

이쯤 되자 알렉스가 오히려 황당해졌다.

'아니, 어디서 상희학이라도 공부해 왔나?'

알렉스는 상희학에 너무나 심취한 나머지 다른 학자들의 마음을 읽지 못했다. 다른 학자들은 지나치게 상식적이었기 때문에 알렉스의 마음을 읽지 못했다.

알렉스가 헛기침을 했다.

"하여튼 한진수에게는 그 어떠한 정치적 목적이 없으며 그곳은 정말 신혼집입니다. 아내 호구가 아내를 위해 준비한."

이상하게도 학자들이 또 고개를 끄덕였다. 그래, 저렇게 누가 봐도 거짓말을 하고 있는 걸 보니 말을 할 수 없는 비밀이 있는 것이 틀림없어. 그렇게 단정 지었다. 누가 봐도 완벽한 거짓말이었으니까. 하지만 알렉스는 조금씩 더 확신을 가질 수 있게 됐다.

'좋았어. 반응을 보아하니 상희학을 받아들일 준비가 되어 있는 것 같군.'

입이 몹시 근질거렸다. 금단의 학문, 상희학을 발표할 시기가 점점 더 가까워오는 것 같았다. 학자들은 생각했다.

'일급 기밀 군사시설이로군. 한진수는 어떠한 의도를 가지고 있지만 우리가 그걸 알 필요는 없는 거고.'

상황도 딱딱 맞아 떨어졌다.

'조금 전 폐하와 알렉스 학자가 밀담을 가졌지. 역시 우리가 모르는 뭔가가 있다.'

같은 시각, 같은 곳에서 학자들은 서로 다른 꿈을 꿨다.

학자들의 회의가 있기 1시간 전, 김훈상이 말했다.

"알렉스."

"네, 폐하."

김훈상은 알렉스와 단둘이 있을 땐 편안함을 느낀다. 어렸을 때 김훈상은 알렉스를 할아버지처럼 따랐었으니까.

"아무리 생각해도 아깝지 않냐?"

알렉스는 한 번에 알아들었다.

"김상희 공주님은 너무나 예쁘시죠."

"역시 그렇지?"

"딸을 사랑하는 아버지의 눈에 담긴 딸의 모습은 그 어떤 것보다 아름답고 귀한 법이죠."

이런 법, 존재하지도 않았다. 애초에 김훈상도 딸보단 아들이었다. 김상희가 처음 태어났을 때만 해도 또 계집아이냐고 강서영을 타박하지 않았던가. 하지만 김훈상은 저도 모르게 상희학에 물들어 있었다. 알렉스의 말을 좀 더 직설적으로 해석해 보자면 '딸 등신의 눈에 차는 사윗감이 있기는 있겠냐? 그냥 전부 다 도둑놈이지' 정도가 되겠다.

"알렉스, 내가 널 부른 이유는……."

"예, 폐하."

김훈상이 핸드폰을 꺼내 뭔가를 보여줬다. 메시지였다.

"이, 이것은……!"

알렉스는 깜짝 놀랐다.

"서, 선왕 폐하가 맞습니까?!"

"어. 이 번호는 고려 왕가의 직계 핏줄들만 알고 있는 번호거든. 특정한 번호로만 수신과 발신이 가능해. 해킹의 가능성은 거의 0에 가깝지."

알렉스는 두 눈을 깜빡거렸다. 25년 전 '왕 같은 거 귀찮으니 훈상이 네가 그냥 왕 해라' 하며 왕위를 떠넘기고 홀연 사라져 버렸던 그 선왕 폐하가 다시금 모습을 드러냈다.

"제삼자의 시선으로 보아하니 내가 하는 꼴이 아주 우스운 모양이다."

자신을 절대 찾지 말라고 했다. 밀림으로 들어가 생활하고 싶다고. 김훈상도 마음만 먹으면 아버지를 찾을 수는 있었지만 그러지 않았다. 그땐 국내외를 안정시키느라 너무 바빴다.

"문제는……."

김훈상이 인상을 찡그렸다. 메시지의 마지막 줄이 제일 거슬렸다.

네가 가장 사랑하는 자식이라는 그 계집, 내가 한번 보러 가마.

알렉스의 이마에도 주름이 잡혔다.

"폐하, 지금 당장 병력을 이동시켜야 합니다. 그분의 무시무시한 습관이라면……."

"역시 그래야겠지?"

"예, 이왕이면 직접 움직이시죠."

"역시 그래야 할 것 같다. 하필이면 좀 전에 돔이 해제되었지."

돔이 해제되었다고는 해도 그곳은 최첨단 보안 시스템이 가동 중이다. 누가 들어오고 나가는지 모두 정밀하게 체크가 된다. 워프도 할 수 없게 되어 있다. 심지어 김훈상이라고 해도 몰래 들어갔다 나오는 것이 힘들 정도다. 그리고 그곳 보안 통제실과 고려 왕궁 보안 통제실은 핫라인으로 연결되어 있다.

신혼집. 가칭 상희 특별자치구에 비상이 걸렸다.

"신원 미상 침입자가 나타났습니다."

침입자치고는 지나치게 여유롭기는 했지만.

고려의 나이트들도 벌떡 일어섰다.

"침입자?"

고려의 침입자가 아니다. 상희 특별자치구의 침입자다. 하지만 그들은 일어섰다. 오빠 된 마음으로. 누가 감히 내 동생(?) 신혼집을 침입해? 죽고 싶나!

통제실에 연락을 넣었다.

−그 근처까지 워프하겠다. 방해장을 해제하라.

하지만 들려온 대답이 조금 이상했다.

−폐하께서 직접 오신다고 합니다. 또한 프리온 나이트 300기가 이동했습니다. 아직 지원은 필요 없을 것 같습니다.

"지원 좀 가게 해줘!"

나이트들이 인상을 찡그렸다.

"아씨, 왜 지원을 못 가게 해? 가면 좋은 거지. 폐하께서 가시면 폐하도 보호할 겸."

사실 다 핑계다. 김훈상은 보호받지 않아도 될 만큼 충분히 강하다. 실망한 나이트들이 다들 털썩 주저앉았다.

"우리 상희 공주님 한 번 더 볼 수 있나 했는데."

"여기에는 왜 상희 공주님처럼 예쁘게 웃는 계집들이 없을까요?"

다들 낙담했다.

고려 왕궁, 장미관.

"상아 공주님, 보신 분 없으세요?"

김상아를 담당하는 시녀 엘리나는 발을 동동 굴렀다. 오전부터 김상아 공주가 보이질 않았다. 어디 간다고 말도 없었다. 관리 소홀로 모시고 있던 공주가 사라졌으니, 장미관이 발칵 뒤집어졌다. 시녀들이 분주해진 것을 본 알렉스가 물었다.

"무슨 일이죠?"

사정을 듣고 난 알렉스가 흠칫 몸을 떨었다.

"알겠습니다."

그는 곧장 나이트들이 묵고 있는 웅비관으로 향했다. 마침 김환성 왕자가 훈련 중이었다.

"왕자님!"

"응?"

"아무래도 상아 공주님이 상희 공주님 보러 가출하신 것 같은데요?"

"그 계집애가 안 그래도 언니 보고 싶다고 매일 울고불고 난리를 치더니."

김환성은 '아씨, 귀찮아. 훈련도 해야 하는데' 하고 투덜거리면서도 연병장을 나섰다.

"대장님, 어디 가십니까?"

"어. 동생 데리러. 아주 귀찮은 계집이야. 만나면 콱 때려 버려야지."

그러면서도 굳이 발걸음을 옮겼다. 발걸음이 점점 더 빨라졌다.
'아씨, 걔는 마력도 약해 빠진 게.'
상아는 아직 어리다.
'쓸모도 없는 게 진짜.'
물론 지금 하는 건 걱정이 아니다. 걱정 같은 거 안 한다. 그는 무려 고려의 왕자였으니까. 고귀한 남자니까.
'난 걱정 같은 거 안 해. 그깟 계집이 어떻게 되든 말든 무슨 상관?'
그런데 상아는 어린데다가 마력도 약한 편이고 여자다. 그렇게 생각하니 마음이 조급해져 몸을 돌리며 외쳤다. 나이트 제9대대를 그냥 데리고 가기로 했다.
"그냥 다 튀어나왓!"
뭐가 됐든 숫자가 많으면 좋은 거니까. 괜히 윽박질렀다.
"아씨, 빨리빨리 안 튀어나오냐!"
물론 걱정돼서 마음이 급해진 거 아니다. 절대 아니다. 절대절대 절대로 아니라고 그는 생각하며 뛰기 시작했다. 그것도 대단히 빠른 속도로.

김상아는 왕궁을 벗어나 본 적이 거의 없다. 그래서 좀 헤맸다. 이상한 수풀이다.
"여긴 집이 왜 이렇게 넓은 거람?"
언니를 보러 왔는데 길을 헤매다가 날밤 새우게 생겼다. 넓어도 너무 넓었다. 아직 그녀는 워프 포탈을 잘 모른다. 그래서 무작정 헤맬 수밖에 없었다.
그때 누군가가 수풀을 헤치고 껄껄 웃으며 나타났다.

"너냐?"

그는 의아스럽다는 눈으로 고개를 갸웃했다.

"생각보다 너무 어린데? 계집아이들은 발육이 느린 건가?"

그의 꼴을 보니 가관이었다. 아무렇게나 길어서 거의 허리까지 내려온 장발, 꾀죄죄한 몰골, 덥수룩한 수염. 어디서 한 10년 정도는 노숙을 한 사람 같았다. 그럼에도 불구하고 눈빛은 살아 있었다.

김상아가 물었다.

"넌 누구야?"

남자가 크하핫! 하고 기분 좋게 웃었다. 허리를 젖히고 목젖이 보일 정도로 크게 웃었다.

"요즘은 계집아이들도 이렇게 당돌한가? 감히 남자와 눈을 마주치고 반말을 할 수 있다니. 내가 밀림에서 살았던 30년? 맞나? 20년인가? 하여튼 그동안 세상이 많이 변하긴 변한 모양이구나."

그가 피식 웃으며 물었다.

"묻겠다. 네가 김상희냐?"

남자가 딱히 마력을 끌어올린 것도 아닌데 김상아는 몸이 덜덜 떨려왔다. 뭐랄까, 압도적인 기세가 느껴졌다. 무서웠다. 언니를 보러 무작정 가출한 건 좋았는데 이런 강한 남자와 마주치게 될 줄은 몰랐다.

"대답해라. 내가 묻고 있지 않느냐? 건방진 꼬맹이!"

그때 누군가가 어마어마한 마력을 폭발시키며 질주해 왔다.

"내 못생긴 동생 어떤 십새끼가 괴롭혀!"

'아버님이 왜 갑자기…….'

김훈상은 생각했다. 속세가 싫다면서 세상을 등지고 홀연히 사라져 버렸었다. 그때 김훈상은 얼마나 고생했는지 모른다. 으드득. 이를 갈았다. 생각해 보면 20년 전 전쟁기에 돌입했던 것은 아버지의 영향이 꽤 컸다. 멀쩡하던 고려를 그냥 놔두고 사라져 버렸었으니까. 고려는 유일한 퓨리어스 생산국이며 인적 자원이 매우 풍부한 나라다. 그런 나라를 어린 나이의 김훈상이 준비조차 되지 않은 상태로 이끌어 나가야 했다. 주변국에서 호시탐탐 고려를 노렸었다.

'내 딸은 또 왜……?'

그 양반 성격상 분명히 계집년이 어쩌고저쩌고하며 상희를 핍박할 것이 뻔했다. 그래서 기척을 숨기고 미행했다. 그것도 그렇고, 아버지의 습관은 아직 안 고쳐졌을 것 같다. 불안해졌다.

'저, 저놈이……!'

그런데 한진수와 김상희의 연애 행각을 보고 있노라니 피가 거꾸로 솟구치는 것 같다.

'내가 어떻게 키운 아이인데!'

매번 볼 때마다 매번 똑같은 기분이 든다. 빼앗겼다. 눈에 넣어도 아프지 않을 딸을 저 시커먼 사내놈에게 빼앗겼다.

한편, 김환성은 기척을 느낄 수 있었다.

'이 느낌은…….'

그냥 기척이 아니었다. 거대한 해일이 밀려드는 것 같았다.

"아이고! 이 패륜아 호로새끼가 나를 잡아 패려고 하네!"

마력을 끌어올리던 김환성은 고개를 갸웃했다.

"어라……?"

이 느낌, 뭔가 익숙하다. 고려 왕가의 직계 혈통에게서만 느낄 수 있는 그런 느낌.

"이 어마어마한 마력, 천둥벌거숭이 같은 성격. 네 녀석이 바로 환성이냐?"

"……그런데?"

김환성은 뭔가가 잘못되었음을 느꼈다.

"……요?"

거지꼴이나 다름없는 남자가 껄껄대면서 웃었다.

"기개 하나는 아주 장군감이로구나. 마음에 든다."

"……."

김환성은 대답하지 못했다. 저 할아범, 뭔가 있는 할아범이다. '당신 마음에 드는 게 무슨 대수야?'라고 묻고 싶었는데 묻지 못했다. 뭔가, 뭔가가 있다. 말로 표현할 수는 없지만.

"그래, 너는 3차 각성까지 한데다가 마력량이 엄청나다면서? 마력을 최대치까지 끌어올리면 계집년이 된다던데, 그 말이 맞느냐?"

"……."

김상아가 김환성의 뒤에 숨었다. 저 할아버지, 뭔가 이상했다. 김상아도 김상희를 보고 자랐다. 누가 이렇게 하라고 가르쳐 준 건 아니지만 김상희가 김환성에게 하는 것을 따라했다.

"오빠야……."

김상아가 오빠를 부르며 뒤에 숨자 김환성은 위풍당당해졌다.

"무섭냐?"

김상아가 고개를 끄덕였다.

"무서워요."

"걱정 마. 내가 제일 세."

그 말에 어린 상아가 활짝 웃었다. 세상에서 제일 강한 오빠 앞에서 두려움 따윈 떨쳐 낸 것만 같은 모양새였다. 김환성의 옷자락을 꽉 잡았다. 그러자 김환성의 어깨가 더욱 넓게 펴졌다.

김환성은 싱글벙글 웃었다.

"오빠 믿지?"

남자가 허 하고 헛웃음을 지었다.

"오빠 믿지? 내가 없는 동안 세상에 도대체 무슨 일이 일어난 거냐? 계집아이 따위를……."

마력 혹은 본신이 가진 능력과는 별개로 어이가 없었다.

"지금 네가 제정신이냐!"

남자의 호통은 매우 매서웠다. 그 호통에 김환성은 움찔했다. 능력은 자신이 훨씬 뛰어난 게 맞는 것 같은데 이상하게 함부로 대할 수가 없었다. 이건 직감이었다. 저 할아범은 함부로 상대하면 안 되는 할아범이었다. 그래도 자존심이 있는 고려 왕자 김환성은 반말로 물었다.

"근데 넌 뭐냐?"

"건방진 녀석!"

그때 익숙한 목소리가 들려왔다.

"인사해라, 네 할아버님이시다."

김훈상이었다. 김훈상 뒤에는 한진수와 김상희가 서 있었다. 김상희가 한진수에게 팔짱을 낀 상태.

"오호라, 네가 김상희냐? 그 성녀라는?"

김환성, 김상희, 한진수 모두가 당황했다. 할아버님이라니? 그렇다는 말은 선왕 폐하라는 소리 아닌가. 한진수가 황급히 무릎을 꿇었다.

"선왕 폐하를 뵙습니다."

"아, 네가 그 대천재라는 한진수? 그래, 네가 대단한 놈이라는 건 들었다. 뭐, 자세히는 모르지만. 그런데 네놈 꼬라지가 가관이구나?"

한진수는 잠시 이해할 수 없다는 듯 남자를 쳐다봤다. 그리고는 깨달았다.

'아…….'

김상희도 깨달았다. 지금 저 남자, 그러니까 김훈상의 아버지라 짐작되는 저 남자가 하는 말의 의도를 말이다. 얼른 팔을 놓으려고 했다. 이 세계의 상식상 여자가 감히 남자에게 팔짱을 끼고 다닐 수는 없는 노릇 아닌가. 심지어 윗 세대도 아니고 윗윗 세대니 고지식할 수밖에 없다.

멀리서 찾아볼 것도 없이 불과 얼마 전 한국만 하더라도 남아선호사상이 강했다. 그게 100년, 200년 전 얘기가 아니다. 불과 수십 년 전 얘기다. 하물며 고려의 윗윗 세대의 사람. 남자의 반응은 지극히 당연하다고 할 수 있었다. 그런 의미에서 알렉스는 정말 특이한 경우다.

김훈상이 한 발자국 앞으로 나섰다.

"아버님, 제가 미리 경고합니다."

"경고?"

"제 딸아이를 모욕하면 아버님이라고 해도 제가 절대 참지 않겠습니다."

"뭐라고?"

남자는 어이없다는 듯 김훈상을 쳐다봤다가 이내 하하핫! 하고 크게 웃고 말았다.

"계집년이 뭐가 그렇게 대단하다고 네가 그렇게 감싸고도는 거냐? 감히 이 아비에게 막말을 할 정도로 말이야."

"막말 아닙니다. 아버님은 제게 거짓말을 하셨지요. 군왕이란 자고로 모든 이의 생명을 어깨에 짊어지고 가는 이라고 하셨습니다. 그 생명의 무게를 감당할 수 있는 자가 왕이 되어야 한다고 말씀하셨습니다. 제게 훌륭한 왕이 되라고 교육하셨습니다. 하지만 아버님은 도망치셨습니다. 왕관의 무게를 견디지 못하고."

남자는 또다시 껄껄대며 웃었다.

"정말 그렇게 생각하는 거냐? 네 생각에는 이 아비가 그렇게 초라해 보였더냐?"

"아니었습니까?"

"뭐, 대충 넘어가고. 김상희라고 했나? 가까이 와봐라."

김상희는 침을 꿀꺽 삼켰다. 다시 처음이다. 저 남자, 그러니까 김훈상의 아버지는 맨 처음의 개차반처럼 대해야 했다.

'마음 단단히 먹자.'

요즘 마음이 너무 물렁해진 건 맞다. 마음을 다시 가다듬었다.

'맨 처음으로 돌아왔을 뿐이야.'

사뿐사뿐 앞으로 걸어갔다. 입가에는 미소를 띠었다.

"안녕하세요? 저는 김상희라고 해요. 할아버님을 뵈니 눈이 부실 지경이어요."

"할아버지?"

남자는 기분 좋게 웃었다.

"내가 누군지 알았는데도 먼저 다가와 인사를 하다니. 그것도 생글생글 웃으면서. 아주 재미있는 계집년이구나."

한진수는 끼어들지 않았다. 아내가 걱정되기는 하지만 무슨 일이 있으랴 싶었다. 그때 김훈상이 스페셜 필드를 펼쳤다.

"그만 손 떼시죠."

"뭐, 내가 이 아이를 잡아먹기라도 한다는 거냐?"

스페셜 필드 내 김훈상과 남자만이 남게 됐다.

"더 이상 진행하면 제가 가만두지 않겠습니다. 내 딸입니다. 내 딸은…… 이 세상 그 누구보다도 소중합니다. 아버님의 그 습관은 전혀 고쳐지지 않았군요."

"별로 아프지 않다."

"아픕니다. 어렸을 때 아파 죽는 줄 알았습니다."

남자는 김훈상을 똑바로 쳐다봤다. 지금의 고려 왕가는 과거의 고려 왕가와는 완전히 다르다. 3차 각성까지 끝마친 상태. 이전보다 훨씬 강해졌다. 당연히 김훈상이 남자보다 훨씬 강했다.

"저 아이, 예쁘구나."

"예쁩니다. 눈에 넣어도 안 아플 아이입니다."

"그런 딸을 어찌 시집보냈냐?"

"도둑놈 새끼에게 빼앗겼습니다."

"죽여 버리고 싶겠군."

"……."

맞다. 하지만 또 죽이고 싶지 않기도 하다. 그러면 상희가 슬퍼할 테니까.

"그렇지만…… 그 도둑놈과 함께 있을 때에 제 딸이 행복해합니다."

"그러냐?"

"……저는 그거면 됩니다."

남자가 피식 웃었다.

"딸이 행복해하는 모습, 그거면 되는 거냐? 그거면 만족하는 거냐?"

"그것 말고 제가 바라는 건 아무것도 없습니다."

"그 아이를 위해서라면 네가 가진 모든 것을 버릴 수 있겠느냐? 명예도, 권력도, 돈도?"

"그 모든 것보다도 제 아이의 행복이 더 중합니다."

"그렇다면 그 아이의 행복을 위해서 모든 것을 포기할 수 있겠느냐?"

"만약 내가 죽어야 딸이 산다면 저는 한 치의 망설임도 없이 제 죽음을 택할 것입니다. 만약 딸이 걸어야 할 길이 가시밭길이라면 내가 그 아이를 업고 걷겠습니다."

"그 길이 정말 괴로운 길이라도 그럴 것이냐?"

"제 발에 피가 나고, 가시가 살갗을 파고들어도, 그리고 그것의 고통이 나를 덮쳐 나를 쓰러지게 만들더라도……."

"그래도 네 자식만큼은 그 가시에 닿지 않게 하겠지. 엉금엉금 기어서라도 그렇게 하겠지. 네가 아무리 아파도 네 자식이 아픈 것보다는 나을 테니까. 그게 훨씬 덜 아플 테니까."

남자가 김훈상을 쳐다봤다. 뭔가를 말할 듯 말 듯 한참을 망설였다.

"……그게 바로 아비의 마음이다."

나는 왜 우리의 개차반 씨가 저 남자, 그러니까 개차반 씨의 아빠,

다시 말하면 내 할아버지를 그렇게 필사적으로 막았는지 이제는 좀 알 수 있을 것 같다.

'놔라! 놔! 놓으라고!'

할아버지는 날 대뜸 확 끌어안더니 수다를 떨어대기 시작했다.

"귀엽긴 귀엽구나. 어디 보자. 네가 내 손녀딸이라는 말이지?"

심지어는 수염 난 턱으로 내 볼을 마구 비벼댔다.

"나는 공주고 왕자고 사실 상관없다. 그저 네가 궁금했을 뿐이다. 실제로 보니 아주 귀여워 죽겠구나. 환성이 놈한테 소리친 건 버르장머리를 고치려고 호통을 친 것뿐이고."

할아버지, 당신 엄청 지저분하고 더러운 몰골이라고요. 나를 껴안고 볼을 비벼대는 것 좀 그만했으면 좋겠어요. 제발요.

'아프지는 않네…….'

모르긴 몰라도 우리의 개차반 씨나 진수가 마력으로 보호를 걸어주고 있을 것 같기는 했다. 이 세계의 남자가 마음먹고 세차게 문지르면 여자는 화상을 입거나 안면뼈가 골절될 수도 있다. 그 정도로 힘 차이가 많이 난다.

'이래서 아까 아빠가 절대 안 된다고 난리를 피웠던 거구나.'

스페셜 필드 내에서 무슨 말이 오갔는지는 잘 모르겠지만 그 이후에 한 번만 허락해 준다고, 대신 살살하라고, 안 그러면 다칠 수도 있다고 하도 주의를 줘서 뭔가 했었다.

'작작 좀 비벼대!'

이 할아버지의 습관은 턱으로 볼을 비벼대는 것인 것 같았다.

'왜 내 주위에는 정상이 없는 거야.'

심각한 딸 등신에, 정도를 모르는 동생 등신에, 스케일의 끝을 알 수 없는 아내 호구. 거기에 성격을 당최 파악할 수가 없는 할아버지까지 나타났다. 뭔가, 내 인생이 이상한 방향으로 흘러가는 것 같았다.

……왠지 울고 싶어졌다. 하지만 겉으로는 생글생글 웃었다.

"꿈에서 그리던 할아버지를 실제로 뵈니 정말 기뻐요. 소녀는 오늘 하늘을 얻은 것 같아요!"

물론 거짓말이다. 할아버지? 있는지도 몰랐다. 아예 생각도 못하고 있었…… 이봐, 너희들 왜 그렇게 똥 씹은 표정을 하고 있는 거야? 표정 관리 좀 하자. 이 아빠야, 이 오빠야, 이 남편아! 웃어! 웃으라고! 활짝! 아니! 왜 더 인상 쓰는 거야. 아니, 그래도 오늘 처음 본 할아버지인데, 아부 정도는 할 수 있잖아. 그래, 나중에 너네한테도 다 아부해 줄게. 아니, 아부라 그러면 좀 이상하니까. 음, 애정 표현해 줄게. 그러니까 표정 좀 펴. 하지만 저 남정네들의 표정은 험악하기 이를 데 없었다. 그래도 선왕 폐하 앞이라서 표정 관리를 한다고 하는 건데, 그래도 다 티가 났다.

……뭔가 망했다. 내 신세. 기쁜 거 맞지? 그렇다고 해줘. 엉엉. 제발.

수십 년 전 갑자기 왕위를 던져 버리고 밀림으로 들어가 살았다는 이 할아버지는 정말 괴짜였다. 하기야 수십 년을 혼자 밀림에서 살았다고 하니까 정상이라면 그게 더 이상하지.

할아버지가 외쳤다.

"이 멍청한 녀석! 네가 그러고도 천재라 할 수 있냐?"

말했다가 아니라 분명 외쳤다. 글쎄, 밀림에서는 곰인지 호랑이인지 그런 애들한테는 크게 말해야만 말이 먹힌다나 뭐라나. 고막이 터져 버릴 것 같다. 할아버지는 우리 진수에게 호통을 치고 있다는 거다. 음, 말만 들어보면 엄청 분노한 것 같은데 표정은 싱글벙글이니 도대체가 종잡을 수가 없는 할아버지다.

진수가 대답했다.

"무슨 말씀이신지……."

"이곳의 이름을 정확하게 딱! 정해놔야 할 것 아니냐! 이 멍청한 녀석 같으니라고!"

이곳이라 함은 곧 내 신혼집이다. 이렇다 저렇다 말은 많지만 아직 정확한 이름이 정해지지는 않았다. 상희 특별자치구라는 음, 뭐, 집 이름치고는 스케일이 너무 큰 이름이 붙어 있기는 했지만 확정은 아니었으니까.

진수는 무슨 말인지 이해하지 못했는지 아무 말도 못하고 듣고만 있었다.

"이런 똥멍청이가 밀림의 왕이라니…… 아, 이게 아니지."

이봐요, 할아버지. 여기 밀림 아니거든요. 물론 집 안에 밀림 비스무리한 게 있긴 하지만요. 아참, 바다 비스무리한 것도 있긴 하지만요. 아, 해안 도로도 있어요. 숲도 있고요. 도시도 있어요. 집이라고 하기엔 좀 이상하지만 하여튼 밀림은 아니에요.

"어쨌거나 이곳의 이름은 이 아이의 할애비인 내가 정해 주도록 하겠다."

"고견을 구합니다."

"바로 신라다! 신라!"

"……예?"

"네놈이 세웠다가 망한 나라 이름이 신라라며? 이제 안주인이 제대로 들어왔으니까 다시 시작해야지. 사내놈 배포가 이렇게 작아서야 되겠냐?"

"나라를 새로이 만들라는 말씀이십니까?"

나라 안에 나라를 만든다? 잘못 말하면 이건 반역이다. 그런데 반역 사주자가 왕의 아버지다. 이건 어떻게 해석해야 할지, 우리 진수는 감을 잡지 못하고 있는 것 같았다.

"그런 게 아니라 이름을 그냥 신라로 하라니까?"

보다 못한 내가 물었다. 이 할아버지는 괴짜라서 내 말을 잘 들어준다. 밀림에서 하도 오래 있었더니 남자 여자의 구분이 없어지고, 그냥 손녀 손자 개념만 남아 있는 것 같았다.

"할아버지, 소녀는 할아버지의 말씀이 무슨 뜻인지 잘 모르겠어요."

"아, 그러니까. 요녀석들아, 내 말을 잘 들어봐라. 내가 아주 아끼는 루시아가 그렇게 말을 했단 말이야. 아주 신성한 언어지."

"루시아…… 요?"

이곳에는 무슨 신성 왕국이라거나 뭐 그런 건 없다. 지구가 아니니까 그런 게 있을 수도 있다고 생각은 하지만…… 하여튼 여기엔 그런 거 없다. 신성한 언어? 신탁? 뭐 이런 것도 없다. 내가 왜 갑자기 신성한 언어라든가 신탁이라든가 이런 이상한 말들을 꺼내냐고? 이 말인즉, 나도 할아버지가 뭔 말을 하는지 도무지 이해할 수가 없다는 거다. 이래 봬도 나 여기서 16년 넘게 살았다. 16년 동안 신성한 언어라든가 루시아라든가 그런 말 들어본 적도 없다.

그때, 어디선가 음머어어어-! 하는 소리와 함께 땅이 울리기 시작했다. 진수가 황급히 내 앞에 섰다. 오른팔을 뒤로 둘러 내 허리를 잡아줬다. 언제나 그랬듯 진수의 등은 하늘처럼 넓었다.

"오오! 루시아! 네가 나를 찾아왔구나!"

한진수는 인상을 찡그렸다. 루시아? 신성한 언어를 사용하는 루시아? 그 루시아? 또 한편에서는 누군가가 헐레벌떡 달려오고 있었다. 변방을 지키는 나이트들인 것 같았다. 자초지종을 들어보니 황당하기 그지없다.

"그러니까…… 이 암말이 루시아라는 소리죠……?"

그런데 왜 말이 음머어어어! 하고 소처럼 우는지 그건 잘 모르겠다. 그리고 이 말은 일반 말이 아니었다. 눈부시게 새하얀 백마였다. 이마에는 고려 왕가의 문장이 찍혀 있었다. 저건 또 어떻게 만든 거야? 그리고 백마치고는 좀 지나치게…… 지나치게 컸다. 대충 코끼리만 한 크기다. 이만한 크기의 말이 멀리서부터 여기까지 마구 달려왔단다. 주인을 찾아서. 물론 그 주인은 바로 우리 할아버지고.

음머어어어어!

얼씨구. 루시아라는 코끼리만 한 크기의 소처럼 우는 거대한 말의 눈에서 닭똥 같은 눈물이 뚝뚝 흘러내렸다. 할아버지는 그 말에 올라타서 갈기를 쓰다듬으며 물었다.

"아이고, 우리 루시아. 내가 그렇게 보고 싶었냐?"

문제는 나이트들이 이 루시아를 쫓아왔다는 거다. 왜냐고? 이 거대한 덩치가 마구 달려왔다 쳐봐. 주인님이 보고 싶어 그냥 마구 달려왔다고. 거기에는 마을도 있었을 거고 도시도 있었을 거고. 하여튼 피해가 크단다. 그런데 이마에 고려 왕가의 문장이 떡하니 박혀 있으니 사살할 수도 없고. 나이트들이 이 루시아를 쫓아오기는 했는데 어떻게 할 수 없는 이상한 상황이라는 소리다.

"야야, 애들아. 우리 루시아 때문에 피해가 좀 있었겠지? 그거 이놈이 알아서 처리해 줄 거다, 이놈아."

할아버지의 손가락이 우리 진수를 가리켰다.

"예?"

"너 부자지? 돈 많지? 그니까 내 손녀 낚아챘지?"

부자는 맞다. 집 안에 바다가 있는데 말 다했지 뭐. 하지만 그건 그거고 이건 이거다. 이제 내가 나설 차례다.

"할아버지!"

……내 남편의 재산은 내가 지킨다.

결론부터 말하겠다.

음머어어어어-!

이 소리가 '신라아아아아-!'처럼 들린다면 그것은 이미 당신이 우리 할아버지와 같은 정신세계를 가지고 있다는 뜻이다.

"어떻게 그게 신라로 들릴 수가 있어?"

그래도 우리 착한 진수는 할아버지 편을 들어줬다.

"잘 들으면 신라로 들릴 수도 있어."

"인간적으로 그게 가능해?"

"……."

진수는 대답을 피했다. 진수도 알 거다. 어지간해서는 그게 그렇게 들릴 수 없다는걸. 약간의 시간이 흐른 뒤 진수가 말했다.

"어쨌든 신라로 정하는 것도 나쁘지 않다고 봐. 폐하께서 허락해 주실지는 모르겠지만."

애초의 계획이 왕부터 시작하여 은퇴한 사회 지도층이 이곳에서 살기로 되어 있었다고 들었다. 그렇게 해서 세상의 변화를 이끌어내겠다는 취지였는데, 만약 단순한 신혼집이 아니라 나라로 만든다면? 워낙에 거대한 스케일의 신혼집이다 보니 나라라고 말해도 부족함이 없을 정도니까. 뭐, 그거야 그렇다 치자.

'음…….'

진수가 말을 이었다.

"아버님께서 허락해 주신다면 오히려 이것도 좋을 것 같아."

"그런데 너 왜 낯빛이 어두워?"

"……솔직히 말해도 돼?"

뭐야, 왜 진지해져 갑자기. 괜히 긴장되네.

"응."

"그러면 내가 왕 해야 되잖아."

"……응?"

무슨 얘기가 나오나 싶었다.

"그러니까 지금 왕 하기 싫어서?"

"……."

진수는 자기가 말해놓고도 민망한지 고개를 돌렸다. 귀를 긁적거리는데, 저거 진짜 진심이라는 소리다.

내가 재차 물었다.

"그러니까…… 왕 하기 싫어서 나라 만들기 싫다고……?"

"……."

진수가 고개를 끄덕이며 아주 작은 목소리로 변명했다.

"그게…… 왕을 하면 신경 쓸 것도 많고…… 해야 할 것도 많고…… 그게……."

"그래서 나랑 알콩달콩 둥가둥가 못해서?"

"……."

나 이거…… 기뻐해야 해, 말아야 해? 정말 요즘은 잘 모르겠다. 세상을 쥐락펴락하는 이 남자가 일개 소시민(?)으로 전락하는 게 과연 맞는 걸까 싶기도 하고.

나는 이 문제로 며칠을 고민해야만 했다. 뭐가 우리를 위해서 맞는 걸까 생각해 봤다. 물론 나도 그냥 평범한 진수랑 매일매일 알콩달콩 사는 게 좋다. 내 행복을 위해선 그게 천 번 만 번 옳다. 하지만 내 눈에 밟히는 사람들이 너무 많다. 제 할 말도 못 하고, 언제 죽을지 몰라–심한 말로 폐기 처분을 기다리는–시녀들도 나는 많이 봐왔고, 목화 농장에서의 노예들도 봤었고, 여자들이 상품처럼 팔리는 경매도 봤었다. 감히 계집 주제에 남자와 팔짱을 낀다며 욕도 먹어봤다. 이 세상은 강간조차도 일상이 되어버린 정말 이상한 세상이다.

그래서 나는 결심했다.

"진수야, 그거 기억나……?"

"뭐?"

진수가 또 진지해졌다. 내가 말하는 걸 보고 좀 긴장한 것 같다. 그래, 긴장은 좀 해야 할 거야. 원래 남자는 여자하기 나름이라고 했다.

"너가 예전에 나한테 물어봤었잖아. 황제가 되면 좋을 것 같냐고."

"……응."

한진수는 긴장했다.

'제, 제발…… 그것만은.'

필사적으로 노력해서 황제 후보에서 벗어났다. 머리 많이 써서 차기 황제를 김형석으로 점찍어 뒀다. 그게 모양새도 좋지 않은가? 형님이시니까! 그렇게 황제는 피했다고 생각했다.

"나는 남편이 왕이었으면 좋겠어."

그런데 이제 원치 않는 왕 노릇하게 생겼다.

"아빠는 분명히 허락하실 거야."

한진수도 안다. 김훈상 핑계를 대기는 했지만 김훈상도 당연히 허락할 거다. 김상희의 말이라면 세계를 접수해서라도 줄 위인, 아니, 딸 등신이었으니까.

"……."

한진수의 등에서 식은땀이 흘렀다.

'왕 하기 싫다.'

진짜 싫다. 상희랑 둥가둥가 천년만년 그냥 놀고 싶다. 하루 종일 상희를 껴안고 사랑을 속삭이고 싶다. 그게 제일 행복하다.

'싫은데…….'

하지만 내색은 못하고 안색만 좀 창백해졌다. 하지만 또 김상희가 왜 이러는지도 안다.

김상희가 말을 이었다.

"나는…… 우리의 행복이 너무 좋아. 매일매일 너무 행복해."

"……."

"그런데 나는 우리가 이곳에 오게 된 것이 단순히 우리 둘의 행복을 위해서라고는 생각하지 않아. 이곳에서 우리는 사람들이 동경하는 힘을 얻었어. 우리는 세상을 바꿀 충분한 능력이 있다고 생각해. 아무것도 하지 않고, 그냥 우리 둘만을 위해 산다면…… 그건 비겁한 거라고 생각해. 나는 비겁해지고 싶지 않아."

며칠이 흘렀다. 김훈상이 고개를 끄덕였다.

"그렇단 말이지?"

"……예, 폐하."

김훈상도 한진수의 상태를 눈치챘다.

"너 솔직히 말해봐라. 왕 하기 싫지?"

"……아닙니다. 이것은 저의 신성한 의무라 생각합니다."

"솔직히 말해. 사실 나도 왕 하기 싫거든. 지금 스페셜 필드도 펼쳤다. 아무도 도청 못 해."

"……."

"싫지?"

"그게 아니라……."

"싫잖아."

한진수는 결국 항복했다.

"……네."

김훈상은 고개를 끄덕였다.

"나도 그 마음 잘 안다."

처음으로 김훈상이 한진수를 이해해 줬다. 도둑놈 새끼에서 이제 동병상련의 동지가 됐다. 많은 발전이었다.

김훈상이 말했다.

"신라 건국을 허가한다."

김상희가 내조하자 왕이 탄생했다. 한진수를 내보내고 나서 김훈상은 생각했다.

'잘됐다.'

동병상련의 동지인 척했지만 속으로는 다른 마음을 품었다.

'아무래도 형석이보다는 진수가 낫지?'

세계 평화를 위해서라도 그게 낫다.

'원래 왕부터 시작하는 거지.'

세계 평화를 위해서-사실은 딸이랑 자기가 놀기 위해서-한진수가 황제를 하는 게 낫다. 일단은 신라 국왕부터 시켜보기로 했다. 원래 시작이 어려운 거지, 시작만 하면 일단 반은 성공한 거니까. 아무도 없는 곳에서 김훈상이 씨익 웃었다.

'축하한다, 왕의 세계에 온 것을. 어서 와라. 격하게 환영한다.'

미리 축하했다.

'황제 네가 해라. 아무리 생각해도 네가 딱이다.'

김훈상의 미소가 짙어졌다.

한진수가 여러모로 발악 아닌 발악을 해보기는 했지만 결국 한진수는 왕좌에 앉게 됐다.

김상희가 물었다.

"그게 정말이야……?"

"응……."

왕을 하기로 마음먹은 것치고는 지나치게 힘이 없어 보이기는 했지만 하여튼 한진수는 고개를 끄덕였다.

"우리 결혼기념일에 즉위식을 한다고?"

"응……."

김상희는 활짝 웃었다. 한진수의 마음이 이해는 된다. 김상희도 한진수와 단둘이 여행도 다니고 싶고 놀고 싶기도 하다. 김상희 역시 한진수가 좋고 한진수를 사랑하고 있으니까. 하지만 그것과 이것은 다른 문제다.

"큰 용기를 내줘서 고마워."

"……응."

"역시 여보밖에 없어."

"……응?"

한진수의 눈이 커졌다.

"……뭐라구?"

김상희는 속으로 한숨을 내쉬었다.

'또 시작이다. 호칭성애자!'

아까까지만 해도 거의 반시체나 다름없었던 한진수의 얼굴에 제법 생기가 돌기 시작했다. 김상희는 안다. 한진수, 지금 못 들은 척하지만 못 들었을 리가 없다. 이곳은 지구가 아니다. 거짓말 조금 보태서 천 리 밖에서 떨어지는 바늘 소리도 마음만 먹으면 들을 수 있는 한진수다.

'응? 그러고 보니 정말로 들을 수도 있을 것 같기도 하고.'

남편의 능력이 지나치게 대단하다는 것을 좋아해야 하나, 말아야 하나를 잠시 고민한 김상희는 그 고민을 떨쳐 버렸다. 한진수가 못 들은 척하는 것도 귀엽고 해서 다시 한 번 말해줬다. 그래, 그렇게 하기 싫은 왕 하기로 했는데 이 정도 서비스는 해줄 수 있지. 여보 소리 몇 번 한다고 입이 닳는 것도 아니고.

"큰 용기를 내준 여보가 나는 정말 자랑스러워."

아까까지 다 죽어가던 한진수의 표정이 펴졌다. 단순히 생기가 도는 수준이 아니었다. 한진수는 지금 제법 기뻐하고 있었다. 힘을 잃었던 어깨가 쫙 펴지기 시작했다.

"내가 자랑스러워?"

한진수는 굳이 다시 물었다.

"내가 뭐라고?"

"그래, 여보."

김상희는 본능적으로 안다. 밀당을 하겠다고 머리로 계산하고 하는 게 아니다. 한진수가 김상희의 '여보' 소리에 이렇게 애타하는 것도 다 김상희가 그 횟수를 본능적으로 조절했기 때문이다. 그리고 필요할 때에는 또 아낌없이 해준다. 김상희는 한진수의 품에 안겨 들었다.

"여보, 여보, 여보."

이건 연기가 아니라 정말 진심이었다. 한진수에게 고마웠다. 또 한진수가 멋있었다. 한진수의 품에 안겨 행복에 겨운 미소를 지었다.

"그래, 역시 난 네 여보지."

풀 죽어 있던 한진수는 이제 완전히 사라졌다. 이곳엔 사랑하는 여자로부터 '여보' 소리를 듣고 황홀경에 빠진 호칭성애자 한진수가 있을 뿐이었다.

김상희는 한숨을 쉬었다.

'왜 이렇게 단순한 거야?'

어디선가 들은 적이 있다. 연애를 하면 유치해지고 단순해진다고. 한진수는 그 극단적인 예였다.

한진수가 자신에게 폭 안긴 김상희를 꽉 끌어안았다.

"넌 내 거야."

"……응."

예전이라면 다르게 대답했을 거다. '내가 왜 네 거야? 나는 내 거야'라든가, '사람을 사물 취급하지 말아줘'라든가 지극히 상식적인(?) 반응을 보였을 것이다. 실제로 그녀는 그렇게 생각했다. 그녀가 싫어하는 말 중 하나가 바로 '너는 내 거야'라는 말이었다. 사람은 사람이지 사물이 아니었으니까. 하지만 이젠 달라졌다. 그때보다 오히려 더, 예전보다 훨씬 더 많이 한진수를 좋아하게 됐다. 사랑하게 됐다. 그러니까 저 말에 반박도 하고 싶지 않아졌다.

한진수도 그걸 알아차렸다.

"너도 많이 변했네."

김상희는 한진수가 무슨 말을 하는지 알고 있지만 일부러 모른 척했다.

"뭐가?"

"예전에는 내가 이런 말 하면 아니라고 그랬잖아. 너는 네 거라고."

"기억 안 나."

기억 안 날 리가. 수십, 수백 번을 말했었는데.

"에이, 그랬잖아. 바보야."

"기억 안 난다니까?"

"그랬었어."

"기억 안 나."

"네가 분명히 그랬어."

김상희가 배시시 웃었다. 그리고 까치발을 들고 한진수의 입술에 살짝 키스를 했다.

"……."

한진수는 김상희의 그 행동 하나에 천하를 다 얻은 듯한 표정을 지었다. 광대가 승천하고 입가가 씰룩거렸다. 눈가에는 행복이 가득 찼다.

김상희가 아주 조금 토라진 척 말했다.

"기억 안 나."

"오구오구."

한진수는 김상희의 머리를 쓰다듬으며 말했다.

"내가 잘못 기억하고 있나 보다."

이 순간 '사실'은 중요하지 않았다. 한진수도, 김상희도 모두 알고 있다. 김상희는 분명 과거에 지금과는 다른 반응을 보였었다.

김상희가 다시 행복에 겨운 미소를 짓자 눈이 반달처럼 작아졌다.

"그렇지?"

"응, 내가 잘못 기억하고 있었어. 너 그런 적 없어."

"거 봐, 바보야."

한진수는 그런 김상희가 사랑스러워 죽겠다는 듯 머리를 마구 쓰다듬었다. 김상희를 품에 안은 그 상태로 조금씩 조금씩 움직였다.

"뭐, 뭐 해?"

김상희는 알고 있다. 지금 한진수가 무슨 짓을 하려고 하는지. 한진수가 태연스레 되물었다.

"뭐가?"

한진수도 물론 알고 있다. 김상희가 당황한 듯 말했다.

"바, 발 걸려. 넘어진다구! 바보야."

물론 김상희도 알고 있다. 절대 발 걸릴 일 없다. 넘어질 일도 없다. 겨우 이런 걸로 사랑하는 여자 넘어뜨릴 것 같으면 세계의 대천재 타이틀은 못 얻었다. 세밀한 마력 컨트롤이 가능한 한진수는 절대 넘어뜨리지 않을 거다. 만약 넘어진다 하더라도 땅에 부딪치기 전에 일으켜 세울 능력을 가지고 있다. 한진수가 계속 걸었다. 김상희를 품에 안은 상태로. 당연히 걸음걸이는 이상할 수밖에 없었다.

"안 넘어져, 바보야."

한진수의 말은 틀렸다.

풀썩.

한 쌍의 남녀가 넘어졌다.

"넘어졌잖아."

한진수가 씨익 웃었다. 이곳은 침대 위다. 자신의 아래, 반쯤 강제로 눕혀진 김상희의 얼굴을 보니 너무나 사랑스러웠다.

"어라, 넘어졌네."

침대에 넘어지는 거니 절대 아플 리 없다. 그럼에도 불구하고 한진수는 무려 마력을 움직여서 그녀를 보호해 줬다.

김상희가 고개를 약간 옆으로 돌렸다.

"이 변태가 진짜."

"변태라서 싫어?"

한진수가 김상희의 옷 속으로 손을 집어넣었다. 그의 손길이 김상희의 배를 쓸고 올라갔다. 옷 사이를 비집고 올라온 그의 손이 김상희의 목을 간지럽혔다.

"변태라서 싫으냐니깐?"

"누, 누가 싫댔나 뭐."

김상희의 얼굴이 붉어졌다. 아주 오래전, 아이들은 김상희더러 여우라고 욕하고 구미호라고 욕했을지 몰라도 김상희는 이런 것에 그다지 익숙하지가 않다. 한진수와의 잠자리는 이미 많이 경험했지만 그때마다 새롭고 그때마다 부끄럽다.

김상희가 작게 말했다.

"불 꺼야지."

한진수가 마력으로 불을 꺼버렸다. 그리고 키스를 했다. 조심히 살살, 그러나 그 부드러움은 이내 격정의 파도가 되어 김상희의 입술을 휩쓸고, 그녀의 모든 곳을 휩쓸었다. 한진수와 김상희가 함께 있는 이곳이 야릇한 신음으로 뜨겁게 달아올랐다.

그렇게 1년이 지났다.

"곧 네 즉위식이구나."

"폐하의 전폭적인 지원과 지지가 있어서 이토록 일이 쉽게 풀리고 있는 것 같습니다."

김훈상은 고개를 갸웃했다.

"너 불만 많은 것 같다?"

"절대 그렇지 않습니다."

"반항해?"

"전혀 아닙니다."

"그런데 왜 그렇게 왕 하기 싫은 표정이냐?"

"아닙니다, 폐하. 오해하고 계십니다."

김훈상은 즐거웠다. 이제 저 사위 놈을 왕좌에 앉히고 나면! 그리고 나면 이제 딸과의 오붓한 데이트를 할 수 있지 않겠는가!

"나라를 새로이 세우게 되면 아주 많이 바빠질 것이다. 초창기엔 원래 그런 것이지. 나도 처음엔 죽는 줄 알았다."

그 말은 곧, '너는 아주 많이 바쁠 테니 일에 파묻혀 죽어라!'라는 뜻이다. 숨겨진 속뜻은 '그사이 나는 상희랑 놀겠다!'고.

한진수가 말했다.

"혹시…… 육아휴직 있습니까?"

"……응?"

김훈상은 자신의 귀를 의심했다. 절대 잘못 들을 리 없는 귀를 가지고 있음에도 불구하고 잘못 들은 게 아닐까 생각했다.

"그게 무슨 뜻이냐?"

김훈상은 알게 됐다. 김상희가 임신을 했다는 것을. 김훈상의 얼굴에 함박웃음이 피어올랐다. 최근 1년 동안 이렇게 통쾌하게 웃은 적이 있나 싶을 정도로 으하하핫! 하고 크게 웃었다. 정말로 기분이 좋아 보였다.

"드디어! 드디어! 그렇단 말이지!"

저 죽일 놈의 사위 놈은 사위 놈이고. 사랑하는 딸내미가 임신을 했단다. 그렇다면! 그렇다면 손자! 아니, 손녀가 생길 가능성이 생긴 것 아니겠는가! 내 딸을 닮았으면 얼마나 예쁠꼬! 그 생각에 아주 행복해졌다.

김훈상이 물었다.

"딸이냐, 아들이냐!"

한진수는 이렇게 말하려고 했다. 아직 모릅니다. 그런데 '아'까지 나왔을 때, 한진수는 살기를 느꼈다. 모른다고 말하면 죽여 버리겠다. 라고 위협하는 장인어른의 무시무시한 포스가 느껴지는 것 같았다.

'모른다고 말하면 맞아 죽을지도 모른다.'

한진수는 느꼈다.

'왠지 딸이길 원하시는 것 같은데……?'

아무래도 그런 것 같다. 상식대로라면 말도 안 되지만 한진수는 안다. 김상희는 이 세상의 상식에서 벗어나도 한참 벗어난 여자, 아니, 딸이다. 사랑해 마지않는 딸에게서 태어난 딸, 그걸 강력하게 원하고 있음이 틀림없었다.

"딸이길 원하십니까?"

'딸'이라는 단어에 활짝 웃었던 김훈상이 돌연 인상을 찡그렸다.

"그럴 리가 없지 않느냐?"

상식대로라면 말이다. 이 세계는 무조건 남자가 태어나야만 한다. 실제로 김상희가 처음 태어났을 때에 김훈상은 강서영을 나무랐었다. 또 계집이냐고 말이다.

"대를 이을 남자가 중요한 것이지."

"역시 그렇습니까? 그렇다면 다행이군요."

한진수의 말을 들어보면 아무래도 아들일 것 같았다. 김훈상이 여태까지의 태도와는 다르게 표정이 조금 안 좋아졌다. 약간 당황하며 말까지 더듬었다.

"그, 그러냐?"

"회복의 관 관장 미첼 씨의 말을 들어보면 여자아이가 될 가능성이 매우 높다고 합니다."

확실하지 않다. 아무리 마력이 발달했고 과학이 발달했어도 아직은 모른다. 다만 그럴 가능성이 매우 높다는 것뿐. 김훈상이 인상을 찡그렸다.

"그런데 뭐가 다행이란 말이냐? 사내아이가 아닌데?"

말만 들어보면 기분 나빠 보인다. 기분 나쁜 척했다. 그런 주제에 피식피식 웃음이 새어 나왔다. 딸이다. 딸이란다.

"폐하께선 사실 딸을 원하고 있지 않으십니까?"

"나는 그런 적 없다."

한진수는 분명 '딸입니다'라고 말을 한 적이 없다. 다만 '딸일 가능성이 높습니다'라고 말했을 뿐이다. 분명 그렇게 말했는데 김훈상은 자기가 듣고 싶은 대로 들은 것 같았다. 마치 무조건 딸이 나올 거라고 생각하는 것 같았다.

"나는 딸 안 좋다."

"정말 그렇습니까?"

그럴 리 없다는 걸 한진수도 김훈상도 알고 있다. 김훈상은 억지를 부렸다.

"당연하지."

어차피 성별은 이미 정해져 있다. 미첼이 그렇게 확정 지었다면 100프로다. 다시 한 번 언급하지만 김훈상이 혼자 확신하고 있다. 전 세기의 대천재고 현 세기의 대천재고. 고금을 통틀어 모든 천재를 다 데려와도 이미 결정된 성을 바꿀 수는 없지 않겠는가.

김훈상은 왕이다. 상대 국가와 타협점을 찾을 때에도, 패기를 부리고 호기를 부린다. 그래야만 유리한 고지를 차지할 수 있을 때에 그랬다. 그것이 왕의 숙명이다. 그 숙명을 가지고 지금 허세를 부렸다.

"사내아이가 아니라니, 안타깝군."

한진수는 피식 웃었다. 전혀 안타깝지 않은 얼굴인데요?

"당장 가보자."

한진수는 고개를 갸웃했다. 음, 뭔가 중요한 얘기를 하고 있었던 것 같은데. 이를테면 신라 국왕 즉위식이라든가, 신라 국가를 건립하는 것이라든가 뭔가 그런 얘기를 하고 있었던 것 같은데.

'아무려면 어때.'

어차피 왕도 아내가 원해서 하는 거 아니겠는가. 사랑하는 아내가 원한다면 하늘의 별도 따다 줄 한진수다. 아내가 왕이 좋다니까 왕도 하는 거다. 다시 말해 왕이나 국가 따윈 하나도 안 중요하다는 뜻이다.

'여보, 내가 갈게!'

떨어진 지 겨우 30여 분밖에 안 됐는데 한진수의 걸음이 빨라졌다. 참고로 걸어서 20분 거리다.

한진수가 제안했다.

"워프하시죠?"

김훈상은 근엄한 얼굴로 고개를 끄덕였다. 하지만 속으로는 똥줄이 타던 중이었다. '이놈이 왜 워프하자고 안 하지? 난 지금 한시가 급한데. 왜 워프하자고 안 하지? 내 딸 빨리 보러 가야 하는데'라고 생각은 하면서도 왕 체면에 '워프하자! 내 딸 빨리 보고 싶으니까!'라고 말할 수 없어서 참고 있던 중이었다. 그런 김훈상이 굳이 한마디를 덧붙였다.

"네가 정 원한다면."

김훈상이 활짝 웃었다.

"정말이냐? 네가 임신을 한 것이냐?"

침대에 누워 있던 김상희는 자리에서 일어서려고 했다. 왕이 왔는데, 당연히 일어서서 인사를 해야 하지 않겠는가.

"움직이지 마라."

김상희는 움직일 수 없었다. 무형의 기운이 그녀의 몸을 못 움직이게 막았다. 부드럽게 말이다.

"귀한 몸이지 않느냐?"

"하지만 아빠가 오셨는데…… 임신 초기라서 몸도 무겁지 않아요."

"어허, 가만히 있어라. 왕명이다."

"……네."

김상희는 저도 모르게 피식 웃고 말았다. 옛날 같았으면 상상도 못했다. 왕 앞에서 피식 웃다니. 다른 공주였다면 '내가 무슨 짓을 한 거야. 미쳤나 봐'라고 생각하며 벌벌 떨었을지도 모를 일이다. 하지만 김훈상의 눈에는 피식 웃는 김상희마저도 너무나 사랑스러웠다. 침대에 걸터앉았다.

"고생 많았다."

김훈상이 김상희의 머리를 쓰다듬었다. 김상희가 되물었다.

"뭐가요?"

"저 짐승 같은 놈에게 얼마나 시달렸겠느냐?"

김상희는 움찔 몸을 떨었다. 뭐랄까, 김상희는 잘 모르지만 이 기운 심상치 않다.

'살기……?'

살기라는 게 있다면 이런 게 아닐까 싶을 정도였다. 온몸에 소름이 쫙 돋았다.

"태어날 아가를 위해 예쁜 생각만 하고 예쁜 것만 보고 맛있는 것만 먹어라. 내가 힘껏 도와주겠다."

아니, 아빠. 아빠 왕이잖아요. 안 바빠요? 묻고 싶었다. 그 말을 돌려 말했다.

"아빠의 마음은 너무나 감사해요. 아빠의 진심에 소녀는 언제나 행복하답니다. 하지만 아빠는 고려 만민의 왕이시잖아요. 일개 소녀에게 마음을 전부 쏟아주신다면…… 소녀는 너무나 행복하지만 아빠를 어버이로 따르는 고려의 백성들은 어버이를 잃고 방황하고 말 것이어요."

"……."

김훈상은 아무런 말도 하지 않았다. 김상희의 말 제대로 듣지 않았다. 사랑스러운 아기가 옹알옹알 옹알이를 하면 이런 느낌이 아닐까? 김훈상은 사랑 가득한 눈동자로 김상희를 쳐다보며 머리를 쓰다듬다가 말했다.

"형석이가 곧 왕위를 물려받게 될 거다."

"……네?"

"보니까 신혼집이 제법 괜찮더구나."

뒤에 서 있던 한진수는 뭔가 불길함을 느껴야 했다.

'뭐지?'

불길하다. 불길하다. 불길하다.

"내 자랑스러운 사위가 나라를 새로이 건립하지 않았느냐? 곧 즉위식이고."

덕분에 나는 마음 놓고 차기 황제를 점찍어 놓을 수 있었지. 후후후. 하는 그 말이 한진수의 귀에 들리는 것 같았다. 한진수의 가슴 한편이 무거워졌다. 뭔가 무거운 납덩이를 심장에다가 달아 놓은 것 같은 기분이었다.

"여러모로 바쁠 것이다. 이럴 때 장인인 내가 도와야겠지. 이 나라는 이상한 나라니까."

최고의 복지와 환경을 제공하지만, 여자를 무시하면 절대로 안 된다. 어찌 보면 약간의 역차별도 존재한다. 여자를 위한 나라였으니까. 하다못해 여자를 향해 삿대질조차도 하면 안 된다. 일단은 이렇게라도 강제성을 띠고 있어야 사람들의 인식이 조금씩이라도 변화할 테니까.

김상희도 이제 깨달았다.

"아빠, 그 말은……"

"곧 고려의 왕은 형석이가 될 것이다."

"그럼 아빠는요?"

"너는 임신을 했고, 사위는 왕이 될 거다. 내 도움이 필요할 거다."

김상희와 한진수는 동시에 생각했다. 아니요, 필요 없어요. 김상희가 말했다. 단호할 땐 단호해야만 하는 법이다.

"아빠, 저 아직 신혼이어요."

좋은 게 좋은 거지만 오늘만큼은 강하게 거부하기로 했다.

"신혼에는 남편과 시간을 보내고 싶은 법이랍니다."

"……."

"아빠가 옆에 계시면 정말 너무너무 행복하겠지만, 남편과 단둘이 있으면 그보다 더 많이 행복할 수 있을 것 같아요. 아빠가 이런 제 마음을 이해해 주시면 좋겠어요."

한진수는 속으로 응원했다. 옳지, 잘한다, 내 색시. 여기는 우리 집이다. 우리 집인데 처가살이할 수는 없잖아. 그렇게 응원했다.

딸의 말에 충격을 받은 김훈상이 한진수를 한번 노려봤다.

'저놈이 무슨 짓을 했길래 내 딸이 이렇게……!'

하지만 딸이 원하는 건 뭐든지 다 들어줄 김훈상이다. 별채를 하나 더 짓기로 했다.

“고마워요, 아빠. 소녀의 마음을 이토록 잘 이해해 주시는 분은 아빠밖에 없어요.”

“역시 그렇지?”

뽀뽀 한 번에 김훈상의 마음이 풀어졌다.

며칠이 더 흘렀다.

한진수는 신라 국왕의 자리에 앉았다.

“국왕 폐하 만세!”

“국왕 폐하 만세!”

시가지를 지났다. 신라로 이민을 신청한 사람의 숫자가 제법 많았다. 여자도 많았다. 많은 여자가 감동의 눈물을 흘렸다. 이곳은 여자의 천국이다. 여자 전용 시설도 굉장히 많고 여자라고 무시하는 사람은 즉결 처분이 된다. 왕의 능력이 상상을 초월한다. 국방도 튼튼하다. 재정도 복지도, 그 모든 것이 거의 완벽에 가까운 나라다. 이러한 나라를 구현하는 것에는 알렉스의 힘이 컸다.

김상희가 말했다.

“학자님, 고마워요.”

“아닙니다. 상희학을 정식 학문으로 인정해 주신 국왕 폐하 덕분입니다.”

이 나라를 이루는 근간은 바로 ‘상희학’이었다. 현대로 치자면 여성학에 가까운 이 학문은 세계를 뒤흔들었다. 과거 고려 왕의 행적들과 고려 왕자들의 행동들이 이 ‘상희학’ 하나로 모두 설명이 되었다.

알렉스가 확신을 가지고 말했다.

"상희학은 분명 세계를 변화시킬 겁니다."

어쨌든 여성을 대우하는 괴상한 나라, 신라의 국왕이 즉위식을 끝냈다. 또 몇 달이 흘렀다.

"오늘을 공휴일로 정하고 내년부터 이날을 기리도록 한다."

한진수가 기쁨에 찬 얼굴로 말했다.

응애! 응애! 응애!

울음소리가 들려왔다. 그 어린 아기를 본 한진수의 눈에서 눈물 한 방울이 흘러나왔다. 한진수가 김상희의 손을 꼭 잡아줬다.

"고생했어. 고생했어, 정말."

아기가 태어났다. 나라 안에서는 경사였다. 공주가 태어났다. 그리고 놀라운 소식이 나라 밖에서 또 들려왔다.

과거 약 25년 전, 전쟁기 때에 세계는 혼란스러웠다. 몇 개의 나라가 새로 생겨나고, 또 몇 개의 나라가 역사 속으로 사라져 갔다. 그 이후로 지금이 가장 혼란스러운 시기라고 할 수 있겠다. 고려의 속국이나 다름없었던 신라가 위세를 떨치며 급격하게 성장해 갔다.

"어째서 고려 국왕은 신라가 저렇게 크는 걸 그냥 방치하고 있지?"

"글쎄……."

사람들은 이해하지 못했다. 자고로 권력은 부자 사이에도 나눠 갖는 것이 아니라고 했다. 부자 사이에는 나눠 갖는 것 아니지만, 딸에게는 얼마든지 퍼줄 수 있다는 걸 사람들은 몰랐다. 그러던 와중 또 다른 소식들이 겹쳐서 들려오기 시작했다.

"그거 알아? 고려 왕자 김환성과 김환석이 각각 세상으로 진출했다던데?"

고려에서는 총 4명의 왕자가 있다. 그중 둘째와 셋째가 분가를 했다는 뜻이다.

"갑자기?"

"안 그래도 예전에 김환석 왕자는 건국을 하려고 생각했었대."

그 말은 사실이었다. 하지만 김환석은 동생 옆에 있고 싶어서 왕안 했다. 하지만 이제 상황이 조금 달라졌다.

"지금 와서 갑자기 나라를 건립한다는 건 어쩌면 신라를 견제하기 위함이 아닐까?"

"그럴 수도 있지. 위치를 보면……."

김환성이 북쪽에 자리를 잡았다. 그리고 동쪽 끝, 극동에는 김환석이 자리 잡았다.

"잘 봐. 지도를 살펴보면……."

지도를 살펴보면 고려와 신라가 꽤나 근접해 있고, 위쪽에는 김환성의 국가가 있다. 오른쪽에 김환석의 국가가 있다.

"이렇게 세력도를 펼쳐 보면 어때? 그림 나오지?"

"과연……."

김환성이 세운 국가의 이름은 고구려, 그리고 김환석이 세운 국가의 이름은 발해였다.

"고려와 고구려, 발해가 이렇게 에워싸고 있잖아. 유사시에 신라를 포위할 수 있는 세력 배치야."

"아…… 그럼 이제 고려 측에서도 손을 쓰기 시작했다는 거네?"

"그렇지. 고려 입장에서도 급속도로 성장하고 있는 신라를 견제할 필요가 있을 테니까."

사람들이 말하는 3개 국가의 수장. 고려 국왕 김훈상, 발해 국왕 김환석, 고구려 국왕 김환성이 한자리에 모였다.

김환석은 한진수를 힐끗 쳐다봤다. 그 눈빛의 의미를 한진수는 금방 알아차렸다. '내 동생 얼굴이 왜 이렇게 안 좋냐? 죽고 싶냐?'라는 뜻이었다. 오히려 이렇게 말로 안 하는 게 더 무서웠다. 씨익 웃으면서 레이저포를 만질 것 같다.

한편, 김환성은 인상을 찡그렸다.

"야, 너. 내 똥개한테 무슨 짓을 한 거야? 애 얼굴이 왜 이렇게 수척해?"

"오빠들, 그런 거 아니에요. 아기를 낳고 나서……."

김훈상이 말했다.

"그래, 저 도둑놈에게 얼마나 시달렸으면 내 딸 얼굴이 저 모양이 됐겠냐?"

마침 시중을 드는 송수진도 그 자리에 있었다. 이 자리는 공식적인 자리가 아니다. 어디까지나 김상희의 방에 아빠와 오빠와 남편이 있는 자리다. 송수진은 생각했다.

'이상하네? 공주님 안색이 그리 나쁘진 않은데?'

안색 자체는 나쁘지 않았다. 산후 조리도 잘해서 건강했다. 그런데 아빠와 오빠들이 보기엔 아닌 것 같았다. 시력이 여자보다 월등히 좋을 텐데 왜들 저러시는지 알 수가 없었다.

한진수는 땀을 삘삘 흘리며 화제를 돌렸다.

"형님, 발해 운영은 잘되고 계십니까?"

김환석은 고개를 한 번 끄덕였다. 어차피 나라 운영은 별로 관심 없다. 그가 나라를 세운 이유는 단 하나다.

김환석이 김상희를 쳐다봤다.

"저놈은 못 미더우니 내가 도와주겠다."

그리고 시크하게 고개를 돌렸다. 세상 사람들은 고려가 신라를 견제하기 위해 발해와 고구려를 만들었다고 생각했다. 세력 확장을 견제하고, 유사시 병력을 움직일 수 있도록 말이다. 하지만 그와는 정반대의 상황이 펼쳐졌다.

김환성이 말했다.

"야, 똥개. 오빠 믿지?"

"……네."

"오빠 짱 세다."

제일 세다라고 말하고 싶었는데 하필이면 여기 형도 있고 아부지도 있다. 그래서 제일이란 말 대신 짱이란 말을 붙였다.

김상희는 침대에 누운 상태로 빙그레 웃었다. 동쪽에는 발해가, 북쪽에는 고구려가 버티고 있다. 그리고 남쪽에는 고려가 있다. 물론 거리상으로는 매우 멀다. 일부러 거리를 뒀다. 그래야 신라가 더 커질 수 있을 테니까.

김환성이 말했다.

"빨리 신라를 키워. 나 왕 귀찮아."

김환성의 생각은 이러했다. 한진수가 신라를 성장시킨 다음, 고구려를 신라에 흡수통일을 시키는 거다.

"그땐 내가 항복해 줄게."

나라 간 합병은 그렇게 이상한 일도 아니다.

"그러니까 빨리 키우라고. 왕 했으니까 그냥 황제도 해."

김훈상도, 김환석도 고개를 한 번씩 끄덕였다. 김씨 부자들은 이미 권력에는 초탈했다. 한진수를 어떻게 부려먹을까 그 생각만 하고 있다.

김훈상이 공명정대한 척 말했다.

"신라가 제법 기틀이 잡혀 가고 있다. 이 세계를 변화시키는 것에는 적격이라고 할 수 있을 거다. 여자들의 권위가 많이 높아졌더군. 지금은 강제력을 가졌지만…… 세월이 흐른다면 여자들도 대우받는 세상이 오겠지."

'그거 다 핑계잖아요! 아버님은 그런 거 신경 안 쓰지 않습니까!'

한진수는 그렇게 말하고 싶었다. 세상 사람들은 잘못 알고 있다. 고려가 신라를 견제하기 위해서 나라를 만든 게 아니다. 오히려 신라를 지켜주기 위해서다.

바다 건너 새로운 대륙에서 침략자가 온다면 그건 발해가 일차적으로 막아줄 것이다. 북쪽 산맥, 아직 인간의 발이 닿지 않은 북쪽 지방에서 누군가가 나타난다면 고구려가 막아줄 것이다. 남쪽, 아직도 무시무시한 마물들이 득실대는 그곳에서 이상 현상이 발생한다면 고려가 막아줄 것이다. 지금은 밀림으로 돌아간 할아버지도 여차하면 돌아오겠다고 말을 하고 떠났다. 더 정확하게 말하자면 내 딸, 내 동생을 지켜줄 것이다. 세상 사람들은 완전히 거꾸로 생각하고 있는 셈이다.

김훈상이 물었다.

"그래서 우리 수희는 어디에 있는 거냐?"

김상희가 대답했다.

"옆방에서 자고 있어요."

김훈상은 그 말의 의미를 알아들었다. 사랑스러운 손녀가 잠들어 있으니까 깨우면 안 되겠다고 생각했다. 불과 몇 년 전만 해도 이런 생각은 하지도 않았다. 왕이 보고 싶으면 보는 거다.

"그런데 이름은 누가 지은 거냐? 내가 그럴 듯한 이름을 지어주려고 했는데."

김상희는 생각했다.

'진수가 지었다고 말하면 진수 엄청 깨지겠지?'

아무래도 그럴 것 같다. 아니, 확실했다. 사실 수희는 김상희의 옛날 이름이다. 그 당시에도 한진수는 김수희를 정말로 많이 사랑했었다. 그 사랑의 의미를 담아 김상희의 분신인 이 딸의 이름을 '한수희'로 짓자고 했다. 김상희도 거기에 동의했다.

김상희가 말했다.

"제 이름을 닮기도 했고…… 제 첫 아이이니…… 제가 주고 싶은 이름을 줬어요. 혹시…… 잘못일까요?"

김훈상의 귀에는 이렇게 들렸다. 아빠, 나 지금 잘못했다고 혼낼 거예요? 혹여라도 한진수가 이름을 지었다면 호통을 한번 치려던 김훈상은 오히려 인자한 웃음을 지었다.

"아니다. 이름을 아주 예쁘게 잘 지었구나."

한진수는 침을 꼴깍 삼켰다. 저 장인어른, 분명 나한테 화를 내려고 했는데.

세간에서는 칭송받는 왕이다. 신라는 정말 파죽지세로 그 덩치를 불려가고 있는 중이다. 여성 우대 정책이라는 말도 안 되는 정책을 펼치고는 있으나, 상희학이라는 이론과 한진수의 능력, 그리고 고려의 전폭적인 지원 아래 신라는 유래 없는 눈부신 발전을 거듭하고 있는 중이었다. 그리고 또 과거와는 약간 달라진 것이 있었다. 성녀의 도움으로 인하여 여자들도 마력을 사용할 수 있게 되고—비록 그것이 임시 사용에 불과하긴 하지만—그 힘에 조금씩 익숙해지면서부터 여자들도 어느 정도 힘을 쓸 수 있게 됐다. 이게 중요하다. '어느 정도'는 힘을 쓸 수 있게 되었다는 것.

기본적으로 이 세계는 여성의 비율이 남성의 비율보다 압도적으로 높다. 애초에 남성이 절대적인 힘을 가지고 있을 때라면 소수의 남자가 다수의 여자를 지배하는 것이 가능했지만, 이제는 약간 얘기가 달라졌다는 소리다. 여자는 남자에 비해 힘은 조금 약하지만 그 숫자가 훨씬 많다. 머릿수에서는 상대가 안 된다.

그래도 아직까지는 남자가 여자를 억압하고 있고, 여자를 하찮게 여기는 풍토가 남아 있다. 남아 있는 수준이 아니라 아직도 만연하다. 하지만 이 세계가 변화되고 있다는 것은 틀림없는 사실이었다. 어쨌든 신라는 절대다수의 여성의 지지를 등에 업으며 눈부신 발전을 하고 있는 중이다. 김훈상의 뒤를 이은, 세계의 대천재이자 세계의 위인 중 한 명으로 추대받고 있는 중이다. 하지만 그것은 세상의 평판일 뿐 실상은 달랐다.

'울고 싶다.'

한진수에게는 여기가 천국인지 지옥인지 구별이 안 된다. 시월드보다 더 무섭다는 그 처월드가 펼쳐졌다. 심지어 여기는 신라 안이다. 신라 안에서 신라 국왕은 구박을 당했다.

김씨 부자들이 돌아간 뒤, 이번에는 김상희가 한진수의 손을 잡아

줬다.

“고생 많았어. 아빠랑 오빠들이 조금 극성이라…….”

그만하면 다행이다. 환혁이와 상아는 더 대책 없다. ‘우리 누나를 뺏어간 도둑놈!’이라든가 ‘우리 언니를 납치해 간 나쁜 오라버니!’라든가. 애들은 논리도 없고 대책도 없다. 그럴 때마다 김상희가 혼을 내서 이제 조금 잦아들기는 했지만 결혼 초기에는 정말 심했다.

김상희가 미안한 듯 한진수의 손을 어루만졌다.

“그래도…… 조금씩 좋아지고는 있으니까.”

확실히 그건 그랬다. 오빠들도 아빠도, 그리고 김환혁과 김상아마저도 한진수를 이제 가족의 일원으로 받아들이고 있는 중이었으니까. 사랑하는 딸 혹은 동생 혹은 누나 혹은 언니를 빼앗아 간 도둑놈이라는 인식이 너무 강해서 아직은 살갑게 굴지 못하는 정도였다.

“아냐, 괜찮아. 나는 아무렇지도 않아. 오히려 내 와이프가 이토록 사랑받는 여자라는 게 기쁘고 좋아.”

“…….”

김상희는 한진수를 올려다봤다. 이 남자, 사랑할 수밖에 없다. 한진수도 사람이다. 아무리 장인이고 형님이고 뭐고 자꾸 무시하고 구박하면 화가 나는 게 당연하다. 지렁이도 밟으면 꿈틀하는 법 아니겠는가. 하지만 한진수에게선 그런 모습을 찾아볼 수 없었다. 한진수가 왜 저러는지 안다. 자신에게 부담감을 주지 않기 위해서 일부러 배려하는 거다.

한진수가 웃었다.

“정말이야. 나는 기쁘고 행복해. 그리고 지금 이 순간 네가 내 옆에 있어줘서, 그게 너무 고마워. 너는 나를 살아 있게 만드는 사람이니까."

김상희도 웃었다. 오늘은 뭐랄까, 정말 뜬금없는데 한진수의 저 미소가 정말 섹시하게 느껴졌다.

오늘은 김상희가 먼저 말했다.

"불 꺼줘."

불이 꺼졌다. 하지만 두 사람의 불은 더 크게 활활 타올랐다. 예전보다 더 농염하고 더 뜨겁게 말이다.

외전 2
마의 대륙 아탄티아

김환성이 신나서 얘기했다.

"삼촌이 세상에서 제일 세."

"정말?"

예전부터 들어왔었다. 그런데 진짜인지 아닌지 아직은 모르겠다.

"우리 아빠가 더 셀걸?"

"에이~ 아냐, 삼촌이 더 세. 어릴 때는 삼촌이랑 많이 싸웠어."

그녀는 새로운 사실을 깨달았다. 어른들도 어릴 때가 있었구나!

"주먹으로 막 싸웠어?"

"그럼! 당연하지! 남자들은 원래 그러면서 크는 거야."

그녀는 고개를 갸웃했다.

"그런 거 엄청 무식한 거라고, 배우면 안 된다고 그랬는데."

김환성이 인상을 찡그렸다. 감히 어떤 놈이 그런 말도 안 되는 말을 지껄이고 다닌단 말인가. 아주 그냥 주리를 틀어버리든가 해야지.

"어떤 놈이 그랬어?"

"엄마가."

김환성이 찡그렸던 인상을 활짝 폈다. 그답지 않게 말도 더듬었다.

"어, 엄마가 그랬어?"

"응. 왜?"

"아니야, 아무것도."

김환성은 결론을 내렸다.

"하여튼 삼촌이 세상에서 제일 세. 그것만 알아둬. 알겠지?"

"아냐, 아빠가 더 세!"

김환성이 허세를 부렸다.

"아니야, 삼촌이 더 세. 아빠한테 물어봐."

그녀의 이름은 한소연. 꿈 많고 열정 가득한 4살. 한진수와 김상희의 둘째 딸이다. 세상의 모든 것이 신기하고 신비로운 그녀는 문득 궁금증이 일었다.

"아빠, 아빠."

"응?"

그녀는 마력을 타고났다. 최근에는 많은 여자가 마력을 가지고 태어난다. 이것을 성녀의 축복이라고 말하곤 했다. 이 추세대로라면 수십 년, 아니, 몇 년만 지나고 나면 모든 여자가 마력을 가지게 될 거라는 분석도 나오고 있었다. 그녀는 마력을 가지고 태어났고, 제법 발육도 빠르다. 지구식으로 치자면 나이가 8살 정도 되어 보였다.

그녀의 아버지는 소위 말하는 딸바보다. 요즘은 이 '딸바보'라는 말이 그렇게 어색하지 않다. 최근 5년 동안 세계는 엄청난 변화를 겪었다. 그 변화의 중심에는 고려 왕가가 있었다. 고려의 학자 알렉스가 발표한 '상희학'은 일대 파란을 일으켰다. 악마의 학문이다, 폐지해야만 한다, 알렉스를 죽여야 한다 등 학계에서는 온갖 극단적인 의견이 쏟아져 나왔었지만, 고려 왕가의 강력한 비호 아래 알렉스의 학문은 대성공을 거둘 수 있었다. 시간이 흐르면 흐를수록 상희학의 진가가 점점 더 나타났다. 상희학은 여성(?)을 이해하는 데 있어서 굉장히 유리했다. 상희학이 온 세상에 퍼진 지금, 딸바보는 그렇게 생소한 것은 아니었다.

한소연이 말했다.

"있잖아요."

"그래그래, 우리 딸~ 말해보세요."

그녀의 아버지는 그녀를 사랑 가득한 눈으로 쳐다봤다. 그렇게 예쁠 수가 없다. 아내를 쏙 빼닮은 소연의 눈망울은 마치 아기 사슴처럼 보였다.

"궁금한 게 있어요."

"뭔데요?"

"그게 뭐냐 하면요……."

한소연은 머뭇거렸다. 아빠한테 이런 걸 물어봐도 되나 싶었다. 하지만 너무 궁금해서 참을 수가 없었다.

그녀의 아버지가 보챘다.

"말해보렴. 뭐든지 다 대답해 줄게. 아빠는 모르는 것이 없단다."

"그러면 있잖아요."

결국 한소연은 묻고 말았다.

"세상에서 아빠가 제일 세요?"

"……응?"

그녀의 아버지는 순간 고개를 갸웃했다. 제일 세다라, 어느 부분에서 제일 센 건지 알 수 없었다. 하지만 그는 아버지다. 아버지로서의 체면과 권위와 입지가 있다.

"당연하지!"

그는 크게 고개를 끄덕였다.

"그럼 황제 폐하보다도 더 세요?"

그 질문에 차마 그렇다고는 말할 수 없었다. 어린아이에게 잘못된 상식을 주입할 수는 없지 않은가.

"황제 폐하 다음으로 제일 세."

"이상하네? 삼촌도 황제 폐하 다음으로 제일 세다고 그랬는데."

그는 형님의 얼굴이 떠올랐다. 분명 소연이에게 초코바를 쥐어주면서 삼촌이 세상에서 제일 세다고 주입하고 또 주입했을 거다. 머리가 아파왔다. 삼촌에게 속기 싫었던 4살 꼬마 한소연은 실망에 가득 찼다.

"아빠가 세상에서 제일 셀 줄 알았는데……."

"아, 아빠가 세상에서 제일 세지."

"그치만 황제 폐하보다도 약하고 삼촌보다도 약하고……."

"그렇지 않아."

딸에게 실망을 줄 수는 없었다.

"아빠가 사실 제일 세."

그 순간 황제가 결정됐다. 황제가 되면 가장 세다고 말할 수 있을 테니까. 사랑하는 딸을 위해 까짓것 황제 하지 뭐.

그 남자의 이름은 한진수였다.

한소연이 한진수에게 '아빠가 세상에서 제일 세?'를 물었던 시점으로부터 다시 3년이 지났다. 한소연은 무럭무럭 자라 이제 7살이 됐다.

"황제 폐하 만세!"

"황제 폐하 만세!"

최연소 황제가 즉위했다. 고려 왕가의 전폭적인 지원에, 프리온 나이트와 성녀라는 막강한 전력까지 갖추고 있으니, 어려울 것도 없었다. 거기다가 한진수는 이미 최강자로서 군림(?)하고 있었다. 딸과 아내에게는 잡혀 살긴 하지만.

"성녀 성하 만세!"

"성녀 성하 만세!"

한진수뿐만 아니라 김상희 역시 최고의 인기를 구가했다. 황후 폐하 혹은 성녀 성하라고 불렸는데, 김상희는 그런 말을 들을 때마다 얼굴을 붉혔다. 지금은 사람들이 가득한 거리를 리무진을 타고 카퍼레이드 중이다.

'감회가 새롭네.'

여자가 이렇게 칭송받는 날이 오게 될 줄이야.

'대충 훑어보면 한국이라고 해도 믿겠어.'

한진수가 말도 안 되는 신혼집을 만들고 신라를 재건한 이후 겨우 8년밖에 지나지 않았다. 그사이 엄청난 변화가 있었다. 물론 다른 나라는 아직도 갈 길이 멀지만, 적어도 이곳은 변화의 물결이 가장 크게 일어난 곳이었다. 거리에는 여자들이 자유로이 걸어 다니고, 남자들과 팔짱을 낀 모습도 보였다. 예전처럼 얼굴에 그늘이 가득하지 않았다. 그녀들은 이 나라 안에서 자유를 누리고 있었고 남성들과 평등한 권리를 가졌다.

'물론 아직 갈 길은 멀지만.'

8년간 엄청난 변화가 있었다고는 하지만 아직 세상의 일부만 변화시켰을 따름이다.

'그래도 이 정도면…….'

김훈상이 '또 계집아이라니'라고 투덜거리던 것을 떠올리면 장족의 발전이었다.

시민들 중 누군가가 말했다. 성별은 여자였다.

"성녀 성하는 정말 너무 아름다우신 것 같아."

"황제 폐하와 저렇게 잘 어울리시는 분이 또 있을까?"

"이 세계를 바꾸신 위대한 분이시잖아."

과거 김상희는 질투의 대상이었다. 하지만 지금은 선망의 대상이 됐다. 질투조차도 할 수 없는, 머나먼 곳의 사람 말이다. 그들의 눈에 김상희와 한진수가 속삭이고 있는 것이 보였다.

"황제 폐하와 성하께서는 도대체 무슨 말씀을 나누시는 걸까?"

"글쎄……."

알 수 없었다. 아마도 이 세상을 더욱더 아름답게 가꾸어 나가자라든가, 백성들의 안녕을 위한 방편을 얘기하고 있지 않을까 싶었다.

김상희가 말했다.

"자기야."

"……응?"

"내가 밥 먹을 때 조심히 먹으라고 했지."

"……어? 나 엄청 조심히 먹었는데."

"바지에 밥풀 묻었잖아."

"그, 그래? 이상하네. 이게 왜 떨어져 있지?"

한진수는 당황했다. 시민들이 보고 있어서 웃고는 있지만 속이 타들어갔다. 이럴 수가, 신경 쓰면서 먹었는데, 또 칠칠맞게 흘린 모양이다. 이놈의 밥풀, 왜 떨어지고 난리냐!

김상희 역시 시민들이 보고 있어서 밝게 웃었다. 손도 흔들어줬다. 그녀는 입 모양만으로 말했다.

"어휴, 이 칠칠아."

누가 저 모습을 보고 세상을 바꾼 위대한 영웅, 세계가 인정하는 대천재 한진수라고 생각을 한단 말인가. 8년을 같이 살아보니 허당도 이런 허당이 없다.

사람들은 김상희와 한진수가 세상을 바꿀 위대한 이야기를 하는 줄 알았다.

"분명히 궁으로 돌아가시면 민생의 안전과 무궁한 발전을 위한 수준 높은 얘기를 하실 거야."

"이 시대에 태어난 건 우리에겐 엄청난 행운이지."

한진수와 김상희는 궁으로 돌아왔다. 한진수는 언제나 그렇듯 한소연의 방부터 찾았다. 알렉스와 놀고 있던 한소연이 쪼르르 달려왔다.

"아빠, 이제 아빠가 제일 세?"

한진수가 기분 좋게 웃었다.

"그럼!"

이날을 위해 내가 황제가 되지 않았던가. 우리 딸에게 내가 가장 센 아빠가 되기 위해서.

"이제 진짜 아빠가 제일 세."

한소연이 선망 가득한 눈으로 아빠를 쳐다봤다. 그렇다. 이제는 정말로 아빠가 제일 세다. 세상에서 제일 센 아빠를 가진 딸. 그녀는 이상하게 그런 것에 로망이 있었다. 매일 자기가 제일 세다고 주장하는 김환성의 영향이 매우 컸다.

그때, 목소리가 들려왔다.

"양말 뒤집어서 벗어 놓지 말랬지!"

"여, 여보!"

한진수가 황급히 일어섰다.

"소연아, 아빠가 급한 일이 있어서 잠깐 나갔다 올게."

한소연이 고개를 끄덕였다. 언제나 그렇듯 그녀의 눈망울은 아기천사 같았다. 한진수의 눈에는 말이다.

문이 닫혔다. 한소연이 생글생글 웃었다.

"알렉스 할아버지, 나 잘했어요?"

소연은 문득 새로운 사실을 깨달았다.

"알렉스 할아버지."

"네?"

"제가 생각해 낸 놀라운 사실이 있는데요."

소연은 이 놀라운 사실에 깜짝 놀랐다. 어떻게 보면 당연한 건데 이 사실을 이제야 떠올렸다.

"있잖아요."

소연이 말했다.

"엄마가 아빠보다 더 센 거 같아요."

소연은 7살에 세상의 진리를 깨달았다. 아빠가 아무리 세도 엄마보다는 약한 것이 틀림없었다. 방금도 엄마의 부름에 아빠는 황급히 뛰어가지 않았던가. 새로운 진리를 깨달은 소연이 밝게 웃었다.

그 모습을 보며 알렉스는 흐뭇하게 웃었다. 어쨌거나 '공주님 아빠가 아내 등신이라 그래요'라고 말할 수는 없었던 알렉스는 그냥 사실만 말하기로 했다.

"소연 공주님은 세상에서 제일 센 아빠를 얻었습니다. 축하드려요!"

"아니에요. 알렉스 할아버지가 얘기해 준 방법이 아주 좋았어요!"

알렉스는 생각했다.

'우리는 세상에서 가장 위대한 황제를 얻었습니다.'

아니, 정정하기로 했다.

'세상을 위해 일해 줄 일꾼…… 아니, 위대하신 황제!'

일꾼이라 쓰고 호구라고 읽는다.

알렉스가 김훈상을 찾았다. 김훈상이 흡족하게 고개를 끄덕였다.

"알렉스, 네 공이 가장 크다. 상희학을 이렇게 잘 사용할 줄이야. 한진수가 이렇게 쉽게 넘어올 줄은 몰랐다."

숱한 음모(?)와 계략에도 꿈쩍 않던 한진수가 세상에서 제일 센 아빠가 되기 위해 황제를 떠맡았다.

김훈상이 웃었다.

"이제 그놈은 세계 평화와 안녕을 위해 청춘을 불살라야 할 것이야."

그 웃음이 제법 사악했다.

황궁은 엄청나게 거대하다. 하지만 한진수와 김상희는 겨우 3층짜리 단독 저택 안에서 한집 살림(?)을 한다. 다시 말해, 황궁 내에 그들의 집이 따로 마련되어 있다는 소리다. 참고로 1층의 평수가 약 100평 정도 된다. 가족이라면 살을 부대끼고 살아야 한다는 한진수와 김상희의 지론에 따라 소박한 집을 따로 마련한 거다. 1층은 전용 목욕탕과 연결되어 있다. 지구로 치면 워터 파크 정도 된다. 노천 온천도 따로 마련되어 있다.

한진수와 김상희는 둘만의 전용 노천탕에 함께 들어갔다. 한진수가 킥킥대고 웃었다.

"너 아직도 부끄러워?"

"오, 옷 좀 입으라니까. 너무 밝잖아."

한진수는 김상희를 꽉 안았다. 당연한 말이지만 노천탕 안에는 한진수와 김상희 둘뿐이다. 평소에는 강한데, 이런 상황만 오면 김상희는 약해졌다. 한진수는 기세등등해졌고.

"이제 안 부끄러울 때도 된 것 같은데."

김상희는 샤워 타월로 몸을 칭칭 감고 있는 상태.

"오늘은 그냥 다 벗고 들어오면 안 돼?"

"안 돼!"

한진수는 또 피식 웃고 말았다. 이럴 때 보면, 정말 결혼 8년 차가 맞나 싶다. 귀여웠다. 문득, 장난기가 일었다. 마력을 살짝 움직여 샤워 타월을 벗겨냈다. 김상희의 얼굴이 빨갛게 달아올랐고, 이내 버럭 소리를 질렀다.

"죽을래!"

그때, 한진수가 뭔가를 발견했다.

"상희야, 잠깐만."

한진수의 표정이 오랜만에 굉장히 진지해졌다. 확실히 뭔가를 발견했다.

"이럴 수가……."

'이 시대 여자들의 유행은 성녀가 선도한다'라는 말이 있다. 이 말은 틀린 말이 아니었다. 특히 그녀가 처음 입어서 불티나게 팔렸던 상품이 있다. 그것은 바로 '래쉬가드'라는 것이다. 몸에 딱 달라붙는 형태의 옷으로 수영복 위에 입든지 수영복을 대체하여 입는 것인데, 그것은 이른바 김상희 효과로 인하여 점점 더 인기가 높아지고 있는 상태. 요즘은 없어서 못 팔 지경이란다.

오늘 김상희는 래쉬가드를 입고 있지 않다. 덕분에 한진수가 발견했다.

"이건……."

한진수가 손바닥으로 물을 담아 들어 올렸다. 믿을 수 없었다. 김상희가 물었다.

"왜 그래?"

한진수의 표정이 아무래도 심상치가 않다. 한진수는 황제임과 동시에 '온화의 군주'라고 불리고 있다. 온화의 군주는 군주로서의 모든 자질을 다 갖추고 있다고 알려져 있다. 즉, 그 어떤 상황에서도 평정심이 흐트러지지 않는다는 것이다. 김상희 앞에서는 예외이긴 하지만 어쨌든 그는 평정심을 잘 잃지 않았다.

한진수가 말을 이었다.

"이거……."

"빨리 말해봐."

"퓨리어스야."

"……응?"

방금 전까지는 분명 그냥 물이었다. 그냥 물은 아니고 온천수긴 하지만.

"퓨리어스라고?"

"응."

한진수는 이 물이 퓨리어스로 변한 이유를 어렵지 않게 눈치챌 수 있었다.

"초대 성녀의 무덤이 있는 곳에서 퓨리어스가 생성되었잖아? 그와 마찬가지 원리인 것 같아. 다만, 너는……."

한진수의 눈이 가늘어졌다.

"네가 알몸으로 들어와야 하나 봐."

"그런 조건이 어디 있어!"

김상희의 얼굴이 붉어졌다. 결혼 8년 차라고는 해도 부끄러운 건 부끄러운 거다. 한진수는 날이 가면 갈수록 더 짓궂어졌다. 나이를 먹어가는 만큼 수위 높은 드립도 많이 던졌다.

한진수가 김상희를 와락 끌어안았다.

"역시 내 여보야."

"뭐, 뭐라는 거야!"

김상희는 한진수를 밀어냈다. 물론, 시늉만 할 뿐 실제로 밀어내지는 않았다.

한진수는 김상희의 볼에 자신의 볼을 비볐다. 온몸의 피부를 통해 김상희가 느껴졌다. 물이 묻은 상희의 살결은 보드라웠다. 그 보드라움마저도 사랑스러웠다.

김상희는 자신의 몸을 무언가가 찌르고 있는 것이 느껴졌다. 김상희는 이게 뭔지 안다.

"이, 이건 또 왜 그래?"

김상희의 표현을 빌리자면 '낄끼빠끼'다. 풀어서 설명하면 낄 때 끼고 빠질 때도 낀다는 뜻이다. 세기의 대천재 한진수다. 몸 안에 마력이 넘쳐 난다. 덕분에 마력 말고 정으로 시작하는 다른 힘도 넘쳐 난다. 그러다 보니 낄 때도 끼고 빠져야 할 때마저도 끼는 요란한 힘을 가지고 있다. 요란한 힘을 발휘하면 그 크기가 몇 배는 커진다.

한진수는 키득키득 웃었다.

"몰라, 자기만 보면 난리를 치네."

"……."

한진수는 몸이 달아오르는 걸 느꼈다. 이 온천의 열기보다도 더 몸이 뜨거워지는 것 같았다. 이 여자, 시간이 지나면 지날수록 더 사랑스럽고 더 예쁘다. 잔소리가 많이 늘기는 했지만 그마저도 너무 사랑스럽다. 한진수가 김상희를 더 세게 끌어안고 몸을 마구 비볐다.

"우리 애기!"

퓨리어스가 발견된 건 엄청나게 큰 사건이다. 사실상, 과거 고려가 그렇게 성장할 수 있었던 건 퓨리어스의 힘 아니겠는가.

"우리 껌딱지이이이이!"

그런데 한진수에게는 퓨리어스가 발견된 것보다는 김상희가 사랑스러운 게 더 중요했다. 퓨리어스 자체가 중요한 게 아니라, 퓨리어스를 만들 수 있는 사람이 김상희라는 게 훨씬 더 중요했다. '역시 내 여보야. 세상에서 최고지' 그런 마인드다.

김상희가 인상을 찡그렸다.

"지, 징그러워. 오그라든다고! 그만해!"

김상희의 손가락과 발가락이 구부러졌다. 표현상 그렇다는 게 아니라 실제로 그랬다.

"애기 취급하지 마."

도대체가 이 남편은 언제까지 이럴 건가 싶다. 엄청 오그라든다. 그런데 이 오그라드는 기분이 그렇게 나쁘지만은 않았다. 이 이상한 기분, 뭔지 잘 모르겠다.

"내 눈엔 너무너무 사랑스러워서 그래."

"누가 널 온화의 군주라고 부르는 거야? 말도 안 돼."

"온화의 군주 같은 거 필요 없어."

한진수는 백성들이 들으면 까무러칠 말을 아무렇지도 않게 내뱉었다. 김상희는 한숨을 쉬었다.

"나는 온화의 군주 필요 없고 상희 남편이 좋아."

중증이다, 너도 정말. 김상희는 살짝 웃고 말았다. 김상희가 한진수의 귓가에 속삭였다.

"여기 아무도 없어."

한진수의, 요란한 힘을 발휘하는 그것이 순간 꿈틀거렸다. 한진수의 심장이 쿵 하고 한 번 떨어졌다. 한진수가 김상희의 귓불에 키스를 했다. 그의 손이 김상희의 몸을 부드럽게 쓰다듬었다. 온천에서 하얀 김이 아주 뜨겁게 피어올랐다. 뜨거운 시간이 흘러갔다.

한진수가 말했다.

"이제 어쩔 수 없이 알몸으로 들어와야겠네? 퓨리어스를 위해서."

'아, 어쩔 수 없네. 어쩔 수 없어' 하고 한진수가 음흉하게 웃다가 등짝을 한 대 얻어맞았다.

한진수는 많은 일을 김훈상과 상의한다. 그는 스스로의 능력을 절대로 과신하지 않았다. 김훈상의 경험과 리더십은 분명 배워야 할 것이라 생각하고 있으며, 김훈상을 정신적인 지주로 삼는 경우가 많았다. 그건 오늘도 마찬가지였다.

김훈상이 말했다.

"흠, 그렇단 말이지."

"예, 아버님."

그런데 그 정신적 지주가 이상한 말을 했다.

"그러니까 네놈이 내 딸이랑 알몸으로 목욕을 했다고?"

"……."

아니, 아버님, 그게 중요한 게 아니지 않습니까. 퓨리어스입니다, 퓨리어스. 한 병이면 나라를 하나 살 수 있다는 그거요.

"역시 네놈을 진작에 죽여 버렸어야 했는데. 그게 내 인생의 유일한 오점이다. 널 죽이지 못한 것."

"……죄송합니다."

뭐가 죄송한 건지는 모르겠지만 한진수는 일단 사과부터 하고 봤다. 한진수가 말했다.

"퓨리어스의 공급량을 대폭 늘리면 일반 백성들과 수많은 환자가 고통에서 벗어날 수 있을 것입니다."

"그것은 신라 제국의 엄청난 힘이 될 수 있는 자원이다. 그 희소가치가 떨어지면 떨어질수록 신라가 사용할 수 있는 비장의 패는 없어지겠지."

과거 고려도 그랬다. 퓨리어스의 공급량을 일부러 최소화했다. 그래서 지금의 가격이 형성된 것 아니겠는가.

"백성이 배부르고 삶의 질이 높아지면, 그것은 곧 국력의 증가와도 연결된다고 생각합니다. 제 백성이 배가 불러야 저 역시 배가 부를 수 있겠지요. 저는 그들의 왕이 아니라 그들의 대표니까요."

"위험한 말을 아무렇지도 않게 하는구나."

김훈상은 피식 웃었다. 저런 말도 안 되는 소리를 하고 있으니 온화의 군주라고 불리고 있는 것일 테지.

"왕은 왕이다. 그리고 황제는 황제다. 황제는 만민 위에 군림해야 한다. 비록 피를 흘리더라도, 더러운 오명을 뒤집어쓰더라도, 너는 모든 일에 책임을 지고 백성을 이끌어야 한다. 아름답고 행복한 방식으로만 모든 것을 해결할 수는 없어."

한진수도 고개를 끄덕였다. 김훈상의 말이 틀린 건 아니다. 여긴 지구가 아니니까. 그런데 김훈상이 말을 이었다.

"하지만 네 방식을 존중하지 않는 것은 아니다. 아니, 오히려 나는 널 응원하고 있다."

"……아버님?"

"과거 나는 전쟁기를 이끌며 고려를 우뚝 올려 세웠다. 하지만 그건 나의 방식이다. 네게는 너만의 방식이 있을 거라 믿어 의심치 않는다. 그것만 기억해라. 황제는 모든 백성의 아버지다."

김훈상은 한참 뜸을 들이더니 물었다.

"퓨리어스는 어떻게 할 생각이냐?"

사실 김훈상의 생각으로는 퓨리어스를 풀지 않는 것이 좋다고 본다. 그것은 곧 황가의 힘이다.

"공급 물량을 대폭 늘릴 생각입니다. 일반 백성들도 노력만 하면 얻을 수 있도록."

워낙에 수요가 높은 물건이다. 아무리 가격이 떨어져도 일정 수준 이상의 비싼 값으로 거래될 수밖에 없다. 하지만 지금과는 다르게 될 거다. 노력만 하면, 조금 무리하면 누구나가 얻을 수 있도록 한진수는 그렇게 만들고 싶었다.

김훈상이 한숨을 살짝 내쉬었다.

"그다지 좋은 생각은 아닌 것 같다. 그리고……."

핵심을 짚었다.

"네 생각이 아닌 상희의 생각이겠지. 착한 내 딸이 퓨리어스를 풀라고 했을 것이다."

"……맞습니다."

김훈상과 한진수의 눈이 마주쳤다. 지금 둘은 동시에 똑같은 생각을 하고 있었다.

"저 역시 좋은 생각은 아니라고 생각합니다."

둘 모두 한숨을 내쉬었다. 8년간 호흡(?)을 맞춰왔다. 이제 대충 안다. 두 남자의 진짜 고민, 그건 따로 있었다.

"제 아내가 알몸을 담갔던 물을 다른 놈이 마신다 생각하면 천불이 치솟습니다."

"퓨리어스를 구입하는 놈은 혀를 잘라버리는 게 어떻겠냐?"
나중에 그 얘기를 전해 들은 김상희는 두 남자보다 더욱더 깊은 한숨을 내쉬었다고 한다.

퓨리어스가 대중에게 풀렸다. 가격은 약 3억 원 선. 온화의 군주가 퓨리어스 물량을 대폭 풀기로 결정했기 때문이다. 비싸긴 해도 일반 백성도 노력하면 벌 수는 있는 금액이었다. 김상희 효과가 여기서도 일어난 거다. 그로 인해 퓨리어스의 값이 엄청나게 떨어졌다. 성녀 김상희와 온화의 군주의 이름이 높아져 갔다. 둘을 향한 칭송이 끊이질 않았다.
김상희의 시녀인 송수진은 눈물을 흘렸다.
"성녀님은 역시 대단하셔요."
"에이~ 아무것도 아니야."
목욕한 물을 버리지 않고 쓰겠다는데 뭐. 그렇게 손해나는 일도 아니잖아. 그 말은 참았다.
"그 귀한 것을 어떻게……."
"아냐, 수진. 우리 다른 얘기하자."
괜히 낯부끄러워졌다. 그때 문이 벌컥 열렸다. 황후의 방문을 이런 식으로 여는 사람은 세상에 딱 두 명밖에 없다. 심지어 김훈상도 노크를 한다.
한 명은 둘째 망나니 김환성이요, 다른 한 명은 바로 이 아이다.
"누나, 엄청 이상한 거 발견했어."
다른 의미로 '새로운 망나니' 자리에 등극한 환혁이었다. 환혁이 크히히! 하고 밝게 웃으면서 걸어왔다. 뭘 했는지 온몸은 흙투성이,

얼굴에는 상처도 있었다.

"환혁아, 제발 깨끗하게 좀 다닐 수 없어?"

"그게 중요한 게 아냐, 누나."

김환혁이 키득키득 웃으면서 말했다.

"아탄티아에서 뭔가가 나타나기 시작했어."

"뭐라고……?"

김상희는 자신의 귀를 의심했다.

"그, 그게 정말이야?"

아탄티아, 다른 말로 마의 대륙이라 불리는 곳이다. 마의 대륙이라 표현은 하지만 실상 그 안에 뭐가 있는지, 어떻게 생긴 곳인지 아무것도 밝혀진 것이 없다. 레플리카 산맥 건너편에 있는 그곳은 짙은 농도의 붉은 안개로 뒤덮여 있으며 사람이 살 수 없는 곳이라 알려져 있다. 가끔 위성이나 드론을 사용하여 그곳을 탐사하곤 했는데, 위성을 이용한 탐사는 거의 불가능에 가까웠고 드론은 들어가는 족족 파괴되었다.

한진수가 심각한 얼굴로 말했다.

"한 가지 확실한 건 그곳엔 마물이 득실거린다는 거지."

아주 가끔 레플리카 산맥 등지에서 발견된다. 마물의 시체가 말이다.

"가장 작은 놈의 크기가 5미터였어."

그것을 두고 수많은 학자가 입을 모아 말했다. 레플리카 산맥에서 발견되는 마물들은 아탄티아의 경쟁에서 밀린 것들이라고. 그 경쟁에서 밀려난 놈들일지라도 인간에겐 공포의 대상이다.

"그마저도 엄청 강한 놈들이었지."

레플리카 산맥과 맞닿아 있는 철옹성의 나라 아이언 왕국에 상당한 피해를 입히고 토벌되는 경우도 있었다.

"경쟁에서 도태된 약한 개체가 인간에게는 굉장히 위협적이었다는 소리야."

김상희가 한숨을 내쉬었다.

"그런 곳에서 마물들이 튀어나오고 있다는 거잖아."

뭔가 일이 심상치 않게 돌아가는 것 같았다. 그다음 날, 김상희에게 편지가 도착했다.

철옹성의 나라, 아이언 왕국.

태양 제국 잉카도, 고려도, 신라도 아이언 왕국을 여태껏 건드린 적이 없다. 아이언 왕국은 레플리카 산맥 꼭대기에 위치한 국가다. 아탄티아에서 올라오는 마물들을 상대하는 대륙의 벽이며 방패. 세상에 제대로 알려져 있지 않아서 그렇지 그들의 능력은 가히 고려의 나이트들과도 비견될 정도라고 했다. 아니, 수성전에 있어서만큼은 고려의 나이트보다도 훨씬 더 뛰어난 능력을 가지고 있다. 극동 지방은 굉장히 춥다. 아이언 왕국은 철옹성이라고도 불리지만, 얼음 왕국이라 불리기도 한다. 그 얼음 왕국을 마물들이 공격하기 시작했다.

"걱정 마. 어른들이 지켜줄 거야."

"엄마……."

아이언 왕국의 9살 소녀 엘린은 무서웠다. 아침이고 밤이고 어른들이 무기를 챙기고 성으로 향했다. 들리는 소문에 의하면 많은 어른이 죽었다고 했다.

하루가 지났다.

"엘린, 엄마 말 잘 들어."

"응……?"

엘린은 무서웠다. 엄마가 이상한 말을 할 것 같았다.

"엄마는 우리 딸한테 예쁜 세상을 물려주고 싶어. 그래서 엄마가 가는 거야."

"어디 가?"

가지 말라고 애원해 봤지만 소용없었다. 마물이 너무 많아지자 엄마들도 무기를 챙겼다. 여자들도 이제 당당한 전력이다. 성녀 김상희 덕분이다. 김상희는 이곳, 아이언 왕국에 단 한 번도 온 적이 없지만 이곳 여자들은 김상희를 성녀로 추앙하고 있다.

엄마는 엘린의 이마에 가볍게 키스를 했다.

"금방 올게."

"빨리 와야 해."

엘린은 애원하는 걸 포기했다. 그녀는 어리지만 이제 안다. 아이언 왕국에서 태어났으면 싸우는 걸 자랑스럽게 여겨야 한다. 그게 아이언 왕국의 백성들이다. 그녀는 그걸 알고 있다.

"응. 엘린, 조금만 기다려. 꼭 예쁜 세상 물려줄게."

김상희의 손이 떨렸다. 아이언 왕국에서 9세 소녀가 보낸 편지였다. 엄마가 돌아오지 않는단다. 열 밤만 지나면 돌아오겠다고 했는데 돌아오지 않고 있다고 했다.

엄마가 너무 보고 싶어요. 성녀님, 제발 도와주세요.

김상희의 눈에 눈물이 맺혔다.

"……."

한진수가 김상희의 눈물을 닦아줬다.

"편지 때문에 우는 거야?"

그가 김상희의 볼에 가볍게 키스를 한 후 말했다.

"나는 가야 해."

"……."

김상희는 고개를 번쩍 들었다. 아탄티아 대륙에서 쏟아져 나오고 있는 마물들 때문에 세계가 시끌벅적한 건 알고 있다.

'가지 마. 그곳의 마물들은 위험하단 말이야.'

아내인 김상희는 속으로 그렇게 말했다. 그리고 황후인 김상희가 말했다.

"같이 가."

한진수는 속으로 말했다.

'안 돼. 위험해.'

하지만 황제인 한진수는 말했다.

"네가 있으면 큰 도움이 될 거야."

그리고 아빠인 한진수가 말했다.

"우리 애들한테 예쁜 세상 물려줘야지."

김훈상이 말했다.

"난 은퇴한 지 좀 됐는데."

"……."

"싫어. 귀찮아."

김환석이 말했다.

"……귀찮다."

"……."

"꺼져, 황제."

김환성이 말했다.

"나는 소연이랑 놀 거야."

"……."

"소연이는 나 없으면 안 돼. 삼촌 바보란 말이야."

그래서 한진수는 그 셋에게 전부 똑같이 말했다.

"상희랑 함께 갑니다."

한진수는 한 여자의 남편이지만, 또 제국의 황제이기도 했다. 황당한 일이지만, 그가 황제가 되기로 결심한 밑바탕에는 아들과 딸들이 있었다. 아빠가 되기 전에는 몰랐다. 자신이 상희 말고 다른 사람을 이렇게 사랑할 수 있는 사람인지. 상희를 사랑하는 것과는 약간 다른 느낌이었다.

'이대로 두면 대륙도 위험하다.'

레플리카 산맥 저편, 붉은 안개가 뒤덮고 있는 아탄티아는 척박한 곳이다. 그곳에서 성장한 마물들이 레플리카 산맥 꼭대기에 위치한 아이언 왕국을 완전히 무너뜨리면, 그때부턴 대륙이 위험해진다. 레플리카 산맥은 험난하다. 마물들이라 해도 오르기가 매우 버겁다. 그러한 곳에서 싸우는 것도 어려운데, 놈들이 이쪽 대륙에 완벽하게 적응한다? 그건 자연재해가 일어나는 거나 다름없다. 막더라도 레플리카 산맥에서 막아야 했다. 철옹성, 아이언에서 말이다. 한진수가 다시 말했다.

"상희랑 간다니까요?"

한진수는 의미심장한 미소를 지었다.

그 말에 딸 등신과 동생 등신들은 침묵했다.

한진수가 쐐기를 박았다.

"상희랑 잘 갔다 오겠습니다."

아이언 왕국은 대륙의 방패이며 아탄티아로부터 몰려오는 마물들을 막아주는 방파제다. 그들이 무너지면 대륙도 침식당한다. 그래서 신라 제국이 일어섰다.

"제국에서 도움을 준다 합니다."

아이언 왕국의 국왕 펠터는 고개를 끄덕였다.

"지금은 전사의 자존심을 세울 때가 아니지. 환영한다 전해라."

아이언 왕국의 전사들은 자존심이 강하다. 전사로서의 뜨거운 피가 흐르고 있다. 남의 도움을 받는 것을 굉장히 싫어해서 조국은 자신의 손으로 지켜야 한다고 생각한다. 하지만 지금은 그런 걸 가릴 때가 아니었다.

보고가 올라왔다.

"제3외벽이 무너졌습니다."

마물들이 갑자기 들이닥치기 시작했다. 3개의 외벽이 전부 무너졌다. 이제 성 하나가 남았다. 사망자 수는 이미 5천 명에 육박했다.

'이제 출발했으면…….'

가장 빠른 항공편을 타고 온다고 하더라도 적어도 3일은 걸린다. 펠터가 거대한 활을 들어 올렸다.

"3일만 더 버틴다."

걸음을 옮겼다. 왕이라고 해서 안전한 자리에 있을 수는 없다. 그는 전사들의 왕이니까.

"3일 후면 제국이 온다……!"

그때까지는 버텨야 했다. 본성에 올랐다. 그의 목소리가 쩌렁쩌렁 울려 퍼졌다.

"우리는 대륙의 방패이며!"

바람이 세차게 불었다. 저만치 아래 크기 5미터가 넘는 마물 10여 마리가 본성을 타고 오르려는 게 보였다.

"대륙을 수호하는 전사들이다!"

활을 쐈다. 일반 활이 아니다. 총보다도 훨씬 강력한 화력을 자랑하는 아이언 왕국의 특수 병기, '신전'이다.

펠터의 목소리가 쩌렁쩌렁 울려 퍼졌다.

"조국을 위하여!"

전투 내내 지쳤던 다른 전사들이 목소리를 높였다.

"조국을 위하여!"

그중에는 엘린의 엄마도 있었다.

'지켜줄게.'

어른들이 죽으면 그다음은 아이들이 다친다. 무슨 일이 있어도 아이들은 지켜줘야 했다. 그들은 아직 세상을 누려 보지 못했다. 세상이 얼마나 아름다운 곳인지, 보여준 적이 없다. 그녀는 엄마니까 딸에게 예쁜 세상을 보여주고 싶다.

그때, 그녀는 누군가를 발견했다.

"미, 미쳤어!"

미친놈들은 세 명이었다. 벽을 타고 내려갔다. 마물들과 직접 전투를 벌이려는 것처럼 말이다.

펠터는 눈을 부릅떴다.

"저, 저놈들은……!"

도대체 누구란 말인가. 자살을 하고 싶은 것인가? 왜 안전한 성벽에서 뛰어내리는 건가? 마물의 크기는 5미터, 외눈박이 거인 형태. 몽둥이를 사용하는데 굉장히 빠른 움직임을 보인다. 일반적인 사람이라면 아무리 마력으로 보호한다 하더라도 일대일로는 상대할 수가 없다. 그게 정설이다.

후웅!

파공성과 함께 몽둥이가 허공을 갈랐다.

"가, 갑자기 사라졌다?"

그 미친 세 명이 사라졌다. 그리곤 잠시 뒤, 거인의 정수리 위에서 나타났다. 그들은 푸른빛의 단도로 거인의 정수리를 찍어 눌렀다.

"마력 폭발."

그와 동시에,

콰광!

소리가 터져 나왔다. 거인의 몸에서 피가 터져 나오고 살점이 폭발했다. 남자는 피를 뒤집어쓴 채 또 사라졌다.

"지, 지금 무슨 일이……."

펠터는 그제서야 기억이 났다. 고려의 나이트들은 기습과 은신에 능하다고. 그리고 그들은 워프라는 특수한 기술을 사용하여 일대일 전에 있어서만큼은 타의 추종을 불허하는 능력을 가졌다고.

거인의 몸을 폭발시켜 버린 남자가 말했다.

"상희 오기 전에 정리한다."

"넵!"

하늘에 누군가가 떴다. 그리곤 크히히힛! 하고 웃었다. 그러더니 마력을 끌어올렸다.

펠터는 느꼈다. 어마어마한 크기의 마력을 말이다. 크히히히힛! 웃는 남자의 몸이 조금씩 변했다. 여자의 모습으로 말이다.

그때, 펠터는 알 수 있었다.

'노블레스 나이트……!'

한진수가 황제의 자리에 오르고 세계의 질서가 개편되는 와중에, '노블레스 나이트'라는 칭호를 얻은 사람들이 몇 있다. 그리고 저 남자(?)는 노블레스 나이트의 중추.

"김환성인가!"

김환성이 앙칼진 목소리로 외쳤다.

"날아라, 헝거비!"

주문이라도 건 것처럼 말이다.

"내 동생 오기 전에 모두 죽어버렷!"

김환성은 급했다. 조금이라도 더 지체했다가는 여기에 동생이 오게 생겼다. 내 똥개, 아니, 내 동생. 이런 험한 곳에 와서 고생하면 안 된다. 구체적으로 그렇게 생각한 건 아니었지만 하여튼 김환성은 급했다. 다른 사람들이 자신을 어떻게 쳐다볼지 그런 거 하나도 신경 안 썼다.

'큰 거 한 방 가자.'

보통 큰 거 한 방이라 함은 '필살기'를 의미한다. 가장 커다란 공격이며 유명한 나이트들이라면 그러한 기술을 하나 정도는 가지고 있다. 그런데 그걸 만천하에 공개하는 법은 별로 없다. 그건 말 그대로 기밀이며 필살기니까. 하지만 김환성은 그런 것 따윈 아랑곳하지 않았다. 내 똥개가 오고 있으니까. 하여튼 빨리 처리하는 게 제일 중요했다.

김환성이 크게 외쳤다.

"물어왓!"

주문(?)은 황당했지만 놀라운 일이 벌어졌다. 과거와는 완전히 다른 물어왓이 펼쳐졌다.

3년 전, 신라 황궁.

신라 황궁은 굉장히 넓다. 나이트들을 위한 훈련장도 있다. 말이 좋아 훈련장이지 광활한 평야라고 보면 된다. 나이트들의 파괴력이 워낙에 강하다 보니 그 파괴력을 감당할 수 있는 거대한 벌판이 필요했다.

김환성이 공중에 떠 외쳤다.

"물어왓!"

과거, 김상희에게 '물어'라고 시키던 '헝거비'를 닮은 무언가가 땅으로 떨어져 내렸다.

쾅! 쾅!

굉음과 함께 거대한 구덩이가 생겨났다.

"날아라, 헝거비!"

스페셜 나이트의 대대장 김유신은 혀를 내둘렀다.

'저런 파괴력이라니.'

파괴력도 엄청나지만 그 이름도 어마어마하지 않는가.

'저런 말도 안 되는 작명 센스라니.'

저 엄청난 기술에 '날아라, 헝거비. 물어왔!'이라는 이상한 이름을 붙였다. 뭐, 어쩌랴. 기술의 주인이 그렇게 쓰겠다는데.

헝거비를 닮은 마력덩어리가 상대에게 날아가 폭발한다. 그 파괴력은 감히 상상할 수 없을 정도. 하지만 그게 놀라운 건 아니다. 그건 고려 나이트들도 할 수 있다.

김환성이 키득키득 웃었다.

"옳지. 잘했어."

'물어왔'의 진정한 효용은 폭발을 일으킨 마력덩어리를 다시 회수할 수 있다는 것이다. 심지어 상대의 마력 혹은 체력을 빼앗아오기까지 한다.

김유신이 김환성에게 가까이 다가갔다.

"축하드립니다. 기술을 완성하셨군요."

"역시 물어왔이 짱이지?"

"……."

저런 엄청난 기술을 만들어 놓고서 해맑기만 했다.

"이 정도면 한진수 죽일 수 있겠지?"

"……아니, 아무리 그래도 한진수는 황제인데요."

김유신이 화제를 돌렸다.

"왕자님만의 독자적인 기술을 완벽하게 다듬으셨군요. 저로서는 충격입니다."

"유신도 할 수 있어."

김유신은 고개를 절레절레 저었다. 만약 김환성이 기술의 묘리를 알려준다면, 마력의 구동 방식을 알려준다면 어쩌면 이해는 할 수 있다. 하지만 그걸 실제로 사용할 수는 없었다.

"그 기술은 초기 구동 마력이 너무나 큽니다. 저로서는 도저히 감당할 수 없습니다."

물어왓은 거대한 폭발을 일으킨 뒤, 마력을 다시 회수하는 형태의 마력 구동이다. 그런데 처음에 마력 소모가 너무 크다.

"노블레스 나이트 정도 되니까 그게 가능한 겁니다."

"……그래? 하긴 나도 맨 처음 쓸 때는 좀 힘들긴 했어."

거의 무한에 가까운 마력 양을 가진 김환성이다. 그런 그가 힘들 정도면 말 다했다. 이건 한진수도 못 쓴다.

하여튼 3년 전에 '물어왓'이 완성됐다.

3년 후.

김환성이 공중에 뜬 상태로 외쳤다.

"물어왓!"

콰광! 콰광!

거대한 폭발음이 일며 구덩이가 깊게 패였다. 흙이 비명을 토해내고 파편이 뿜어져 나왔다. 흙먼지가 높이 일었다.

펠터는 침음성을 삼켰다.

"마력 폭발……?"

마력 폭발은 그렇다 치는데, 저 마력이 생명을 가진 것처럼 움직이고 있다.

‘마력이 회수되고 있다.’

마물 3마리의 몸이 터져 나갔다. 마물의 이름은 ‘외눈 거인’. 아이언 왕국의 전사들도 굉장히 놀랐다.

“아무리 외눈 거인이라지만 단 한 방에…….”

무려 3마리가 한꺼번에 죽었다. 김환성이 씨익 웃었다. 잠깐 힘들기는 했는데, 마력이 다시 회수되며 힘이 차올랐다.

김환성이 김훈상에게 말했다.

“아부지! 이 정도면 똥개 오기 전까지 정리 가능하겠죠?”

그때 뭔가가 하늘을 날았다. 아이언 슈트를 착용한 김환석이 이리저리 날아다니며 폭발 반경을 최소화한 첨단 무기를 수백 발 발사했다. 세 마리의 외눈 거인이 죽었다.

시간이 흘렀다. 외눈 거인 무리가 어느 정도 정리가 됐다.

아이언 왕궁 접견실.

펠터가 말했다.

“나는 전사요. 아무리 황제라 할지라도 무릎을 꿇지는 않겠소.”

한진수는 피식 웃었다. 애초에 그는 지구에서 살던 사람이다. 상대가 무릎 꿇지 않는 거, 그건 이상한 게 아니다. 오히려 자연스러운 거다.

“알겠습니다. 나는 전사들의 왕, 철옹성의 수장을 존중합니다.”

“……감사를 표하는 바이오.”

펠터는 솔직하게 물었다.

"어떻게 이리 빨리 오셨소? 3일은 걸릴 줄 알았소."

"황후가 빨리 가자고 얘기하는 바람에."

펠터의 눈이 김상희를 향했다. 적어도 펠터의 눈으로 보기에는 눈부시게 아름다웠다. 황후로서의 기품이 느껴졌다. 아이언 왕국에서는 볼 수 없는 기품이었다. 전사의 자질과는 멀었지만 그녀는 황후의 자리에 충분히 어울리는 여자였다. 펠터는 그렇게 생각했다.

"그 유명한 성녀님을 뵙게 되어 영광이오. 전사들의 왕, 펠터요."

펠터가 손을 내밀었다. 우연인지는 모르겠지만 한진수가 그 손을 대신 잡았다. 펠터는 순간 이상함을 느꼈다.

'뭐지?'

나는 분명히 성녀에게 악수를 청했는데.

'이렇게 되면 모양새가…….'

보통 악수는 상급자가 하급자에게 건넨다. 성별이 다를 때에는 문제가 별로 되지 않지만, 같은 성별끼리는 그렇다. 같은 성을 가진 사람들 사이에서 하급자가 상급자에게 악수를 청하는 건 굉장히 무례한 거다. 하물며 그 상대가 황제라면.

한진수가 피식 웃었다. 펠터가 무슨 생각을 하고 있는지 그는 알고 있었다.

"괜찮습니다. 나는 전사들의 왕을 충분히 존중하고 있습니다. 지금은 황제와 왕이 아닌 전투를 함께 치르는 동료입니다."

김상희는 남몰래 한숨을 쉬었다. 그녀는 한진수를 안다. 한진수는 분명 이렇게 생각하고 있을 거다.

'우리 여보 손은 아무도 못 준다.'

김상희의 생각은 거의 맞았다.

"아까 그 의문의 세 남자는 누구입니까?"

펠터는 김환성을 확인했다. 노블레스 나이트 말이다. 사실 나머지 둘도 대충 누군지 알 것 같기는 했다. 하지만 공식적인 확인이 필요했다.

한진수가 씨익 웃었다.

'거봐요. 어차피 올 거면서.'

상희가 오는데 안 올 작자들이 아니다. 사실 이 상황을 다 예상했다. 눈에 넣어도 아프지 않을 딸, 아끼고 아끼는 동생이 전쟁터로 향하는데 가만히 있을 딸바보와 동생등신들이 아니다. 이미 한바탕했다는 정보를 입수했다.

"고려 국왕인 김훈상과 황후의 오라비들입니다."

김상희는 생각했다.

'귀찮다고 했잖아요.'

……할 말을 잃었다.

외눈 거인은 아탄티아에서 출몰하는 마물들 중에서도 굉장히 약한 축에 속하는 마물이다.

펠터가 말했다.

"밤이 되면 홀핑이란 놈이 나타나오."

아탄티아에서 나타나는 마물들은 보통 그 크기가 크다. 최소가 5미터다. 홀핑은 7미터에 달하는 몸집을 가진 놈들이다.

"곰이 공을 타고 있는 형태, 마치 서커스를 하듯 콩콩 뛰어다니오. 꼴은 우스꽝스러울지 모르나 도약력이 무려 7미터에 이르는 놈들이니 조심할 필요가 있소. 눈 깜짝할 새에 눈앞까지 달려드니까."

홀핑의 무서운 점은 또 있다.

"놈들은 폭발력을 가지고 있소. 제2외벽이 무너진 것은 놈들의 공격 때문이었소. 놈들은 앞발로 상대를 후려치는데, 그 앞발이 하나의 폭탄이라고 생각하면 편하오."

폭발력을 가지고 있다는 거다. 성벽이 모두 무너진다? 그것은 곧 철옹성, 얼음 왕국의 함락을 의미하는 것이다.

한진수가 고개를 끄덕였다.

"알겠습니다."

펠터가 말을 이었다.

"우리는 공성전을 즐겨하지만 홀핑은 그럴 수 없소. 성벽에 큰 피해를 입히기 때문에……."

"성벽에 접근하기 전에 죽여 버려야겠군요."

한진수가 자리에서 일어섰다.

"놈들의 출몰 예정 시각은 어떻게 됩니까?"

"앞으로 두 시간 정도 남았소."

한진수가 걸음을 옮겼다.

"놈들은 신라가 처리합니다."

"어, 어쩔 생각이오?"

"아이언 왕국군은 현재 피로가 많이 누적된 상태입니다. 성녀가 갔으니 모두가 최상의 컨디션을 되찾겠지만 그래도 휴식은 필요할 겁니다. 오늘 밤은 신라가 그대들을 지킵니다."

펠터는 말도 안 된다며 펄쩍 뛰었다.

"놈들은 생각보다 훨씬 강하오. 외눈 거인 따위와는 비교도 되지 않소! 우리가 돕겠소."

한진수가 어깨를 으쓱했다. 열 번 듣는 것보다 한 번 보는 게 낫다.

"알겠습니다."

김상희는 성벽을 돌았다. 세 명의 남자와 함께였다. 이 세 명이 있는 한 세상 그 어디를 가도 안전하리라.

"아빠, 안 온다면서요?"

"마음이 바뀌었다."

김훈상은 김상희와 눈을 마주치지 않았다. 김상희는 김훈상의 마음을 읽을 수 있었다. 사랑하는 딸내미를 결코 혼자 보내지 않겠다는 의지가 느껴졌다.

'아무리 그래도 이 살기는 좀 거둬주지…….'

지금 성벽을 돌면서 치유력을 행사하고 있는 중이다. 아이언 왕국 전사들이 너무나 많이 지쳤다. 위독한 부상자들은 전부 치료했고 지금은 컨디션을 회복시켜 주고 있다. 전사들은 김상희를 흠모의 눈으로 쳐다봤다. 기적이 일어났다. 죽을 것 같던 전사들이 살아났다. 성녀의 능력은 말로만 들었지 실제로 보는 건 처음이었다. 여자에게 무릎을 절대 꿇지 않을 것 같던 남자들이 김상희를 향해 무릎을 꿇고 절을 올렸다.

"성녀께 영광을……!"

그런데 문제는 대부분의 전사들이 남자라는 것. 그래서 지금 김훈상을 비롯한 김환성, 김환석이 눈에 불을 켜고 살기를 풀풀 풍겨대고 있다는 거다. 그래서 전사들은 쉽사리 접근하지 못했다. 그들은 살기에 민감하니까. 물론 전사들은 왜 이 남자들이 이렇게까지 날카로운 살기를 뿌리고 있는지 이해하지 못했다. 저들이 지독한 딸바보에 동생 바보라는 걸 알지 못했기 때문이다. 아이언 왕국의 전사들은 상희학에 어두웠다.

그때, 목소리가 들려왔다.

"저를 찾으셨다 들었습니다."

김환성은 경계를 풀었다. 여자다. 여자는 괜찮다. 김상희 앞에 여자 한 명이 무릎을 꿇었다.

"엘린의 어머니시군요."

김상희는 그녀를 일으켰다. 김상희도 황후다. 이제 이 세계의 법도에 많이 익숙해졌다. 황후로서의 몸가짐도 잘 알고 있다. 한진수에게 잔소리하던 때와는 사뭇 다르게 기품이 넘치게 말했다.

"저는 그대의 마음을 이해합니다."

희미하게 웃었다.

"우리의 아이들에게 예쁜 세상을 보여주고 싶은 것은 모든 어머니의 마음이겠지요. 엘린의 편지가 저를 움직였습니다. 저는……."

주위를 둘러봤다. 수많은 전사가 자신을 주시하고 있었다. 그녀는 안다. 이럴 때 필요한 것은 바로 사기라는 것을.

"여러분의 미래를 지킬 것입니다. 아이들의 웃음을 제가 지키겠습니다. 아이들이 꿈꿀 수 있도록 돕겠습니다."

전사들이 와아-! 하고 함성을 내질렀다. 역시 성녀였다. 그녀의 한마디, 한마디가 전사들의 마음을 들끓게 만들었다.

딸바보는 흐뭇한 미소를 짓고 김상희를 쳐다봤고 김환성은 어깨를 쭉 폈다. '이게 내 동생이다' 하고 자랑하는 것 같았다. 김환석은 별다른 표정을 보이진 않았지만 아무도 모르게 주먹을 쥐었다 폈다를 반복했다. 동생이 어지간히도 자랑스러운 모양이었다.

얼마 뒤, 한진수가 워프를 통해 모습을 드러냈다.

"상희야."

외눈 거인보다 훨씬 강력한 마물, 홀핑 무리가 나타났다. 한진수가 김상희의 이마에 가볍게 키스했다.

한진수가 말했다.

"……나를 도와줘."

"물론이야."

김상희의 몸이 하얗게 빛나기 시작했다. 여태까지와는 다른 김상희의 모습에 전사들이 눈을 휘둥그레 떴다. 그들도 소문으로 들은 적이 있다.

"저, 저것은……!"

김상희가 공중에 떴다. 사람들은 저것을 대충 안다. 이미 여러 번 기적을 일궈낸 김상희. 전장의 축복이라고도 불리는 그것. 김상희의 몸이 하얗게 빛나기 시작했다. 그리고 그녀의 몸으로부터 하얀빛이 뿜어져 나왔다.

"이럴 수가……."

상처가 아물었다. 그리고 고려의 나이트들이 뭔가를 건넸다. 전사들은 그것을 받아들었다. 거의 엄지손가락만큼 작은 병에 담긴 투명한 액체였다.

"퓨리어스입니다. 상처는 물론, 체력 역시 전부 회복시켜 줄 것입니다."

고려의 나이트들이 퓨리어스를 나눠주기 시작했다. 전사들은 반신반의했다. 그 귀하다는 퓨리어스를? 물론 성녀가 퓨리어스의 물량을 굉장히 많이 풀고는 있다지만 아무리 그래도 퓨리어스는 귀한 거다. 일반인들은 평생에 한 번 퓨리어스를 볼까 말까다.

"이 귀한 것을……."

"황제께서 특별히 상처 입은 전사들에게 나눠주라 명하셨습니다."

전사들은 눈시울을 붉혔다. 그들은 은혜를 잊지 않는다. 전사들은 모두 일어나 저만치 멀리서 콩콩 뛰어오고 있는 홀핑 무리를 보며 전의를 불살랐다.

"우리의 나라는 우리가 지킨다!"

아무런 대가도, 보상도 없이 성녀와 황제가 이 나라를 구원하러 왔다. 물론, 지형의 특성상 철옹성이 무너지면 제국에도 타격이 있을 거란 계산이 있었겠지만 여태껏 그 어느 황제도 이렇게 직접 자신들을 도운 적이 없었다. 전사들 역시 전사들의 자존심이 있어 제국에 도움을 요청한 적이 거의 없었다. 그런데 그 자존심이 이번에는 눈 녹듯 녹아버렸다.

한진수의 몸도 하얗게 빛나기 시작했다. '날아라, 헝거비. 물어왓!'을 시전하려던 김환성은 잠시 뒤로 대피했다.

"쳇."

한진수가 지금 무엇을 준비하고 있는지 알고 있기 때문이다. 고려의 나이트들도 뒤로 대피했다.

"뒤로 물러서 주시기 바랍니다."

사기를 회복한 전사들이 고려 나이트들에 의해 제지당했다. 신라의 프리온 나이트들도 성벽 위에 선 채 앞으로 나서지 않았다.

"무, 무슨 일이오?"

"성녀의 심판이 대지를 적실 것입니다."

만약 김상희가 들었다면 공중에서 떨어졌을지도 모를 일이다. 그녀는 이 이름을 싫어한다. 성녀의 심판이라니, 그게 대지를 적신다니. 21세기를 살아왔던 그녀의 기준에서 그런 말들은 너무나 오그라들었다. 하지만 이들에게는 그렇지 않았다. 김유신은 한진수를 쳐다봤다.

'또다시 기적이 펼쳐지는 것인가?'

황제와 성녀는 역대 모든 왕과 황제들 가운데 최고로 손꼽힌다. 김상희와 한진수가 눈을 마주쳤다.

김환성은 투덜거렸다.

"나도 눈 마주치고 싶다."

아무리 시간이 흘러도 저 도둑놈 새끼는 용서가 안 된다. 황제고 뭐고 없다. 그에게는 사랑스런 동생을 훔쳐 간 도둑놈일 뿐. 게다가 이제는 전쟁터에서도 저렇게 눈빛 교환(?)을 하고 있지 않는가.

한진수의 등 뒤로 하얀색 빛줄기 다발이 생겨났다. 허공을 뚫고 나온 그것은 하얀색 창 같았다. 전사들은 이 놀라운 광경에 입을 쩍 벌렸다.

"세, 세상에……."

제국의 인간들은 마력을 활용하여 마법처럼 사용한다고 들었다. 그런데 그게 정말인 것 같았다. 전사들은 수성전과 육탄전에 특화된 이들이다. 이 정도의 대규모 마력 발현은 본 적이 없다.

김환성은 여전히 마음에 안 들었다.

"저거 펼치려면 내 동개가 도와줘야 하잖아."

한진수 혼자서는 못한다. 김상희가 옆에서 마력을 끊임없이 보충해 줘야 한다. 사람들은 이걸 성녀의 심판이라 부른다. 김환성은 이

걸 도둑놈의 공격이라고 부른다. 성녀의 심판이든, 도둑놈의 공격이든 그것은 대량 학살이 가능한 엄청난 능력이다. 하얀 창, 저것 하나하나가 마력 다발이다. 엄청난 살상력을 가진. 김상희의 마력 보충 능력과 한진수의 마력 컨트롤 능력이 조합되어, 저런 괴물 같은 기술이 탄생한 거다.

"넌 안 대단해. 내 동생이 대단한 거지."

빛다발 수십 발, 수백 발, 수천 발이 쏘아지기 시작했다. 이곳을 향해 쿵쿵거리며 뛰어오는 홀핑들을 향해.

크에에엑!

홀핑들이 비명을 질러댔다. 한 마리당 수십 발의 빛의 다발이 놈들의 몸을 관통했다.

전사들은 상황을 지켜봤다.

"이, 이럴 수가……."

홀핑이 무서운 이유는 놈들이 폭발력을 갖고 있기 때문이다. 성벽을 부수는 경우까지 있다. 그래서 무서운 건데, 아예 접근조차 못하고 저만치 멀리서 죽어가고 있다.

"이것이 성녀의 심판."

공중에서 빛을 흩뿌리고 있는 김상희와 빛의 다발 하나하나를 전부 컨트롤하며 쏘아내는 한진수의 능력은 가히 경이로웠다. 홀핑들이 너무나 쉽게 죽어버렸다. 전사들의 왕 펠터는 순식간에 깨달았다.

'저건 단순히 살상 능력이 강한 것이 아니다.'

그것보다 더 큰 무언가가 있었다. 그리고 그것은 김상희의 힘이었다.

'성녀의 힘에는…….'

성녀의 힘에 관한 소문은 이미 대륙 전역을 강타했고 극동 나라 아이언에도 전해졌다. 성녀는 성녀에게 우호적인 자에게는 치유와 회복을 선사하지만 성녀에게 적대적인 자는 철저하게 파괴해 버린다고. 김상희가 일부러 그런 건 아니었는데, 김상희는 그런 능력을 가지게 됐다. 남자들의 마력이 발전하는 것처럼 김상희의 성력도 발전했다. 물론 김상희 혼자서는 그렇게 할 수 없다. 이런 소문이 퍼진 것은 김상희와 한진수가 언제나 한 몸처럼 같이 붙어 다녔기 때문이다. 한진수를 통해 뻗어나간 김상희의 성력은 어마어마한 파괴력을 내기도 했고, 어마어마한 치유력을 발휘하기도 했다.

저만치 멀리 희뿌연 먼지가 피어올랐다. 홀핑 무리였다. 펠터는 눈을 크게 떴다. 저 정도의 홀핑 무리를 본 적이 없다. 어림잡아도 몇백 마리는 되는 것 같았다.

한진수와 김상희가 눈을 마주쳤다. 김상희가 고개를 끄덕였다. 김상희의 목덜미에 땀이 한 방울 흘러내렸다. 한진수의 등은 이미 땀으로 범벅이 되어 있는 상태. 아직은 괜찮았다. 다시 한 번 김상희와 한진수가 컬래버레이션을 펼쳤다. 곧이어, 성녀의 심판이 쏟아져 내렸고 대단위의 홀핑 무리가 싹쓸이 되는 데에는 불과 7분밖에 걸리지 않았다.

전사들의 왕 펠터는 죽어도 놓치지 않겠다던 도끼를 손에서 떨어뜨리고 말았다. 뛰는 놈 위에 나는 놈이 있다더니, 이런 광경은 처음 본다. 단 두 명이 마의 대륙 아탄타이의 마물 수백 마리를 싹쓸이했다. 그제서야 실감이 됐다.

"황제들의 황제……."

왜 사람들이 한진수를 황제 위의 황제라고 부르는지, 왜 성녀를 세상이 그토록 흠모하고 존경하고 있는지 말이다.

오늘 밤은 이렇게 평화롭게 끝나는 줄 알았다.

펠터는 순수하게 감탄했다.

"정말 대단합니다. 대단하다는 말만 들었지, 실제로 견식하게 되니 내 눈이 새로운 것을 보았습니다."

성녀의 심판에 이은 프리온 나이트의 폭격은 그야말로 장관이었다. 아이온 왕국을 그토록 괴롭히던 홀핑들을 순식간에 쓸어버렸다. 싸운 것도 아니었다. 쓸어버렸다.

한진수가 말했다.

"프리온 나이트 300기를 영구 지원하는 방향을 검토하겠습니다."

"……예?"

불과 얼마 전까지만 하더라도 제국의 전략무기 프리온 나이트가 아니었던가. 그것을 지원해 주겠다니.

"단, 제국을 향한 공격은 불가하도록 프로그래밍되어 있으며 분해를 시도할 시 폭발하도록 설계되어 있습니다."

펠터는 고개를 끄덕였다. 그 정도는 최소한의 안전장치라고 할 수 있다. 프리온 나이트는 신라의 보물 아닌가.

"혹시 그것은 황후의 뜻이오?"

"그렇습니다."

펠터는 역시 하고 다시 한 번 고개를 끄덕였다. 역시 성녀였다. 여자의 몸으로 세계를 뒤흔든 여자. 펠터는 탄식하고 말았다.

"기존의 가치관을 머리끝부터 발끝까지 황후 마마께서 흔드셨소."

성녀 덕분에 여자에 대해 다시 보게 됐다. 여자는 단순히 남자아이를 낳기 위한 도구가 아니었다.

김상희가 살짝 웃었다.

"그렇게 생각해 주시니 고마워요."

"세상이 성녀, 성녀 하는 이유를 알겠습니다."

분위기는 화기애애했다. 신라 제국의 전폭적인 지원을 통해 무너진 외벽을 보수하기로 했다. 다시금 철옹성의 역할을 제대로 할 수 있게 말이다.

"전사들의 왕 펠터는 진심으로 황제에게 감복했소. 나 펠터는 황제에게 충성을 바치겠다 맹세하오."

한진수는 가볍게 고개를 끄덕이며 인자하게 웃었다. 그리곤 무릎 꿇은 펠터를 정중히 일으켜 어깨를 다독여 주었다.

"기품은 잃지 않되, 예를 다하는 전사들의 왕을 보니 내 마음이 든든합니다."

"내 나라는 내가 지킨다. 이것이 우리 전사들의 신조요. 그런데 도움을 받게 되어 면목이 없소. 이 은혜는 반드시 갚겠소."

그런데 급한 보고가 올라왔다.

"폐하!"

한진수도 나이트들로부터 보고를 받았다.

"뭐라고?"

한진수가 자리에서 벌떡 일어섰다. 놀라운 소식은 두 가지였다.

프리온 나이트 혹은 김환석, 김환성 등에게 죽은 마물들은 말 그대로 죽었다. 그러나 한진수와 김상희가 힘을 합쳐 없앤 마물들이 다시 살아났다.

"과거 멸종되었던 백곰입니다."

백곰은 굉장히 온순하고 사람을 잘 따르는 포유동물이다. 백색의 곰이라 하여 백곰인데, 그 털이 굉장히 부드러워 밀렵되어 사라졌었다.

"백곰이 되살아났다라……."

홀핑이 죽자 그 홀핑이 백곰이 되었다.

"일종의 정화 현상이 일어난 것 같습니다."

그것 말고는 설명할 길이 없었다. 역시 성녀와 황제였다. 둘이 가는 길에 기적이 깃든다더니, 그 말이 맞았다.

펠터가 물었다.

"안 좋은 소식은 무엇이냐?"

그 대답을 한진수가 대신했다. 그는 프리온 나이트의 눈을 통해 이미 밖의 상황을 봤다. 영상을 확인했다.

"이 마물은 무엇입니까?"

한진수가 패널을 건넸다. 영상 속에는 홀핑과 비슷한 무언가가 있었다. 펠터는 눈을 부릅떴다.

"이, 이놈은……!"

믿을 수 없었다. 이놈이 나타날 줄이야. 펠터가 긴장한 목소리로 말했다.

"어쩌면……."

그는 전사들의 왕으로서 단 한 번도 해본 적이 없는 말을 했다. 이 삶의 터전을 지키는 것이야말로 전사들의 신념이며, 왕은 그 신념을 지키는 자다. 그런데 그 왕의 입에서 믿을 수 없는 말이 튀어나왔다.

"이곳을 포기해야 할지도 모르오."

김상희가 물었다.

"왜 그러시는 거예요?"

"성녀시여……."

펠터가 말을 이었다. 성벽 위의 수많은 전사가 탄식을 내뱉었다.

"아……."

그들은 여태껏 성벽을 수호해 왔다. 그래서 저놈의 무서움을 잘 안다.

"레드 홀핑이다!"

위이이이잉-!

사이렌이 울렸다. 정말로 위급한 상황에만 울리는 사이렌이다. 제 2, 3외벽이 무너졌을 때에도 사이렌은 울리지 않았었다.

"하나, 둘, 셋, 넷, 다섯……."

숫자 세기를 포기했다. 열 놈만 모여도 성벽을 초토화시킬 수 있다고 전해지는 레드 홀핑. 아이언 왕국의 지난 역사상 단 3차례밖에 모습을 드러내지 않았던 놈이 나타났다. 그것도 수십 마리가 떼를 지어서 말이다.

펠터는 도끼를 든 손에 힘을 꽉 쥐었다.

"뭐가 어떻게 돌아가고 있는 건지 모르겠군."

레드 홀핑이 나타났다고 해서 도망을 칠 수는 없다. 차라리 죽는 것이 낫다. 조국을 지키지 못한다면, 조국과 함께 죽는 것이 맞았다. 그게 전사들의 삶이다.

그때, 김상희가 한진수에게 작게 속삭였다.

"자기야, 우리가 돕자."

"……응?"

한진수는 황제이기 전에 김상희의 남편이다. 전사들의 반응을 봤다. 아무래도 레드 홀핑이란 놈은 엄청난 놈인 것 같았다. 그러한 곳에 아내를 내보낸다? 썩 내키지 않았다.

"나 왠지 확신이 들어."

"확신이 든다고?"

한진수는 스페셜 필드를 펼쳤다. 주위에는 이목이 많아서 김상희가 자유롭게 자신의 의견을 펼치기가 힘들었다. 아무리 성녀라도 황제보다 높을 수는 없었으니까. 사실 한진수는 김상희에게 잡혀 살고 있지만.

"성벽으로 가면 좋겠어."

김상희는 눈을 빛내며 말했다.

"우리 둘은 그 마물들을 막을 수 있어."

이상하게도 그런 확신이 들었다. 놈들을 막을 수 있겠다는 확신 말이다. 누군가 강력한 믿음을 심장에 새겨준 것 같은 기분이었다.

"……상희야, 나는 네가 위험해지는 것을 원하지 않아. 나는 열 번이고 백 번이고 위험해도 돼. 나는 용암 속에 빠져도 괜찮아. 그런데 너한텐 뜨거운 물 한 방울 튀는 것도 싫어."

"그런 거 아니야."

김상희는 한진수를 똑바로 쳐다봤다. 한진수는 한숨을 내쉬었다.

"내가 널 어떻게 이기냐?"

김상희는 한진수의 입술에 가볍게 키스를 했다.

"네가 나 엄청 걱정하는 거 알아."

"……."

"나도 너 걱정시키고 싶지 않아. 그런데 이번에는 정말 괜찮아."

시간이 흘렀다. 스페셜 필드가 해제되고 한진수가 모습을 드러냈다. 그가 말했다.

"신라군은 원거리에서 엄호한다."

걸음을 내딛었다.

"우리는 제국이다. 제국은 곧 태양이다."

성벽 위에 올라섰다. 마력을 머금은 그의 목소리가 은은하게 울려 퍼졌다.

"태양은 꺼지지 않는다."

마력을 끌어올렸다.

"내가 너희를 비추겠다."

프리온 나이트들이 움직이며 성벽에 길게 일렬로 늘어섰다. 김상희가 한진수 옆에 섰다. 김상희의 몸이 빛나기 시작했다. 그러자 놀라운 일이 벌어졌다.

펠터는 눈으로 보고도 믿을 수 없었다.

'이것이 성녀의 힘인가?'

그는 이 능력을 '정화 능력'이라고 부르기로 했다. 그뿐만이 아니라 수많은 전사가 그렇게 말했다. 이건 무력이나 파괴력과는 약간 다른 느낌이었다. 순수 무력만 놓고 보면 레드 홀핑은 프리온 나이트를 부술 수 있을 만큼의 강력함을 가지고 있다. 그런데 그 레드 홀핑이 '성녀의 심판'에는 맥을 못 추었다. 김상희와 한진수가 힘을 합쳐 쏘아내는 그 빛다발에 관통당한 레드 홀핑은 그 자리에서 즉사했다. 더 정확하게 말하자면 움직임을 아예 멈췄다. 몇 시간이 흐르자 놈들은 붉은 털을 가진 곰으로 변화됐다.

"극동 불곰이 되었습니다."

역시 이미 멸종된 동물이다. 털이 매우 붉고 아름다워 수십 년 전 포획돼 멸종당했다.

"극동 불곰이 되어 다시 태어났습니다."

"성녀의 기적입니다."

이 현상은 황제와 성녀가 일궈낸 기적, 신라의 기적이라고 불렸다.

한진수가 말했다.

"아탄티아의 생물체에게 있어서 우리의 힘은 극성을 갖고 있는 것 같아."

그것 말고는 설명할 길이 없었다. 한진수는 또 스페셜 필드를 펼치고 사랑이 가득한 눈으로 김상희를 쳐다봤다. 전사들과 프리온 나이트 앞에 섰을 때와는 완전히 다른 눈빛이다. 사랑에 깊이 빠져 팔불출의 늪에 허우적거리고 있는 그런 눈빛이다. 전사들은 전혀 상상할 수도 없는 그런 눈빛.

한진수는 어깨를 쭉 펴고 고개를 끄덕였다.

"역시 내 새끼야."

"……."

김상희는 반박하지 않았다. 반박해 봐야 소용없음을 알고 있기 때문이다. 처음에는 내가 왜 '내 새끼'냐? 하고 반항했지만 이제는 그냥 그러려니 한다. 이른바 '내 새끼 콩깍지'다.

황제가 비밀스런 회담을 진행할 때나 펼친다는 스페셜 필드를 펼치고서,

"우리 애기."

"우리 예쁜 여보."

"세상에서 제일 귀여운 우리 마누라."

그렇게 쉴 새 없이 중얼거리는데, 그 말조차 황제의 위신 따윈 찾아볼 수 없는 혀 짧은 발음이다. 김상희는 어이없어 허허 웃고 말았

다. 황제의 애교 같지 않은 애교를 누가 볼 수 있겠는가. 무심한 척 말했다.

"응…… 너도 귀여워."

한진수의 눈으로 본 김상희는 여전히 귀엽고 여전히 예뻤다. 문득 이상한 생각이 들었다. 이것은 이상하다고 쓰고 야하다고 읽는다. 그걸 눈치채지 못할 김상희가 아니다.

"아, 안 돼!"

"나 스페셜 필드 펼쳤는데?"

"아, 그래도 안 돼. 시기도 시기고…… 자리도 자리고……."

"내 스페셜 필드 아무도 못 뚫어."

"그, 그래서!"

아무리 그래도 정상급 회의 중에 갑자기 그런 짓을 할 수는 없지 않은가.

"애기도 또 낳고 싶고……."

"그게 지금 할 소리냐! 지금은 안 돼!"

한진수는 씨익 웃었다. 드디어, 드디어 원하던 말이 나왔다. 어차피 그도 실제로 여기서 그런 걸 할 생각은 없었다.

"지금은 안 되지만 이따 밤에는 되지?"

"……."

김상희는 대답하지 못했다. 한진수가 함박웃음을 지었다.

"오예."

황제는 기뻐했다.

무슨 일이 있었던 건지는 알 수 없지만, 세계가 변화하기 시작했다. 좋은 변화는 여자들이 마력을 갖게 된 것. 이건 순전히 김상희와 김환석 덕분이다. 더 정확하게 말하자면 성녀 김상희와 동생 등신 김환석 덕분이다. 어쨌거나 세상은 좋은 방향으로 많이 변했다. 그런데 좋은 변화가 있으면 나쁜 변화도 있는 모양이었다.

한진수가 말했다.

"아무래도 아탄티아에 무슨 일이 있는 것 같습니다."

"그러냐?"

김훈상은 심드렁하게 대답했다. 그는 이미 일선에서 은퇴했다. 국제 정세를 논하는 것보다 손녀랑 노는 게 더 좋다. 귀여워 죽겠다. 마치 상희의 어린 시절을 보는 것 같은 기분이랄까?

"아탄티아를 정벌하는 것은 어떻습니까?"

"……."

그러든지 말든지 그런 자세를 고수하던 김훈상의 표정이 그 말에 진지해졌다.

"내 딸을 데리고 아탄티아에 들어가겠다고?"

역사를 돌이켜보면 몇몇 강국이 아탄티아를 정벌하려 했던 적은 있었다. 모두 실패로 돌아갔지만. 아탄티아에 들어갔던 모든 왕과 전사는 돌아오지 못했다. 간혹 돌아온다 하더라도 정신병자가 되어 있었다.

김훈상이 눈을 부릅뜨고 마력을 끌어올렸다.

"죽고 싶냐?"

"아버님, 상희의 능력이면 아탄티아를 정화할 수 있습니다."

"내 딸 데리고 거긴 절대 못 간다."

방이 부르르 떨렸다. 김훈상이 마음먹고 마력을 끌어올렸기 때문이다. 아탄티아는 마의 대륙이다. 인간의 발걸음을 허락하지 않는 곳.

김환성도 분노했다.

"야! 너 뒤지고 싶냐? 이게 황제라고 봐줬더니!"

김환성이 여자의 모습으로 변했다. 마력을 최대치로 끌어올렸다는 증거다.

"형님, 고정하시고……."

"고정은 개뿔! 네놈부터 관에 고정시켜 줘?"

한진수는 한숨을 내쉬며 아주 걱정스런 표정으로 말했다.

"역시 형님들과 아버님께서 반대하시네."

김상희가 정곡을 찔렀다.

"너 다행이라고 생각하고 있지?"

"……."

한진수는 대답하지 못했다.

"그니까 우리 오빠들이랑 아빠 핑계 대면서 아탄티아 정벌 안 하려고 그러는 거지? 사실은 너도 그거 바랐지?"

"……아, 아냐."

황제 한진수는 당황해했다. 정곡을 제대로 찔렀다. 그는 아탄티아 정벌을 하여 신라 제국의 위상을 드높이는 것보다 어화둥둥 예쁜 마누라 호강시켜 주는 게 더 좋다.

그렇게 며칠이 흘렀다.

김환석이 말했다.

"어이."

김환석은 그답지 않게 말을 약간 흐렸다.

"김상희……."

목소리가 작았다. 김상희를 똥개라고 안 부르고 상희라고 부르게 된 지 얼마 안 됐다. 이름을 부르는 게 아직도 어색한 모양이다.

"네, 오빠. 소녀를 부르셨어요?"

"……."

김상희는 김환석의 표정을 읽었다. 너 아직도 존댓말이냐? 이렇게 묻고 있는 표정이다. 물론 자존심상 절대 입 밖으론 내지 않겠지만. 김환석은 요즘 욕심이 생겼다. 동생이 자신한테 반말을 해줬으면 좋겠다. 눈치 백단인 김상희는 그걸 알고 있지만 절대 해주지 않았다. 조련은 아직도 안 끝났다. 해달라는 대로, 원하는 대로 다 해주면 안 된다.

"가서 목욕이나 해."

"……네?"

이유는 알 수 없지만 퓨리어스가 필요한 모양이다.

"……오빠 제 옆에 있을 거예요?"

"……."

'그러면 안 되냐?' 그렇게 묻는 듯한 눈빛이다. 김상희는 한숨을 쉬었다. 저 첫째 망나니, 아직도 갈 길이 멀다. 그게 왜 안 되는지에 대한 자각이 없는 게 틀림없었다.

김상희는 피식 웃고 말았다.

'정말 대단하다.'

여동생의 몸을 훔쳐보고 싶다거나 그런 흉측한(?) 마음은 전혀 없다는 걸 안다. 그냥 개념 자체가 없는 거다. 저 천재가 이토록 개념이 없을 수 있다는 건 놀라운 일이었다. 이쯤 되면 세기의 불가사의다.

한진수가 위엄 있는 목소리로 말했다.

"형님, 황명입니다. 물러가 계십시오. 퓨리어스는 제가 가져다 드리겠습니다."

김환석은 인상을 찡그렸다. 뭐, 겨우 이딴 것에 황명까지 나오는 것인지. 한진수는 정말로 중요한 일 아니면 황명을 거들먹거리지 않는다. 김상희의 오빠이기 때문이다.

"……."

하여튼 김환석은 밖으로 나갔고 한진수는 음흉한 표정을 지었다.

"우리 애기 알몸은 나만 볼 수 있어."

그렇게 되도 않는 독점욕을 과시했고 김상희는 또다시 한숨을 내쉴 수밖에 없었다.

"어련하시겠어……."

"나도 같이 들어간다?"

풍덩! 물보라가 피어올랐다. 한진수는 김상희를 뒤에서 껴안았다.

"자꾸 뭐가 찌르잖아."

또 뭔가가 성을 냈다. 이 녀석은 도대체 지치지를 않는 것 같았다.

"네가 너무 예뻐서 그래."

김상희는 저도 모르게 배시시 웃고 말았다. 한진수와 함께 있으면 언제나 사랑받는 기분이 든다. 세상에서 제일 사랑받는 여자가 된 것 같은 기분이랄까?

어쨌거나 김상희와 한진수의 세상이 어떻든 간에 김환석은 퓨리어스를 얻을 수 있었다. 한진수가 김환석에게 퓨리어스를 전해 줬다.

"이걸로 어쩌실 생각입니까?"

"실험해 볼 게 있어."

김환석이 밖으로 나갔다.

며칠 뒤, 놀라운 소식이 전해졌다.

김환석은 퓨리어스를 활용한 무기를 만들어냈다. 일반적으로 퓨리어스라 함은 절대로 무기가 될 수 없다. 그것은 질병을 치료하고 상처를 치유하는 성스러운 액체지, 무기로 사용할 수 있는 건 아니었으니까.

김환성이 입을 쩍 벌렸다.

"그런 게 가능해?"

그런데 퓨리어스로 무기 사용이 가능했다. 적어도 아탄티아 내에서 출몰하는 마물들에게는 유효했다. 단순히 마물들을 죽이는 것이 아니었다.

김환석이 말했다.

"퓨리어스엔 마물을 정화시키는 능력이 있는 것 같아."

"정화?"

"아탄티아는 어쩌면 원래의 생물들이 오염되어 변질된 것일 수도 있겠다는 생각을 했거든."

홀핑 무리를 보고서 그런 생각을 했고 그 가정은 대충 맞아떨어지는 것 같았다.

"퓨리어스를 활용한 무기를 사용하면 원래대로 돌릴 수 있어."

한진수는 뿌듯한 눈으로 김상희를 쳐다봤다. 누가 봐도 팔불출이

극에 달한 눈빛이라 김상희는 조금 민망해졌다.

'애초에 저건 오빠가 대단한 거지 내가 대단한 게 아니잖아.'

분명 그게 맞는데, 몇몇 사람 눈에는 그렇게 보이지 않는다는 게 문제였다.

"역시 내 딸은 대단하다."

딸바보 김훈상이 그중 한 사람이다.

"저 멍청이가 아니었다면 만들지 못했겠지."

이 무기를 만들어낸 당사자인 김환석도 마찬가지다.

"역시 내 똥개야."

당연히 김환성도 여기에 빠지지 않는다.

'아, 다들…….'

'나 행복한 거 맞지? 다들 날 치켜세워 주니까 좋긴 좋은 거지?' 하고 김상희는 한숨을 내쉬었다. 그렇다. 이건 행복한 게 맞았다.

김환석이 말을 이었다.

"아주 약간의 실험이 남았어."

며칠이 흘렀다.

김환석은 나름대로의 실험을 진행했다. 그 와중에 김환석과 김환성이 크게 다치기는 했으나 퓨리어스를 통해 금방 회복할 수 있었다.

김상희는 간만에 화를 좀 냈다.

"오빠!"

과거라면 상상도 못 했다. 누군가 봤다면 '감히 계집 따위가 어디서 목소리를 높이는 것이냐!'라고 소리를 질렀을지도 모를 일이다. 심지어 상대가 김환석과 김환성이 아닌가.

김환성은 코를 비볐다.

"……어, 그게."

뭐지? 뭔가 엄청나게 잘못한 것 같은 기분이다.

"……나 뭐 잘못했어?"

김상희는 한숨을 내쉬었다. 저 망나니는 자기가 뭘 잘못한 건지도 모른다.

"그렇게 다쳐서 오면 어떡해요?"

"응? 이거 일부러 그런 건데?"

아…… 그러니까 그렇게 피칠갑을 하고 오면 어떡하냐고!

김상희는 김환성을 이해시키는 것을 포기하기로 했다. 그냥 애초에 '김환성은 생각하는 알고리즘 자체가 다른 생물체다'라고 이해하기로 했다. 그래서 차근차근 얘기를 해줬다.

"오빠, 상황을 거꾸로 생각해 봐요."

"뭘?"

"제가 어디를 나갔다 갑자기 피투성이가 돼서 돌아왔어요."

"에이~ 그럴 리가."

김훈상이 딸바보라면, 한진수는 아내 호구다. 김상희를 위해서라면 인적·물적 자원을 아끼지 않는다. 김상희조차도 모르는 특별 비밀 호위가 포진하고 있다. 거기에는 과거 스페셜 나이트였던 김유신도 있다. 물론, 김상희는 모른다. 그런 상황에서 어떻게 그럴 수가 있단 말인가.

"그럴 수 없잖아."

그런 말도 안 되는 상황을 가정하다니. 김환성은 애써 현실을 부정했다. 그건 아주 불경한 상상이다.

김상희가 목소리를 조금 낮췄다. 이봐요, 오빠. 부정하지 말고 상상해 봐요, 어서. 왜 이런 걸로 유혹 아닌 유혹을 해야 하는지 김상희는 알 수 없었지만 하여튼 상상하라고 유혹했다.

"그래도 만약에 그렇다면요? 상상을 한번 해봐요."

김환성의 눈썹이 움찔거렸다. 아무래도 불길한 상상을 시작한 모양이다.

"그, 그럴 리 없어."

목소리가 떨렸다.

"상상이란 걸 할 수 있잖아요. 제가 그렇게 되어서 누군가에게 업혀왔어요."

"그, 업어온 애 남자냐?"

아씨 진짜! 그게 중요한 게 아니잖아, 이 망나니야! 김상희는 참을 인을 이마에 새기며 참고 또 참았다. 김상희는 눈치챘다. 지금 김환성은 평정심을 잃었다. 동생이 피투성이가 되어 나타난다? 김환성은 상상만 했는데도 열 받았다.

"만약 그런 일이 일어난다면 널 그렇게 만든 놈의 나라를 멸망시켜 버릴 거야. 세상에서 가장 잔인하게 죽여 버릴 거야."

"왜요?"

"그야 널 다치게 했으니까."

"오빠, 생각하는 의자에 앉아 보세요."

김상희는 의자를 하나 내밀었다. 망나니를 길들이는 데엔 이게 최고다. 과거에는 애교와 아부로 무장하여 살아남았다면 이젠 좀 더 정교한(?) 교육이 필요했다.

김환성은 입술을 삐죽 내밀었다.

"생각하는 의자 싫은데."

얼굴을 찌푸리면서도 그래도 앉았다. 김상희가 해달라면 하늘의 별이라도 따다줄 기세니까. 김환성은 의자에 앉아 진지하게 생각해 봤다. 왜 화가 나는 건지.

"저도 똑같아요. 저는 오빠처럼 큰 힘이 없기 때문에 나라를 멸망시킨다거나 그런 엄청난 일을 하지는 못해요. 물론, 오빠가 피투성이가 되어 나타나는 건 어젯밤에 스테이크를 먹었다는 것만큼이나 자연스럽고도 자연스러운 일이지만 적어도 저에게는 그렇지 않다는 말이어요."

"……."

생각하는 의자에 앉으면 말을 할 수 없다. 그게 규칙이다. 그렇게 하기로 했다. 가만히 앉아 있는 것이 힘든 김환성은 발가락을 꼼지락거렸다.

"오빠가 저를 걱정하기 때문에 화가 나는 거예요."

"……."

"저는 그거보다도 오빠를 더 많이 걱정해요. 어제 얼마나 놀랐는지 아세요?"

"……."

시간이 흘렀다. 둘째 망나니 김환성이 자신의 잘못을 깨달았다. 그에게 있어서 피투성이가 되는 건 굉장히 효율적인 선택이었고 당연한 거지만, 김상희에게 있어서는 전혀 다른 문제라는 것을 알았다. 그래서 사과했다.

"미안해."

"이제 생각하는 의자에서 일어나셔도 좋아요."

김환성은 제대로 사과했다.

몇 시간이 흘렀다. 아무도 없는 방, 김환석이 생각하는 의자에 다가갔다.

"이게……."

생각하는 의자다. 김상희와 김환성을 특별하게 이어주는 의자. 적어도 김환석에게는 그랬다. 그래도 체면이 있지, 나도 이거 하고 싶다고 말할 수도 없는 노릇이고. 김상희가 그런 김환석을 봤다면 분명 이렇게 말했을 거다.

'오빠, 정말로 생각하는 의자에 앉고 싶어요? 진짜로? 어째서? 왜요?'

지금 김환석의 표정이 딱 그랬다. 실제로 생각하는 의자는 김환성 맞춤이었으며 김환석은 앉아 본 적이 없다. 별로 대단한 건 아니라고 생각했는데, 뭔가 있어 보였다. 생각하는 의자라니.

김환석은 고개를 절레절레 저었다.

'내가 도대체 무슨 생각을.'

방문을 나서다가 문득 뒤를 돌아봤다. 이유는 모르겠는데 뭔가 아쉬운 것 같은 기분이 들었다.

다시 며칠이 흘렀다.

신라 제국의 한진수 황제는 한 가지 사실을 발표했다. 성녀의 능력으로 아탄티아를 정화할 수 있다는 사실을 말이다.

세상이 떠들썩해졌다.

"이봐, 그 말 들었어?"

인간의 발길을 단 한 번도 허용하지 않았던 마의 대륙 아탄티아.

그곳을 정벌하기 위한 군대가 편성된단다.

"말도 안 돼. 여태까지 단 한 번도 성공한 적 없잖아."

"신라 제국의 한진수 황제께서 공표하셨대."

믿을 수 없는 일이었다. 마의 대륙 아탄티아를 정화한다니, 정벌도 아니고 정화란다.

"성녀님의 능력으로 그곳을 인간이 살 수 있는 곳으로 만들 수 있다나 봐."

"성녀님……?"

이 세상에서 가장 유명한 사람을 꼽으라면 한진수와 김상희, 그 둘이다. 그중에서도 김상희는 더욱더 특별하고 신비한 힘을 가진 사람이었다.

"확실히 성녀님의 능력이라면……."

죽은 사람도 살린다는 기적의 힘을 가진 사람이 아니던가. 이 세상을 이렇게 빠르게 변화시킨 장본인. 그녀라면 뭔가 가능할 것 같기도 했다.

"아탄티아 정벌군의 이름이 성녀군이라던데."

그 말은 사실이었다. 신라 제국을 필두로 하여 아탄티아를 정벌하기 위한 '성녀군'이 조직됐다.

극서 지방 왕국, 쇼르발트.

"반드시 참여해야 합니다."

"맞습니다. 그곳은 새로운 땅입니다. 어떠한 자원이 있을지 모릅니다."

"이미 대륙의 땅은 좁습니다. 새로운 땅이 필요합니다."

"정벌에 참여하지 않으면 땅에 대한 소유권을 주장하기 어려워집니다."

중앙 왕국, 티르티.
"전하, 저희도 한 팔 보태야 하지 않겠습니까?"
"위험하지만 그만큼 보상도 달콤할 것입니다."

위성도시, 디펠.
"우리는 아탄티아 정벌에 참여한다. 이의 있나?"
"없습니다."

북 왕국, 데르토.
"식량이 많이 나는 새로운 위성도시를 세울 수 있을 것입니다."
"우리의 힘이라면 가능합니다."
수많은 나라가 일어섰다. '성녀군'이라는 기치 아래 군사들이 모였다.

김상희는 한숨 아닌 한숨을 내쉬었다.
"목욕…… 많이 해야겠네?"
"응, 나도 바빠지겠어."
한진수가 능글맞게 웃자 김상희가 인상을 살짝 찡그렸다.
"나 혼자해도 되는데 왜 굳이……?"
"부창부수지. 아내가 샤워하면 남편도 샤워한다, 몰라?"

되도 않는 사자성어를 이런 식으로 적용하다니. 뜻이고 뭐고 그냥 자기 좋을 대로 아무렇게나 해석한 것 같다.

김상희는 얼굴이 조금 빨개졌다.

"그런 말이 어딨어!"

한진수는 김상희를 번쩍 안아 들었다.

"자, 그럼 성녀군의 활약을 위해 퓨리어스를 만들러 가보실까!"

목욕탕으로 향했다. 세계가 칭송하고 있는 세기의 대천재, 온화의 군주 한진수는 콧노래를 흥얼거렸다.

"알몸, 알몸, 알몸이라네. 상히상히 알라봉봉!"

아탄티아는 극동 지방. 아이언 왕국 너머에 존재한다. 다시 말해, 극동을 넘어서는 동쪽이라는 소리다. 그곳에 이색적인 일이 일어났다.

"볼카이에서 왔습니다."

볼카이에서 4명의 여자가 김상희를 찾아왔다.

"볼카이요?"

볼카이는 극서 지방이다. 이곳과는 완전히 반대 방향.

"성녀님께서 저희에게 새로운 생명을 불어넣어주셨습니다. 기사의 직위를 포기하고 성녀님을 보좌하기 위해 먼 길을 달려왔습니다."

"부디 저희를 받아들여 주십시오."

김상희를 찾아온 것은 4명의 여자였다. 스스로의 이름을 매, 난, 국, 죽이라고 칭해 달라고 했다.

"성녀님께선 여자들을 자유롭게 만들어주셨습니다. 아무런 대가도 없이 세상을 아름답게 만들고 계십니다."

"저희는 그런 성녀님을 지키고 싶습니다."

김상희는 일단 고개를 끄덕였다. 이건 마음대로 결정할 수 있는 문제가 아니었다. 한진수를 비롯한 김씨 부자들과 상의해 보기로 했다.

매, 난, 국, 죽의 실력은 굉장히 뛰어났다. 김환성마저도 인정을 할 정도였다.

"계집애들이 제법이네?"

김환성은 그렇게 말하고선 아차 싶어 입을 가렸다.

"큼, 큼."

김상희의 눈치를 살폈다. 김상희는 '계집애'라는 말을 별로 좋아하지 않는다.

"여자들이 제법이네?"

매, 난, 국, 죽의 대표는 '매'였다. 매가 대답했다.

"감사합니다."

"역시 내 동생이 마력을 세상에 뿌려준 덕분이지?"

"맞습니다."

매, 난, 국, 죽은 헥헥거리며 숨을 가다듬었다.

"정말…… 가공할 만한 실력입니다."

김환성과 대련을 했다. 매, 난, 국, 죽 대 노블레스 나이트 4 대 1의 대련이었다. 매, 난, 국, 죽은 그녀들 스스로가 김환성을 이길 거라고 생각하지는 않았다. 어느 정도의 실력을 보여줄 수 있으면 된다고 생각했고, 그 생각은 들어맞았다.

"너네도 여자치고는 제법 좋았어."

김환석은 자신이 사용할 수 있는 모든 정보망을 활용하여 그녀들의 신상 정보를 캐냈다. 결과는 '문제없음'이었다.

한진수와 김환성이 대화를 나눴다. 김환성이 말했다.

"형이 문제없대. 괜찮은 것 같대."

"실력은 확인하셨습니까?"

"어, 좋아."

그러나 한진수는 이미 일찌감치 눈치를 챘다.

"실력이 좋아서라기보다는……."

눈을 살짝 가늘게 떴다. 그녀들이 여자라는 것이 매우 마음에 들었을 것이다. 과거, 김훈상은 '게이'라는 이유로 알렉스를 김상희의 가정교사로 붙여줬었다. 그것과 비슷한 맥락일 가능성이 컸다.

김환성이 단호하게 한진수의 말을 잘라버렸다.

"실력이 좋아서야!"

'결코, 걔네가 여자라서 안심이 된다거나, 절대 그런 이유는 아냐. 사적인 감정 따윈 없어' 그렇게 주장하는 것 같은 김환성의 결연한 표정에 한진수는 이렇게 물으려다 참았다.

'그게 그렇게까지 정색을 하고 얘기할 문제입니까, 형님?'

대신 다른 말을 꺼냈다.

"내일이면…… 시작됩니다."

"그렇지?"

"오늘은 일찍 자두시는 게 좋을 겁니다."

김환성이 헹 하고 코웃음을 쳤다.

"너나 일찍 자."

뭔가 마음에 안 들었다. 내 아까운 동생이랑 자는 거, 그거 8년이 넘게 지나도 익숙해지지가 않는다. 세기의 대천재고 뭐고, 여전히 짜증 난다.

김환성이 퉁명스레 말했다.

"밤에 힘쓴다고 괜히 체력 낭비하지 말라고."

한진수는 빙그레 웃으면서 생각했다.

'제 아내가 성녀입니다만.'

김훈상은 김환성, 김환석과 얘기를 나눴다.

"너희들은 무슨 일이 있어도 한진수를 지켜라."

"……예."

"잉? 난 걔 지키기 싫은데……."

황제 따위 그냥 죽어버리든 말든 알게 뭐야, 헹. 김환성은 인상을 찡그렸다. 김훈상이 그 말에 적극 동의한다는 듯 인상을 더욱 찡그렸다.

"나도 싫다."

김훈상 역시 마음이 내키지 않지만, 거기에는 필연적인 이유가 있다.

"그놈이 다치면 상희가 슬퍼한다."

김환석과 김환성은 아무 말도 하지 못했다. 할 수 있는 거라곤 고개를 끄덕이는 것밖에 없었다.

"상희는 내가 지키겠다."

사실상 김씨 부자들은 아탄티아 정벌에는 크게 관심이 없는 듯 보였다. 그냥 내 딸 혹은 내 동생이 가니까 같이 가는 것일 뿐.

"그리고 우리가 먼저 정찰을 하는 걸로 하겠다."

"……아부지? 진심이에요?"

"진심이다."

김환성은 킥킥 웃었다.

"재미는 있겠는데 그러면 그 도둑놈한테만 좋은 거잖아요."

"상희한테 좋은 거다. 좀 더 안전해질 테니까."

김환석이 자리에서 일어서자 김환성이 물었다.

"형, 어디 가?"

김환석이 짧게 대답했다.

"아이언 슈트 챙기러."

아탄티아 진격 하루 전.

김훈상이 한진수를 찾았다. 마침 한진수는 전사들의 왕 펠터와 함께 있었다. 대외적으로 한진수는 황제, 김훈상이 허리를 숙였다. 단 둘이 있을 때야 아버님과 사위지만, 대외적으로는 은퇴한 왕과 황제니까. 김훈상이 스페셜 필드를 펼치고 말했다. 한진수가 펄쩍 뛰었다.

"아버님, 안 될 말씀입니다."

"합리적으로 생각해라. 이게 가장 좋은 방법이다."

"그럴 수 없습니다. 그 위험한 곳에 먼저 들어가시겠다니요?"

"적을 알고 나를 알아야 백전무패가 되는 거다. 최소한의 정찰은 필요하겠지. 이미 환성이와 환석이가 어느 정도 진행한 상태고."

"그렇다면 저도 함께 가겠습니다."

김훈상이 인상을 잔뜩 찡그렸다.

"황제가 직접 정찰을 하는 경우도 있더냐?"

제국의 황제가 이 변방, 극동 지방 아이언 왕국까지 온 것도 역사상 유래가 없는 일이다. 그런데 아탄티아 정찰이라니? 있을 수 없는 일이다.

한진수는 계속해서 만류했다.

"고려의 선왕께서 직접 정찰을 하는 것도 말이 안 됩니다."

정찰은 다른 사람을 시키면 된다. 김훈상만큼 강하지 않다? 그러면 그만큼 많은 인원을 투입하면 된다.

김훈상이 피식 웃었다.

"그러면 그냥 노블레스 나이트 하지 뭐."

"……."

한진수는 입을 쩍 벌렸다. 저 아버님, 은퇴할 때만 해도 이제 아무것도 안 한다면서 공언을 하지 않았던가. 내 딸과 내 손녀, 손주들과 남은 평생-엄청 오래 남았다. 그는 아직도 굉장히 젊은 상태다. 일반적으로 은퇴하기에는 너무 이르다-행복하게 살 거라고 했었는데.

'불과 세 달 전만 해도 노블레스 나이트의 노자만 나와도 분노하셨으면서.'

한진수는 아직도 기억한다. 노블레스 나이트? 진짜 죽고 싶냐? 안 한다고 했지? 그랬던 아버님인데, 칭호만 받는 것도 싫다고 그랬었는데 지금은 그냥 스스로 나서서 한단다.

"노블레스 나이트쯤 되면 나가서 정찰하는 것도 상관없겠지?"

"……아버님!"

김훈상은 더 이상의 반론을 듣지 않겠다는 듯 스페셜 필드를 풀어버렸다. 펠터가 보였다. 김훈상은 여태까지와는 다르게 공손히 고개를 숙였다.

"황제 폐하의 말씀대로 하겠습니다."

"……."

아니! 아버님, 언제 제 말씀대로 해주셨어요? 그냥 너는 지껄여라, 나는 하겠다. 이 마인드 아니셨나요? 한진수는 뭔가 황당하면서도 슬퍼졌다. 황제의 권위가 이것밖에 안 되다니.

그날 밤.

김상희는 침대 위에서 한진수를 끌어안았다. 한진수의 얼굴이 김상희의 가슴에 파묻혔다.

"아빠는 네가 다치는 게 싫은 거야."

"……아버님이?"

가슴에 파묻힌 상태라 발음이 정확하지는 않았지만 대화를 하는 것에는 지장이 없었다.

김상희는 한숨 아닌 한숨을 내쉬었다.

'더 정확히 말하면 네가 다치면 내가 슬퍼하니까 그게 싫은 거겠지.'

처음에 이 세계에 왔을 때만 하더라도 이런 날이 올 줄은 몰랐다. 어서 와, 딸바보는 처음이지라며 나름대로는 비장한 각오를 다지던 그때, 문득 그때가 떠올랐다.

'고마워요.'

하지만 지금은 다르다. 사랑받고 있음을 확실히 안다.

"아빠 뜻대로 해주자."

"내가 반대하시든 말든 그냥 하실걸?"

"노블레스 나이트 한 명이 더 추가되는 거네."

한진수는 고개를 들어 올렸다. 김상희의 목이 보였다. 그곳에 살짝 키스를 했다. 그리고 말했다.

"그럼, 불 끌까?"

노블레스 나이트. 대외적으로 알려져 있는 숫자는 총 4명이다. 김훈상, 김환성, 김환석, 김유신. 그 외에 더 있다는 설이 유력하기는 하지만 일단 알려진 바에 따르면 그랬다. 그리고 그중 3명의 노블레스 나이트가 정찰을 자처했다. 정찰은 아주 중요한 임무면서, 또 아주 위험한 임무다. 그들은 앞서 나가면서 길을 탐색하고 성녀군을 이끄는 역할을 한다. 그들 덕분에 성녀군의 진격이 훨씬 쉬워졌다. 또한 세계 각지에서 모인 나이트들에게 무언가가 주어졌다.

"소방 호스같이 생겼는데?"

"이게 퓨리어스야?"

신라에서 퓨리어스를 대대적으로 푼다고 했다. 있는 물량 전부를 소진할 거라고 공표했고 세계는 열광의 도가니에 빠졌다. 그 귀한 퓨리어스라니.

한진수가 말했다.

"퓨리어스를 희석한 물이다."

아니다. 사실은 실제 퓨리어스다. 퓨리어스, 만들기 엄청 쉽다. 김상희가 알몸으로 목욕 좀 하면 되니까. 그렇지만 군사들에게는 그렇게 말했다. 진짜 퓨리어스라 말하면 이들은 아탄티아 정벌보다도 퓨리어스를 더 탐낼 테니까.

한진수가 직접 먼저 시범을 보였다. 퓨리어스가 사방으로 뿜어졌다. 마의 대륙 아탄티아, 그곳의 대지는 붉은색이다. 붉은색 대지에 퓨리어스가 뿌려지자, 놀랍게도 평범한 땅으로 돌아왔다.

"어렵지 않다. 아탄티아 정벌에 가장 필수적인 요소다. 우리는 이걸 정화라고 부르겠다."

'정화 부대'가 따로 편성되었고 그들은 아탄티아를 정화하며 앞으로 나아갔다.

몇몇 나이트가 수군거렸다.

"생각보다 어렵지 않은 것 같은데?"

"마의 대륙이라 좀 쫄았는데 별거 없는 것 같아."

이곳에 들어온 지 벌써 1시간이 지났는데 아무 일도 벌어지지 않았다. 붉은 숲이 초록 숲으로 돌아오는 것만 계속 보고 있는 중이다. 그런데 그들 중 한 명, '매'는 뭔가 이상함을 느꼈다. 매가 말했다.

"성녀님."

"응?"

"뭔가…… 조금 이상합니다."

"뭐가?"

"정확하게 말씀은 못 드리겠지만 뭔가 이상합니다."

그 말을 들은 한진수가 되물었다.

"뭐가 이상한 거지?"

"모르겠습니다. 이상합니다."

한진수는 인상을 찡그렸다.

'설마 감이라는 건가.'

감 같은 거, 전투에서는 전혀 중요하지 않다. 지휘관은 언제나 사실에 입각한 전투를 치러야 하며, 사실에 의존한 전략을 세워야 한다. 여자 한 명의 감에 휘둘릴 수 없고 그럴 필요도 없었다.

그때, 매의 동생 난이 말했다.

"언니가 이상하다고 한다면 뭔가 이상한 것이 확실해요."

매, 난, 국, 죽은 모두 자매다. 피로 이어진 건 아니다. 딸로 태어난 비운(?) 때문에 버려져 같은 보육 시설에서 컸다. 12살이 되었을 때, 그녀들은 한 남자에게 팔려갔다.

그가 첫 번째 주인이었다. 그는 네 명을 껴안고 침실에서 뒹구는 걸 좋아했다. 매, 난, 국, 죽은 지금도 그때를 떠올리면 치가 떨린다. 그때의 엽기적이고 변태적인 행동들은 아직도 잊히지가 않는다.

3년 후, 그녀들이 15살이 되어 성인이 되었을 때 두 번째 주인을 만났다. 두 번째 주인은 나름 괜찮았다. 어쩔 수 없는 남자이기는 했으나 그래도 첫 번째 주인에 비하면 훨씬 나았다. 두 번째 주인은 검술에 미친 남자였는데, 심심하면 매, 난, 국, 죽을 불러 검술을 가르쳤다. 이유는 조금 황당했다. 대련을 하다 죽어도 문제가 없는 것이 여자니까. 그래서 검술을 가르쳐 주고 대련을 했다. 그 당시에는 매, 난, 국, 죽 모두가 그게 당연하다고 생각했다. 불과 10년 전만 해도 그런 세상이었으니까. 첫 번째 주인에 비하면 훨씬 더 신사적이고 좋은 주인이었다. 검술을 거기서 처음 배웠다. 시간이 점점 더 흐르면서 매는 자신에게 특별한 능력이 있다는 걸 깨달았다.

"난아, 오늘은 몸을 사리는 게 좋겠어."

그렇게 말을 하면 그날은 난에게 무언가 일이 생겼다. 누군가에게 맞든지, 다치든지, 그도 아니면 아프든지.

"국아, 과식하지 않는 게 좋겠어."

그런 날이면 국은 배탈에 걸렸다. 그녀들은 기본적으로 잘 못 먹는다. 그래서 혹시라도 고기가 남으면 주방에 숨어서 몰래 주워 먹었고, 그러다가 배탈이 날 때가 종종 있었다. 매에게는 예지력까지는 아니어도 그 비슷한 '감'이라는 것이 있었다. 오랜 세월을 함께해 왔기에 난, 국, 주는 그걸 확실히 알고 있었다. 그런데 그건 어디까지나 난, 국, 주의 입장에서 그런 거다. 다른 사람들이 듣기에는 뜬구름 잡는 소리나 마찬가지였다. 뭔가 이상하다니, 뭔가 위험할 것 같다니.

김상희는 매를 쳐다봤다.

'여자가 황제 앞에서 이런 말을 했어.'

세상이 많이 바뀌기는 했지만 그래도 아직 완전한 남녀평등이라고 볼 수는 없다. 수백, 수천 년을 이렇게 살았는데 겨우 10년 만에 모든 것이 바뀔 수는 없다. 10년 전에는 감히 여자가 남자 앞에서 의견을 펼칠 수도 없었다.

'하물며 황제 앞이야.'

그것이 의미하는 것은 분명했다.

'확신이 있거나 증거가 있거나…….'

뭐가 어찌 됐든 흘려들을 수는 없다는 걸 안다. 김상희가 말했다.

"폐하, 오늘은 여기서 진지를 구축하고 조금 쉬는 게 어떨까요? 나이트들도 많이 지친 것 같습니다."

그 말에 한진수는 주위를 둘러봤다. 김상희의 말에도 일리는 있었다. 휴식이 있어야 전진도 있을 수 있으니까. 오늘은 첫날이다. 무리할 필요가 없다고 생각한 한진수가 명령을 내렸다.

"전군 휴식! 임시 진지를 구축하고 체력을 비축한다."

막사가 금방 세워졌다. 임시긴 하지만 쉬는 것에는 무리가 없었다. 김상희가 매를 불렀다.

"매."

"네, 성녀 성하."

"네게는 특별한 능력이 있는 거야?"

그렇지 않고서야 황제 앞에서 말을 할 수는 없을 테니까. 매는 김상희를 쳐다봤다.

'성녀 성하께선 나를 믿어주시는 건가?'

그런 것 같았다. 매는 놀라지 않을 수 없었다.

'감에 불과하다고 생각할 수도 있을 텐데…….'

여태까지 두 명의 주인을 만났지만 그녀의 말에 귀 기울여 주는 사람은 한 명도 없었다. 그들뿐만이 아니라 다른 남자들도 그녀의 충고를 단 한 번도 들은 적이 없었다. 두 번째 주인도 매의 경고를 무시하고 밖에 나갔다가 사고를 당해 죽었다. 감히 계집 따위가 어디서 재수 없는 소리를 늘어놓느냐며 그때 많이도 맞았다. 그땐 그게 당연하다고 생각했다.

매는 자신의 능력에 대해 설명한 후 다짐했다.

"저는 성녀 성하께 제 모든 것을 바치겠습니다."

눈물이 쏟아져 나왔다. 누군가가 내 말에 귀 기울여주는 것. 별거 아닌 것 같은데, 아무것도 아닌 것 같은데 괜히 감정이 북받쳐 올랐다.

"내가 널 믿을게. 그러니까 어려워하지 말고 말해."

이 세계를 변화시키는 건 여전히 힘든 일이다. 하지만 이런 건 어렵지 않았다.

"내 손잡아."

김상희가 무릎을 꿇고 엎드려 있는 매의 손을 잡아 일으켜 줬다. 내가 네 손잡아 줄게. 일으켜 줄게. 성녀의 그 말과 행동은 매, 난, 국, 죽의 마음을 쓰다듬었다. 매, 난, 국, 죽은 펑펑 울었다.

그런데 얼마 지나지 않아 매, 난, 국, 죽이 아닌 김상희가 울었다.

"진수야……."

김상희의 손이 바들바들 떨렸다. 한진수가 김상희의 손을 꽉 잡았다.

"걱정 마. 아무 일도 없을 거야."

"……."

김상희는 한진수의 품에 안겨 울었다. 한진수는 김상희의 머리를 쓰다듬으며 김상희를 다독여 줬다. 한진수가 마력을 일으켰다. 그리곤 김상희를 잠시 잠재웠다.

"매, 난, 국, 죽 너희는 무슨 일이 있어도 성녀를 지킨다."

4명에게 명령한 한진수가 허공을 향해 말했다.

"김유신, 부탁합니다."

갑자기 누군가가 모습을 나타냈다. 김유신이었다.

"어디 가십니까, 폐하?"

한진수가 걸음을 옮겼다.

"김유신 나이트는 저를 따라오면 안 됩니다. 성녀를 지키세요."

"하지만 폐하……!"

"황명입니다."

"……."

한진수가 말을 이었다.

"노블레스 나이트들이 돌아오지 않고 있습니다."

복귀 시간이 늦어진다 싶었는데, 아무래도 심상치 않았다. 무려 6시간이 넘게 흘렀다. 당연한 말이지만—아탄티아 대륙 내에서는 통신이 터지질 않는다—연락도 두절된 상태. 나이트들을 풀어 주변을 살펴봤지만 흔적 역시 없었다.

'반드시 돌아오셔야 합니다.'

그래야 상희가 산다.

'돌아오지 않으면 상희가 많이 슬퍼할 겁니다.'

김훈상은 주위를 둘러봤다.

'함정인가?'

아직 확실하지는 않았다. 함정인 것 같기는 했는데, 확신이 들 때까지는 말을 하지 않는 것이 좋을 것 같았다. 시간이 좀 더 흘렀다. 이윽고 확신이 들었다.

"우리는……."

김환석도 눈치챈 것 같았다.

"함정에 빠진 것 같습니다."

김환성은 고개를 갸웃했다.

"함정에 빠졌어요? 난 그런 거 모르겠던데."

김환석이 하늘을 가리켰다.

"저곳을 향해 마력을 방출해 봐. 마력 폭발을 일으킨다 생각하고 적당한 세기로."

쿵!

소리가 났다. 김환성이 쏘아낸 마력덩어리는 눈에 보이지 않는 무언가와 부딪쳤다.

"응?"

김환성이 다시 한 번 쏘아냈다.

쿵!

마력은 온데간데없이 사라져 버렸다.

"뭐지?"

몇 번이나 더해 봤으나 변하지 않았다. 김환성이 쏘아낸 마력덩어리는 무언가와 부딪쳤고 그것에 흡수당하기라도 하는 것처럼 사라져 버렸다.

김훈상이 결론을 내렸다.

"일종의 실드인 것 같다."

하루가 지났다. 김환석이 의견을 냈다.

"이 땅 자체가 마물일 확률이 높습니다."

"땅이?"

"땅이 오염된 것 같습니다. 생명체를 서서히 말려 죽이는 형태 같네요. 이 방식은 마치……."

식충식물의 형태를 띠고 있었다. 땅 자체가 거대한 식물과 비슷한 형태일지도 모른다는 생각이 들었다.

"사냥감들을 이곳에 가둔 상태로 마력을 흡수하는 것 같습니다."

김훈상은 고개를 끄덕였다.

'언제 이런 게 생긴 거지?'

항상 주위를 살피면서 움직였는데 이런 게 있을 줄이야.

"퓨리어스 남은 게 좀 있나?"

"네, 사용해 봤으나 별다른 효과가 없습니다."

몇 번의 실험 끝에 결론을 내렸다.

"외부에서 공격은 가능하지만 내부에서는 공격이 불가능한 형태인 것 같습니다."

'그딴 게 어딨어! 터뜨려 버리면 그만이지!' 하고 김환성은 마력을 잔뜩 끌어올렸다.

"터져 버렷!"

김환성의 입에서 소녀의 앙칼진 외침이 터져 나왔다. 마력을 최대치로 끌어올렸다는 증거다. 거대한 마력 폭발이 일었다.

쿠구궁! 쿠구구궁!

땅이 지진이라도 난 것처럼 좌우로 마구 흔들렸다. 하지만 이내 고요해졌다. 거기서 김훈상은 느꼈다.

'분명 변화가 있었다.'

그래서 김환성에게 말했다.

"다시 한 번 해봐라."

"이거 두 번이 한계예요."

또 다른 사실을 알아냈다.

"내부에서 공격이 완전히 불가능한 것은 아니다."

그렇기는 한데 이내 새로운 문제점도 발견할 수 있었다.

"회복 속도가 엄청나게 빠른 놈인 것 같군."

아주 잠깐, 눈에 보이지 않는 이상한 형태의 균열이 함정에 생겼었다. 그리고 그 균열이 순식간에 사라졌다. 거의 인지하지도 못할 정도의 빠른 속도로.

김환석이 말했다.

"가능한 모든 화력을 일시에, 그것도 일점에 집중해야겠군요."

그들이 함정에 갇혀 고전하는 사이, 이틀이 지났다.

한진수는 구출대를 소집해서 움직였다. 많은 인원은 필요 없었다. 오히려 기동성이 떨어진다.

"아씨! 내가 진짜 너 때문에 왜 이런 생고생을 해야 하는 거야?"

"친구니까."

"친구는 개뿔! 누가 황제 폐하랑 친구 먹냐, 건방지게!"

"네가."

구출대라고 해봐야 그의 오랜 친구인 곽기현이 유일했다.

"혹시 모르니까 나랑 일정 거리를 유지한 채 움직여."

한진수가 이렇게 혼자 움직이는 이유는 간단했다. 그에겐 프리온 나이트가 있기 때문이다. 그가 굳이 성녀군을 조직하여 세계 각지의 나이트들을 끌어모은 것은, 그들의 무력에 기대기 위해서가 아니다. 그는 아탄티아 정벌에 심혈을 기울이기로 했다. 신라 제국의 전력을 아탄티아에 집중한다는 뜻이다. 그러면 전력에 구멍이 생긴다. 아무리 신라 제국이라고 해도 전 세계의 모든 나라를 합친 것보다 강할 수는 없다. 그래서 타국의 군사들까지 불러 모았다. 그 결과 전 세계가 힘을 합쳐 아탄티아 정벌에 힘을 쏟고 있다. 그들은 아탄티아를 정화하고 난 뒤, 지분에 대해서 열심히 머리를 굴리고 있을 터. 또한, 전 세계와 힘을 합쳐 아탄티아 정벌을 진행하고 있는 상황이다. 제국이 명실공히 세계의 파수꾼이라는 것을 증명하는 일이기도 했으며, 이 와중에 감히 제국에 불순한 마음을 품는 나라는 없을 것이다. 다시 말해, 군사들을 불러 모은 것은 역설적으로 내실을 다지기 위해서라는 소리다. 그리고 한진수는 그 군사들보다는 프리온 나이트를 더 신뢰했다.

'이게…… 뭐지?'

한진수는 뭔가 이상함을 느꼈다. 그러나 그것도 잠시였다.

"아버님!"

그의 눈에 세 명의 사람이 포착됐다. 김훈상과 김환석, 그리고 김환성이었다.

김훈상이 심드렁한 표정을 지었다.

"왜 왔냐?"

"벌써 7일째 행방불명된 상태입니다."

"우리에겐 퓨리어스가 있다."

그 말은 곧, 적어도 두 달은 신체에 무리 없이 활동을 지속할 수 있다는 소리다.

"그래도 두고 볼 수만은 없었습니다."

김훈상은 인상을 찡그렸다.

"내 딸은?"

한진수도 인상을 찡그릴 뻔했다. 딸바보인 건 알지만, 이 상황에서도 딸 걱정부터 한다.

"아버님, 상태가 나빠 보입니다."

"그럴 리가."

김환석은 아무런 말도 하지 않았다. 그는 이미 알고 있었다. 아버지의 몸에 약간의 문제가 생겼다는걸. 그것도 아주 오래전, 몇 년 전부터 말이다. 그걸 마력으로 억누르고 있었는데 이곳에서 컨트롤 능력이 조금 떨어진 것 같았다. 한진수도 눈치챘을 정도니까.

'이 빌어먹을 공간은 어떻게 깨야 하는 거지?'

그간 삼부자가 놀고 있었던 건 아니었다. 어떻게든 이곳을 빠져나가려고 했는데 쉽지 않았다. 그래도 그들은 절망하지는 않았다. 아니, 그들은 절망할 수 없었다.

'내 딸이 기다린다.'

딸뿐만 아니라 손자와 손녀도 있다. 그들에게 돌아가야 했다.

'건방진 계집이 어디까지 건방질 수 있는지 확인해야 한다.'

'내 똥개 더 괴롭혀야 돼!'

이런저런 이유로 그들은 희망을 놓지 않았다. 한진수가 이곳에 들어온 지 또 하루가 지났다. 한진수와 김훈상, 김환성이 힘을 합쳐도 이 이상한 공간은 깨지지 않았다.

한진수가 말했다.

"뭔가 다른 방법을 찾아야 할 것 같습니다."

김씨 부자들이 행방불명된 지 벌써 7일이 지났다. 성녀군 사이에서도 동요가 일었다.

"도대체 뭐가 어떻게 되고 있는 거지?"

"일주일째 제자리야."

한진수가 이 군사들을 이끌고 있는 최고 지도자고, 김씨 부자가 중추다. 머리가 없으니 몸통이 제대로 움직일 리 만무했다. 사기가 점점 더 떨어져 갔다.

세상에서 가장 강하다고 알려진 사람들이 일주일째 돌아오지 않자, 철수를 결정하는 나라까지 생길 정도였다.

"저희는 돌아가겠습니다. 힘을 보태지 못해 죄송합니다. 본국의 명령이 있었습니다."

그 말을 들은 김상희는 고개를 번쩍 들었다. 그녀는 지난 3일간 먹지도, 자지도 못했다. 아빠가 사라졌고 오빠들이 사라졌다. 마의 대륙 아탄티아.

'나 때문이야.'

거기에 사랑하는 사람마저 없어졌다. 연락도 되지 않는다.

'내가 괜히 욕심 부려서…….'

아탄티아 정벌을 하자고 처음 제안했던 사람이 바로 자신이다.

'나 때문에…….'

눈물이 나왔다.

'살아 있는 거지?'

아무것도 바라지 않았다. 살아 있으면 됐다. 한진수는 당연한 거고, 아빠도 오빠들도 이제는 너무나 사랑하는 사람들이다.

"죄송합니다. 저희도 더 이상 함께할 수 없을 것 같습니다."

나이트들 사이에서는 아탄티아 정벌은 역시나 실패라는 분위기가 팽배했다. 매, 난, 국, 죽은 거의 실신하다시피 한 김상희의 옆을 지켰다.

김상희가 말했다.

"조금만 더 있으면 돌아올 거예요."

"부디 그러길 기원합니다."

황제가 없는 성녀, 노블레스 나이트가 없는 성녀, 그 성녀는 예전의 성녀라고 볼 수 없다.

'황제는 죽었을 확률이 매우 높다.'

따로 구출대를 조직하지도 않았다.

'오히려 잘된 일이다!'

각국의 눈치 싸움은 이제 시작됐다. 한진수라는 걸출한 천재가 사라졌다. 프리온 나이트 수천 기를 이끌고 있는 천재가 사라졌으니 제국이 붕괴되는 것은 시간문제. 노블레스 나이트들과 김훈상이 사라진 고려 왕국 역시 전력이 엄청나게 약화될 테고, 그렇다면 이제 세계의 패권을 쥐기 위한 눈치 싸움이 시작된다. 그들로서는 아탄티아에서 전력을 약화시킬 수는 없는 셈이다.

어떤 이들은 생각했다.

'그래도 혹시 모른다.'

만약에라도 한진수가 돌아온다면?

'줄을 잘 서야 해.'

지금 와서 군사를 돌리는 것, 그것도 황제의 허락 없이 돌리는 것은 거의 배신에 가까운 행위다. 황제가 죽었다고 확신하고 있을 때에만 할 수 있는 행위. 군사를 돌렸는데 황제가 나타나면 그만큼 난처한 일도 없을 거다.

김상희는 확신했다.

'내 사람들을 진정으로 걱정해 주는 사람은…… 없어.'

물론 있을 수 있다. 하지만 그녀는 느껴지지 않았다. 세계 각국의 고위 관료들은 오히려 이것을 반기고 있는 분위기다.

'진수는 진수이기 전에 황제니까.'

아무도 진수를 진수로 보지 않았다. 그는 황제였다. 넘을 수 없는 벽. 그래서 머리를 조아리고 있었다. 그런 황제가 사라지자 그 누구도 걱정하지 않았다. 적어도 김상희의 눈으로 본 세상은 그랬다.

'정신 차려야 해.'

눈에 힘을 주고 자리에서 일어섰다. 며칠간 먹지 못했고 움직이지도 못했다. 다리에 힘이 들어가지 않아 넘어질 뻔했다. 매가 황급히 김상희를 부축해 줬다. 매가 말했다.

"성녀님은 저희의 희망이십니다."

김상희는 고개를 끄덕였다.

'여기서 내가 이렇게 있을 수는 없어.'

각국의 대장급들을 불러 모았다.

"성녀가 회의를 소집했더군."

"성녀는 이제 반쪽짜리 성녀 아닙니까?"

성녀의 능력은 대단하다. 하지만 그 대단한 능력을 지킬 수 있는 무력이 없다.

"그래도 그녀 주변에는 실력 좋은 나이트들이 대거 포진해 있을 겁니다. 과거 스페셜 나이트였던 김유신이 그녀의 비밀 호위를 자처했다는 소문이 있던데……."

그러나 그것과는 별개로 성녀의 영향력이 엄청나게 약해졌다는 건 자명한 사실이었다.

'잘하면 성녀를 차지할 수도 있겠어.'

그렇게 되면 그 나라는 발돋움을 할 수 있을 거다. 성녀를 아탄티아에서 구출해 왔다는 명분도 얻을 수 있고, 성녀의 힘도 얻을 수 있고, 일거양득이다.

"그렇다고는 해도 성녀의 영향력이 약해졌다는 건 부인할 수 없는 사실이죠."

"마의 대륙 아탄티아에서 일주일이 넘도록 행방불명 상태입니다. 사실상 사망이라고 봐야 합니다."

그래도 일단 성녀는 성녀다. 성녀의 소집에 응했다. 일단 무슨 말을 하는지 들어보기로 했다.

김상희는 원탁에 앉았다. 이곳에 모인 각 나라를 대표하는 사람들이 김상희를 쳐다봤다. 그중 한 명이 피식 웃었다.

'과거라면 상상도 할 수 없었지.'

감히 계집 따위가 각 나라의 대장들을 불러 모으다니, 있을 수 없는 일이다.

'세상이 많이 변하긴 했어.'

세상이 성녀라고 떠받들고 있으나, 그는 그래도 성녀를 얕잡아봤다. 그는 60년을 넘게 살았다. 그중 50년 넘게 여자를 무시하며 살아왔다. 그게 하루아침에 바뀌는 건 아니었다.

"성녀께선 우릴 왜 다 불러 모은 겁니까?"

김상희가 말했다.

"이제부터 성녀군은 제가 지휘하겠습니다."

"……."

잠시 침묵이 감돌았다. 다들 자신의 귀를 의심했다. 성녀군을 성녀가 지휘하겠다고? 성녀인 건 인정하지만, 그건 말도 안 되는 소리다.

"전략이나 전술을 공부하신 적이 있습니까?"

이건 다른 문제다.

"전략이나 전술에 능통한 저희 아버님과 오라버님들, 그리고 황제 폐하께서 사라지셨습니다. 기존의 지식은 이곳 아탄티아에서는 통용되지 않습니다."

"하나……!"

어찌 계집이 수만 명의 대군을 이끈단 말입니까! 그 말이 목구멍 밖으로 튀어나오려는 것을 겨우 참았다.

김상희가 주위를 둘러봤다. 지금의 이 분위기, 이미 예상했다.

"반대하시는 분은 모두 돌아가셔도 좋습니다. 저와 함께할 분만 이 자리에 남아주십시오. 이 자리에서 돌아간다 해도 그 어떤 불이익이 돌아가지 않을 것을 약속합니다. 하지만 저와 함께한 모든 분을…… 저는 잊지 않을 것입니다."

나는 내가 사랑하는 사람들을 구해야 돼. 과거에는 그 사람들에게 도움을 많이 받았지만 이번에는 자신이 도울 차례다. 언제까지 실의에 빠져 있을 수는 없었다. 어쩌면 어디선가 자신을 애타게 찾고 있을지도 모를 일이다.

"저와 함께해 주실 분만 이곳에 남아주십시오. 시간은 10분 드리겠습니다."

그때, 누군가가 손을 들어 올렸다. 그는 씨익 웃고 있었다.

"저는 신라의 편에 서겠습니다."

"당신은……."

김상희가 그쪽을 쳐다봤다. 그는 김상희도 익히 아는 얼굴이었다. 한진수와 함께 떠났던 곽기현이었다. 그가 돌아왔다. 곽기현이 한진수와 함께 움직였다는 사실을 아는 사람은 극소수, 김상희도 그중 한 명이다.

'곽기현 씨……?'

지금이라도 달려가고 싶었다. 진수는 어디 있냐고, 왜 혼자 왔냐고 물어보고 싶었다. 하지만 참았다. 그녀는 지금 각 나라의 대표들을 대표하기 위한 자리에 앉아 있다. 경거망동할 수는 없었다. 예전 김훈상이 했던 말들이 떠올랐다.

"왕에게는 왕의 길이 있다."

왕은 싫어도 해야만 하는 일이 있다고 했었다. 그 말을 이제 좀 알 것 같았다.

'함부로 움직일 수 없어.'

'진수는 어디 있어요? 황제 폐하는 어디 있냐고!' 그 말을 삼켰다. 곽기현은 칼 왕국의 공주와 결혼하여 지금은 칼 왕국의 대표로 이 자리에 와 있는 상태.

'여태까지는 일부러 기척을 숨기고 있었던 것이 틀림없어.'

그렇지 않고서야 여태까지 이렇게 눈에 안 띄었을 리가 없다. 마력을 활용했든, 어떤 방법을 썼든 자신의 눈에 인식이 안 되도록 조치를 한 것 같았다. 가슴은 뜨겁게 타올랐지만 머리는 차갑게 식었다.

'나와의 사적인 친분 관계가 혹시라도 드러날까 싫어서 그런 것 같아.'

따지고 보면 그렇게 큰 사적인 관계 같은 건 없었지만 정치판이라는 게 그렇다. '원숭이 엉덩이는 빨개. 빨가면 사과. 사과는 맛있어. 맛있으면 바나나'라고 말을 해놓으면 누군가에게는 '원숭이는 바나나다'라고 전해진다. '아'라고 말했는데 '어'가 되는 경우도 일상다반사.

그러니까 곽기현은 만에 하나의 경우에 대비를 해 놓은 것 같았다.

“황제 폐하는 어린 시절, 제 막역한 친우였습니다. 최근 저는 황제 폐하와 함께 노블레스 나이트들을 구출하기 위해 움직였고, 저 혼자만 빠져나왔습니다. 황제 폐하께서 이상함을 미리 눈치채시고 저를 빼돌리셨죠.”

“…….”

“저는 아탄티아 대륙 정벌을 제외하고서라도 성녀님과 함께해야 할 것 같습니다.”

곽기현이 주위를 둘러봤다.

“아탄티아 정벌은 원래부터 어려웠습니다. 거의 대부분이 불가능할 거라고 생각했을 겁니다. 저 역시 그랬습니다. 지금 이 순간에도 아탄티아 정벌은 어렵다고 생각하고 있습니다.”

지난 수천 년간 시도된 적조차 없었다. 그나마 거의 무한에 가깝도록 제공되는 퓨리어스와 김환석의 기술력이 합쳐져서 정벌을 시도라도 할 수 있게 된 거다. 현재 성녀군은 김환석이 특별히 제작한 탱크와 호스를 통해 퓨리어스를 뿌리는 형식으로 아탄티아를 정화하고 있다. 괜히 인력이 총동원되어 이렇게 움직이는 게 아니다. 탱크를 벗어난 퓨리어스는 급속도로 그 힘을 잃고 일반 물과 다름없게 변해 버린다. 그나마 호스를 통해 분출될 때, 그 힘이 조금이나마 유지된다. 그렇다고 로봇을 이 안으로 들여보낼 수도 없다. 결국 아탄티아를 정화하려면 사람이 직접 들어와서 탱크와 호스를 가지고 퓨리어스를 뿌려야 한다는 소리다. 당연히 힘들고 어려운 일이다.

“여러분은 지금 역사에 거대한 발자취를 남기고 있는 셈입니다. 인류 최초로 이름을 남기겠죠. 성녀군이란 이름으로 역사서에 이름이 기록될 것입니다."

곽기현의 말에 다들 크흠 하고 헛기침을 했다. 그걸 누가 모르냔 말이다. 흔히들 하는 말이 있다. 10대부터 20대까지는 성욕이, 30대부터 40대까지는 물질욕이, 그리고 50대부터는 명예욕이 인간을 지배하는 가장 커다란 욕구라고 말이다. 각 나라의 대표자들은 대부분 그 명예욕에 목숨을 건다. 명예욕에 욕심이 없는 사람이면 지금 이 자리에 오르지도 못했다.

곽기현이 말했다.

"물론 그것이 밥을 먹여주는 건 아니죠."

"……."

"하지만 여러분은 최초의 마음을 잊어서는 안 될 것입니다."

김상희는 곽기현을 쳐다봤다. 곽기현, 한진수에 묻혀서 그렇지 곽기현 역시 범상치 않은 인재임에는 틀림없었다. 일단, 제국의 마력학원 출신이다. 그것만으로도 이미 엘리트라고 할 수 있는 거다.

"아주 작은 가능성 때문에 모두들 이곳에 왔을 겁니다. 혹시라도 이곳 정화에 성공했을 때의 달콤한 보상 때문에. 보상이 크면 클수록 당연히 짊어져야 할 리스크는 큽니다. 커다란 권리를 갖기 위해선 그만큼 커다란 의무를 이행해야 한다는 소리입니다."

"……."

"어차피 힘들 거라고 생각했었습니다. 그런데 지금, 맨 처음의 생각만큼 힘듭니까? 그렇게 어려운 상황에 처했습니까?"

그런 건 아니다. 다만, 정찰을 자처했던 노블레스 나이트들이 행방불명되었을 뿐이다.

"노블레스 나이트 분들이 없었다면, 우리는 이렇게 쉽게 이곳까지

도착하지 못했을 것입니다."

애초에 너무 쉽게 왔다. 그래서 조금만 어려워져도 크게 어려워진 것 같이 느껴진다. 곽기현은 그걸 말하고 있었다.

"물론, 자국 정비에 힘을 써야만 한다면 당연히 돌아가야겠죠."

완곡히 돌려서 얘기했지만, 결국 본질은 자기 나라를 제대로 지킬 수 있는 여력이 없는 허접한 나라는 꺼지라는 소리다.

"그렇지 않다면 저는 이 기회를 잡아야 한다고 생각합니다. 어쩌면 인류는 모든 세기를 통틀어 최초이자 마지막일 수도 있는 기회를 잡았을 수도 있으니까요."

곽기현이 마지막으로 말했다.

"겁쟁이들은 돌아가도 좋습니다."

'노블레스 나이트들과 황제 폐하는 분명히 살아 있습니다' 이 말은 삼켰다. 이참에 확실한 아군을 구분해 두는 것이 좋다고 생각했으니까.

각 나라는 고심에 빠졌다.

"황제 폐하께서 살아 있다는 보장도 없습니다. 실제로 곽기현 대공이 빠져나온 지 벌써 이틀이 흘렀습니다. 이건 모험입니다."

"어쩌면 이건 적군과 아군을 확실히 구분하려는 시험일 수도 있습니다. 그것을 간과해서는 안 될 것입니다."

각 나라는 실리와 명분, 기타의 상황 등을 고려하여 결정을 내렸다.

곽기현이 말했다.

"반 정도는 회군을 결정했고, 또 반 정도는 남기로 했다는군요."

"고마워요, 힘을 실어줘서."

김상희도 안다. 아무리 성녀라고 할지라도 옆에 황제가 없을 때엔 그 힘이 굉장히 약해진다. 성녀라고 해도 여자는 여자다. 세계가 변화하고는 있다지만 그래도 갈 길은 멀었다. 거기에 강대국인 칼 왕국의 곽기현이 힘을 얹어주었다.

"대공이 없었다면 더 많은 전력이 이곳을 이탈했겠지요."

곽기현은 어깨를 으쓱했다.

"저도 우리 진수를 구하고 싶거든요."

"……고마워요."

"그건 서로에게 말하는 게 좋을 것 같아요, 황제 폐하를 구하고 난 다음에."

"황제 폐하는 분명히 살아 있는 거죠?"

"장담합니다."

곽기현은 자리에서 일어섰다.

'정말…… 훌륭하게 자랐네.'

맨 처음 소녀식에서 봤을 땐, 조금 이상한 계집애 같다고는 생각했었다. 그때, 진수도 이상했었고. 그 소녀가 이렇게 자라서 세상을 바꾸고 성녀군을 지휘하겠다고 나서게 될 줄은 몰랐다.

'정말 잘 어울려.'

뭐랄까, 꼭 지켜주고 싶은 커플이랄까? 곽기현이 말했다.

"조금 놀랍긴 하네요."

"……네?"

"계집…… 아니, 여자들은 정신력이 나약하다고 생각하고 있었거든요."

분명히 그랬다. 심지어 그는 자기 아내도 그렇게 생각했다. 하지만 김상희를 보면서 다른 생각이 들었다.

'어쩌면 남자보다도 훨씬 강한 것 같다.'

사랑이란 게 뭔지는 잘 모르겠지만, 정말로 소중한 무언가를 잃는다면 나는 저런 태도를 보일 수 있을까?

'내가 여자였다면…… 성녀처럼 행동할 수 있을까?'

그는 김상희를 바라보았다.

'많은 이 앞에 저렇게 나설 수 있었을까?'

모르겠다. 솔직히 말해 자신 없었다. 여자의 몸으로 남자들을 이끌겠다고 말하는, 저 발칙하다면 발칙한 말을 할 수 있었을지. 곽기현은 인사를 하고서 자리에서 일어섰다. 그리고 걸으면서 생각했다.

'미래가 어떻게 더 바뀔지, 조금은 기대가 돼.'

곽기현은 주먹을 불끈 쥐었다.

'인마, 마누라한테 잘해라. 엉아가 구하러 갈게.'

성녀군이 진격하기로 했다. 여태까지는 노블레스 나이트가 미리 터준 길을 사용했다.

"전방에 붉은 안개가 보입니다."

김상희가 성력을 끌어올렸다. 그녀의 몸이 하얗게 빛이 났다. 그것은 곧 새벽녘의 태양빛처럼 주위를 환하게 물들였다.

곽기현은 고개를 끄덕였다.

"역시……."

아탄티아의 생물 혹은 이상한 것들에는 김상희의 능력이 치명적이었다. 퓨리어스를 활용한 무기도 물론 효과가 있지만, 김상희의 능력이 직접적으로 닿은 것은 확실하게 정화가 되었다.

"10시 방향, 그리고 2시 방향에서 홀핑 무리가 접근해 옵니다."

"숫자 약 30!"

군사들이 다급하게 움직였다.

"대형을 짠다!"

"방어 대형! 밀집!"

"성녀님을 보호한다!"

홀핑과 나이트들 간의 전투가 벌어졌고 김상희가 회복의 빛을 뿌렸다. 김상희는 이를 악물었다.

'나는 할 수 있어.'

이번에는 내가 사랑하는 사람, 내가 지킬 거야.

'진수야.'

김상희는 소중한 사람들을 떠올렸다.

'아빠, 오빠들.'

반드시 구하고 말 거다. 그녀는 그렇게 생각했다. 온몸이 땀에 젖어 비틀거리자 '매'가 김상희를 부축했다.

"성녀님……."

"괜찮아요."

힘을 한꺼번에 너무 많이 끌어다 썼다. 조금 어지러웠다. 하지만 일어서며 김상희가 말했다.

"우리는 할 수 있어요."

그때, 마지막 홀핑이 쓰러졌다. 사상자는 단 한 명도 없었다. 김상희가 전심으로 성력을 끌어올렸기 때문이다. 그것을 보고 성녀군의 사기가 크게 올랐다. 김상희는 매의 부축을 받으면서 겨우 일어섰다.

'기다려.'

내가 갈게.

한진수가 말했다.
"체력을 아껴야 합니다."
그건 모두가 아는 얘기다. 김훈상이 한진수를 쳐다봤다.
"좋은 생각이라도 있는 거냐?"
"퓨리어스를 최대한 아껴야 합니다."
이곳에는 식물도, 동물도 없다. 에너지원이 없다는 소리다. 비상 식량이 있기는 하지만 얼마나 버틸 수 있을지는 미지수.
김훈상이 대답했다.
"그건 모두가 아는 얘기다."
한진수가 말을 이었다.
"상희가 올 겁니다."
한진수가 아는 김상희라면 분명히 그랬다. 김씨 부자는 아무런 말도 하지 못했다. 상희가 이곳에 온다고? 어떻게? 여자의 몸으로? 그건 불가능하다. 베이스캠프와 이곳까지의 거리는 적어도 5㎞가 넘는다.
"솔직한 말로 저는 상희가 이곳에 오지 않았으면 좋겠습니다."
죽어도 혼자 죽는 게 좋다. 사랑하는 여자만큼은 살아서, 그토록 바꾸고 싶어 하는 이 세상을 완전히 바꾸면 좋겠다고 생각했다. 그는 김상희가 다치는 거, 힘든 거, 전부 다 싫다. 그런 건 다 그 자신이 감당하고 싶다.
'하지만…….'
상희라면 반드시 온다. 어떤 방법을 써서라도. 김유신을 구슬리든, 스페셜 나이트들을 다그치든, 현 고려 국왕인 김형석에게 연락을 취하든, 자세한 방법은 몰라도 분명히 올 거다.

“상희가 근처에 오면 저는 느낄 수 있습니다.”

성녀의 힘을 그도 끌어내서 쓸 수 있다.

“상희가 옆에 있을 때, 저는 비로소 완전해질 수 있으니까요.”

“…….”

김환성은 ‘얼씨구! 꼴깝이네’ 하고 핀잔을 줬다. 뭔가 마음에 안 드는 모양이다. 한진수는 김환성의 반응을 이미 예상했다. 그래서 별다른 반응을 하지 않았다. 다만 말을 이었다.

“상희가 근처에 온다면…….”

김환성이 말을 잘랐다.

“물어왓을 최대치로 사용할 수 있어.”

성녀가 옆에 있으니까 체력 따윈 걱정 없다.

“저 역시 모든 힘을 폭발시킬 수 있습니다.”

이곳에는 김훈상과 김환석도 있다. 그 모두가 각자가 가진 마력의 최대치를 끌어올려 일시에 폭발시킬 수 있다.

김훈상이 고개를 끄덕였다.

“그 말인즉…….”

그렇다. 이 이상한 공간은 상처를 입는 즉시 회복한다. 그런데 회복 불능 상태에 빠뜨려 버린다면? 한 번에 터뜨려 버린다면? 그렇게 되면 회복할 수 없게 될 거다.

김훈상은 눈을 감았다.

‘내 딸이 온다?’

김상희는 언제나 지켜줘야 할 존재였다. 언제나 품 안에 안고서 금이야 옥이야 감싸 안았어야만 했다. 그런데 지금은 상황이 조금 달라졌다.

'내 딸이…….'

나를 위해…… 라고 생각했는데, 한진수가 눈에 보였다. 김훈상이 인상을 찡그리며 매우 진지한 얼굴로 한진수에게 말했다.

"내 딸은 나를 구하기 위해 오는 거다."

"……예?"

지금 그게 중요한 겁니까! 한진수는 뒷목을 잡을 뻔했다. 김환석이 한술 더 떴다.

"김상희가 이곳에 오면 그때 물어보겠습니다."

뭘 물어보느냐 하면, 누굴 구하기 위해서 이렇게 한달음에 달려왔느냐, 이걸 묻겠다는 거다. 김환성이 어깨를 쭉 폈다.

"당연히 나지! 우리는 생각하는 의자로 이어져 있는 특별한 인연이니까!"

한진수는 황당해졌다. 생각하는 의자가 특별한 것이었던가? 그런데 김환석은 또 그걸 부러워하는 모양새다. 저 형제, 알다가도 모르겠다. 한진수는 하늘을 올려다봤다.

'오지 않았으면 좋겠다…….'

한편으로는 그렇게 생각했는데, 또 마음 한편에선 다른 소리가 나온다.

'보고 싶다.'

보고 싶은 정도가 아니라, 보지 못하면 죽어버릴 것 같았다. 한진수에게 있어서 김상희는 그랬다. 없으면 숨조차 쉬지 못할 것 같았다.

그때 뭔가 이상한 것이 감각에 잡혔다.

'뭐지?'

김훈상도, 김환석도, 김환성도 모두 느꼈다. 뭔가가 빠른 속도로 접근하는 것이 느껴졌다. 김훈상이 하늘을 쳐다봤다.

"뭔가가 날아오고 있다."

김환석이 입술을 깨물었다.

'젠장.'

일이 어렵게 됐다. 한진수는 하늘을 올려다봤다. 생전 처음 보는 형태의 마물이었다. 그런데 한진수는 어딘가 낯이 익다는 기분이 들었다.

'피닉스.'

아주 오래전, 그가 지구에 있을 때, 그는 여느 학생들처럼 게임을 종종하곤 했었다. 지금 저 몬스터의 형태는 '레벨업 어게인'이라는 게임에서 등장했던 몬스터와 굉장히 흡사하게 생겼다. 크기는 약 5미터. 전체적으로 새의 형상을 하고 있는데, 몸체가 빛으로 이루어져 있다. 게임 내에서는 자연계 몬스터라 하여 일반적인 물리 공격으로는 해를 가할 수 없는 몬스터이기도 했다.

김환성이 입술을 깨물었다.

"뭔 놈의 새가……."

그나마 김환성쯤 되니까 놈의 움직임을 제대로 파악할 수 있었다. 빛으로 만들어진 새, 한진수가 피닉스와 닮았다고 생각한 그 마물은 굉장히 빨랐다. 김환성의 몸에서 마력이 끓어오르기 시작했다. 지금은 체력을 아낄 때가 아니었다.

'온다……!'

어느새 여자의 몸으로 변한 김환성이 마력을 폭발시켰다.

콰과광!

피닉스와 김환성의 마력이 부딪쳤다. 한진수가 눈을 크게 떴다.

'형님의 마력이 튕겨 나갔다.'

한진수 역시 마력을 쏘아냈다. 그리고 워프를 사용해서 놈의 뒤로 이동했다. 그가 몸을 나타낸 곳은 피닉스의 머리 뒤, 공중에 뜬 상태다. 밑에서는 한진수 자신이 쏘아낸 마력이 뿜어져 올라오고 있다. 한진수가 주먹을 들어 올려 놈의 뒤통수를 가격하려 했다.

"한진수!"

그때 김훈상의 다급한 외침이 들려왔다. 김훈상이 워프를 통해 몸을 움직여 한진수가 쏘아낸 마력을 튕겨냈다.

쿵!

그 반발력에 김훈상의 몸이 저만치 멀리 떨어졌다.

콰광!

김훈상의 몸과 암벽이 부딪치며 암벽 일부가 무너져 내렸다.

"아, 아버님!"

먼지가 피어올랐다. 김훈상이 돌무더기에 파묻혔다. 한진수는 황급히 워프를 사용했다. 피닉스가 부리를 날카롭게 세우고 자신을 꿰뚫어 버릴 듯 달려들었기 때문이다.

'찰나지만 놈의 움직임을 놓쳤다.'

노블레스 나이트들은 워프를 사용한다. 누구보다도 빠르게 움직일 수 있다는 소리다. 그런데 피닉스는 그 움직임을 간파하고 회피 기동을 펼쳤다. 그 탓에 김훈상이 저만치 날아가 버렸다.

'저 정도로 다칠 분은 아니시지만.'

쉬면서 김상희를 기다리려 했던 계획이 어그러졌다. 한진수가 몸을 피했다. 어느새 그의 몸에서도 아지랑이가 피어오르고 있었다.

'젠장.'

피닉스는 빨랐다. 빛으로 이루어진 새. 빛의 속도만큼 빠르지는 않겠지만 여태까지 봤던 그 누구보다도 재빠른 움직임을 보이고 있었다.

김환석의 아이언 슈트 가슴팍에서 레이저 광자포가 쏘아졌다. 피닉스는 몸을 가볍게 뒤틀어 그것을 피해내고 김환석을 향해 달려들었다.

김환성이 피닉스를 향해 정면으로 주먹을 내질렀다.

"이 새대가리 새끼가!"

쿠과광!

피닉스의 부리와 김환성의 주먹이 맞부딪쳤다. 김환성이 두어 발자국 밀렸다. 그리고 한쪽 무릎을 꿇었다.

"쿨럭!"

김환성의 입에서 피가 토해졌다. 아무래도 충격이 굉장히 심한 모양이었다. 피닉스도 완전히 멀쩡한 건 아니었는지 잠시간 비틀거리다가 하늘로 날아올랐다.

김환성이 고래고래 소리를 질렀다.

"저 새대가리 새끼! 반드시 튀김으로 구워먹고 말겠다!"

김상희를 선두로 성녀군은 조금씩 전진했다. 곽기현은 인상을 찡그렸다.

"이 근처였는데……."

그런데 풍경이 조금 바뀌어 있었다. 이쯤이 맞는 것 같기는 한데 확실하지 않았다.

김상희가 말했다.

"조급해하지 말아요."

"……죄송합니다."

곽기현은 머리를 살짝 숙였다. 한진수와 함께 구출을 갔었다. 그런데 자신만 돌아왔다. 자기만 돌아온 것도 미안한데 지금은 정확한 위치도 제대로 못 찾고 있지 않은가.

'아탄티아는 하나의 생명체 같다.'

뭐랄까, 계속해서 변화하고 있는 그런 기분이 들었다. 그러면서도 문득 놀랐다.

'내가 여자한테…….'

여자에게 죄송하다고 말했다. 말할 때는 몰랐는데 돌이켜보니 생전 처음이다.

'상희학이란 게 정말 있기는 있나 보다.'

대륙 전역을 강타한 이단의 학문 상희학. 그는 그것에 대해 딱히 공부해 본 적은 없지만 자신의 변화가 놀라웠다. 여자에게 죄송하다고 자연스레 말하는 날이 오다니.

'그런데 이 기분…… 나쁘지 않다.'

김상희는 침착했다. 자신보다 무려 13살이나 어린 여자임에도 불구하고 말이다.

'가끔 보면 저 안에 한 30년은 묵은 다른 사람이 있는 게 아닌가 싶단 말이야.'

그렇지 않고서야 어떻게 저렇게 침착할 수 있단 말인가. 김상희가 말했다.

"황제 폐하의 근처에 가면 느낄 수 있어요."

그 둘은 특별한 힘으로 이어져 있다. 한진수는 김상희 옆에서 성녀의 힘을 사용할 수 있다. 다시 말해 성력을 운용할 수 있게 되는데, 근처에 가면 자연스레 알게 된다. 여기에 내가 사랑하는 사람이 있다. 알 수 있다. 근처까지만 가면 된다.

"그러니까 대공은 너무 조급하게 생각하지 말고 움직여 주세요."

"……알겠습니다."

그렇게 말하고 김상희는 막사로 돌아와 울었다.

'살아 있는 거지?'

약속했잖아, 무조건 나보다 오래 살 거라고. 한날한시에 죽을 수 없다면, 나보다 늦게 죽을 거라고 그렇게 말해줬잖아.

'진수는 살아 있어.'

그녀의 어깨가 부르르 떨렸다. 밖으로 소리가 새어 나가지 않도록 숨을 죽이고 울었다. 노블레스 나이트, 김유신이 그 모습을 보다 못해 결국 힘을 썼다.

'스페셜 필드.'

김상희가 숨죽여서 울고 있는 모습을 보고 있으니 괜히 가슴이 아팠다. 왜 가슴이 아픈지는 그도 잘 몰랐다. 원래 모습을 드러내지 않는 것이 원칙이다. 마음 같아선 김상희에게 다가가 손이라도 꽉 잡아주고 싶었다.

'황제 폐하는 분명히 살아 계실 겁니다.'

김유신이 몰래 펼쳐 준 스페셜 필드 덕분에 그녀의 울음소리는 밖으로 새어 나가지 않았다.

김훈상은 입가의 피를 슥 닦아냈다. 김환석이 김훈상을 쳐다봤다.

"아버님……."

"아무 말도 하지 마라."

"……."

김환석은 입술을 살짝 깨물었다. 이번에는 아버지의 말을 듣고 싶지 않았다.

"아버님의 몸은…… 이미 정상이 아닙니다."

"아무 말도 하지 말라고 했다."

"……."

김환석은 입을 다물었다. 지금 아버지는 굉장히 무리하고 있다. 김훈상이 갑자기 은퇴한 이유는 단순히 딸과 놀기 위해서, 혹은 손주들과 놀기 위해서가 아니었다. 과거 그는 김상희에게 가기 위해 불완전한 기술이었던 워프를 사용했던 적이 있다. 회복의 관 관장인 미첼에게 치료를 받기는 했으나 그때의 마력 폭주는 김훈상의 몸을 병들게 만들었다.

"아버님은 마력을 아끼셔야 합니다."

김훈상이 마력을 쓸 때마다 몸은 점점 더 만신창이가 되어갔다. 김훈상은 이미 5년 전에 이 사실을 알았다. 자신의 몸이 정상이 아님을 깨달은 김훈상은 과감하게 왕위를 포기했다. 자신이 살아 있을 때, 김형석을 돕기 위해서다. 왕이 갑자기 죽으면 왕국이 혼란스러워진다. 그걸 막기 위해서 김훈상은 빠르게 은퇴하여 김형석에게 왕위를 물려준 거다.

한진수도 어렴풋이 그것을 알고는 있었다. 하지만 정확하게 알게 된 것은 오늘이 처음이었다.

'아버님의 몸이…….'

김훈상이 하늘을 올려다봤다.

"놈은 한 놈이 아니다."

아까의 그 피닉스는 현재 도망친 상태다. 그런데 느껴졌다. 이번에는 한 마리가 아니다.

한진수가 말했다.

"대충 6마리 정도 되는 것 같습니다."

아무래도 군집을 이루고 단체 행동을 하는 놈들인 것 같았다. 한진수가 딱딱하게 굳은 얼굴로 말했다.

"아까 그놈보다 훨씬 강력한 마력이 느껴집니다."

확실한 건 아니지만 아까 그놈은 성장이 덜 끝난 놈일 확률이 높았다. 어쩌면 자신의 어미를 불러왔을지도 모를 일이다. 김훈상이 하늘을 올려다보면서 말했다.

"한진수."

"예."

"부탁이 있다."

"말씀하십시오."

"반드시 들어줘야 한다. 어쩌면 내 마지막이 될지도 모를 부탁이니까."

"……."

무슨 말을 할지 이미 알 것 같았다. 하지만 들어보기로 했다.

김훈상이 말을 이었다.

"너는 반드시 살아남아야 한다."

"……."

김훈상은 한진수를 향해 눈길 한 번 주지 않았다. 마력을 갈무리하면서 놈들과 싸울 준비를 했다. 김환석과 김환성도 마찬가지였다.

"내가 없어도 상희는 산다."

"……."

"하지만 네가 없으면 상희는 못 산다."

정말 짜증 나고 억울하고 열 받는 일이긴 했다. 사랑하는 딸이 저 놈팽이를 죽을 만큼 사랑한다는 건.

"내 딸은……."

"……."

"내가 없는 세상은 상상할 수 있어도, 네가 없는 세상은 상상할 수 없을 거다."

그걸 너무나 잘 알고 있다. 그는 아버지다.

"그리고 나는 내 딸의 세상을 위해……."

마력을 끌어올렸다. 쿨럭! 피가 쏟아져 나오며 가슴을 흥건하게 적셨다.

"나의 목숨을 버릴 준비가 언제든 되어 있다."

애초에 몸을 생각했다면 워프를 쓰면 안 됐다. 목숨은 굉장히 소중한 거다. 그도 사람인지라 죽고 싶지는 않았다. 하지만 목숨보다 더 소중한 것도 있는 법이다.

"내 목숨값보다 내 딸의 행복이 더 소중하니까."

그렇기 때문에 지금은 한진수를 살려야 할 때였다. 놈들이 점점 더 가까워지는 게 느껴졌다.

김환석이 말했다.

“너는 저곳에 몸을 숨겨.”

암벽 사이에는 한 사람 정도는 충분히 숨을 수 있는 틈이 있었다.

“너도 느꼈겠지만 저곳은 마력 흐름이 특이한 곳이다. 은신처라고 해도 좋을 만큼.”

아마도 놈들은 저곳에 있는 사람을 발견하지 못할 거다. 문제는 한 명밖에 숨을 수 없다는 거다.

“내 동생이 올 때까지 저기서 버텨라.”

버틴 다음, 김상희의 힘을 빌려 이 공간을 깨부수고 탈출하라는 뜻이었다.

김환성이 코를 비볐다.

“아, 짜증 나. 저딴 놈한테 내 똥개를 맡겨야 한다니. 내 똥개는 내가 평생 키우려고 했는데.”

김환성은 히히 하고 웃었다. 그래도 다행이었다. 자신들이 없어도 동생은 살아갈 수 있을 테니까. 한진수만 살아남는다면, 어쨌든 동생은 살 수 있을 거다.

“야! 너는 무조건 살아야 돼. 죽으면 너한테 물어왓시킬 거야.”

‘황제가 물어왓을 하면 엄청 볼만하겠지?’라고 말하며 김환성은 키득키득 웃었다. 김훈상이 다시 한 번 말했다.

“내 유언이다.”

“…….”

“나는 내 딸의 아버지임과 동시에 네 아비다. 너의 아버님이다.”

“…….”

“내 마지막 소원이다.”

김훈상이 하늘을 올려다보며 말했다.

"그리고 내가 네게 하는 처음이자 마지막 부탁이다."

한진수는 무겁게 고개를 끄덕였다. 그러곤 마력 흐름이 이상한 지점, 그곳을 향해 걸어가 몸을 숨겼다. 외부와 완전히 차단되는 것 같은 그런 기분이 들었다.

김상희는 뭔가를 느꼈다. 한진수의 기운이 느껴지는 것 같았다. 확실한 건 아니었다. 그래도 뭔가가 느껴졌다는 게 중요했다. 성력이 이어지는 것 같은 그런 기분이 잠깐 들었다.

'뭐지?'

그런데 그 기분은 오래 가지 않았다.

'갑자기 사라졌어.'

갑자기 어떤 은신처 같은 곳에 숨어버린 것 같은, 이 세상과 단절이 되어버린 것 같은 이상한 기분이 들었다.

'어디 갔어……!'

도대체 어디 간 거야? 눈물이 흘러나왔다. 매, 난, 국, 죽이 김상희를 둘러쌌다. 성녀의 눈물을 아무도 보지 못하게 하기 위해서다.

"성녀님……."

김상희가 말했다.

"별거 아냐. 눈에 먼지가 들어갔어."

도대체 어디 있는 거야? 겉으로는 침착한 척하지만 그녀야말로 하루하루 피가 마르는 기분이었다.

그때, 뭔가가 감각에 잡혔다. 이 느낌은 분명히 진수였다.

김훈상, 김환석, 김환성 그들 삼부자는 웃었다. 김훈상이 말했다.

"우리는 우리가 서 있는 자리에서 할 수 있는 최선을 다하면 되는 거다."

김환성도 웃으며 말했다.

"까짓것, 남자가 한 번 사는 거 화끈하게 살아야죠."

김환석은 아무런 말도 하지 않고 피닉스와 싸울 준비를 했다. 피닉스들의 움직임이 지척에서 느껴졌다. 강대한 힘이 다가오고 있었다.

김훈상이 명령을 내렸다.

"거리를 벌려."

그런데 그때, 한진수의 목소리가 들려왔다.

"아버님이 잘못 생각하고 있습니다."

한진수 역시 마력을 한껏 끌어올린 상태. 김훈상의 목소리가 떨렸다.

"한진수……!"

"저는 불효를 저지를 생각입니다."

한진수 역시 하늘을 쳐다봤다. 김환석과 김환성의 위치를 고려해 싸우기 좋은 위치로 움직였다.

"아버님의 마지막 부탁은 나중에 들어드리겠습니다."

왜냐하면 지금의 이 부탁은 마지막이 아니기 때문이다. 반드시 그래야만 했다.

"아버님은 말씀하셨습니다. 제가 없는 세상에서 상희는 못 살 거라고. 그런데 그건 아버님과 형님들도 마찬가지입니다."

김상희에게 한진수는 태양이다. 없으면 안 된다. 무조건 있어야만 한다. 한진수에게 김상희도 마찬가지다.

'나는 상희가 없으면 죽어.'

그 순간 한진수는 문득 깨달았다.

"상희는 저를 사랑하는 것만큼이나, 아니, 그 이상으로 아버님과 형님들을 사랑합니다."

"……."

저건 분명 잘못 생각하고 있는 거다. 사랑의 종류가 다를 뿐.

"저는 상희를 알고 있습니다."

한진수는 단호하게 말했다.

"상희는 그 누구보다도 아버님을 사랑합니다."

"……."

"또한 형님들을 사랑합니다."

한진수는 힘주어 말했다.

"상희는 아버님과 형님들이 없는 세상을 생각하지 못할 겁니다. 가족이잖아요."

이제 곧 피닉스가 도착한다. 기껏해야 30초도 안 남았다.

"제가 사랑하는 여자의 가족을 방패 삼아 비겁하게 숨을 수는 없습니다."

사랑하는 여자의 가슴에 대못을 박는 거다. 그건 너무나 괴로운 일이다. 그렇게 산다고 해도 김상희의 얼굴을 볼 수 없다.

"그건 제게 지옥입니다."

더 이상 말을 잇지 못했다. 피닉스가 눈에 보였다. 놈들은 단단히 화가 난 것인지 빠른 속도로 떨어져 내렸다.

그때, 한진수가 씨익 웃었다.

"우리는 할 수 있습니다."

한진수는 김상희를 느꼈다. 성력이 활성화됐다. 김상희가 옆에 있으면 한진수는 성력을 끌어 쓸 수 있다. 그것도 아주 강력한 성력을. 한진수는 성력을 뿜어냈다. 하얀빛이 그의 몸에서 폭발하듯 뿜어져 나왔다. 이내 그 빛은 여러 개의 창으로 변했다. 기다란 하얀 창, 사람들이 '수호의 창'이라고 부르는 것들이다. 한진수의 등 뒤로 수백, 아니, 수천 개의 수호의 창이 생성됐고 그것들은 피닉스를 향해 쏘아졌다.

김훈상이 마력을 뿜어냈다. 그와 동시에 명령을 내렸다.

"환성! 3시 방향이다! 환석이는 7시."

환성이 최대치로 끌어올린 물어왓을 펼쳤다. 김환석은 레이저 광자포를 발사했다. 피닉스의 퇴로를 막아버린 거다. 세 명의 연계가 펼쳐진 것은 불과 1초가 채 걸리지 않았다.

푸욱!

수호의 창이 피닉스의 몸에 박혀 들어갔다.

김환성이 킬킬 웃었다.

"너네 다 뒤졌어!"

마력을 최대치로 끌어올렸다. 체력 안배고 뭐고, 이제 필요 없다. 거의 무한에 가까운 성력이 흡수되는 게 느껴졌다. 한진수 저놈이 아주 작정을 한 모양이다.

"물어왓!"

내 똥개의 힘을 보여주리라.

"물어왓!"

콰과광!

거대한 폭발이 연속해서 일었다. 김훈상이 손을 내저었다.

"그만."

피닉스들이 땅에 떨어져 내렸다. 단순히 마력 폭발 때문에 그런 건 아니었다. 빛에 둘러싸여 있던 놈들의 모습이 조금씩 변하기 시작했다.

김환석이 그 변화를 알아차렸다.

"정화되었습니다."

단순히 싸움에서 패배한 것이 아니라 한진수의 성력에 정화된 것 같았다. 놈들의 몸에서 빛이 벗겨지는가 싶더니, 커다란 독수리로 변했다.

"흰 독수리입니다."

하얀색 빛이 은은하게 감도는 깃털. 저 깃털이 너무나 아름다워 과거 멸종되었던 동물이다.

김훈상은 고개를 끄덕였다.

"역시……."

아탄티아의 마물들을 정화하면 과거에 사라졌던 동물들이 나타나게 된다. 흰 독수리들은 전기 충격을 맞기라도 한 것처럼 바닥에서 푸드득 푸드득 몸을 떨었다. 그러다가 이내 정신을 차리고 천천히 이쪽을 향해 걸어왔다. 한진수는 느꼈다.

'적의가 없다.'

독수리들은 한진수에게 다가와 한진수의 어깨에 머리를 비볐다. 아까의 그 무시무시한 마물은 완전히 사라졌다. 그도 기록에서 본 적이 있다.

'흰 독수리는 굉장히 똑똑한 생물이라고 했었지.'

흰 독수리의 머리를 쓰다듬었다. 흰 독수리들이 하늘로 날아올랐다. 김환성이 고래고래 소리를 질렀다.

"야! 니네들 내가 한 번 봐준다!"

뿌직.

흰 독수리 한 마리가 똥을 쌌다. 김환성은 어렵지 않게 그걸 피해 내기는 했으나 약이 올랐다.

"다음에 걸리면 튀겨 먹을 줄 알아!"

한진수는 마력을 최대치로 끌어올렸다. 땅이 울렸다. 이렇게까지 힘을 끌어올린 건 처음이었다.

'상희가 느껴져.'

눈에 보이지는 않았다. 이 특수한 공간이 시야를 막고 있는 것 같았다.

'하지만…….'

그래도 분명히 상희가 근처에 있었다. 그것만으로도 가슴이 따뜻해지는 느낌이 들었다.

그건 김상희도 마찬가지였다.

'진수야.'

진수는 분명 살아 있었다. 눈에 보이지는 않지만 확실했다. 분명히 여기 어딘가에 있었다.

'진수야, 어디 있어?'

성녀군의 수뇌부들은 김상희가 이상해졌음을 느꼈다. 김상희의 목소리가 떨렸다.

"황제 폐하가 근처에 있어요. 저는 느낄 수 있어요."

그중 일부는 믿지 않았다. 며칠간의 강행군 덕에 그들도 많이 지쳤다.

'아무래도 마지막 한 수인 것 같다.'

그도 그럴 것이 한진수를 비롯한 노블레스 나이트들의 기척이 전혀 느껴지지 않았으니까.

'이번이 마지막이 되겠군.'

아무래도 회군을 결정해야 할 것 같다. 아탄티아 대륙 정화는 시간이 너무 오래 걸릴 것 같다. 그렇게까지 큰 메리트가 느껴지지 않았다. 차라리 돌아가는 것이 낫겠다는 판단을 많은 수뇌부가 했다.

그중 한 명이 말했다.

"이번에도 황제 폐하를 찾지 못한다면 저희는 돌아가겠습니다."

또 다른 한 명도 말했다.

"이렇게 불확실한 것에 목숨을 거는 일은 더 이상은 무리입니다."

김상희는 그 말에 신경 쓰지 않았다. 진수는 분명 여기 어딘가에 있으니까. 그녀는 확실히 그걸 느끼고 있었으니까.

한진수는 프리온 나이트 200여 기를 소환했다.

"프리온 나이트."

이 이상한 공간을 깨부술 거다. 모든 힘을 한 번에 집중시켜야 했다. 김환석이 레이저 포인트로 한 공간을 가리켰다.

"조사 결과, 저 부근이 가장 약하다. 그나마 깨기 수월할 거다."

김환석도 무기들을 점검했다. 김환성은 여자의 모습으로 아지랑이를 피워 댔다.

"물어왔도 아니고 그냥 물어! 할 거다."

물어왔은 마력을 회수해 오는 방식. '물어'는 단순 공격이다. 당연한 말이지만 파괴력만 놓고 보면 '물어'가 훨씬 강하다. 회수 따윈 생각하지 않고 공격에 모든 힘을 쏟아붓는 거니까.

바깥에서는 성녀군이 뭔가를 발견했다.

"결계 같은 것이 느껴집니다."

그는 눈을 빛내며 말했다.

"특수한 공간입니다."

성녀군들이 그 공간을 둘러쌌다. 김상희가 말했다.

"일단 가볍게 공격해 보세요."

분명했다. 이것은 결계였다. 외부와 내부를 완벽하게 차단시키는 결계 말이다.

곽기현이 공중으로 떠올라 주위를 살폈다.

"정확하지는 않은데 저쪽이 그나마 좀 깨기 수월할 것 같습니다."

그들은 이 결계에 대해 금방 파악할 수 있었다. 자가 회복 속도가 타의 추종을 불허하는 결계였다. 이런 결계를 깨는 방법 자체는 그렇게 복잡하지 않다. 자가 회복을 하지 못할 만큼 커다란 힘을 일시에 집중하는 거다.

성녀군들이 무기를 하늘로 들어 올렸다. 곽기현이 말했다.

"일시에 집중합니다."

김상희가 거기에 힘을 더했다.

"황제 폐하는 저 안에 계십니다."

이건 추측이 아닌 완벽한 확신이었다. 가슴이 두근거렸다. 저 안에 진수가 있다. 눈물이 차올랐다.

'내가 데리러 왔어.'

예전에는 먼저 떠났었다. 떠나고 싶어서 떠난 건 아니었지만 된장찌개 끓여 놓고 기다리고 있겠다던 진수를 그냥 두고 왔다. 사랑해라는 말조차 하지 못한 채.

'이번에는 내가 지켜줄게.'

시간이 흘렀다. 한진수가 땀을 뻘뻘 흘렸다. 김환석과 김환성, 김훈상의 옷도 땀에 찌들었다.

한진수가 이를 악물었다.

'조금만 더……!'

정말 젖 먹던 힘까지 끌어올렸다.

'조금만 더!'

균열이 보이는 것 같았다.

'조금만 더!'

느껴졌다. 외부에서도 도움이 있다. 프리온 나이트들이 입자포를 퍼붓고 노블레스 나이트들의 마력포가 터져 나왔다. 거기에 외부에서도 총공격이 이어지고 있는 모양이었다.

'상희가 기다리고 있다.'

이 벽만 깨고 나가면 저 앞에는 사랑하는 여자가 있다. 다리가 후들후들 떨리고 마력이고 성력이고 모두 고갈되어 버리는 것 같은 끔찍한 기분이 들었지만 그는 포기할 수 없었다.

'나는 할 수 있다.'

상희가 나를 위해 여기까지 왔다.

'반드시…….'

나가서 상희를 껴안아 줄 거다. 고맙고 사랑한다고 반드시 말해줘야 했다. 결국, 이 이상한 공간은 깨졌다.

김환성이 비명을 질렀다.

"제, 젠장! 고, 공격을 멈추란 말이야! 이런 우라질 놈들아!"

김상희가 달려와 황급히 성력을 펼쳤다. 김씨 부자와 한진수가 성녀군의 공격에 얻어맞았다. 직격타는 아니었다. 하늘로 쏘아졌던 것이 떨어지면서 김씨 부자와 한진수를 공격한 거다. 평소 상태라면 문제가 안 됐지만 지금의 그들은 너무 지쳐 있었다. 김상희가 쓰러져 있는 한진수를 껴안고 울었다. 진수라고 부르고 싶었다. 하지만 보는 눈이 너무 많았다.

"폐하…… 폐하……!"

김상희의 품에 안긴 한진수가 가볍게 웃었다.

"……기다렸어."

그 모습을 본 김훈상이 인상을 찡그렸다.

'역시 저놈은 마음에 안 드는 놈이다.'

크흠 하고 크게 헛기침을 했다. 이를테면 '나도 여기 있다. 딸아, 이 아빠 좀 봐주지 않으련? 나를 보며 감동의 눈물까지 바라진 않지만 와서 한 번쯤 포옹 정도는 해줄 수 있지 않겠니? 이래 봬도 죽다 살아났단다' 뭐, 이런 뜻이다. 헛기침 한 번에는 이토록 큰 뜻이 숨겨져 있었다. 그걸 모를 김상희가 아니다. 김상희가 자리에서 일어서며 눈물을 닦았다.

"모두들 고마워요. 아빠도 오빠들도."

크흠! 하고 김환성도 헛기침을 했다. 이를테면 '그렇지. 바로 그거지. 어떠냐? 오빠 엄청 대단하지? 역시 대단해서 고맙다고 말할 수밖에 없는 거지? 그렇지? 정말 그렇지? 어서 그렇다고 말해. 당장!' 이런 뜻으로 해석할 수 있겠다.

김환석도 크흠! 하고 헛기침을 했다. 김상희가 밝게 웃었다. 눈물은 쉴 새 없이 흐르는데 입은 웃었다.

"살아 있어줘서 고마워요."

그런데 그때, 그 누구도 상상하지 못했던 변화가 일어났다. 곽기현이 그 변화를 가장 먼저 눈치챘다.

"이건……!"

그가 씨익 웃었다. 기분 좋은 웃음이었다. 뭔가, 좋은 일이 일어날 것 같았다.

마의 대륙 아탄티아. 이곳은 붉은 대륙이라고도 불린다. 기본적으로 땅이 붉다. 곽기현이 주위를 둘러봤다.

'푸른색이 돌아오고 있다.'

땅이 원래의 색으로 돌아오고 있었다.

'정화가 이루어지고 있어.'

그렇게 놀라운 일이 아니다. 성녀군이 계속해서 해왔던 것이 바로 정화 아니었던가. 그가 놀란 이유는 따로 있었다.

'광범위 정화인가?'

무슨 일이 벌어진 건지는 모르겠지만 굉장히 넓은 범위에 걸쳐서 정화가 이루어지고 있었다. 일단 육안으로 확인했을 때에는 그 범위가 확인조차 되지 않을 정도였다.

곽기현이 부관에게 말했다.

"살펴봐."

부관은 하늘로 솟구쳐 올라 둘러봤지만 정확한 넓이가 가늠되지 않았다. 김환석이 정밀 기기를 통해 살펴봤다. 그 값이 나왔다. 대략 1만 제곱킬로미터 정도.

한진수는 그 말을 듣고 깜짝 놀랐다. 1만 제곱킬로미터라면 거의 한국의 총면적과 비슷한 수치다. 다시 말해, 지금 한순간에 한국 전체 넓이만큼의 땅이 정화되었다는 소리다.

'무슨 일이 일어난 거지?'

피닉스를 향해 성력을 뿜어냈고 이상한 결계 같은 것을 부쉈다. 그랬더니 한국만큼의 땅이 정화되었다. 이 사이에 어떠한 연결 고리가 있는 건지 지금은 알 수 없었다.

곽기현은 주위를 살폈다. 아까는 풍경을 살폈지만 이번에는 사람들을 살폈다. 성녀군 전부가 놀랐다. 지금 주위는 마의 대륙이라 할 수 없을 정도로 일반 대륙과 같았다.

곽기현이 씨익 웃었다.

'지금은 여론 조작을 해야 할 때지.'

아, 이런 거 오그라들어서 싫은데. 싫어도 어쩌랴, 지금이 적기인 것 같았다.

'쪽팔린 거, 조금 감수하지 뭐.'

주변을 둘러보며 곽기현이 크게 외쳤다.

"성녀 성하 만세!"

……응? 그의 부관이 뜨악한 시선으로 곽기현을 쳐다봤다. 저럴 분이 아니신데 갑자기 왜 저러나 싶었다. 하지만 상관이 하는데 부관이 안 할 수는 없어 그도 얼떨결에 따라했다.

"성녀 성하 만세!"

곽기현은 거기에서 한 걸음 더 나갔다.

"황제 폐하 만세!"

곽기현의 외침을 부관도 따라했다. 그것은 곧 하나의 물결이 되어 성녀군 전체에 번졌다. 눈치 빠른 김상희는 곽기현이 왜 저러는지 알 것 같았다.

'아이고…….'

성녀와 황제에게 힘을 더욱더 실어주기 위해서다. 여기까지 오는 길은 순탄치 않았다. 방금 전만 해도 돌아가겠다던 군사들이 있었다. 황제와 성녀의 위치를 더욱 공고히 하여 그들의 마음을 단숨에 돌려버림과 동시에 사기를 끌어올리려는 거다. 지금 대규모 정화가 이루어진 틈을 타서 말이다.

'그리고 이 공을 전부 진수와 내게 돌리려는 심산일 거야.'

성녀뿐만 아니라 황제까지 끼워 넣었다. 다들 황제 폐하 만세를 부르짖는데 안 할 수는 없다. 설사 황제가 싫더라도 해야 한다. 까딱 잘못하면 반역의 마음을 품고 있다고 생각될 수도 있으니까.

곽기현은 씨익 웃었다.

"저기, 이봐요."

"……예?"

덩치가 굉장히 큰 남자는 몸을 부르르 떨었다. 젠장, 말하지 마. 말하지 말라고! 하지만 곽기현은 그의 심리를 전혀 고려해 주지 않고 짓궂게 물었다.

"돌아간다면서요?"

"제가 언제 그랬습니까!"

하필이면 황제가 옆에 있는 바람에 덩치 큰 남자는 식은땀을 줄줄 흘렸다. 그렇게 대규모 땅이 정화됐다. 어떤 자원이 숨겨져 있을지도 모른다. 멸종된 동물들도 있을 거라 짐작된다. 학술적, 전술적, 자원적 가치가 무궁무진한 땅이 코앞에 있다. 그런데 돌아가려고 했었다?

"절대 아닙니다, 폐하. 저는 열과 성을 다해 황제 폐하를 구출하기 위해 노력했습니다."

곽기현이 옆에서 중얼거렸다.

"아니던데? 돌아갈 기회만 호시탐탐 노리고 있던데?"

"곽 대공! 그게 무슨 소리요! 절대 아니오! 모함하지 마시오!"

"뭐, 잘못 봤나 보죠 뭐."

곽기현은 휘파람을 불었다. 김상희는 저도 모르게 피식 웃고 말았다.

'내가 봐도 약 오르네.'

아무래도 곽기현은 저런 쪽에 재능이 있는 것 같았다. 그 외, 이번에도 황제 폐하를 찾지 못하면 돌아가겠다 공언했던 이들은 부관을 앞세우고 은근슬쩍 뒤로 빠졌다. 괜히 여기서 미운털 박혔다가는 본전도 못 찾을 것 같다. 황제를 비롯한 노블레스 나이트들이 아주 멀쩡한 상태로 이곳을 주시하고 있지 않은가. 이럴 땐 뒤로 빠지는 게 상책이다.

'젠장, 가만히 있었으면 중간이라도 갈걸.'

그들은 그렇게 생각하며 곽기현의 눈길을 피했다.

나는 봤다.

'아빠…….'

하지만 아무런 말도 하지 않았다. 분명 언젠가는 내게 말해 주겠지. 옛날 이름 개차반, 지금 이름 아빠. 아바마마라는 소리가 듣기 싫다고 아바마마라는 단어를 왕명으로 지워 버린 저 작자. 지금은 내게 정말 소중한 사람이 되어 있는 저분의 가슴팍이 피로 물들어 있었다.

'외상은 아니야.'

가슴팍의 핏자국을 보면 알 수 있다.

'피를 토했다는 거겠지.'

이미 예전부터 눈치는 채고 있었다. 진수도 그렇고, 오빠들도 그렇고 다들 쉬쉬하고 있기는 하지만 그래도 감이 있고 눈치라는 게 있다. 아빠의 몸 어디가 이상해진 건지는 모르겠지만 분명히 몸 상태가 정상이 아니다.

'마력이 강대한 아빠의 몸에 이상이 생겼다는 건…….'

그건 몸에 정말 심각한 문제가 있다는 소리다. 그렇지 않고서야 전 세기의 천재라는 아빠의 몸에 이상이 생길 리가 없다. 마력이란 건 노화까지도 늦춰주는 사기 같은 능력이 아니었던가.

아빠는 내 눈을 의식했는지 크흐흠 헛기침을 했다.

'아빠가 여기 있다!'

마치 그렇게 주장하고 있는 것 같았다. 나는 아빠에게 다가갔다. 아빠는 이런 내 반응을 예상치 못했는지 왠지 당황한 눈치다. 나는 아빠의 허리를 꽉 껴안았다.

"아빠."

"……크흠."

아빠는 지금 부끄러워하고 있다. 이렇게 사람이 많은 데서 이러는 건 익숙하지 않은 모양이다. 가슴팍에 안겨 있어서 아빠의 얼굴이 보이지는 않지만 어쩌면 헤벌쭉 웃음을 짓고 있을지도 모를 일이다.

"고마워요."

"……당연한 일을 했을 뿐이다."

"살아 있어줘서 고마워요."

"……."

예전에는 마음에도 없던 말을 했었다. 사랑한다느니, 아빠가 너무 너무 좋다느니.

"정말 다행이에요."

"……내가 죽으려면 백만 년은 이르다."

'백만 살이 되면은요, 아빠랑 결혼할 수 있어요?' 아주 오래전, 나는 그렇게 말했었다. 아빠는 지금 그걸 떠올리고 있는 게 분명하다. 그러면서 히죽히죽 웃고 있을 것이 분명하다. 눈으로 보지 않아도 훤히 알 수 있다. 어쩜 저렇게 단순한 건지 모르겠다. 아빠를 꽉 끌어안았다.

"오래오래 살아야 해요."

"……."

"아프면 안 돼요."

"쓸데없는 걱정을 하는군."

나는 한마디를 더했다.

"혹시라도 아빠한테 무슨 일이 생기면……."

무슨 말을 해야 아주 잘 먹힐까? 음, 잠시 머리를 굴려봤다. 좋아, 이게 좋겠어.

"나도 콱 죽어버릴 거예요."

아빠의 몸이 흠칫 떨리는 게 느껴졌다. 그래, 충격받으셨겠지. 미안해요. 하지만 나도 알고 싶어요.

"혹시라도 아빠가 저한테 뭔가를 숨기고 있다면 저는 너무 슬퍼서 절망에 빠져버리고 말 것이어요."

"……."

마지막으로 비장의 한 수를 꺼내 들었다. 일부러 아주 작게 말했다.

"거짓말하는 아빠는 미워요."

대규모 정화가 이루어지며 1만 제곱킬로미터에 이르는 거대한 땅이 생겨났다. 이것은 주인이 없는 땅. 1차적으로 황제에게 그 소유권이 넘어가기는 했지만, 황제 혼자서 독차지할 수는 없는 법. 성녀군이 공헌한 바에 따라 소유권을 나눠주기로 결정했다. 단기간에 결정되는 것은 아니기 때문에 시간이 좀 더 필요하기는 했다. 소유권과는 별개로 각국의 인사들로 이루어진 조사팀이 꾸려졌다.

한진수가 말했다.

"땅의 소유권을 나누기 전에 자원 조사 팀, 지질 연구 팀, 유적 발굴 팀 등을 운영하겠다. 각국의 학자들과 발굴단을 구성하여 보내라."

아탄티아 대륙은 넓다. 겨우 1만 제곱킬로미터가 아니다. 이 정도는 시작에 불과하다고 해도 될 정도. 하지만 이 좁은(?) 땅은 하나의 표본이 될 수 있을 거다.

기사들이 앞다투어 쏟아져 나왔다.

인류 최초의 위대한 행보!

황제 폐하와 성녀 성하의 위대한 업적!

마의 대륙 아탄티아로 조사 팀 출발!

각국의 인재들로 이루어진 많은 팀이 아탄티아에 도착했고 곧 조사에 들어갔다.

"마력석 알론이 풍부하게 매장되어 있다는 것이 확인되었습니다."

마력석 알론뿐만 아니라 헬파이토, 르판톤, 게이라와 같은 희귀 광물들 역시 매장되어 있음이 밝혀졌다. 마의 대륙 아탄티아는 개척의 땅으로 변했다. 동시에 기회의 땅이었다. 무언가가 있을지 모르는 기회의 땅 말이다.

학자들은 이 대규모 정화 작업이 어떻게 이루어졌느냐에 대한 연구를 거듭하고 거듭했다.

"알렉스 학자님께서는 어떻게 보십니까?"

학자들 중 가장 유명한 학자를 꼽자면 단연 알렉스다. 초창기만 하더라도 그는 금단의 학문이었던 상희학을 창시했다. 그 상희학은 지금 세계 전반에 걸쳐 막대한 영향력을 끼치고 있다.

"김환석 왕자님께서는 이렇게 말씀하셨습니다. 마의 대륙 아탄티아는 나름대로의 생명력을 갖고 살아 숨 쉬는 유기체 같다고요."

"저도 그런 말을 들은 적이 있습니다."

"그리고 아탄티아는 마력의 흐름이 엉망진창인 곳입니다."

알렉스는 설명을 이었다.

"생명체, 그리고 마력의 흐름. 이 두 가지를 결합하여 생각해 보면 답이 나올 수도 있을 것 같습니다."

그라고 해도 정답을 알고 있는 건 아니었다.

'내 살아생전에 이런 영광스런 작업을 할 수 있다니.'

알렉스는 이제 90을 바라보는 나이다. 마력이 있다고는 하지만 거동이 불편할 때가 됐다. 마력은 노화를 늦춰주고 건강함을 불어넣어 주는 거지 영원한 생명을 약속해 주는 건 아니었으니까.

'내가 정말 운을 타고났구나.'

기뻤다. 이런 일에 함께할 수 있다는 것이. 연구에 착수한 지 얼마 지나지 않아 학자들은 뭔가를 알아낼 수 있었다.

알렉스가 김상희를 찾았다.

"학자님!"

김상희가 활짝 웃었다. 아주 어린 시절부터 함께해 왔던 학자님이다. 반갑지 않다면 거짓말이다.

"우리 성녀님, 그간 더 예뻐지셨네요."

"에이, 아니에요. 학자님도 참."

알렉스 앞에선 없던 애교도 피어오를 것 같은 기분이 들었다. 할아버지를 보는 것 같은 느낌이랄까?

알렉스도 흐뭇했다. 김상희를 보고 있으면 기분이 좋아진다. 실제로 업어 키운 건 아니지만 업어 키운 느낌이 들었다. 기분이 좋아져서 슬며시 웃고 말았다.

'이게 성녀님의 가장 커다란 힘이지.'

어쨌든 보고를 하기는 해야 했다. 지금 한진수는 굉장히 바쁘다. 땅의 소유권 문제를 놓고 각국 사이에서 조정을 해야 하는 위치. 그래서 김상희에게 말을 하는 거다. 그는 황제와의 대면을 기약 없이 기다리는 것보단 김상희에게 말하는 것이 훨씬 더 빠르고 효율적임을 이미 알고 있다. 그래서 아주 합리적인 생각을 했다고 스스로를 칭찬했다.

'어쨌든 밤은 성녀님과 함께 보내니까!'

알렉스가 뜻 모를 웃음을 짓자 김상희가 고개를 갸웃했다.

"보고할 것이 있다고 하시지 않았어요?"

"아, 흠흠. 물론입니다."

"좋은 보고인가요, 나쁜 보고인가요?"

알렉스가 잠시 눈을 감았다. 생각을 정리하는 듯했다. 김상희는 차분히 그의 말을 기다렸다.

알렉스가 말했다.

“좋을 수도 있고 나쁠 수도 있습니다.”

그는 다시 고쳐 말했다.

“현재는 조금 나쁜 상황입니다.”

알쏭달쏭한 그의 말에 김상희가 조금 진지해졌다.

“정확하게 말씀해 주세요.”

알렉스가 설명을 시작했다.

“저희는 현재 가설을 세우고 이 가설이 맞는지 확인하고 있습니다.”

아탄티아는 하나의 생명체와도 비슷하다. 그리고 이 생명체는 일정한 마력 흐름을 가지고 있다. 이 두 가지를 가지고 조사를 진행하고 있다.

“백 퍼센트 확실한 건 아니지만 어느 정도 신빙성이 있다고 생각합니다. 그런데…….”

문제가 약간 발생했다.

“정화된 구역이 다시 붉은색으로 변화하고 있습니다.”

“……네?”

“퓨리어스를 통해 정화를 했던 구역은 물론이고, 새로이 정화된 이 넓은 땅의 일부가 다시 붉어지고 있습니다.”

그 말인즉, 다시 오염되고 있다는 소리다.

“그게 정말이에요?”

“네.”

그건 정말 나쁜 소식이다. 그렇다는 말은 이 땅에서 인류는 철수해야 한다는 소리다. 다시 오염된다면 이곳에선 살 수 없을 거다. 매일매일 퓨리어스를 뿌릴 수도 없는 노릇이다.

알렉스가 안경을 고쳐 썼다.

"하지만 마냥 나쁜 것은 아니라고 봅니다."

"어째서요?"

알렉스가 설명을 이었다.

그날 밤.

한진수는 굉장히 지친 상태로 침실로 들어왔다. 김상희가 물었다.

"방금까지 굉장히 지친 상태 아니었어?"

"아냐, 난 이렇게 쌩쌩한데?"

아무리 힘들고 죽을 것 같아도 그가 아주 쌩쌩해지는 시간은 밤이다. 더 정확히 말하자면 김상희와 함께 보낼 수 있는 밤.

"어휴, 정말. 오늘은 안 돼. 너 많이 피곤하잖아. 좀 쉬어야 해."

"……."

온화의 군주, 전 세계에서 칭송받는 위대한 황제 한진수는 입술을 삐죽 내밀었다. 그리곤 등을 돌려 쪼그려 앉았다.

김상희가 한숨을 쉬고 말했다.

"……삐진 척해도 안 돼."

"안 삐졌어."

"지금 엄청 중요한 시기잖아. 이런 걸로 힘 낭비할 거야?"

"낭비 아닌데."

한진수는 코를 매만졌다. 아무래도 무언가를 하고 싶은 모양이다. 김상희는 어이가 없어 헛웃음을 짓고 말았다. 이봐요, 내 남편님. 당신은 온화의 군주이며 위대한 영웅, 세계가 낳은 대천재잖아요. 그런데 뭐예요, 지금? 왜 삐진 척하냐고. 그것도 이런 이유로!

"진수야, 나 오늘 알렉스 학자님한테 엄청 중요한 말을 들었어."

"학자님한테?"

세계에서 유일하게 황제를 다룰 수 있는 사람은 김상희다. 한진수는 지금 진짜로 토라진 상태는 아니다. 장난치고 있는 걸 알고 있다. 김상희는 한진수를 쉽게 다룬다. 더 정확히 말하자면 한진수도 김상희에게 '다루어지는 것'을 좋아하는 편이다.

"내 생각에는 학자님들의 의견이 중간에 차단되는 것 같아."

"보고 체계가 복잡하니까."

지금 이곳의 실세는 문관이 아닌 무관이다. 당연하다. 시국이 혼란스러울수록 문관보다는 무관이 힘을 갖게 된다. 지금은 당연히 무관을 통해 보고 라인이 이어진다. 그래서 학자들의 의견이 황제에게 도달하려면 시간이 좀 걸리는 듯했다.

한진수는 피식 웃고 말았다.

'알렉스 학자님은 정말이지…….'

위대한 황제 한진수는 침대에서 삐지고, 위대한 학자 알렉스는 김상희를 통해 황제에게 로비 아닌 로비를 하는 형국.

"그래서 어떻게 되는데?"

"은근슬쩍 껴안지 말구 얘기 좀 들어봐요!"

쳇, 아쉽다. 분위기 잡을 수 있었는데. 한진수는 아쉽다는 듯 혀를 한 번 차고는 자세를 바로잡았다. 얘기를 들을 준비가 되었다는 소리다. 김상희가 얘기를 시작했다.

한진수가 고개를 끄덕였다.

"확실히 일리가 있어. 아탄티아는 커다란 하나의 생명체고, 이 생명체를 유지하는 심장 같은 것이 있다?”

“응.”

“그런데 그 심장이 하나가 아니고 여러 개다?”

“맞아.”

“그 심장을 향해 마력의 흐름이 모이고 있고, 그 심장을 중심으로 다시 오염이 진행되고 있다?”

“응, 맞아.”

김상희는 감탄했다. 알렉스에게 들은 얘기를 두서없이 아무렇게나 전달했는데 한진수는 그 사이에서도 핵심만을 짚어냈다. 역시 내 남편! 한진수에 비할 바는 못 되지만 김상희도 한진수바라기(?)가 됐다. 하지만 이 순간에도 남편이 자랑스러워 보이는 팔불출적인 마인드를 열심히 숨겼다.

김상희가 말했다.

“그 심장을 파괴하면 어쩌면 영구적인 영화가 가능할지도 몰라.”

중요한 얘기는 끝났다. 한진수도 검토해 보겠다고 했다. 그런데 한진수에게는 매우 중요한 얘기가 남아 있었다.

“내가 사랑하는 여보.”

“응?”

“우리 예쁜 애기.”

김상희가 얼굴을 굳혔다. 지금 뭔가 매우 매우 중요한 얘기를 하려는 것 같다.

‘왠지…… 알 것 같다.’

알 것 같아서 슬펐다.

“말해. 뜸 들이지 말고.”

"우리 애기는 나 엄청 엄청 사랑하지?"

김상희는 한숨을 내쉬었다. '그래요. 나는 너를 엄청 사랑해요. 너 없으면 못 살아. 그런데 이거랑 그거랑은 상관없지 않니?'라고 생각한 그녀는 먼저 입을 열었다.

"그러니까 누굴 구하러 그렇게 달려왔느냐고 묻고 싶은 거지?"

김씨 삼부자와 남편, 그러니까 김상희의 아버지와 오빠들, 그리고 남편이 내기를 했단다. 목숨을 걸고 싸우는 그 와중에도 김상희가 과연 누구 때문에 달려왔는지를 두고 갑론을박을 벌인 모양이다. 김상희는 머리가 아파왔다.

"응? 어떻게 알았어?"

"그걸 말이라고 물어? 당연히 다 구하러 간 거지!"

"그래도 그중에 누군가 딱 한 명만 구해야 한다면?"

이건 답이 없다. 누구 한 명을 고르면 다른 세 명이 삐진다. 이 남자들은 도대체 나이를 먹으면 먹을수록 더욱 유치해지는 것 같다.

"누군가 딱 한 명만 구해야 한다면 나는 혀 깨물고 자살해 버릴 거야."

"그, 그건 안 되지!"

"그러니까 물어보지 마. 나한테 굳이 그런 무서운 상상을 하게 만들어야겠어?"

그냥 두면 두고두고 삐질 것이 분명했다. 김상희의 조련은 아직도 현재진행 중이다.

"나를 정말로 사랑하고 아낀다면 그런 유치한 질문은 안 할 텐데……."

한진수가 자신을 정말 사랑하고 있는 건 이미 알고 있다. 너무나 잘 알고 있다.

"나, 난 너 엄청 사랑하지."

"이건 네 욕심이잖아. 너를 구하러 왔다고 듣고 싶은 거잖아. 그럼, 그 말을 하기까지 내가 얼마나 많은 고민과 갈등을 해야겠어? 그런 위험한 일에 빠졌다는 상상을 하는 것 자체가 나에게는 너무나 무서운 시련이라는 거 아직도 몰라요? 나 자기한테 조금 실망할 것 같아."

"……."

한진수는 울상을 지었다. 안 돼. 내 아내가 나한테 실망이라니. 그럴 수는 없다.

"절대! 절대로 다시는 그런 거 안 물어볼게. 내 생각이 짧았어. 내가 이기적이었어."

"……."

김상희는 고개를 끄덕이며 힘겨운 척했다. 좋아, 이 정도면 됐겠지? 채찍을 줬으면 당근도 줘야 한다. 한진수의 품에 파고들었다. 그리곤 아주 작게 속삭였다.

"네가 가장 보고 싶었어."

더 작게 속삭였다.

"널 구하러 간 거야."

한진수는 세상을, 아니, 우주를 얻었다.

하루가 지났다. 한진수를 겨우 달래놨는데 뭔가 또 머리 아픈 일이 생겼다. 아니, 나는 왜 이런 문제로 고통을 받아야만 하는 것이냔 말이다! 누군가에게 따지고 싶었다.

"누나, 내가 누나를 구하러 먼저 왔어!"

"언니, 제가 먼저 왔답니다! 제가 빨랐어요!"

김씨 부자와 한진수는 '누굴 위하여 김상희가 왔나'를 두고 내기를 했고, 김씨의 또 다른 아들딸 김환혁과 김상아는 '김상희를 위해 누가 먼저 왔나'를 두고 다투는 중이었다.

"나는 둘 모두를 너무너무 사랑해. 정말 고마워. 그런데 공부는 어쩌고……?"

지금 마력학원에서 열심히 공부하고 있어야 할 아이들이 여긴 웬 일이란 말인가.

김환혁이 머뭇거렸다.

"실습이야."

하…… 실습. 어느 미친 교관이 실습을 마의 대륙 아탄티아로 보내? 김상희가 인자하게 웃었다.

"그 교관, 만나 봐야겠네. 학생들을 어떻게 이런 곳에 보내? 당장 얘기를 해야겠어."

"누, 누나…… 그, 그게……."

김환혁과 김상아는 울상을 지었다.

"누나가 너무 보고 싶어서……."

"언니가 너무 보고 싶어서……."

누가 쌍둥이 아니랄까 봐 비슷한 모양새로 비슷하게 고개를 떨구는 두 동생을 보면서 김상희는 빙그레 웃고 말았다. 저 마음은 정말 고맙다. 그래도 이 아이들은 자기 일에 충실해야 한다.

"기다리고 있으면 내가 너희를 보러 갈게. 돌아가서 열심히 공부하고 있으렴. 그게 누나를, 언니를 기쁘게 해주는 일이야."

김상희는 둘의 머리를 쓰다듬어줬다. 둘은 금세 기분이 좋아졌다.

"누나 짱 좋아!"

"언니 짱 좋아!"

그런데 김상아가 고개를 갸웃했다.

"저 사람들은 뭐야?"

매, 난, 국, 죽, 김상희를 지척에서 호위하고 있는 여자들이었다. 그녀들이 공손히 인사를 올렸다. 김상아는 뭔가 마음에 안 드는 듯했다.

'우리 언니는 내 건데…….'

소유욕을 왕창 부리고 싶은데!

"우리 언니 잘 지켜줘요. 안 그러면 내가 혼내줄 거야!"

어쨌든 둘은 다시 신라로 돌아갔다.

한진수는 알렉스가 말한 것을 토대로 아탄티아 조사에 착수했다. 그가 직접 실무진들을 이끌고 조사를 벌였다.

'마력 흐름이 한 곳을 향하고 있다.'

알렉스의 가설이 맞다는 것을 알아냈다. 조사단에서 추가적인 보고가 올라왔다.

"뭔가를 찾았습니다!"

조사단이 찾아낸 것은 사람 주먹만 한 돌이었다. 푸른색으로 빛나고 있는 돌. 그 돌을 향해 아탄티아에 흐르고 있는 마력이 빨려 들어가고 있었다. 그리고 그 돌을 중심으로 조금씩 오염화가 진행되고 있었다.

한진수가 그것을 들어 올렸다.

"이것이……."

정확한 이름은 정해지지 않았지만 일단 이것을 '심장'이라고 부르기로 했다.

'이 심장을 깨뜨리면 일정 지역의 영구 정화가 이루어지는 건가?'

모른다. 해봐야 안다.

"모두 물러서."

한진수가 그것을 부수려고 마력을 끌어올렸다. 그러나 실패했다.

"황제 폐하께서 실패하시다니……."

"김환성 노블레스 나이트는 가능하지 않을까?"

그래서 김환성도 시도해 봤다. 김환성 역시 실패했다. 아무리 강한 힘을 가해도 깨지지 않았다. 김환석도 나서서 온갖 무기를 사용해 봤지만 소용없었다. 어떻게 생겨먹은 물건인지 도통 깨질 기미가 보이지 않았다. 오히려 마력을 집어넣을수록 그 힘이 더욱 강대해져서 오염화의 속도가 더 빨라졌다.

한진수가 '심장'을 쳐다봤다.

"그렇다면……."

지금 떠올릴 수 있는 방법은 하나였다.

'그게 가능할까?'

김상희는 '심장' 앞에 섰다.

'이게 아탄티아를 오염시키는 근원이라고……?'

사람 주먹만 한 크기의 이상한 돌. 이것이 이곳 아탄티아에 얼마나 많이 있을지는 모른다.

한진수가 말했다.

"내가 할게요."

그는 '온화의 군주'며, 사람들 앞에선 함부로 말을 놓지 않았다. 여담이지만 황제가 황후에게 말을 높이는 것은 '김상희 신드롬'의 하나로써, 남자들이 여자에게 존대를 하는 유행을 불러일으키고 있는 중이기도 했다. 어쨌든 김상희가 옆에 있으면 한진수도 성력을 끌어올릴 수 있다. 그래, 아무리 그래도 사랑하는 여보가 하는 것보다는 내가 조금 더 고생하는 게 낫지. 암, 그렇고말고. 김상희는 한진수가 그렇게 말하는 것 같은 착각에 빠져들었다. 한진수가 성력을 끌어올렸다. 현재 주변에는 각국을 이끌고 있는 대장급 인사가 모여 있는 상태.

"황제 폐하, 어떠한 변화가 있습니까?"

한진수가 고개를 저었다.

"아무런 변화도 없군요."

"……."

성력을 사용한 정화마저 실패했다. 그렇다면 아탄티아 정벌은 포기해야 하는 것이 맞다. 아무리 정화해 봐야 원래대로 다시 오염되고 마니까. 결국, 인간은 살 수 없는 마의 대륙이라는 말이다.

그때, 한진수가 다시 말했다.

"황후가 해보시겠어요?"

"제가 어찌 감히……."

황후인 김상희는 고개를 저었다. 겸양을 떨고 있는 거다. 만에 하나라도 자신이 이것을 해낸다면? 황제는 실패했는데 그 면전에서 황후가 바로 성공해 버린다? 그러면 모양새가 이상해진다. 황제의 위엄을 깎아내리는 행위가 된다.

김상희는 그러고 싶지 않았다. 황제를 높여야 그만큼 황후인 자신도 높아진다. 그녀는 그 생리를 너무나 잘 알고 있었다.

한진수는 빙긋 웃었다. 김상희가 왜 거부하고 있는지 알고 있다.

"황후가 무슨 생각을 하고 있는지 알고 있어요."

"폐하……."

"지혜로운 여인이여, 나는 그대의 생각을 존중해요."

한진수는 허리를 살짝 굽히고 김상희와 눈을 마주쳤다. 김상희는 한진수의 눈에서 뿜어져 나오는, 아니, 폭발하고 있는 사랑을 느꼈다. 괜스레 얼굴이 붉어졌다. 사람들이 이렇게 많은데 여기서 뽀뽀라도 하면 어쩌나 싶을 정도였다.

"하지만 내 생각은 이래요."

그가 말을 이었다.

"황제가 하지 못한 것을 황후가 해내는 것은 결코 황제를 모욕하는 일이 될 수 없어요. 사람들은 각자, 모두가 잘하는 일이 있다는 것을 저는 믿고 있습니다. 그 능력과 재능에 따라 각자의 위치에서 최선을 다하는 것이야말로 아름다운 일이라고 생각해요."

"……."

"황후가 이 일을 해낸다면 나는 그러한 황후를 얻은 남편이 돼요."

"폐하……."

둘만 있을 때에는 아무런 문제가 되지 않는다. 하지만 한진수와 김상희는 황제와 황후다. 사람들의 이목을 신경 쓰지 않을 수 없는 고귀한 신분이다. 그들의 어깨에 짊어지고 있는 무게가 결코 가볍지 않기 때문이다.

각국의 인사들은 생각했다.

'과연, 온화의 군주다.'

'우리에게 들으라고 하는 말이겠지.'

'각자의 재능과 능력에 따라 각자의 위치에서 최선을 다해라. 나는 그것을 지지하며 응원하겠다' 한진수 황제는 그렇게 말하고 있는 거다. 윗사람의 눈치를 보지 말고, 할 수 있는 한 모든 일에 최선을 다하라고.

'여태껏 이런 황제가 있었던가?'

그들의 입장에서는 충격이었다. 그 누구보다도 높은 황제가 저런 말을 스스럼없이 하다니.

'하기야, 황후에게 말을 높이는 황제도 처음이지.'

온화의 군주는 여러 가지로 사람들을 놀라게 만드는 구석이 있는 것 같았다. 그러면서도 그들은 뭔가 이상한 기운을 느꼈다.

'저 기운은…….'

정확하게 눈에 보이는 기운은 아니었다. 마력도 아니었고 성력도 아니었다. 한진수가 김상희에게 쏟아내고 있는 저 오묘한 기운은 마력에 민감한 남자들조차도 무슨 힘인지 알 수 없었다. 훗날, 알렉스는 이러한 말을 남겼다고 한다.

"사랑하는 여자 앞에서 남자는 핑크빛 로맨스 광선을 쏘아낸다."

도대체가 무슨 소리인지 모를 괴상하기 짝이 없는 말이기는 했으나 알렉스는 그러한 말을 남겼고, 한진수는 그 말에 박장대소하며 고개를 끄덕였다고 전해진다. 하여튼 김상희는 '심장'을 받아 들고 조심스레 눈치를 살폈다.

"그럼, 황제 폐하의 명령에 따라…… 제가 한번 시도해 볼게요."

황제의 격을 높이는 것도 잊지 않았다. 굳이 '명령을 따른다'고 표현했다. 이 일의 주체는 황제다. 적어도 사람들 앞에서는 그래야만 했다. 황제는 진수이지 자신이 아니니까. 일부러 한진수를 높여주고 있는 거다.

김상희가 성력을 끌어올렸다. 각국의 인사들이 침을 꼴깍 삼켰다. 세계에 기적을 일궈내고 있는 성녀. 그녀는 과연 해낼 수 있을 것인가. 만약 해낸다면 세상은 커다란 변혁의 바람을 맞게 될지도 모른다.

'과연……!'

마의 대륙 아탄티아를 완전히 정화시킬 수 있는 방법이 생기는 거니까.

얼마 뒤, 누군가가 탄성을 내뱉었다.

"오오……!"

한두 명이 아니었다.

"시, 심장이……!"

어느 정도 시간이 흐르고 나자 심장의 크기가 조금씩 작아졌다. 이윽고 그것은 점점 작아지더니 가루가 되어 사라져 버렸다.

"심장이 사라졌습니다!"

한진수는 흐뭇하게 웃었다. 역시 내 여보다. 역시 내 아내가 최고다. 그것을 육성으로 표현하지는 않았지만 그의 눈빛이 그렇게 말했다.

그것을 보고 누군가 생각했다.

'온화의 군주와 성녀가 이뤄낸 또 하나의 기적'이라고 말이다. 그리고 또 생각했다.

'온화의 군주께서는 지금 머리가 굉장히 복잡하실 것이다.'

그럴 수밖에 없다. 아탄티아를 완벽하게 정화하는 법을 알아냈다.

마력의 흐름을 따라 심장을 찾아내고 성녀가 그것을 정화하면 아탄티아는 사람이 살 수 있는 곳이 된다.

'아탄티아 정벌에는 수십여 개의 나라가 함께했다.'

하지만 그들의 역할은 그리 크지 않았다.

'중추는 성녀 성하의 힘이었지.'

그렇다고 황제와 성녀 둘만 있어서는 이것을 해낼 수 없다. 아탄티아는 굉장히 넓고 이 넓은 지역을 정화하려면 굉장히 많은 인력이 필요하다.

'온화의 군주께선 대비책을 세워 놓은 것인가?'

그들이 보기에 온화의 군주 한진수는 대단하고도 위대한 생각을 하고 있을 것이 분명했다. 각국 사이에서 분쟁을 조정하고 영토를 나누는 매우 중요한 위치에 있는 사람이 바로 한진수였으니까. 아니나 다를까, 한진수는 굉장히 진지하고 깊은 생각에 빠져 있었다.

'뽀뽀하고 싶다.'

아, 언제쯤 뽀뽀할 수 있지?

아탄티아와 관련된 소식은 대륙 전역을 강타했다.

"성녀 성하 만세!"

"황제 폐하 만세!"

한진수와 김상희의 이름이 더욱더 높아졌다. 역사상 가장 위대한 업적으로 기록될 것이 틀림없었다. 그 누구도 침범하지 못했던 마의 영역 아탄티아를 정벌하게 됐으니까.

'매'가 말했다.

"우리가 성녀님을 모시게 된 것은 정말 영광이야."

'난'이 고개를 끄덕였다.

"나는 매일 밤 아직도 잠을 못 이뤄. 성녀님을 옆에서 보필할 수 있다는 것이 아직도 믿겨지지가 않아."

'국'도 그랬다.

"나도 노력하면 성녀님처럼 위대한 일을 해낼 수 있을까?"

'죽'이 말했다.

"나는 성녀님처럼 위대해지고 싶은 생각은 없어. 그저 성녀님 옆에서 성녀님을 평생 보좌하고 보필하고 싶어. 난 그거면 돼."

매, 난, 국, 죽은 모두 고개를 끄덕였다. 김상희는 여자들의 은인이었다. 전 세계에 마력을 공급했고 새로운 세계를 개척했으며, 김상희 신드롬을 일으켰다.

매가 사랑에 빠진 듯한 몽롱한 표정으로 김상희를 떠올렸다. 사실상 사랑이라기보다는 경외와 존경에 가까웠지만.

"지금쯤 어떤 생각을 하고 계실까?"

방금 전, 황제와 함께 스페셜 필드 내에 들어갔다. 당연히 그들의 모습은 보이지 않는다. 그 유명한 스페셜 필드를 펼쳤으니. 굉장히 중요하고도 위대한 이야기를 하고 있을 것이 분명했다.

죽이 주먹을 불끈 쥐고 얘기했다.

"세계를 변화시킬 성스러운 얘기를 하고 계실 거야."

네 자매는 그렇게 생각했다.

한편, 스페셜 필드 내에서 한진수는 김상희를 꽉 안았다.

"뽀뽀하고 싶어 죽는 줄 알았네."

김상희는 '응, 나도' 하고 말해줬다. 솔직히 그녀도 뽀뽀가 좋다. 당연하다. 사랑하는 사람과 뽀뽀하는 거, 그게 싫으면 사랑하는 게 아니다. 적어도 그녀는 그렇게 생각한다. 문제는 지금 시국이 한가하게 그럴 때가 아니라는 것.

김상희가 물었다.

“지금 엄청 바쁠 때 아니야?”

“응, 엄청 바빠.”

“근데 지금 뭐 해?”

“뭐 하긴?”

쪽! 쪽! 쪽!

연속해서 세 번 소리가 났다.

“에너지 충전 중이지.”

“못 말려 정말.”

한진수의 눈에서 또 꿀이 흘러내리는 것 같은 기분이 들었다. 김상희도 기분이 좋아졌다. 그 무엇보다도 자신이 한진수에게 있어서 1위라는 것을 매번 느꼈다. 여자로서 그건 너무나 행복한 일이다.

“자기가 나 엄청 사랑하는 건 알겠는데 지금처럼 바쁘고 중요한 시국에는 그쪽 일에 집중하는 게 좋지 않겠어?”

한진수가 어깨를 으쓱했다.

“그래서 온 거야. 할 말 있어.”

“뭔데?”

“분명 너에게 접근하는 세력이 많이 있을 거야.”

아탄티아 정벌에 있어서 핵심 키는 바로 성녀인 김상희가 갖고 있다. 그래서 많은 세력이 직·간접적으로 접근할 거다. 로비를 벌이든, 아부를 하든, 선물 공세를 펼치든.

김상희도 이미 그걸 알고 있다.

"알아."

아탄티아 정벌 계획의 큰 그림은 그려졌다. 세계 각지의 나이트들이 퓨리어스를 가지고 아탄티아를 정화하며 '심장'을 획득하고 그것을 성녀에게 보내 없애 버리는 것이 큰 그림이다.

"커다란 힘을 가지게 되면 그것을 노리는 승냥이도 많아지는 법이야."

"알고 있어."

성녀를 얻는 자는 세계를 얻는다는 말이 돌고 있을 정도다. 물론 암묵적으로 돌고 있는 얘기고 표면적으로 드러나지는 않았다. 그런 말을 대놓고 할 정도의 바보는 없었다. 그러나 다들 알고는 있었다. 김상희의 가치를 말이다.

"그래서 아빠랑 같이 있을 예정이야."

"아버님과……?"

"응. 너는 당분간 엄청나게 바빠질 거고, 무엇보다도 내가 네 주위에 있으면 네가 네 일에 집중할 수 없어. 그리고 다른 세력들이 나에게 접근해 왔을 때, 나는 그것을 막아낼 힘이 부족하고."

만에 하나의 상황, 그러한 것들에 모두 대비하는 것이 좋았다. 그러려면 현재 은퇴한 김훈상이 머물고 있는 대저택에서 김훈상과 함께 생활하는 것도 꽤 괜찮은 선택이었다.

"나는 여자 김상희가 아니라 황후 김상희로서 황제께 간언하는 거예요."

"……."

한진수는 고개를 끄덕였다.

"알았어."

김상희는 신라 왕성에서 빠져나와 김훈상의 저택에서 머물게 됐다. 언제까지가 될지는 모르겠지만 급한 일들이 마무리될 때까지 신변을 확실하게 보호받을 수 있고, 편하게 생활할 수 있는 곳을 찾은 거다. 그런데 김상희가 이곳을 찾은 이유는 하나 더 있었다.

"아빠, 저한테 할 말 없으셔요?"

전직 국왕, 현직 노블레스 나이트 김훈상의 등줄기에서 식은땀이 흐르기 시작했다.

'나는 왜 식은땀이 나는 거냐?'

딸의 눈이 말하고 있었다. '아빠, 지금 저한테 뭔가 엄청난 것을 숨기고 있죠? 저는 다 알고 있어요'라고. 저번에 한 말이 떠올랐다. 거짓말하는 아빠는 밉다고 했었다.

'나는 식은땀을 흘리지 않았다.'

서둘러 마력을 운용하여 식은땀을 날려 버렸다. 자기 스스로 합리화했다. '그럼 그렇지. 내가 딸 앞에서 식은땀을 흘릴 리가 없지. 그 위대한 아버지인데 말이야' 하고 그는 스스로를 속였다. 김상희의 눈은 진실을 원하고 있었다. 하지만 곧이곧대로 말할 수는 없었다.

'나는…….'

욕심이라면 욕심이겠지만 그는 언제나 딸 앞에서 당당하고 위대한 아버지이고 싶었다. '딸의 아버지'로서는 그도 경험이 거의 없다. 정말로 사랑한 딸은 오직 한 명뿐이고, 제대로 된 육아를 경험한 적도 없다. 기껏해야 '아빠' 소리 듣고 싶어서 사전에서 '아바마마'라는 말을 지워 버렸고, 상희가 좋아하는 줄 알고 미친 듯 비행기를 태워줬다. 그가 베풀었던 그만의 사랑 방식이었다. 결론부터 말하자면 그는 사랑에 서툰 아버지였다. 딸 앞에서 솔직할 수 없는.

'내가 말을 하면…… 그러면 내 딸은 엄청 걱정하겠지? 울겠지?'

그건 싫다.

김상희는 김훈상을 물끄러미 쳐다봤다. 정확하게는 몰라도 김훈상의 마음이 어떤지는 알 것 같았다. 대충은 눈치챘다.

그때, 누군가가 헐레벌떡 달려왔다.

"선왕 폐하!"

김상희가 고개를 돌려봤다. 전 회복의 관 관장 미첼이었다.

"미첼 선생님?"

미첼은 뭐가 그리 급한지 마구 달려와서 이상한 전자 기기 같은 것으로 김훈상의 몸을 스캔했다. 공항에서 금속을 탐지할 때 쓰는 금속 탐지기와 비슷하게 생겼다. 잠시 후, 미첼은 울상을 지었다.

"몸이 더 악화되셨…… 읍!"

미첼은 말을 하지 못했다. 김훈상이 마력으로 입을 봉해버렸기 때문이다. 미첼은 그제야 자신의 실수를 알아차렸다. 옆에는 김상희 신드롬을 일으킨 성녀님께서 계셨다.

"서, 성녀님이 옆에 계셨군요. 제가 너무 경황이 없어서……."

김상희가 물었다.

"아빠 몸에 뭔가 이상이 있는 게 틀림없죠?"

"아닙니다. 절대 그렇지 않습니다."

오호~ 그렇게 나오시겠다? 이봐요, 내 안에 아줌마 있어요. 나 호락호락하지 않아요.

"그렇다면 전 회복의 관 관장님께서 뭐가 그리 급해서 이렇게 달려오셨을까요?"

"그, 그건……."

"아무리 한낱 계집의 몸이라지만 저는 황제 폐하의 아내고, 성녀예요."

"자, 잘 알고 있습니다."

"그런데 선생님께서는 제게 아무런 예도 갖추지 않았어요. 그리고 제게 아무런 말도 하지 않고 계시죠. 이건 명백히 저, 아니, 황제 폐하를 우롱하는 행위가 아닐까요?"

"그, 그런 게 아닙니다!"

미첼의 얼굴이 사색이 됐다. 한진수가 김상희를 얼마나 아끼는지 아는 사람은 전부 안다.

알렉스가 이런 말을 했었다. 황제 폐하께 총애를 얻고 싶으면 김상희 성녀님께 잘 보여라. 그 말은 학자들 사이에서 진리로 통하고 있다. 비록 일선에서는 물러났지만 황제에게 밉보였다가는 여생을 편하게 살기는 힘들 거다.

미첼은 눈짓으로 김훈상에게 도움을 요청했다.

'폐하, 저 좀 도와주세요.'

김훈상은 그 눈짓이 말하는 바를 알아차렸지만 고개를 돌렸다. 뭔가 찔리는 것이 있는 것처럼 말이다.

'폐, 폐하!'

마지막으로 믿었던 선왕 폐하마저 고개를 돌렸다. 김상희가 말을 이었다.

"더 악화되었다고 말씀하셨어요. 그렇다는 말은 아빠의 몸이 정상이 아니라는 소리인가요?"

그때, 목소리가 또 들려왔다.

"황후."

김상희는 고개를 번쩍 들었다. 맨 처음에는 강서영 씨라고 불렀다. 엄마라고 부르기도 했지만 그건 연기에 가까웠다. 하지만 이제는 거짓이나 연기가 아니었다.

"엄마?"

원래는 '어머니'라고 부르는 게 맞다. 하지만 강서영은 어머니보다는 엄마라는 말을 더 좋아했고, 사석에서는 엄마라는 말을 쓰기로 했다.

"선왕 폐하도, 미첼 씨도 너무 당황해하고 계셔요. 오늘은 그쯤 하는 게 좋겠어요."

김상희는 한숨을 내쉬었다. 강서영까지 나온 마당이니 오늘은 이쯤 하기로 했다. 하지만 이대로 넘어가지는 않을 거다. 김상희의 눈빛이 미첼을 향했다. 그녀의 눈빛은 이렇게 말했다.

'미첼 선생님, 조만간 저와 대면을 하게 될 거랍니다.'

이번에는 미첼의 등에서 식은땀이 흘렀다.

'뭐, 뭐지?'

뭐랄까, 데자뷔 같달까?

'아까 선왕 폐하도 이런 상태였던 거 같은데.'

성녀 앞에서 식은땀을 흘리는 거, 이거 혹시 병 아닐까? 스스로의 심리 상태에 대해서 정확한 진단을 내릴 수 없었던 회복의 관 관장이었다. 상희학 초보인 미첼은 마력 탐지기로 자신의 몸을 살펴봤다.

'이, 이거 뭔가 이상하다……!'

정말 이상하게도 김상희에게서 '호호호' 하는 웃음소리가 들리는 것 같은 착각이 들었다.

하루 뒤, 미첼이 김상희의 방을 찾았다.

"부르셨습니까?"

꼴깍 침을 삼켰다. 그래. 나는 말할 수 없어. 나는 충직한 신하다. 선왕 폐하께서 몸 상태에 대해서 절대로 발설하지 말라고 하셨다. 미첼은 굳게 마음먹었다.

물론, 김상희도 미첼의 상태를 익히 짐작하고 있다. 김상희는 환한 얼굴로 미첼을 맞이했다.

"어서 오셔요."

죄송한데 저는 그냥 황후가 아니랍니다. 내 안에 26년의 인생이 더 있어요. 아주 스펙터클했죠. 살인마에게 살해까지 당했어요. 개차반과 망나니들 밑에서 산전수전을 다 겪었고 납치도 여러 번 당했으며 강간의 위협까지 받았어요. 그러한 역경을 거쳐 황후이자 성녀가 되었답니다. 어서 오세요, 심문의 자리에.

미첼은 김상희의 미소가 눈부시다고 생각했다. 역시 아름다웠다. 그건 그런데 왜 자꾸 식은땀이 나는 건지 모르겠다.

김상희가 아주 예쁘게 살포시 웃었다.

'일단은 당근부터.'

소싯적 수많은 남자를 홀리게 만들었던 그 미소와는 약간 다르지만 기품이 넘치고 아름답다는 걸 부정할 수는 없었다.

"미첼 선생님을 부른 제일 큰 이유는 미첼 선생님의 공로에 제가 뭔가를 해드릴 수 있을까 싶기 때문이에요."

"……예?"

뭐, 뭐지? 갑자기 웬 공로란 말인가. 수상하다. 아주 수상하다. 미첼은 경계심을 가졌다.

"선생님도 아시다시피 아탄티아의 일차적인 권한은 저에게 있어요."

"알고 있습니다."

당연하다. 성녀가 없으면 애초에 아탄티아 정벌 자체가 불가능하니까. 다른 인력은 대체 가능한데 성녀는 대체 불가능하다. 전 세계에서 유일한 능력이다.

"미첼 선생님의 가문에서도 정벌에 참여를 하고 계시다 들었어요."

"……예, 그렇습니다."

안 그래도 지금 집안으로부터 청탁이 계속 들어오고 있었다. 김상희 성녀님과 한 저택에 머물고 있으니 어떻게든 얘기를 꺼내 보라고. 황제를 꼬드기려면 황후를 꼬드겨야 한다는 건 학자들은 전부 알고 있는 얘기니까.

김상희는 또 살짝 웃었다.

'좋아, 동공이 흔들렸어.'

위대한 회복의 관 관장인지는 몰라도 연기에는 소질이 없는 것이 틀림없었다. 한평생을 다른 건 보지도 않고, 오로지 의술만 보고 살았다고 했다. 그래서인지는 몰라도 굉장히 순수하고 순박했다.

"저는 제 아빠를 옆에서 아직도 보필하고 계신 선생님께 어느 정도 특혜를 드린다고는 할 수 없지만……."

쉽게 줄 수는 없지. 그러면 가치가 떨어지잖아.

"황제 폐하께 간언을 드릴 수는 있어요."

미첼의 눈이 커졌다. 이건 의도하지 않은 거래가 아닌가. 미지의 대륙, 수많은 광물, 새로운 자원, 비옥한 토지, 그곳에 대한 우선권을 얻을 수도 있다. 침이 꼴딱꼴딱 넘어갔다.

'우리 가문을 부흥시킬 수 있는 위대한 업적이 될 수도 있다.'

그도 사람이다. 가문을 부흥시키고 싶은 마음이 없지는 않다. 애초에 그가 의사가 되기로 마음먹은 것도 가난한 가문을 일으키기 위해서가 아니었던가. 마음이 굉장히 많이 복잡해졌다.

타이밍을 재던 김상희는 얼굴을 굳혔다.

“하지만 어제 저는 기분이 좋지 못했어요.”

“…….”

미첼은 롤러코스터를 타는 것 같은 기분이 들었다. 또 식은땀이 났다. 성녀 앞에서는 아무래도 제정신을 차리기가 힘들었다. 이거 뭐지? 왜 헤어 나올 수 없을 것 같은 요상한 기분이 드는 거지? 뭐지?

“그래도 저는 미첼 선생님의 공로를 인정해요. 저희 아빠 몸이 아주 안 좋은데 그걸 계속해서 봐주고 계셨잖아요.”

낚여라. 낚여라. 낚여라. 김상희는 속으로 기원했다.

“…….”

“마력의 그릇에 문제가 생겼죠?”

“…….”

미첼은 아니라고 대답하지 않았다. 김상희는 거기서 바로 눈치챘다.

‘그래.’

김훈상쯤 되는 남자가 아플 이유는 그거 하나밖에 없다. 마력의 그릇 자체에 금이 가거나 그 자체에 어떠한 문제가 생긴 경우. 큐리어스로도 회복이 안 되는 경우는 그것밖에 없다. 미첼의 반응을 통해 의심은 확신이 되었다. 김상희는 계속해서 미첼을 낚았다.

“미첼 선생님이 열심히 고쳐 보려고 노력은 하고 있지만 아직 마땅한 치료법이 없다는 건 잘 알아요. 하지만 아빠를 고치고자 노력하는 그 공로를 인정하여 상을 드리고 싶은 거랍니다.”

물론 다 거짓말이다. 여태까지 몰랐다. 이제 알게 되었을 뿐. 하지만 순수한(?) 노인 미첼은 거기에 깜빡 속아 넘어갔다.

"……늙은이를 그렇게 봐주시니 감사할 따름입니다."

김상희가 김훈상의 방을 찾았다. 김상희가 무어라 말을 꺼내기도 전에 의자에 앉은 김훈상이 말했다.

"나는 위대한 아버지이고 싶었다."

"아빠."

"나는 네 앞에서 약한 모습을 보이고 싶지 않았다."

아무래도 김훈상은 김상희가 모든 것을 알고 왔다는 것을 눈치챈 것 같았다.

"미첼을 통해서 알아냈겠지."

"……네."

김훈상이 눈을 살짝 감았다가 떴다.

"나는 큰 아버지가 되고 싶었다."

"아빠는 이미 저에게 아주 많이 커요. 제가 감히 바라보지도 못할 만큼 정말 커요."

김상희는 김훈상에게 가까이 다가갔다. 김훈상보다 체구는 훨씬 작지만 김훈상을 꽉 안았다.

"아빠는 말씀하셨어요. 아빠는 저를 지키는 자이며, 제 손을 절대로 놓지 않겠다고, 두려워하지 말라고."

"……."

김상희가 말을 이었다.

"저는 아빠를 지킬 만큼의 힘이 없어요. 그런데 있잖아요."

김상희는 김훈상과 눈을 마주쳤다. 처음의 개차반은 이제 없었다.

자신의 약한 모습을 보여주기 싫은 아버지 한 명이 자리하고 있을 뿐이다.

"저는 비록 작지만요."

"……."

"저도 어깨가 있어요."

"……."

"비록 힘은 없지만요."

뜸을 들였다.

"아빠가 잠깐 머리를 기대서 쉴 수 있는 어깨가 있어요."

'별로 미덥지 않을 수도 있지만요' 하고 가볍게 웃었다.

"제가 받은 사랑, 저도 돌려줄 수 있어요. 아빠가 저한테 주신 그 사랑만큼은 못 줘도, 저도 사랑을 줄 수 있는 사람이에요. 아빠 딸이에요."

한참의 시간이 흘렀다. 김훈상이 말했다.

"너 팔에 살 쪘다. 살 좀 빼라."

김훈상은 그렇게 말하고는 시크한 척 일어서서 나가 버렸다. 그때, 김상희는 봤다. 김훈상의 손끝이 살짝 떨리고 있는 것을. 그리고 김상희는 보지 못했다. 김훈상의 입가에 가느다란 미소가 새겨져 있다는 걸 말이다.

'딸인가?'

내가 정말 딸 하나는 잘 키운 것 같다. 그런 생각이 들었다. 혹자가 들으면 비웃을 수도 있다. 천하의 김훈상이 위로를 얻는다? 있을 수 없는 일이다. 하물며 그 대상이 여자다? 그럴 수 없다. 원래는 그렇다.

'하지만 내 딸이다.'

딸에게 위로를 받는 아버지, 흔치 않다. 김훈상은 입술을 살짝 깨물었다.

'내가 딸 하나는 잘 키운 것 같다.'

예뻐 죽겠다.

한편, 김상희는 김상희 나름대로 주먹을 불끈 쥐었다.

'내가 아빠 꼭 낫게 해줄게요.'

방법이 있을 것이다. 혼자서는 힘들었다. 그래서 알렉스, 미첼, 김환석과 하나의 팀을 꾸렸다.

"저는 어떻게 해서든 아빠를 회복시켜 드리고 싶어요."

이래 봬도 성녀잖아요. 모두들 그 말에 동의했다. 그들만의 프로젝트가 시작됐다. 1주일이 흘렀다.

김훈상과 함께 있는 자리에서, 김상희가 뭔가를 발견했다.

"아빠……?"

김상희는 세계 각국의 나이트들이 공수해 오는 심장을 파괴하는 역할을 맡고 있다. 당연한 말이지만 아탄티아를 정화하는 것에 있어서 가장 중요한 사람은 바로 김상희다. 김상희가 만든 퓨리어스로 아탄티아를 정화하고 심장을 찾아낸 다음, 파괴하는 사람이 김상희니까. 전 세계에서 유일무이한 능력이다. 그런데 그 전 세계에서 유일무이한 능력도 전지전능한 건 아니었다. 김상희가 하루에 파괴할 수 있는 심장의 개수는 정해져 있었다.

'하루에 4개 정도가 한계야.'

그 이상을 처리하면 몸에 무리가 많이 가고 무기력증에 빠지게 된다. 컨디션이 좀 나쁘다 싶으면 하루에 2~3개 정도가 좋다.

'퓨리어스도 계속 만들어야 하고.'

몸이 지쳐 가는 걸 느꼈다. 그래서 한진수가 황명을 내렸다. 황명이라고 하기는 하는데 말은 이렇게 했다.

"자기야, 나 진짜 자기 아프면 나도 아파 버릴 거니까, 하루에 3개 이상은 금지야. 하루에 2개까지만 허용이 되는 거야. 알았어? 황명이야."

이런 걸로 황명이라고 하지 말라고. 김상희는 인상을 찡그리기는 했지만 한진수의 마음을 잘 알고 있기에 고개를 끄덕이고 말았다.

'진수 말도 맞아.'

아탄티아 정벌은 하루아침에 간단하게 이루어질 수 있는 게 아니다. 어쩌면 죽을 때까지 계속해 나가야 할지도 모를 일이다. 그러니까 멀리 보는 게 맞다. 지금 당장 빨리, 더 많이 했다가 번 아웃이라도 되어 버리면 그때부턴 아탄티아를 정화할 수단이 아예 없어져 버린다.

'하루에 2개 정도면 멀리 볼 수 있어.'

그렇다고 공수해 오는 심장의 양이 그렇게 많은 것도 아니다. 많아봐야 하루에 3~4개 수준이다. 일정 시간 내에 처리하지 못한 심장은 갑자기 사라지게 되는데, 그러면 그 심장은 원래 있던 곳에 다시 생성된다고 한다.

하루가 지날 때마다 공수해 오는 심장이 3~4개, 김상희가 처리하는 심장이 2개. 이것이 거의 공식화되자 한진수를 비롯한 수뇌부는 각국과 조율하여 하루에 심장은 2개만 찾아내는 것으로 결론을 내렸다. 멀리 보고, 천천히 가기로 조율한 것이다.

노크 소리가 들려왔다.

"네가 고생이 많다."

김상희는 새삼스레 감탄했다. 과거에는 개차반이었던 저 사람이 이제는 딸의 방에 들어온다고 노크까지 하고 있다. 새삼스레 감개무량했다.

'세상 정말 많이 변했네.'

선왕이 여자의 방에 들어갈 때 노크를 하다니, 과거 기준으로 보면 정말 충격이었을 거다. 실제로 송수진은 아직도 좀 적응이 덜 된 것 같았다.

"에구머니나!"

저도 모르게 비명 아닌 비명을 냈다가 입을 손으로 가리고 황급히 허리를 숙였다.

"죄송합니다. 미천한 계집이 감히……."

김훈상이 고개를 저었다.

"그 말."

턱짓으로 김상희를 가리켰다. 그게 무슨 말인고 하니, 그런 말 내 딸이 싫어하니까 하지 말라는 뜻이다. 하지만 송수진은 이 시대의 사람이고, 아직까지 김상희처럼 상희학에 익숙해지지 않았다.

김상희는 한숨을 내쉬고는 해석해 줬다.

"수진, 그런 말은 쓰지 않는 것이 좋겠어."

"……예?"

"그런 거 있잖아. 미천한 계집이라든가…… 그런 거. 아빠가 싫어하셔.”

“…….”

송수진은 아직도 적응이 안 됐다. 자신이 너무 시대에 뒤쳐지는 것인가, 아니면 이 집안이 너무 시대를 앞서가고 있는 것인가, 도무지 가늠이 되지 않을 정도다. 결과만 말하자면 좋기는 좋지만.

김훈상은 턱짓 한 번으로 시크하게 고개를 끄덕임으로써 김상희의 말이 맞다는 것을 증명해 줬다. 역시 내 딸, 척이면 척이다.

“퓨리어스도 만들어야 하고, 심장을 파괴하는 것도 네가 다하는구나.”

“네. 이상하게도 저만 가능한 일이던걸요?”

김상희는 김훈상의 눈빛을 느꼈다. 역시 내 딸! 그런 눈빛이다. 저런 눈빛은 이제 익숙하다.

김훈상이 의자에 앉으며 말했다.

“하던 거 마저 해라.”

김상희는 그 말을 똑바로 이해했다. ‘하던 거 얼른 끝내버리고 나랑 놀자’ 이런 뜻이다. 김상희는 이제 김훈상의 언어를 완벽하게 해석하는 경지에 이르렀다.

“네. 조금만 기다려 주셔요.”

김상희가 성력을 끌어올렸다.

‘이 성력이 아빠의 몸을 치유할 수 있으면 좋을 텐데.’

다른 사람은 다 고칠 수 있는데 왜 아빠만 못 고치는 건지 아주 잠깐 자신의 능력이 원망스러워졌다. 다른 건 몰라도 마력 그릇이 깨지면 그건 못 고친다. 현재까지도 불치병이다. 거기다 희귀하기까지 해서 연구가 매우 더딘 질병이기도 하다.

김상희의 손에 들린 심장이 조금씩 작아지기 시작했다. 그걸 유심히 살펴보던 김훈상은 뭔가 이상함을 느꼈다. 그가 자리에서 일어섰다.
"내일 다시 오겠다. 내가 올 때까지 심장 건드리지 마."

하루가 지났다. 김훈상이 노크했다. 김상희는 이미 기다리던 중이었다.
"아빠 오셨어요?"
김훈상만 온 게 아니었다.
"미첼 선생님과 환석 오빠도 오셨네요?"
뭐지? 갑자기 왜? 미첼은 지금 굉장히 긴장한 것 같았고, 김환석도 오늘따라 더 시크해 보였다.
'뭔가 잘못되어가고 있나?'
심장을 파괴하는 일에 뭔가 다른 것이 숨겨져 있다거나. 알 수 없었다. 김훈상이 말했다.
"시작해."
김상희는 심장을 파괴했다. 그 후, 미첼이 결론을 내렸다.
"틀림없습니다."
김환석도 동의했다.
"아탄티아의 심장은 마력을 끌어들여 저장하는 역할을 합니다."
미첼은 흥분했다. 말을 하는데 침이 폭포수처럼 튀었다.
"어, 어쩌면 저희는 인류 역사상 가장 위대한 발견을 했을지도 모릅니다!"
김상희는 답답해졌다. '그러니까 나만 빼고 무슨 말을 하는 거냐고! 나도 알고 싶단 말이다!'라고 소리치는 건 하수나 하는 짓이다.
"이제는 미첼 선생님도, 아빠도, 오빠도 저를 따돌리려 하시는군요. 저는 따돌림받는 여식이 되고 말았어요."

슬픈 척, 가슴 아픈 척, 눈물을 훔치는 척, 그 3가지의 척이면 모든 게 만사 오케이. 이걸 남용하는 건 아니지만 이 남정네들에겐 이것이 윽박지르는 것보다 효과가 훨씬 좋았다.

미첼이 설명했다.

"흠, 흠. 제가 설명하겠습니다."

마력의 그릇이 깨지는 것, 그건 굉장히 위험한 병이다. 그 병에 걸리면 수명이 급속도로 줄어들며 마력을 사용할 때마다 몸이 점점 부서져 간다고 보면 된다. 그 병에 걸리고 나면 평균 5년 정도밖에는 살지 못한다. 그런 의미에서 김훈상은 오래 살고 있는 거다. 그것도 꽤나 건강한 모습으로 말이다. 아주 특별하게.

미첼이 말했다.

"이 심장은 특별한 방식으로 마력을 끌어들입니다. 인간으로부터 생성된 마력이 아닌, 출처는 불분명하지만 아마도 대기에 퍼져 있는 마력을 말입니다. 저희는 편의상 이것을 자연 마력이라 부르기로 했습니다."

김상희는 마음이 급했다.

"그러니까 이 심장이 아빠의 병을 고칠 수 있다구요?"

"이론상으로는 가능할 것 같기도 합니다. 연구가 더 필요합니다."

이 심장을 어떠한 방식, 그러니까 아직 정확하게 알 수는 없지만 '미지의 어떤 방법'으로 정제하여 몸에 어떻게든 흡수시킨다면? 그 심장이 주변의 마력을 끌어들여 어쩌면 마력 그릇을 회복시킬 수도 있다는 가정이다.

세기의 천재라는 김훈상, 전 회복의 관 관장 미첼, 마력 컨트롤과

발명의 천재 김환석이 동시에 그렇게 생각했다. 김상희가 심장을 부술 때 확인했다. 그 안에서 인체에 무해한 강력한 마력이 뿜어져 나와 주변의 불안정한 마력 흐름을 다잡고서 사라져 버리는 것을 말이다.

"시간이 많지 않습니다. 다소 강압적인 방법을 사용해야 할 수도 있습니다."

"시간이 많지 않다니요?"

미첼은 잠시 눈을 감았다. 이미 말했으니 더 이상은 숨기지 않기로 했다.

"원래 이 병은……."

뜸을 들였다. 하지만 결국은 말해야 했다.

"평균 수명이 3년입니다."

"……뭐라고요?"

"모르긴 몰라도 선왕 폐하는 지금 초인적인 정신력으로 버텨내고 계신 겁니다. 부서지기 직전인 육체를 가지고서. 그런 초인적인 힘이 어디서 나오는지는 불가사의합니다만."

미첼은 한마디를 더했다.

"폐하께서 병에 걸리신 지 벌써 10년이 다 되어 갑니다."

'성녀님께서 상상하는 것 이상으로 그보다 훨씬 더 고생하고 있습니다. 성녀님 모르게' 그 말은 참았다.

다음 날, 김훈상은 피를 토했다.

쿨럭! 쿨럭! 기침을 할 때마다 피가 뿜어졌고 그 안에는 핏덩이라 짐작되는 것들도 있었다. 언뜻 보면 내장 부스러기 같기도 했다.

"선왕 폐하……."

미첼은 당황하지는 않았다. 예전부터 이랬었으니까. 김훈상은 피를 닦아냈다. 언제나 그렇듯 오늘도 말했다.

“내 딸에게는 말하지 마라.”

“…….”

미첼은 이해할 수 없었다.

“정말로 성녀님께 말씀드리지 않아도 됩니까?”

“그 아이는 여린 아이이다. 모르는 게 낫겠지.”

‘아닌 것 같은데요’ 미첼은 말하고 싶었지만 참았다. 어찌 보면 하루하루가 유언을 남기는 삶이다. 선왕의 유언조차 지키지 못한 신하가 되고 싶지는 않았다.

그날 밤, 김훈상은 강서영을 안았다. 강서영은 김훈상의 품에 안겨 울었다.

“당신…….”

예전 같지 않다는 것은 이미 알고 있다. 침대 위, 강서영을 끌어안은 김훈상이 강서영의 머리를 쓸어내렸다.

“내 옆에 그대가 있어서 다행이다.”

“…….”

강서영은 소리 죽여 울었다. 그녀는 매일매일이 두려웠다. 잠깐 눈을 감았다가 뜨면 이 사람이 눈앞에서 사라져 버릴까 봐 너무 무서워서 뜬눈으로 밤을 지새운 적이 한두 번이 아니다.

“울지 마라. 그대가 울면 내 가슴이 미어진다.”

“미안해요.”

강서영은 씩씩하게 눈물을 참아보려 애썼다. 하지만 소용없었다. 몸이 바르르 떨렸다. 끅끅대며 울음을 참았다.

"오늘도 그대를 안고 잠들 수 있다는 것이 내겐 큰 축복이다. 이 축복의 시간을 그대는 어째서 슬퍼하는 거지?"

김훈상이 강서영의 귀에 작게 속삭였다.

"나는 그대를 사랑한다."

"……."

"죽어서도 내가 그대를 지키겠다."

"그런 말 싫어요. 하지 마세요."

김훈상이 피식 웃었다. 그는 이미 직감하고 있었다. 어쩌면 오늘 밤이 마지막이 될 수도 있다는 것을.

'조금 더 일찍 이 세상을 알면 좋았을 텐데.'

과거에는 성공을 위해, 고려 왕국의 부흥을 위해서만 살았다. 그것이 삶의 전부인 줄 알았고 그가 누리는 세계의 전부였다. 전쟁기를 이끌던 국왕 김훈상의 원동력은 그런 거였다. 그런데 김상희를 낳고 변했다. 김상희를 통해 보게 된 세상, 그리고 강서영을 통해 느끼게 된 세상은 훨씬 더 커다란 세상이었다.

김훈상이 말을 이었다.

"그대는 내가 몰랐던 것을 알게 해줬다."

아까는 긴가민가했는데 이제는 확신이다.

'작별 인사를 해야 하는데…….'

입이 떨어지질 않아 다른 소리만 늘어놓았다.

"내게 그토록 예쁜 딸을 선물해 줘서 정말 고맙다. 내게 훨씬 더 큰 세상을 보여줘서 고맙다."

"당신……."

강서영은 순간 이상함을 느꼈다. 김훈상이 평소와 달랐다. 이건 뭔가 마지막 말을 남기는 것 같은 기분이었다. 소름이 확 돋았다. 저도 모르게 목소리를 확 높였다.

"그런 말 마세요! 마지막인 것처럼 말하지 말란 말이어요!"

김훈상이 강서영의 머리카락을 쓸어내렸다. 정말로 쓸어내리기만 했다. 그 손은 다시 올라오지 않았다. 강서영이 고개를 번쩍 들었다.

"여보!"

그녀의 눈에 김훈상의 얼굴이 보였다. 김훈상은 눈을 감고 있었다. 그리고 김훈상의 눈가에는 눈물 한 방울이 흘러내려 있었다. 눈물 자국을 본 강서영은 오열했다.

"으아아아아아아아!"

비명과도 같은 그 절규에 사람들이 몰려들었다. 가장 먼저 달려온 사람은 김환석, 그다음은 미첼이었다. 둘은 상황의 심각성을 보자마자 알 수 있었다. 김환석이 말했다.

"동물실험이고 뭐고."

원래는 안정성을 먼저 입증하려고 했었다. 김환석이 외쳤다.

"그것 가져와요!"

약이 있다. 아직 안정성이 확보되지 않은 불완전한 약. 원래는 동물과 지원자들을 상대로 실험을 해볼 생각이었다. 그런데 지금은 그런 걸 따질 때가 아니었다. 김상희가 외쳤다.

"아빠!!!"

그토록 강하고 높았던 아빠가 두 눈을 꾹 감고 있었다. 강인하기만 했던 눈에는 눈물이 흘렀던 자국이 남아 있었다. 김상희의 눈에 비친 그 흐릿한 자국은 그 무엇보다도 강렬하고 잔인했다. 김상희가 울었다.

"제발, 제발 우리 아빠 좀 살려 주세요!"

미첼은 굳게 마음먹었다.

'지금은 이것저것 따질 때가 아니다.'

미첼은 침을 꿀꺽 삼켰다. 그의 의술 인생에 있어서 확인되지 않고, 검증이 끝나지 않은 약을 왕족에게 투여한 적은 단 한 번도 없었다.

'제발…….'

어떤 일이 벌어질지 모른다.

'어떻게든 살려야 해.'

지금은 심장조차 뛰지 않고 있는 상태. 이대로 시간이 흐르면 분명 죽는다. 죽게 놔둘 수는 없었다.

'용서하십시오, 선왕 폐하.'

김환석은 미첼이 어떤 마음을 갖고 있는지 알고 있다. 그가 말했다.

"의사로서 옳은 선택을 해라. 책임은 아들인 내가 지겠다."

"……."

미첼이 김훈상의 팔에 주사기에 들어 있는 약을 투여했다. 어떤 부작용이 일어날지 모른다. 아직 완성되지 않은 약이니까.

'제발…….'

그런데 뭔가 변화가 일어났다. 좀처럼 표정의 변화가 없는 김환석의 눈이 커졌다.

'심장이…… 뛰고 있다.'

마력을 한껏 끌어올려 굉장히 예민해진 그의 귀가 심장 소리를 포착했다. 아버지의 심장이 다시 뛰기 시작했다.

'그런데…….'

심장은 뛰는데 의식은 회복되지 못했다. 미첼은 이마의 땀을 닦아냈다.

“저도 어떻게 될지 모르겠습니다. 일단 중환자실로 옮기겠습니다.”

김훈상의 대저택에는 온갖 것이 다 있다. 중환자실도 있다. 그가 이런 일에 대비해서 특별히 미리 설계해 놨다. 최신식의 의료 시설이 전부 갖춰져 있다. 김훈상은 일단 그곳으로 옮겨졌다. 김상희는 의식을 잃은 김훈상의 옆에서 꼬박 3일을 지새웠다.

“아빠…….”

미첼이 중환자실 안으로 들어왔다.

“영양제 투여하겠습니다.”

김상희는 고개를 끄덕였다. 제발, 우리 아빠 좀 살려 주세요. 아직 못한 말이 많아요.

‘나는 예전과 똑같아.’

사랑했던 진수에게 사랑한다 말 한 마디 못하고 떠나왔었다. 아니, 그렇게 사랑하는지조차 모르고 있었다. 죽기 직전에야, 그때가 되어서야 겨우 깨달았었으니까.

‘많이 변했다고 생각했는데.’

분명히 그랬는데 아니었다. 사실상 조련이라는 건 아주 오래전에 다 끝났다. 언제부터인지 정확하게는 모르겠으나 김훈상이 자신을 정말 딸로서 사랑했다는 것은 이미 알고 있었다. 그럼에도 불구하고 자신은 그에게 마음을 전부 열어주지 않았다.

나는 언제쯤 내 마음에 솔직해질 수 있을까?’

제발 아빠가 일어나주면 좋겠다. 그러면 여태까지 안 해줬던 말, 못 해줬던 말, 다해 줄 자신이 있다. 이번에 또 알았다. 김훈상이 자신의 인생에 있어서 얼마나 중요한 사람인지, 얼마나 큰 사람인지.

김상희가 젖은 눈으로 미첼을 불렀다.

"미첼 선생님."

"……예."

"왜 사람은 항상 잃고 나서야 소중한 것을 깨닫는 걸까요?"

"……."

"어째서 저는 그렇게 미련할까요?"

미첼은 말을 하지 못했다. 비탄에 잠긴 성녀의 모습은 다가가기조차 힘들 정도로 괴로워 보였고, 아이러니하게도 성스러워 보였다. 한참의 시간이 흐른 뒤 미첼이 입을 열었다.

"잃지 않았습니다."

힘주어 말했다.

"제가 반드시 살려내겠습니다. 제 목숨을 다해서."

한진수는 슬하에 딸 둘과 아들 하나를 두었다. 이름은 한수희, 한소연, 한희석. 아직은 모두가 어리다. 그들은 죽음이라는 것을 제대로 이해할 나이가 아니었다. 그나마 장녀인 수희만 약간 의젓했다. 물론 다른 아이에 비해 어디까지나 상대적으로 의젓했다는 소리다. 그녀가 고개를 갸웃했다.

"할아버지 자?"

한소연과 한희석은 병실 안에서 시끄럽게 뛰어다녔다.

"누나! 그 초코바는 내 거야!"

"싫지롱! 내가 먹을 거지롱!"

김상희는 그런 아이들을 내버려 뒀다. 지금은 움직일 힘조차 없었다. 초코바를 먹고 싶어 뛰어다니던 한희석은 이내 이상함을 느꼈다.

"엄마?"

이제 2살이 된 그는 역시 한진수의 핏줄을 이은 사내아이답게 발육이 굉장히 빨랐다. 지구로 치면 벌써 6살 정도는 되어 보였다. 한희석은 김상희의 무릎에 앉았다. 그리고 고개를 들었다.

"엄마 콧구멍 보인다!"

크히히! 하고 웃는 모습이 영락없이 옛날의 김환성을 닮았다. 김환성과 가장 친한 아이도 바로 이 희석이다. 정신연령이 비슷하달까? 그래도 김환성에 비하면 희석은 여자에 대해 훨씬 잘 안다. 김환성은 2살짜리 아이한테 졌다.

"엄마."

희석이 두 팔을 벌려 김상희를 꽉 껴안았다.

"엄마, 왜 울어?"

김상희는 번뜩 정신을 차렸다. 그녀는 한희석을 쳐다봤다.

'내가…… 울었어?'

아니다. 울지 않았다. 혹시 몰라 눈가를 만져 봤는데 눈물은 나지 않았다. 그런데 아들은 울고 있다고 말했다. 희석은 고개를 저었다.

"눈물은 안 나는데 왜 울어, 엄마? 어디 아파요? 누가 괴롭혔어요?"

"그런 거 아니야."

김상희는 희석의 머리를 쓰다듬었다.

"나는 엄마 손이 좋아."

"……."

"엄마 아픈 거 싫어."

"엄마 하나도 안 아파."

"엄마 아프게 한 거 내가 다 때려줄게. 나 힘 세."

결국 김상희는 울음을 터뜨렸다. 이런 모습, 접점은 별로 없다지만 자신이 김훈상에게 예전에 했던 모습과 비슷하지 않은가. 그때는 살기 위한 발버둥이었었다. 개차반의 다리에 매달려서 재롱을 피웠었다. 지금 희석의 모습과는 다르다지만, 희석의 모습은 자신의 과거 모습을 떠올리게 만들었다.

'그때, 아빠는 피식 웃었었어.'

그랬었는데…….

'왜 지금은…….'

일어나지 않는 걸까? 세 명의 아이가 모였다. 한소연은 울음을 터뜨렸다.

"엄마 왜 울어? 울지 마!"

그러면서 자기는 으아아앙! 하고 울었다. 시간이 좀 더 흘렀다. 아이들은 상황을 좀 더 파악할 수 있었다.

한수희가 물었다.

"할아버지 아파?"

김상희가 고개를 저었다.

"아냐, 편찮으신 거 아니야."

"그럼?"

"자고 계셔."

"아, 그렇구나."

한소연은 음 하고 자신의 턱을 매만지다가 자신만의 결론을 내렸다.

"그럼 한 3시간 있으면 일어나겠네? 할아버지는 잠꾸러기니까."

김상희가 고개를 저었다.

"할아버지는 아주 오래 자고 싶으신 것 같아."

"그래? 그럼 얼마나? 5시간?"

김상희는 김훈상을 쳐다봤다. 심장은 뛰고 있다. 다시 말해 지금은 식물인간의 상태라는 거다.

"할아버지는……."

지금 당장에라도 일어나요. 일어나면 사랑한다고 백 번이라도 말해줄게요. 내 옆에 있을 때 이렇게 소중한 사람인지 몰랐었다고 말해줄게요. 아빠란 소리 좋아했잖아요. 아빠라고 백 번이라도 불러 줄게요.

"백 밤 자고 일어나실 거야."

"힉! 그렇게나 길게?"

한희석은 신기해했다.

"우와~ 대박이다! 나도 백 밤 자고 싶어! 그러면 어른이 되어 있겠지? 난 어른이 되면 노블레스 나이트가 되고 말 거야."

그리고 그녀가 말했던 백 밤이 지났다. 김훈상은 여전히 일어나지 못했다.

'드디어 백 밤이다!'라고 말하며 한희석은 폴짝폴짝 뛰더니 김상희에게 물었다.

"엄마, 백 밤 지났는데 할아버지 왜 안 일어나?"

"꿈나라에서 좋은 여행을 하고 계셔."

"치."

한희석은 삐졌다.

"나는 할아버지랑 놀고 싶은데 자기만 놀러 다녀."

다시 1년이 흘렀다.

김훈상이 쓰러진 이후 약 15개월이 흘렀다. 1년보다 좀 더 긴 시간, 길다면 긴 시간이고 짧다면 짧은 시간이다. 그사이 의학계에 커다란 돌풍이 일었다.

"미첼이 그릇 파괴의 특효약을 개발했다더군요."

"임상 실험도 어느 정도 진행된 상태고 안정성도 검증되었다 합니다."

"아직 백 퍼센트 완벽한 건 아니라지요?"

"그렇다고는 합니다만, 마력 그릇이 파괴된 이들에게는 가뭄의 단비 같은 소식이죠. 그냥 죽는 것보다는 훨씬 나을 테니까."

"그런데 그 약의 제조법은 역시 비밀이겠죠?"

"놀라지 마십시오."

미첼의 이름이 굉장히 높아졌다. 의술의 성자라고까지 불리고 있다. 그는 '그릇 파괴'라는 병을 집중적으로 연구하여 결국 특효약을 만들어냈다. 그리고 그 제조법을 시중에 공개했다. 병에 걸린 모든 사람이 그 특혜를 볼 수 있도록 말이다.

미첼의 아들이 물었다.

"저는 아버님을 존경하지만 이번 선택은 지지하기가 어렵습니다."

"의술은 사람을 살리는 기술이다. 사람을 살리는 데 내 지식을 쓰겠다는 건데 뭐가 문제인 거냐?"

"하다못해 약간의 로열티라도 받아야 하는 것 아니겠습니까? 인류

의술 역사상 가장 위대한 발견이라고 할 수 있습니다. 수천 년간 불치병이었던 그릇 파괴를 고칠 수 있는데 아무런 보상도 없다는 것은……."

미첼이 고개를 저었다.

"보상이 없기는 왜 없다는 거냐?"

"……예?"

"그 사람이 다시 살아나잖아."

"그게 무슨……?"

"내가 방법을 공개함으로써 생명의 불꽃을 얻을 수 있다는 소리다."

미첼의 아들은 이해하지 못했다. 그게 무슨 상관이란 말인가. 그게 가문의 발전과 부흥에 무슨 영향을 끼친다고.

"누군가를 살리지 못하는 거, 그거 엄청나게 괴로운 일이다. 그리고 살아나지 못한 사람 옆에 있는 사람들은 더욱더 괴롭겠지."

미첼의 아들은 미첼이 무슨 말을 하는지 알아차렸다. 지금 선왕 폐하와 성녀님 얘기를 하고 있는 것이 틀림없었다.

"아버지는 최선을 다하셨습니다. 그리고 사실상 선왕 폐하는……."

더 이상 말을 잇지 못했다. 말을 더했다가는 호통이 떨어질 게 분명했으니까. 미첼의 아들 역시 의사의 길을 걷고 있다. 재능과 노력을 겸비한 제법 실력 있는 의사였다. 미첼도 그걸 인정하고 있을 정도였으니까. 미첼의 아들은 말을 삼켰다.

'선왕 폐하는 이미 소천하셨습니다.'

그의 의학적 판단으로는 김훈상은 이미 죽었다. 지금은 겨우 생명만 유지시키고 있을 뿐. 미첼이 인상을 찡그렸다.

"그분은 반드시 다시 일어나신다."

미첼은 눈을 감았다.

'내가 1년만 더 빨리 연구를 시작했어도…….'

그랬다면 김훈상을 살릴 수 있었을지도 모른다. 지금에 와서야 부질없는 상상일 수도 있겠지만.

'지금 와서 이 약이 무슨 소용이란 말인가.'

세상 사람들을 전부 구하면 무슨 소용이란 말인가. 정작 내가 모셨던 한 분은 살리지 못하고 있는데.

'선왕 폐하…….'

제발 일어나십시오. 성녀님께서 슬퍼하십니다.

그사이, 미첼의 아들이 자리에서 일어섰다.

"물러가겠습니다."

한진수는 여전히 바쁘다. 아탄티아 정벌뿐만 아니라 신경 써야 할 것이 굉장히 많다. 일국의 왕도 아니고, 다수의 나라를 다스리는 제국의 황제였으니까.

그런 황제만큼 성녀 또한 바빴다. 황제는 아탄티아와 관련한 안건을 대부분 성녀에게 맡겼다. 어차피 성녀가 없으면 아탄티아 정벌은 이루어질 수 없다. 성녀가 바로 핵심 키다. 그래서 아탄티아 관련 건을 성녀에게 맡겼다.

공식적인 기관명은 '아탄티아 국제 분쟁 기구'. 김상희는 그곳의 의장을 맡게 됐다. 과거라면 상상도 할 수 없을 일이다. 매우 중요한 국제기구의 의장이 여자라니, 있을 수도 없고 있어서도 안 되는 일이었다. 하지만 지금은 반발도 없었다. 오히려 모두가 수긍했을 정도다. 불과 10년 만에 세상이 이렇게 변했다.

김상희가 회의장에 모습을 드러냈다.

'오늘은 또…….'

들어가면서 한숨을 내쉬었다. 분위기가 험악한 것으로 보아 뭔가 또 분쟁이 일어난 것 같았다. 아탄티아 국제 분쟁 기구의 부의장으로 취임하게 된 곽기현이 허리를 숙였다.

"의장님, 오셨습니까?"

김상희가 말했다.

"무슨 일이죠? 분위기가 아주 안 좋네요."

누군가가 크게 외쳤다.

"성녀님! 이 사안을 판단해 주십시오!"

다소 강압적인 목소리였다. 마치 판단해 주지 않으면 폭력이라도 불사하겠다는 듯. 눈치 빠른 김상희는 그 목소리를 듣고 분위기를 읽을 수 있었다.

'오늘도 쉽지 않겠어.'

김상희는 앞쪽을 쳐다봤다.

'저 남자는…….'

김상희는 이 세계에서 살아남기 위해 열심히 공부했었고, 그것은 지금도 마찬가지다. 그녀가 이 자리까지 올 수 있었던 것은 그녀 스스로 필사적이었고 무던히 노력했기 때문이다. 그녀는 각국 주요 인물에 대해서 대부분 파악하고 있으며 대략적인 성격 역시 이미 파악한 상태다.

'데루코.'

나이 47세. 해상 왕국 중 하나인 레타 왕국의 3인자 정도 되는 인물.

'레타 왕국이라…….'

레타 왕국은 강대국이다. 세계 3대 해상 왕국 중 하나이며, 신라와도 밀접한 관계를 맺고 있다.

'그리고 옆에 저 남자는…….'

누구더라? 정확하게 기억이 나지 않는 것으로 보아 중요한 인물은 아니었다. 김상희는 한참을 생각했다.

'아! 로티아 왕국의 대신, 호르바토!'

한 번에 기억해 내지 못한 이유를 알 수 있을 것 같았다. 레타 왕국은 서쪽 해안에 위치한 해상 왕국이다. 그리고 로티아 왕국은 불과 30년 전까지만 해도 레타 왕국의 식민지였다. 제국에서도 그것을 딱히 제지하지 않았었고. 레타 왕국은 과거 잉카 제국과도 돈독한 친분을 유지하고 있었다. 간단한 인상착의를 파악하는 것만으로도 대략적인 상황이 그려졌다. 그것이 황제의 아내라는 것 말고 그녀가 이 자리에 앉아 있을 수 있는 이유였다.

'해상 왕국인 레타 왕국의 데루코. 이기적이고 난폭한 인물. 술을 마시면 자제력을 잃어 마초 기질이 굉장히 강해지는 남자. 약소국 로티아 왕국의 대신, 호르바토. 로티아 왕국 내에서는 입지가 높고 인망이 두터운 남자.'

문건을 대충 살펴봤다.

'데루코가 며칠 전에 호르바토에게 아탄티아의 땅을 팔았구나. 그것도 결코 싸지 않은 값에.'

김상희는 그 내막을 짐작해 봤다.

'어쩌면 강매였을지도 모르겠어.'

그럴 수도 있다. 강대국들이 자신들의 힘을 이용해 약소국에게 필요 없는 땅을 비싸게 팔아넘기는 경우는 종종 있는 일이다. 갑질의 하나인데, 약소국들은 어쩔 수 없이 그런 제안들을 받아들이는 경우가 대부분이었다. 신라가 그런 갑질을 막으려고 중간에서 노력을 많이 하는 편이지만 모든 경우를 다 컨트롤할 수 있는 건 아니었다.

'그런데 거기서 문제가 생겼구나.'

상황을 대략 파악한 김상희가 말했다.

"데루코 씨가 먼저 말씀해 보세요. 혹시 며칠 전에 판 땅에서 뭔가가 나왔나요?"

"그렇습니다. 마력석 알론이 채취되었습니다."

이제 모든 것이 명확하게 그려졌다. 며칠 전에 데루코는 호르바토에게 땅을 팔았다. 강매인지 아닌지는 알 수 없었지만 하여튼 비싼 값에 팔았다. 그리고 며칠 뒤, 호르바토는 거기서 마력석 알론을 발견했다.

"저는 땅을 팔았지, 알론을 판 적은 없습니다."

역시, 그럼 그렇지. 억지를 부리려고 온 것이구나.

"호르바토 씨는 그 땅을 다시 팔 생각은 없으신 건가요?"

아마도 그곳에는 이미 채취 시설이 들어섰을 거고 국가 차원의 사업이 진행되고 있을 거다. 마력석 알론을 채취하기 위해서. 그런 게 아니었다면 여기까지 안건이 올라오지도 않았겠지. 아무리 강대국인 레타라고 해도 모든 절차를 무시해 버릴 수는 없다. 아마도 로티아 왕국에서 빠르게 일을 크게 벌인 모양이었다. 레타 왕국에서 함부로 손을 쓰지 못하도록 말이다.

호르바토는 말을 아꼈다.

"……그것이 저 혼자서 결정할 수 있는 문제가 아니라서 본국에서 사람이 오고는 있습니다만……."

여기까지 오는데 며칠은 걸릴 거다. 누가 오고 싶다고 바로바로 올 수 있는 건 아니었으니까. 그사이 사업은 더욱더 진척이 될 거고, 그러면 레타 왕국은 그 땅을 영영 돌려받지 못하게 될 거다. 로티아에서도 그걸 노리고 있을 거고. 김상희가 말했다.

"이러한 경우는 전에도 굉장히 많았습니다. 데루코 공도 모르는 것이 아닐 텐데요."

"……."

"땅을 판 경우, 그 땅에서 나오는 모든 것은 땅의 소유자에게 소유권이 있습니다. 여기까지 올라올 문제가 아닌 것으로 짐작됩니다."

김상희는 주위를 한번 둘러봤다.

"이 문제를 여기까지 올린 담당자의 이름을 확인해 주세요."

이건 하나의 경고였다. 일처리 똑바로 하라고. 이건 이미 판례가 많이 나와 있는 거고, 하나의 룰이었다. 지금 이건 억지를 쓴다고 될 문제가 아니다. 원칙 하나가 무너지기 시작하면 다른 것들도 무너진다. 강대국이라고 룰을 어기면서까지 편을 들어줄 일은 아닌 것이다.

데루코가 목소리를 높였다.

"성녀님!"

부의장인 곽기현이 말했다.

"지금 이 자리에서는 의장님이십니다. 데루코 씨는 목소리를 낮추세요."

"의장님! 저는 레타 왕국의 대공입니다."

"알고 있습니다."

"그런데 어찌……!"

김상희는 눈을 살짝 감았다가 떴다. 그의 억지에 동요되지 않고 조용한 목소리로 말을 이었다.

"신라 제국은 중립적인 입장을 지킬 것이며, 국제 분쟁 위원회 역시 그 뜻을 따를 것입니다. 이곳에서는 강대국도 약소국도 없습니다. 원칙이 있을 뿐입니다. 따로 얘기할 사안이 아닌 것 같으니 돌아가세요."

"저는 인정할 수 없습니다!"

그때, 목소리가 들려왔다.

"인정 못하면 어쩔 건데?"

김환성은 노블레스 나이트다. 노블레스 나이트라는 거창한 칭호를 얻기는 했는데, 따지고 보면 그는 백수다. 별로 하는 일이 없다. 아주 위험한 마물이 나타나면 그걸 가끔 처리하는 일을 하고 있다. 물론 공식적인 일은 아니다. 그냥 소일거리 삼아 하고 있다. 그의 주된 일은 조카들과 놀아주는 것이다. 조카들과 놀다가 조금 심심해지면 동생이랑 논다. 동생이랑 놀면 아주 재미있다. 10대 때도 그랬고, 20대 때는 더욱 그렇다.

"우리 잘나신 황제 폐하는 원칙주의자고 온화하지만 말이야……!"

쾅!

거대한 폭발음이 터져 나왔다. 곽기현은 '아이고~ 두야' 하고 머리를 잡았다. 저 바닥, 대리석인데…… 엄청 비싼 건데…… 또 부쉈다. 공식적으로 노블레스 나이트는 소속 국가가 없기 때문에 어디 청구할 수도 없다.

'뭐, 성녀님이 어련히 알아서 배상하시겠지만.'

어쨌든 김환성은 지금 무력시위를 펼쳤다.

"야, 돼지. 너 이름이 뭐냐?"

"이, 이게 무슨 짓입니까! 나는 레타 왕국의 데루코요!"

"레타 왕국?"

김환성은 데루코의 멱살을 잡아 들어 올렸다.

"똥…… 크흠!"

하마터면 똥개라고 부를 뻔했다. 사랑이 가득 담긴 애칭이라 실수할 뻔했다.

"의장님아, 나 지금 레타 왕국 몰락시키러 가도 됨?"

존댓말은 써야 할 것 같고, 그렇다고 동생한테 존댓말 쓰기는 싫고, 그렇다고 반말을 쓸 수도 없는 노릇이고 그렇다 보니 말투가 좀 이상해졌다.

김상희는 머리가 아파왔다. 저 대책 없는 망나니 오빠가 또 난리를 치고 있다. '아니, 심심하면 애들이랑 놀아야지 왜 여기 와서 깽판이냐!'라고 따지고 싶지만 지금은 마음속으로 응원했다. 나이스 망나니.

"오라버니……."

물론 겉으로는 걱정하는 척할 뿐 김환성을 딱히 말리지 않았다.

김환성이 턱을 꼿꼿이 세우고 거만하게 말했다.

"야, 네가 그렇게 세냐?"

"이, 이거 놓으시오!"

"그렇게 세냐고. 레타 왕국? 걔 싸움 잘해?"

김상희는 할 말을 잃었다. 아니, 왕국을 인격화하지 말아주세요, 오라버니.

김환성이 말했다.

"나랑 싸울래?"

"서, 선전포고 하는 겁니까! 이건 국가 간에 매우 중요한 문제입니다."

"나는 소속 국가 없는데? 나는 백수야."

김환성이 데루코의 귀에 속삭였다.

"뒤지고 싶지 않으면 얼른 꺼져라. 진짜 멸망시켜 버린다."

까짓것, 퓨리어스 몇 병 들고 가서 만신창이 될 때까지 싸우고 또 싸우고 싸우다 보면 멸망시킬 수 있겠지 뭐. 김환성은 그렇게 쉽게 생각했다. 소동은 거기서 마무리됐다. 사람들이 나가고 난 뒤, 김상희가 소리쳤다.

"오라버닛!"

"……응?"

"물어내요!"

"……뭐, 뭘?"

"멀쩡한 바닥을 왜 부숴요!"

김상희는 신경질적으로 걸어가 김환성의 등짝을 때렸다.

짝! 소리와 함께 김환성이 아프다고 비명을 질렀다. 곽기현은 신세계를 봤다.

'노블레스 나이트가…….'

총알도 피하는 노블레스 나이트가 여자의 손바닥을 못 피했다.

'저걸 못 피하고…….'

그게 끝이 아니다. 못 피한 정도가 아니라 아파하고 있다.

'아프다고 엄살까지?'

이건 도대체 무슨 현상인가? 이 세계에 익숙해져 가고 있는 중이라지만 이건 아무래도 이해하기가 너무 힘들었다. 오늘 곽기현은 새로운 교훈을 얻었다.

'상희학의 세계는 넓고도 험하구나.'

레타 왕국의 데루코는 신경질적으로 탁자를 내려쳤다.

"젠장! 젠장! 젠장!"

그 많은 사람 앞에서 창피를 당했다.

"죽여 버리겠다!"

김환성, 개 같은 새끼. 물론 겉으로 욕하지는 않았다. 그는 노블레스 나이트가 무서웠으니까. 막말로 김환성이 퓨리어스 몇 병을 가지고 단신으로 쳐들어온다면 수월히 막아낼 수 없을 거다. 레타 왕국에서는 김환성과 싸우느니, 차라리 자신의 목을 잘라버리는 게 이득일 터. 그래서 김환성에게 화낼 수 없었다.

"이게 다 그 개 같은 년 때문이다!"

화살은 엉뚱한 데로 날아갔다. 그래도 김환성보다는 김상희가 훨씬 만만했으니까. 그는 방에서 술을 마시면서 고래고래 소리를 계속 질렀다.

"사지를 잘라 먹어도 시원치 않을 개 같은 년!"

물론, 혹시 누가 들을까 봐서 '김상희'라든가 '성녀'라는 말은 뺐다. 주어를 빼고 욕을 한 거니까 죄가 되지는 않겠지.

'그 계집년 뒤에는 황제가 있다.'

황제의 아내 사랑은 이미 유명하다. 그래서 대놓고 욕을 할 수 없었다. 그때, 창문 밖으로 여자들이 보였다.

"야! 야 이년들아! 이리 올라와 봐!"

잘됐다. 이참에 저 건방진 계집년들을 혼내줘야겠다고 생각했다. 김환성에게 화낼 수도 없고, 그렇다고 김상희에게 화낼 수도 없다. 그렇다면 상황을 이렇게 만든 계집년들에게 화를 풀어야겠다고 생각했다. 논리적으로는 말이 안 되지만 하여튼 그는 그렇게 생각했다. 술을 벌컥벌컥 들이마셨다.

"계집년들아! 감히 남자가 말씀하시는데 안 올라오고 뭐 하는 거냐! 뒤지고 싶은 거냐!"

술김에 얼굴이 시뻘겋게 달아오른 그가 창문에서 뛰어내렸다. 여성의 인권 신장을 위해 그 누구보다도 노력하고 있는 성녀와 황제가 있는 이곳, 신라 제국에서 말이다.

불과 10년 전만 하더라도 이런 말을 들으면 여자들은 고개를 조아리기 바빴다. 혹시라도 누가 될까 싶어 달려와서 무릎을 꿇었었다. 원래 그게 당연한 세상이었고, 그도 그게 당연하다 배우며 컸다.

거리를 걷던 여자 둘은 고개를 갸웃했다. 여자라기보다는 아직 소녀에 가까운 그녀들의 이름은 라엘과 라일. 언니가 라엘이고 동생이 라일이다.

라일이 라엘의 팔을 잡았다.

"뭐야, 저 남자? 언니, 저 남자 알아?"

각각 12살과 13살의 자매. 그녀들은 신라에서 태어났으며 신라의 교육을 받으며 커가고 있다. 그리고 그녀들은 남성 우월주의적 생활을 해본 적이 거의 없다. 따라서 그녀들의 눈에 저 남자는 그렇게 무서워 보이지 않았다.

쿵!

소리와 함께 데루코가 땅으로 뛰어내렸다. 마력이 몸을 보호하고 있어서 상처는 없었지만 충격 자체가 없는 건 아니었다.

"콜록! 콜록!"

데루코는 기침을 했다. 술에 취한 상태라 마력 운용이 마음먹은 대로 되지 않았다.

"미쳤나 봐……."

"가자, 가자."

두 여자는 가려고 했다. 그런데 마력이 몸을 구속했다.

"어딜 가려는 거냐, 이 계집년들아!"

"왜, 왜 이래요?"

"이 계집년들을 당장 포박해서 내 방으로 끌고왓!"

데루코의 부하들이 라엘과 라일을 둘러쌌다. 데루코가 시뻘게진 얼굴로 고래고래 소리를 질렀다.

"뭘 봐! 다들 눈 깔아!"

다들 아는 척하지는 않았다. 아무리 세상이 바뀌어가고 있어도 기본적으로 여자는 남자보다 가혹한 상황에서 살고 있다. 상황이 전부 똑같아지더라도, 기본적인 신체적 능력이 남자가 여자보다 훨씬 뛰어났다. 게다가 대부분의 고위직 관료들은 남자다. 더 정확히 말하자면 성녀를 제외한 고위직 관료 중 여자는 단 한 명도 없다. 세상이 변하고 있다고는 하지만 여자들의 편을 들어주기엔 세상의 변화가 아직 너무 미미했다.

"괜히 불똥 튈라."

"보아하니 높으신 분 같은데……."

"그래, 그냥 모른 척하는 게 나아."

저 여자애들이 불쌍하기는 하지만 뭐, 이런 거야 10년 전에도 비일비재하게 일어났던 일이 아닌가. 아니, 오히려 저 여자애들이 저렇게 거리를 마음 놓고 활보할 수 있게 된 것 자체가 오히려 이상한 일이었다.

그때, 목소리가 들려왔다.

“그만 좀 하시죠.”

데루코는 인상을 찡그렸다. 뭐냐, 또? 또 계집년 목소리냐!

“네깟 년이 도대체 뭔데!”

얼굴이 대충 낯이 익은 것 같긴 한데 정확하게 기억나지는 않았다. 그래, 그래 봤자 계집이다. 계집 따위의 얼굴을 기억하지 못한다고 뭐가 손해겠는가. 그는 그렇게 생각했다.

“저도 검을 사용할 줄 압니다.”

“허, 그래서?”

데루코는 더 열 받았다. 성녀한테 모욕을 받았다고 느끼는 중이다. 그러다 보니 세상의 모든 여자가 자신을 무시하는 것 같은 기분이 들었다. 전혀 논리적이지 않지만 그는 매우 화가 났다.

“저년도 같이 포박햇!”

여자가 검을 뽑아 들고 입술을 깨물었다.

‘과거라면 상상도 못했겠지만.’

남자와 대등하게 칼을 뽑아 들고 싸운다? 절대 있을 수 없는 일이다. 하지만 이제는 가능해졌다.

‘우리 성녀님께서 날 지켜주실 거야.’

여자의 이름은 매, 김상희를 옆에서 보필하고 있는 호위 기사 중 한 명이다. ‘여자’라는 이유로 김환성이 바로 허락하긴 했지만 그 실력이 아주 거짓은 아니었다. 매를 발견한 난도 뛰어왔다.

"언니!"

매, 난, 국, 죽이 한자리에 모였다. 데루코의 부하들과 대치 상태에 들어섰다. 데루코는 또 고래고래 소리를 질렀다. 화가 많이 난 모양이다.

"보자보자 하니까 계집년들이 어디서 감히 남자랑 눈을 똑바로 마주쳐? 모두 잡아들엿!"

감히 여자 따위가 하늘 같은 남자와 눈을 마주치다니. 그는 그렇게 생각했다. 30년 넘게 그렇게 살아온 데다가 지금은 취기까지 얼큰하게 올라 있었다. 그때 부하 중 하나가 소신 있게 말했다.

"데루코 대공, 지금은……."

그의 부하가 생각하기에도 이런 건 좋지 못하다. 데루코의 악명 높은 술버릇이야 이미 알고는 있었지만 그래도 이건 너무 일을 크게 벌이고 있는 것이다. 어린 계집 둘 납치해서 손봐주는 거야 어렵지 않지만 칼까지 뽑아 들고 싸운다니, 그것도 제국 신라에서. 아무리 데루코 대공이라고 해도 엄벌을 면하기 힘들 거다.

"닥쳐! 너도 감히 날 무시하는 거냐!"

데루코가 칼을 뽑아 남자의 무릎을 찔렀다. 남자는 피할 수 있었지만 피하지 않았다. 괜히 피했다가는 무릎이 아니라 목에 칼이 들어올 수도 있으니까. 권력이란 무서운 거다. 차라리 한 번 찔리는 게 낫다. 상황이 이쯤 되자 다른 나이트들은 어쩔 수 없이 데루코의 말을 들을 수밖에 없었다.

매가 외쳤다.

"산개!"

매, 난, 국, 죽이 데루코의 부하들과 싸웠다. 네 명의 여자는 잘 싸웠다. 하지만 체력에서도, 실전에서도, 힘에서도 조금씩 밀리는 건 어쩔 수 없었다. 결정적으로 숫자에서 제일 많이 밀렸다. 데루코의 부하는 10명이 넘었다. 결국 매, 난, 국, 죽은 포위당했다. 매가 거친 숨을 몰아쉬었다.

"헉…… 헉……!"

데루코가 낄낄거리며 웃었다.

"눈 깔아. 감히 계집년 따위가 남자와 맞먹으려드니 그런 꼴을 당하는 거다."

강제로 매의 무릎을 꿇렸다. 매, 난, 국, 죽, 그리고 라엘과 라일을 방으로 끌고 들어왔다. 그사이, 아무도 신고를 하지 않았는지 경찰도, 나이트도 움직이지 않았다.

방으로 올라온 데루코는 여자들을 모두 묶었다.

"가장 어린년이 어떤 년이냐?"

데루코가 혀로 입술을 핥았다. 아, 이게 얼마 만이냐.

"어린 계집년이 맛있는 법이지. 속살도 야들야들하니."

불과 10년 전만 해도 이런 일은 마음대로 할 수 있었다. 지나가다가 예쁜 여아가 보이면 데려가서 은총을 내려줬었다. 물론, 어디까지나 그의 입장에서 은총을 내려준 거다. 여자가 임신을 하든 말든, 몸에 상처가 나든 말든, 그런 건 전혀 신경 쓰지 않았었다. 그건 지금도 마찬가지였다. 오히려 지금이 더 흥분됐다.

"신라 제국이 미쳐서 여자들 편을 들어 가지고 말이야."

신라 때문에 욕구 해소도 못하고. 요즘 안 그래도 욕구불만이었다.

잘됐다. 자, 이제 울고불고 난리를 쳐봐라. 살려 달라고 무릎 꿇고 빌면서 스스로 옷을 벗으란 말이다! 그는 낄낄대며 웃었다. 묘한 정복욕이 들었다. 이런 기분, 아주 좋다.

데리코가 번들거리는 눈으로 라일을 쳐다봤다.

"네년이 가장 야들야들할 것 같구나!"

데루코가 라일에게 가까이 다가갔고, 라일은 울음을 터뜨렸다.

김상희는 문득 이상함을 느꼈다. 휴가를 보낸 사군자, 그러니까 매, 난, 국, 죽이 돌아올 때가 지났는데 돌아오지 않고 있기 때문이었다. 똥개 혹은 어이 대신 똑바로 이름을 부르게 된 김환석이 김상희를 힐끗 쳐다보고서 말했다.

"김상희."

"……네?"

"걱정거리가 뭐냐?"

"……어떻게 아셨어요?"

예전부터 눈치가 빠르다는 건 알고 있었지만 오늘따라 김환석의 눈치는 더욱 빨랐다.

"사군자가 돌아오지 않고 있어요. 이럴 애들이 아닌데 연락도 안 되고."

김환석이 인상을 찡그렸다. 겨우 그까짓 일 때문에 사랑스런 내 동생이 고민을 하고 있다? 절대 안 된다. 물론, 김환석은 스스로 그렇게 생각하지는 않았다. 그의 무의식이 다 알아서 했다. 알렉스가 옆에 있었다면 흐뭇하게 웃었을 것이다.

김환석이 핸드폰을 들었다.

"스페셜 나이트."

더 정확히 말하면 핸드폰은 아니다. 스페셜 나이트들과 직통으로 연락이 가능한 핸드폰 형태의 무전기다.

"사군자를 찾아. 최근 위치는 바르비통 사거리 근처. 지금 당장."

김상희는 김환석을 쳐다봤다.

"오빠……? 바르비통 사거리라는 건 어떻게 알았어요?"

"알면 다쳐."

김환석은 말해주지 않았다. 김상희가 걱정할 수 있는 단 하나의 작은 단서라도 김환석은 놓치고 있지 않다는 것을 말이다. 하여튼 김환석은 거의 대부분의 상황을 통제하고 있었으며, 사람 하나 찾는 것쯤은 일도 아니었다. 적어도 신라 제국 내에서는 말이다.

잠시 후 스페셜 나이트들로부터 연락이 왔다.

–찾아냈습니다.

김상희가 벌떡 일어섰다.

'아무도 신고를 하지 않은 거야?'

화가 많이 났다. 성녀가 되어 세상을 바꾸고 있다고 생각했는데, 아직도 먼 모양이다. 백주 대낮에 그런 일이 벌어졌다. 게다가 신라 제국 내에서 칼부림까지 났다. 그런데도 아무도 그 사실을 알리지 않았다. 암묵적으로, 여자가 당하는 건 아무렇지도 않다는 의식이 바탕에 깔려 있는 것 같았다.

김상희가 직접 움직였다. 당연한 말이지만 김상희가 움직이면 노블레스 나이트와 스페셜 나이트들도 움직인다. 노블레스 나이트에는 김환석과 김환성, 그리고 비밀리에 호위하고 있는 김유신이 있으며, 스페셜 나이트에는 한진수가 가려 뽑은 고려 출신 최정예 요원들이 포함되어 있다. 이들은 모두 퓨리어스를 소지하고 있으며, 위급 상황 발생 시 한진수와 직통으로 연락을 취할 수 있는 특권을 갖고 있다. 혹시라도 무슨 일이 생기면 한진수가 워프로 날아올 수 있다는 소리다.

김유신이 말했다.

"황제 폐하께는 아직 말씀드리지 않아도 될 것 같다."

한진수가 날아오면 일이 커진다. 그는 온화의 군주이면서, 혼자서 세계와도 싸울 수 있는 전력을 가진 남자다. 프리온 나이트 수천 기를 소유하고 있고, 그들을 전부 지휘할 수 있으며, 성녀와 함께 있을 때엔 온갖 능력을 발휘할 수 있는 전천후 폭격기 같은 존재다.

김상희의 눈앞에 한 남자가 결박되어 쓰러져 있었다.

"감히 계집년들 따위가 나를 농락하는 것이냐!"

김상희는 인상을 찡그렸다. 술에 쩔은 냄새가 났다. 아무래도 술을 너무 많이 마신 것 같다.

"술 때문이라고는 하지만……."

그것이 정상참작이 될 수는 없다.

"그대는 신라 제국 내에서 검을 뽑아, 신라의 국민을 향해 검을 겨누었다."

"제기랄! 계집년 따위가 훈계질을 하는 것이냐! 닥쳐라!"

그 말에 김환성이 움찔했다. 그냥 죽여 버릴까 싶었는데, 왠지 그랬다가는 동생한테 혼날까 봐 그냥 뒀다. 김상희가 말을 이었다.

"나는 신라 제국의 황후로서, 그 죄를 결코 좌시하지 않을 것이며, 레타 왕국에 정식으로 항의할 것이다."

그쯤 되자 데루코는 정신을 차렸다. 술이 번쩍 깼다.

"서, 서, 서, 성녀님……?"

김상희는 동요하지 않았다.

"나는 그대와 그대의 조국에게 그 죗값을 물을 것이다. 그대는 그대의 나라를 대표하여 왔으니 그대의 나라에도 죄를 물어야겠지."

일단은 데루코를 포박하여 황궁으로 끌고 왔다. 그녀는 화가 많이 났다. 사람들 앞이어서 망정이지, 그렇지 않았다면 욕설을 퍼부었을지도 모를 일이다. 그녀는 레일이라는 어린아이를 봤다. 옷이 거의 찢겨나가 있었다. 무슨 짓을 하려고 했는지 눈에 훤했다. 이렇게 어린아이를 상대로 말이다.

'아무도 도와주지 않았어.'

만약 사군자가 아니었다면 이번 사건도 그냥 지나쳤을 거다. 데루코쯤 되는 인물이 저렇게 난리를 칠 정도면 그 아래, 수면 위에 드러나지 않은 이런 일이 얼마나 많을지 가늠조차 되지 않는다.

'어떻게 처리를 해야 하지?'

레타 왕국에 본보기를 보이겠다, 그렇게 말을 해놓기는 했으나 절차와 법도라는 게 있다. 아무리 성녀고 황후라고 해도 마음대로 할 수는 없는 법이다. 어떻게 해야 할까? 진수에게 말을 해야 할까? 머릿속이 복잡해졌다.

그때, 목소리가 들려왔다.

"왜 이렇게 늦은 거냐?"

귀에 익은 목소리였다. 뿐만 아니라 너무나 듣고 싶은 목소리이기도 했다. 지난 1년간 그토록 애타게 기다렸던 목소리. 거기에는 한진수도 있었다. 한진수가 머리를 긁적거렸다.

"네가 신경 쓸 것 같아서."

보고를 받고 보니 너무 화가 나더라고.

"그래서 겁 좀 줬어."

나중에 알아보니 레타 왕국을 수천 기의 프리온 나이트가 포위했단다. 국왕이 직접 나와 머리를 조아리고 무릎을 꿇었단다. 이례적으로 레타 왕국은 데루코를 처형하겠다고 공식적으로 발표했다.

한진수가 손사래 쳤다.

"나 혼자만의 생각은 아니었으니까 혼내지 마."

본보기가 필요했다. 이런 식으로 행동하면 신라에서 가만히 있지 않을 거란 걸 모든 나라에 보여주고 있는 거다. 그는 온화의 군주이지만, 언제나 온화한 건 아니다.

"국왕이 직접 사과문을 발표할 거고, 데루코란 놈은 처형당할 거야. 모든 나라에 본보기가 되겠지."

"……."

"아무래도 강경한 수단이 조금 필요할 것 같아. 이렇게 좋게 좋게 나가서는 세상이 안 변할 거 같으니까."

까짓것, 독재자 하지 뭐. 한진수가 웃었다. 내 와이프가 좋아하는 세상을 만드는 거라면 독재자 따위 하면 되지 뭐. 뭐가 문제야? 절차나 법도 따위, 그딴 거 알게 뭐람.

"하여튼 멸망의 위기를 느꼈을 테니까 앞으로는 여자에게 함부로 대하지 못할 거야. 반발하는 놈들은……."

그때, 다른 사람이 말했다. 김상희가 그토록 듣고 싶어 했던 그 목소리. 어쩌면 영영 듣지 못할지도 모른다고 생각했던 그 목소리였다.

"나는 백수다."

"……."

"즉, 할 일이 별로 없다는 거지. 내가 스페셜 나이트를 지휘하며 세상을 바꿔주겠다. 몸도 다 나은 것 같고, 내가 맡아 처리해 주겠다."

"……."

김상희는 말을 잇지 못했다. 눈물이 차올랐다.

그가 말했다.

"환석이와 함께 움직이면 세상 끝에서 세상 끝까지도 감시가 가능할 거다."

그래. 까짓것, 감시하지 뭐. 다시는 이런 일을 벌어지지 않도록 강경책이 좀 필요할 것 같다. 인권이고 뭐고 알게 뭐야. 반발하는 놈이 있을 리 없다.

"내가 제일 세거든. 반발하는 놈은 없을 거다. 아니, 없게 만들 거다."

김상희가 달려갔다. 그리고 그에게 안겼다. 사랑한다고, 아빠가 쓰러지기 전에 진심으로 말해주지 못해서 미안하다고, 나 정말 아빠 사랑한다고 말해줬다.

그날 밤, 한진수가 말했다.

"너 그거 알아?"

그의 표정은 아주 진지했다.

"뭔데?"

"네가 아버님 사랑하는 것보다 내가 너 더 많이 사랑한다?"

더욱더 진지해졌다.

"진짜야. 내가 훨씬 더더더더더더더더더더더더더더더더더더더더

사랑해.”

세계와도 싸울 수 있다고 알려진 온화의 군주 한진수가 소심하게 한마디를 더 덧붙였다.

“그리고 이제 내가 좀 더 세다?”

외전 3
그 남자의 기억

내 인생에서 가장 눈부셨으며 가장 아름다웠던 그날을 나는 아직도 생생하게 기억하고 있다. 그때는 어렸다. 겨우 14살이었다. 지금 돌이켜보면 10년도 더 된, 오래되었다면 오래되었고, 어찌 보면 짧은 세월이었지만 14살 기준의 내게 10년이란 시간은 인생의 절반을 훌쩍 넘는 긴 시간임에는 틀림없었다.

'눈부셔.'

수희를 처음 봤을 때, 나는 그렇게 느꼈다. 그 수많은 학생 가운데서도 단연코 빛이 났다. 14살의 나는 수희의 몸에서 정말로 빛이 뿜어져 나온다고 느꼈을 정도였다. 그때의 내가 왜 그렇게 느꼈는지는 잘 모르겠다. 눈부시게 아름다웠다. 그냥 드라마나 소설 속 표현인 줄만 알았는데, 진짜였다.

'예쁘다…….'

그 순간, 나는 사랑에 빠졌다. 비록 14살이지만 그 나름대로는 제법 성숙하다 생각하는 어른이었다. 지금의 내가 생각하면 기가 찰 노릇이다. 그때의 나를 어른이라고 생각하고 있었으니까. 스스로 철이 들었으며, 첫눈에 반하는 건 있을 수 없는 일이라고 생각하고 있던 나는 그날 이후로 완전히 바뀌었다.

'친해지고 싶어.'

하지만 가까이 다가갈 수가 없었다. 용기가 나지 않았다. 뭐랄까, 이유를 알 수 없었지만 왠지 무서웠다.

'괜스레 다가가면…….'

그랬다가는 정말 저 멀리 사라져 버릴 것 같은 느낌이었다. 14살의 나는 그랬다.

'같은 반이다!'

수희와 같은 반이 되었다. 나는 뛸 듯이 기뻤다. 하지만 제대로 표현하지 못했다.

'예쁘다.'

그냥 예뻤다. 뭐라고 다른 말로 표현할 수가 없을 만큼, 그녀는 내 삶을 눈부시게 비췄었다.

3월 14일. 수희를 처음 만났던 그 해에, 수희는 사탕 선물을 참 많이도 받았다. 3월 14일 화이트 데이는 참으로 좋은 구실이었다. 수희는 언제나처럼 예쁘게 웃었다. 그렇다고 딱히 누군가와 사귀지는 않았다.

'나 같은 건…….'

가까이 다가갈 수도 없을 것 같다고 느꼈었다. 매일매일 수희를 훔쳐봤다. 우연인지는 모르겠지만 눈이 마주칠 때마다 수희는 예쁘게 웃어줬다. 내게 호감을 보였다기보다는 수희는 늘 밝게 웃었다. 남자치고 수희를 싫어하는 사람은 없었다. 수희는 언제나 착했고 어느 순간에도 예의를 잃지 않았으며, 매 순간 예쁘게 웃고 있었으니까.

'그래도…….'

가까이 가고 싶었다. 점점 더 그 욕망이 불타올랐다.

'손이라도 잡고 싶어.'

구체적으로 뭘 어떻게 하고 싶다는 마음이라기보다는 손 한번 잡아보면 소원이 없을 것 같았다. 1년이 그렇게 지나갔다.

나는 그때 누군가에게 들었다. 시간이 흐르면 짝사랑은 없어지게 마련이라고. 하지만 나는 아니었다. 수희를 처음 본 지 1년이 지났는데, 나는 여전히 수희를 사랑했다. 14살, 아니, 15살의 어린 애가 뭔 놈의 사랑이냐고 어른들이 그렇게 말을 한다면 나는 당당하게 말할 수 있다. 15살짜리도 사랑할 수 있다고. 나는 14살의 그때부터 지금까지 단 한순간도 수희를 사랑하지 않은 적이 없다. 다른 건 몰라도 그것만큼은 정말 당당하다. 수희에게 가까이 다가가고 싶다는 그 마음이 시간이 가면 갈수록 점점 더 활활 불타올랐다.

'용기를 내보자.'

어차피 수희는 올해도 많은 사탕을 받을 것이다. 그래서 나도 사탕을 샀다. 3월 14일이 왔다. 사탕이라는 핑계에 가까운 용기이기는 했지만 나는 수희에게 사탕을 건네줬다.

"이, 이거……."

"고마워."

수희는 나를 보며 활짝 웃어줬다. 수희는 이런 상황이 매우 익숙한 것 같았다. 들리는 소문에 의하면 매몰차게 거절할 수 없으니 다 받는다고 한다. 하지만 누군가와 사귀는 건 보지 못했다.

며칠 뒤, 나는 펑펑 울 수밖에 없었다. 화이트 데이 때 사탕을 준 누군가와 수희가 사귄다는 말을 들었기 때문이다. 지금 생각하면 황당하기는 하지만 그때의 나는 자살을 생각할 정도로 큰 충격을 받았다. 그때도 그랬고 지금도 그렇고, 수희는 내 삶의 이유였으니까. 며칠간 펑펑 울다가 겨우 정신을 차렸다.

'옆에서 볼 수는 있잖아.'

같은 학교, 같은 반이라서 다행이었다. 적어도 옆에서 볼 수는 있으니까.

'죽으면 수희 못 봐.'

적어도 수희를 볼 수 있다는 그 상황 자체만으로도 내게는 행복이다. 그렇게 내 스스로를 세뇌시켰다.

며칠 뒤, 수희가 남자 친구와 헤어졌다는 소식을 들었다. 창문가에 앉아 약간은 우울한 표정으로 앉아 있던 수희를 보면서 나는 가슴이 찢어지는 걸 느꼈다. 신기하기까지 했다. 수희의 표정이 조금 어두웠다는 것만으로도 나는 너무나 가슴이 아팠으니까. 차라리 많이 아파도 좋으니 내가 대신 아팠으면 좋겠다는 생각이 들었다.

그리고 또 1년이 흘렀다.

중학교 3학년. 내 마음은 점점 더 커져만 갔다. 짝사랑한 햇수로만 따져도 벌써 3년 차. 짝사랑의 불씨가 꺼질 때도 됐건만 오히려 더 커졌다. 이젠 불씨가 아니라 정말로 불이 되어버렸다.

이번에는 정말 당당하게 고백했다.

"나…… 너 좋아해."

나는 그날 보기 좋게 차였다.

"미안해."

수희는 미안해하면서 내게 선을 그어줬다.

"마음은 정말 고마워. 작년에도 그렇고…… 이번에도 그렇고. 나를 좋게 봐주고 생각해 주는 건 늘 고맙게 생각하고 있어. 하지만…… 너는 좋은 친구야."

"……괜찮아."

그 당시의 나는 이렇게 대답했었다.

"그래도 혼자 좋아하는 것까지는 막지 말아줘."

"……내가 무슨 권리로 그걸 막을 수 있겠어. 나는 그럴 자격도, 그럴 권리도 없어. 그저 네 호의에 감사하고, 또 미안할 뿐이야."

"고마워. 그렇게 생각해 줘서. 언젠가…… 아주 조금이라도 마음이 생긴다면 그때는…… 내게도 기회를 한 번만 주면 좋겠어. 나 정말 너 좋아해."

그 당시는 인터넷 소설이 유행하던 때였으며, 중2병이 난무하던 시절이었다. 그리고 그 중2병이 멋있게 느껴지던 시절이었다. 우리는 마치 드라마나 영화 속 주인공들처럼, 자못 비장하기까지 한 감정으로 대화를 나눴었다.

또 1년이 흘렀다.

나는 수희가 남자 친구를 사귀는 것에 대해 약간은 무감각해졌다. 중학교에서 3년의 시절을 보내면서 수희는 3명의 남자 친구를 사귀었고, 그동안 나는 짝사랑의 슬픔을 극복하는 방법을 스스로 익혔다.

'같은 학교야.'

운이 좋았다. 같은 학교에 배정됐다.

'제발…….'

같은 반이 되면 좋겠다고 생각했다. 하늘에 빌고 또 빌었다. 베개 밑에 김수희의 이름을 적어 놨다. 꿈에서라도 볼 수 있게. 그리고 그 밑에 이렇게 썼다.

제발, 같은 반이 되게 해주세요.

하늘은 내 소원을 들어줬다.

"또 같은 반이네?"

"응, 그러네."

"올해도 고백…… 할 거야."

"……."

수희는 고개를 끄덕였다. 하지만 선은 확실히 그어줬다.

"나는 네가 정말 좋은 친구라고 생각해."

나는 수희에게 잘 보이기 위해서 뭐든지 열심히 했다. 공부도 열심히 했고, 운동도 열심히 했다. 아무래도 수희는 그런 남자를 좋아하는 것 같았으니까. 어쨌든 3년의 시간 동안 나는 수희에게 많이 익숙해졌고, 많이 친해졌다.

나는 웃으면서 말했다.

"좋은 친구가 좋은 연인이 될 수도 있는 거야."

"마음은 고맙지만……."

무슨 말이 나올지 이미 알고 있다. 여러 번 들었기 때문이다.

"무슨 말할지 알아. 네가 2년 전에 말했잖아. 좋아할 권리까지 막을 수는 없다고. 나는 그냥 계속 혼자 좋아할게. 그러니까 지켜만 봐줘. 내가 변하는지 안 변하는지."

그리고 3월 14일, 나는 또 보기 좋게 차였다. 그렇게 또 1년이 지났다.

나는 고등학교 2학년이 됐다.

'운 좋다!'

이게 단순히 운일까?

'아냐, 운이 아냐.'

이건 필연이다!

'아니, 필연이어야만 해.'

나는 그렇게 스스로를 세뇌시켰다. 운이 아니고서야 어떻게 중학교 1학년 때부터 지금까지, 5년 동안 모두 같은 반일 수 있단 말인가.

'이건 진짜 필연이야.'

나와 수희가 이어질 수밖에 없는 필연이라고! 나는 혼자서 기뻐했다. 그렇게라도 뭔가 이유를 찾지 않으면 너무 힘들 것 같았으니까. 짝사랑은 나름대로 행복하기는 했지만 그 행복 못지않게 슬픔도 컸다.

"또 같은 반이네?"

"응, 그러네. 또 같은 반이 됐어."

"이번에도 고백할 거야."

"……."

나는 또 보기 좋게 차였다. 기록이라면 기록이었다. 5년 연속 차였다.

'너무 들이대면 부담스러워할 거야.'

그래서 나는 1년에 딱 한 번만 고백을 했다. 너무 들이대면 수희가 싫어할까 봐. 나는 당당한 척 고백하고, 또 쿨한 척 차였지만 속으로는 마음을 엄청나게 졸였다. 혹시라도 수희가 내게 정말로 부담을 느껴서 나를 멀리하면 어쩌나, 그게 너무 무서웠다. 그게 무서운 나머지 나는 화이트 데이라는 핑계 뒤로 숨어야만 했다.

고등학교 3학년 때, 나는 또 차였다. 그리고 나는 수희가 신성대학교에 지원했다는 말을 들었다.

"진수야, 너 정말로 신성대학교에 지원할 거야?"

"네."

"성적이 아까워서 그래. 너라면 한국대학교도 갈 수 있어. 잘 생각해 봐. 나는 아까워서라도 절대 이렇게 못 보낸다."

"가정 형편도 어렵고…… 장학금 받으면서 학교 다니고 싶어서 그래요. 등록금도 부담되고……."

"너라면 한국대학교에서도 장학금 받을 수 있어. 선생님은 네 성실함을 잘 알고 있어."

그 당시, 선생님은 나를 이해하지 못했다. 하기야 내가 선생님의 입장이었다고 해도 이해할 수 없었을 거다. 한국 최고의 대학교에 입학할 수 있는 기회를 마다하고 신성대학교에 지원하기로 했으니까.

'나는…….'

그때 내겐 한국 최고 대학의 졸업장보다 더 중요한 게 있었다.

'수희랑 같은 학교에 가고 싶어.'

수희랑 같은 공간, 같은 시간을 함께하고 싶은 마음이 훨씬 컸다. 결국 나는 수희와 같은 학교, 같은 과에 가게 됐다.

그리고 21살의 어느 날, 믿을 수 없게도 나는 수희로부터 전화 한 통을 받을 수 있었다. 수희가 내게 먼저 전화를 한 거다. 여태까지 단 한 번도 그런 적이 없었는데. 수화기 저편의 수희는 울고 있었다.

—진수야…….

그랬다. 수화기 저편의 수희는 엉엉 울고 있었다. 이유는 알 수 없었지만 아무래도 좋았다. 나는 수희가 울고 있다는 그 사실만으로도 가슴이 미어졌다.

"울지 마."

네가 울면 내가 더 아파. 정말이야. 정말로 가슴이 아팠다.

"지금 갈게."

지금 수희가 어디에 있는지 알 것 같았다. 분명 집 근처 공원에 있는 그네에 앉아 있을 것이 틀림없었다.

"하늘 공원에 있는 거 맞지?"

대답은 들려오지 않았다. 흐느끼는 소리만 들려왔다. 도대체 무슨 일이 있었던 걸까? 뭐가 내 친구…… 그래, 내 소중한 친구를 누가 왜 이렇게 슬프게 했을까? 나는 수희에게 달려갔다. 아니나 다를까.

"너 왜…… 이렇게 울고 있어?"

"……."

수희는 울먹거렸다. 나는 수희에게 가까이 다가갔다.

'나는…….'

어떻게 해야 하지?

'어떤 위로를 해야 해?'

드라마를 보면 멋진 주인공이 멋지고 달콤한 말로 여자 주인공의 마음을 화사하게 바꾸어 놓던데.

'뭐라고…… 해야 해?'

나는 드라마 속 주인공이 아니었다. 주황빛으로 주위를 적시는 희미한 가로등에 비친 수희의 얼굴을 본 순간, 그 얼굴 속 눈망울에 눈물이 가득한 것을 확인한 순간, 나는 송장처럼 굳고 말았다.

'울지 마.'

울면 내가 더 아파.

수희에게 가까이 다가갔다. 뭐라고 말을 해야 할지 몰라서 일단 수희를 안았다. 평소라면 수희는 나를 밀어냈을 거다. 아니, 애초에 나는 수희에게 이런 스킨십 자체를 한 적이 없었다. 용기 없는 겁쟁이라고 해도 좋았다. 나는 그저 멀리서 수희를 바라볼 수 있다는 것만으로도 행복했으니까. 수희의 머리 위에 조심스레 손을 얹어 보았다.

"많이…… 힘들구나."

내 손은 마법의 손이 아니다. 하얀빛이 뿜어져 나와 수희의 마음을 치료해 줄 리 없었다. 그 어떤 마법적인 현상을 펼치지 못했다. 그저 조심스레 수희의 머리를 쓰다듬는 수밖에 없었다.

한참의 시간이 흘렀다. 수희는 정말 오래도록 울었다. 세 시간 정도는 운 것 같다. 아마도 새벽 2시 정도가 되었던 것 같다. 겨우 울음을 멈춘 수희가 입을 열었다.

"……진수야."

그녀의 목소리는 원래의 목소리와는 많이 달랐다. 얼마나 울었는지 목소리가 많이 잠겨 있었다.

"……나 잘못 산 걸까?"

"아냐."

아니라고 말할 수 있다.

"너는 정말 잘 살고 있어. 정말이야."

적어도 나한테 있어서만큼은 세상에서 제일 아름답게 살고 있어. 나는 솔직히 이렇게 말하고 싶었다. 내게 있어서 너는 세상에서 가장 아름다운 사람이라고, 너는 정말 예쁘게 잘 살고 있다고, 나는 그 예쁜 모습을 보는 것만으로도 하루하루가 벅차다고 말이다. 하지만 겨우 친구인 내게 그런 말이 허락될 수는 없었다.

"진짜야. 내가 널 몇 년을 봤냐?"

"……."

"도대체 무슨 일이야?"

"아무것도 아냐."

수희는 내 품을 벗어나며 그네에서 일어섰다.

"옷은…… 미안해."

내 옷은 수희의 눈물로 범벅이 되어 있는 상태.

"아냐."

미안해할 필요 없어. 오히려 너무나 고마워. 나는 말해주고 싶었다. 네가 힘들 때, 나를 찾아줘서 고맙다고.

"내가 뭐 특별히 해줄 수 있는 건 없지만……."

나는 진심으로 말했다.

"이렇게 힘들 때, 네 옆에 있어주는 것 정도는 해줄 수 있어."

너한테 아주 작은 힘이라도 되어줄 수 있다면 난 그것만으로도 행복해. 진짜야.

'네가 불행해지는 건 싫어.'

수희가 우는 거, 불행한 거, 그런 거 다 싫다. 그런데 불행할 때 나를 찾아줬다는 건 고마웠다. 가슴이 아프기도 하고 기쁘기도 하고, 복잡 미묘한 이상한 마음이었다.

수희는 여전히 내게 미안해했다.

"미안해. 너무 늦었지……?"

"아냐, 데려다줄게. 들어가자."

나는 그날 수희를 집에 데려다주었다. 그리고 며칠 뒤, 친구를 통해 수희에게 어떤 일이 일어났는지 알 수 있었다.

화가 났다.

'수희는 아무런 잘못도 없었는데.'

수희가 인기가 많은 건 안다. 어릴 때부터 그랬다. 나뿐만 아니라 정말로 많은 남자가 수희를 좋아했었다. 그건 대학교에 와서도 그건 마찬가지였다. 수많은 남자가 수희에게 대시했다.

'근데 그건 수희 잘못이 아니잖아?'

수희는 남자에게도 잘했지만 여자에게는 더욱 잘했다. 특별히 남자 앞에서 교태를 부린 적도 없다. 그녀는 누구에게나 친절했고, 누구에게나 예의 바르게 행동했다.

'그런데 어째서 수희가 그런 욕을 먹어야 해?'

내가 다 분했다. 나는 수희를 정말 오래 봐왔다. 수희는 과 애들 몇몇이 말하는 그런 여우 혹은 요물이 절대로 아니었다. 남자들이 먼저 좋다고 달려들었다. 수희는 소위 말하는 '어장관리'조차도 한 적이 없다. 좋으면 좋다, 싫으면 싫다를 분명하게 했다. 선을 확실하게 그었다. 그럼에도 불구하고 남자들이 매달렸다.

'내가 둔했어.'

대학 생활을 같이하는 1년 동안 이런 일이 있을 줄이야. 수희를 정말 좋아한다고, 아니, 사랑한다고 생각하면서 정작 수희의 주변에 어떤 일이 벌어지고 있는지, 수희 주변의 사람들이 수희를 어떻게 생각하는지에 대해 전혀 신경 쓰지 못했다.

시간이 좀 더 흘렀다. 나는 22살이 됐다. 시간으로 따지면 수희를 만난 지 8년이 지났다. 최근 1년, 그러니까 21살에서 22살로 넘어오는 그때에 수희와 많이 친해졌다. 둘이서 밥 먹는 시간도 많아졌고, 커피를 마실 때도 많았다. 물론 수희는 나를 친구로만 대했다. 부끄러운 말이지만 21살 이후로 나는 수희를 포기했다. 여자로서 그녀를 얻는 건 불가능할 것 같았다. 그래서 나는 선택했다. 연인으로 옆에 있을 수 없다면, 정말 좋은 친구로 오래오래 옆에 남아 있자. 그게 내가 할 수 있는 최선이다. 그렇게 결심했다. 덕분에 오히려 수희와 더 가까워질 수 있었다.

내가 말했다.

"나 이제 군대 가."

"아, 진짜?"

스파게티를 먹던 수희가 깜짝 놀랐다. 그럴 수밖에 없었다. 왜냐하면 입대일이 당장 내일이었으니까.

수희가 인상을 살짝 찡그렸다.

"왜 미리 말 안 했어?"

"그냥 뭐 미리 말한다고 입대일이 바뀌는 건 아니니까."

일부러 말 안 했다. 수희와 오래오래 친구로 남아 있기 위해서 나는 수희를 마음속에서 지워야 한다고 생각했다. 다른 건 몰라도, 적어도 여자로 사랑하는 마음만큼은 지워야 한다고 생각했다.

'눈에서 멀어지면…… 마음도 멀어진다고 했어.'

누군가 그랬다. 몸이 멀어지면 마음도 멀어진다고. 나는 14살 이후로 수희와 떨어져 있던 적이 거의 없다. 그래서 이번에 한번 도전해 보는 거다. 약 2년의 시간 동안 군대로 도망치면, 그러면 '여자인 수희'를 내 마음속에서 지울 수 있을까 해서 그래서 도망쳤다.

나는 별거 아닌 듯 얘기했다.

"나중에 휴가 나올 때, 밥이나 한번 사줘라."

그런데 내가 휴가를 나가기도 전에 수희가 먼저 부대를 찾아왔다. 면회를 왔단다. 그때 나는 선임병들 사이에서 스타가 될 수 있었다.

"누구야?"

"여자 친구냐?"

어느 정도는 예상했었다.

"진짜 예쁘다. 뭐냐? 여동생이냐?"

선임병들은 완전히 늑대였다. 이해는 한다. 군대라는 감옥에 갇혀 인간의 기본적인 욕구조차 억누르면서 살아가고 있는 남자들. 그러니까 여자라는 생물체만 봐도 환장하는 건 이해를 한다. 당시 막내였던 나는 이렇게 대답했다.

"여, 여자 친구입니다."

옆에 서 있던 수희는 당황한 듯했으나 이내 고개를 끄덕였다.

"좋게 봐주셔서 감사해요. 진수 여자 친구, 수희라고 해요. 저희 진수, 잘 부탁드려요."

선임병들이 '우오오오!' 하고 함성을 질러댔다.

"이야! 능력 좋네, 한진수!"

"좋은 시간 보내고 와라!"

나는 딱딱하게 굳은 자세와 표정으로 '필승!' 하고 거수경례를 취했다. 선임병들이 생활관으로 돌아간 뒤, 나는 변명을 하려고 했다.

"수희야, 그게 그러니까……."

"됐어. 네가 왜 그랬는지 알아."

우리는 정말 오랫동안 서로를 알아왔다. 연인으로는 서로에게 맞지 않을지 몰라도, 친구로는 정말 잘 맞았다.

"소개해 달라느니, 어쩐다느니, 그런 상황을 피하고 싶었던 거 아냐?"

"……."

맞았다. 수희를 다른 남자에게 소개한다? 그런 일은 있을 수 없었다. 수희가 다른 남자를 만나는 건 어쩔 수 없는 거지만 그 남자를 내가 소개해 줄 수는 없는 일이다. 절대로.

1년이 흘렀다. 나는 확실히 깨달을 수 있었다.

'나는…….'

이로써 분명해졌다.

'몸이 멀어진다고 해서, 눈에 보이지 않는다고 해서…… 마음도 멀어지는 게 아냐.'

다른 사람은 그럴 수도 있다. 하지만 나는 그런 유의 사람이 아니었다. 절대로 그럴 수 없었다.

'너무 보고 싶어.'

창피한 말이지만 나는 밤에 화장실에서 혼자 울었다. 수희가 너무 보고 싶었다.

1년의 시간은 내 사랑이라는 불씨에 기름을 끼얹었다.

'보고 싶어.'

제대하면 솔직하게 말하기로 했다. 친구로 남겠다는 그 말은 지킬 수 없겠다고, 나는 네 남자가 되고 싶다고, 그렇게 반드시 말할 거라고 다짐했다.

또다시 1년이 흘렀다. 마지막 휴가 한 번만 남았다. 흔히들 말하는 말년 휴가였다. 나는 이날 고백하려고 했다. 좋아한다고, 나는 너 없으면 안 될 것 같다고, 그렇게 말하려고 했다.

"나…… 남자 친구 생겼어."

하지만 수희는 내게 청천벽력 같은 말을 했다. 속으로는 많이 울었다. 하지만 겉으로는 웃었다.

"그래? 어떤 사람인데? 좋은 사람이야?"

"아직은 잘 모르겠어. 좀 더 만나 봐야 알 것 같아. 어제부터 사귀기로 해서……."

"그래?"

그래, 처음 있는 일도 아니잖아. 이미 여러 번 겪었던 일이잖아. 괜찮아. 괜찮아, 한진수.

'나는…… 수희가…….'

수희가 행복하면 돼.

"잠깐만, 화장실 좀 갔다 올게."

나는 또 화장실에서 울었다. 주책 맞게도, 슬프게도 내가 할 수 있는 건 찌질하게 숨어서 우는 것밖에 없었다.

며칠 뒤, 나는 제대했다.

'수희에게…… 전화해도 될까?'

고개를 저었다. 아무래도 안 될 것 같았다.

'남자 친구가 있잖아.'

아마도 수희는 그 남자 친구와 함께 행복한 시간을 보내고 있을 거다. 그 행복한 시간을 깨뜨릴 수는 없었다. 그런 훼방꾼이 될 수는 없었다. 정말로 사랑한다면 그 사람의 행복을 빌어줄 줄도 알아야 한다고 생각했다. 제대를 하고 집으로 돌아가는 길이 전혀 기쁘지 않았다. 또 눈물이 왈칵 쏟아졌다. 군화가 유난히 무겁게 느껴졌다.

"어, 진수야?"

그때, 수희의 목소리가 들려왔다. 척 봐도 굉장히 비싸 보이는 고급 외제 스포츠카의 조수석에 수희가 앉아 있었다. 안쪽에서 목소리도 들려왔다. 젊은 남자의 목소리였다.

"친구?"

돌이켜보면 그날이 수희와 내 관계에 있어서 굉장히 중요한 전환점이 되었던 날이었던 것 같다.

운전석에 남자의 얼굴이 보였다.

'잘생겼다.'

선글라스를 끼고 있어서 얼굴이 전부 보이는 건 아니었지만 그래도 스타일 좋고 잘생겼다는 것 정도는 알겠다. 나이는 대충 내 또래

이거나 나보다 조금 더 많아 보이는 것 같은데.

'나랑은 비교가 안 되네.'

성품까지는 알 수 없지만 만약 착하고 수희를 위하는 사람이라면 나는 조용히 물러나야겠다는 생각까지 들 정도였다. 더 정확히 말하자면 자괴감이었다. 나는 가진 것이 아무것도 없는데, 저 남자는 이렇게 비싼 차를 타고 다니며 얼굴까지 잘생겼다.

수희가 말했다.

"네, 제일 친한 친구예요."

그랬다. 나는 수희의 제일 친한 '친구'였다. 딱 거기까지. 힘들 때 위로가 되고, 어려울 때 옆에 있어주는 것 정도. 그 정도는 친한 친구로서도 충분히 할 수 있는 역할 아니었던가. 사귄 지 얼마 안 됐다더니, 아직 존댓말을 사용하는 것 같았다.

"흠……."

남자의 눈이 나를 훑었다. 선글라스에 가려져서 정확히는 모르겠다. 다만 피해 의식 때문인지 내가 느끼기에는 나를 굉장히 가소롭게 생각하는 것 같은 느낌이 들었다.

"글쎄, 단순한 친구는 아닌 것 같은데? 저 친구 눈빛이 아주 별로야. 진짜 친구 맞아?"

수희는 언제나 그렇듯 밝게 웃었다.

"맞아요. 그렇지?"

"응, 그렇지."

남자는 고개를 한 번 끄덕였다.

"저런 구질구질한 애들이랑은 놀지 않는 게 좋겠어."

"……."

나도 그렇고 수희도 그렇고 아무런 말도 하지 못했다. 그만큼 남자의 입에서 나온 말은 충격적이었으니까. 초면에 이런 말을 들을지는 몰랐다. 수희도 몰랐겠지.

'젠장……!'

화가 났다.

"저런 애들 말고, 내가 내 친구들 소개시켜 준다고 했잖아. 걔네들 만나. 상류층 애들이니까. 저런 애랑은 질적으로 달라. 알아 놓으면 좋을 거고."

"……."

창문이 올라갔다. 그때, 나는 수희의 표정을 봤다. 수희를 정말 오랫동안 봐왔지만 수희의 표정을 읽을 수 없었다. 무슨 생각을 하고 있는 건지.

부와아아아–!

주위의 시선을 끌 만큼 거대한 굉음이 터져 나왔다. 스포츠카 특유의 배기 음이었다.

'나는…….'

아무것도 할 수 없었다.

'한심한 새끼.'

할 수 있는 게 아무것도 없었다. 돈도 없고, 얼굴도 평범했다.

'내가 가진 거라곤…….'

수희를 사랑하는 그 마음밖에 없었다. 그런데 그 마음은 밥을 먹여주지도, 옷을 입혀주지도 않는다. 저런 멋진 스포츠카에 태울 수도 없었다.

'제기랄……!'

너무 분했다. 저 남자에 대한 분노보다, 아무것도 할 수 없는 내 스스로에게 너무 화가 났다. 돌이켜보면 그 순간이 내 인생 최고의 굴욕적인 순간이었다.

'수희가…… 날 외면한 걸까?'

모르겠다. 수희의 표정이 너무 복잡했다. 그 표정을 읽을 수 없었다. 창문이 올라가고 자동차가 멀어졌을 뿐이다.

'외면한 거겠지…….'

그렇겠지.

'나는…….'

선택받지 못한 거다. 어쩔 수 없다. 이미 여러 번 경험해 봤다. 이번에야말로 정말로 수희를 포기해야 하는 걸까? 살면서 수십, 수백 번 했던 생각이 다시금 밀려들어왔다. 그런데 저만치 앞에서 스포츠카가 멈춰 섰다. 누군가가 신경질적으로 내리며 문을 쾅! 닫았다.

그때 수희의 목소리가 들려왔다.

"다시는 나한테 연락하지 말아요!"

나는 화가 났다. 왜 화가 났냐고 묻는다면, 나도 모르겠다.

부와아아앙!

커다란 소리가 들려왔다. 차 안이지만 그래도 크게 들렸다. 처음에는 이 소리가 굉장히 신기했다. 그런데 지금은 그냥 커다란 소음이다. 민폐덩어리 소음 말이다.

"말 다했어요?"

"어?"
"내 친구한테 그게 할 말이에요?"
"뭐라는 거야?"
"그렇게 매너 있는 척, 젠틀한 척하더니, 정작 내 제일 친한 친구는 대놓고 무시하시네요."
사회 상류층? 그게 뭔데?
"돈만 있으면 다야?"
돈 많으면 사회 상류층이야? 네가 무슨 왕이라도 돼? 여기가 무슨 신분제 사회야? 웃기고 있어, 정말!
"너 지금 감히 나한테 소리치는 거냐?"
"감히요?"
왜 내가 당신한테 소리를 치는데 '감히'라는 소리까지 들어야 하는 건데?
"열 번이고, 백 번이고, 천 번이고 말할 수 있어요. 돈 좀 있다고 사람 무시하고 아래로 깔아보는 그 더러운 태도! 정말 역겹네요. 이런 사람인 줄 알았다면 애초에 만나지도 않았을 텐데."
"……."
그는 인상을 잔뜩 찡그렸다. 이 건방진 계집이 뭐라고 지껄이는지 모르겠다.
"한번 만나줬더니 주제도 모르고 깝치네."
"뭐라고요?"
"너 같은 하층민은 몇 번 자고 말 년인데, 어디서 감히 목소리를 높여? 너 따위가 날 만날 수 있을 것 같냐?"
정말 충격이었다. 내 앞에서는 그렇게 매너 있는 척하더니, 저런 생각을 갖고 있는 사람이 정말로 있을 줄이야.

"내려줘요. 살면서 다시는 얼굴도 마주치기 싫으니까."

나는 문을 쾅 소리 나게 닫고 내렸다. 정말로 싫었다. 역겨울 정도였다. 여태까지 나를 대하던 미소는 전부 가식이었을 거다. 하층민? 격? 그런 게 다 무슨 상관이야! 나는 진수에게 뛰어갔다.

'미안해.'

나 때문에 그런 모욕받게 해서 미안해.

'정말 미안해.'

나는 진수에게 달려갔다.

수희가 내게 달려오는 게 보였다.

'아…….'

나는 그 순간마저도, 수희의 아름다움 때문에 아무런 말도 하지 못했다. 그냥 눈이 멀어버릴 것 같았다. 바보 같았고 멍청이 같았지만 나는 분명히 그랬다. 아무것도 못하는 주제에 수희의 아름다움을 느낄 눈은 있었던 모양이다.

수희가 내게 버럭 소리를 질렀다.

"너 진짜 멍청이야!"

"……응?"

"너 진짜 왜 그래? 등신이냐고!"

"……."

하마터면 나는 고개를 끄덕일 뻔했다. 맞다. 나는 등신이다. 나를 개무시한 남자 앞에서 아무런 말도 하지 못했다.

'하지만…….'

내가 등신이었기 때문에, 단지 그것 때문에 내가 잠자코 있었던 건 아니다. 지렁이도 밟으면 꿈틀한다. 나는 분명 화가 났었고 욕이라도 한 바가지 퍼부어주고 싶었다. 하지만 그럴 수 없었다.

"네 남자 친구…… 잖아."

그래서 나는 아무런 말도 하지 못했다. 전후 사정이야 어찌 됐든 저 남자는 수희의 마음을 얻은 남자였다.

'네가 보는 앞에서, 네 남자 친구를 욕할 수는 없잖아.'

절대 그럴 수 없었다. 수희 앞에서 수희의 남자 친구를 욕한다? 그건 곧 수희를 욕하는 거다. 적어도 나는 그렇게 생각했고, 적어도 수희 앞에서는 예의를 지켜야 한다고 생각했다.

수희는 굉장히 화를 냈다.

"그딴 새끼 알 게 뭐야!"

수희가 이렇게 화를 내는 건 처음 봤다.

'어째서?'

수희는 왜 이렇게 화를 내고 있는 걸까? 세상에서 제일 친한 친구가 모욕당했다는 것 때문에? 그래서 이렇게 화를 내고 있는 거겠지?

"너는 진짜 등신이라고!"

수희의 손바닥이 내 등을 때렸다. 나는 그저 허허 하고 웃고 말았다. 뭐가 어찌 됐든 지금 수희는 내 옆에 있으니까. 비록 친구라는 이름이긴 했지만.

"언제까지 그렇게 호구처럼 굴래!"

"누구 앞에서나 호구가 되는 건 아냐."

순간, 이유는 모르겠지만 어디선가 용기가 샘솟았다. 논리적인 이유 같은 건 없었다. 그냥 그래야만 할 것 같았다.

“거짓말해서 미안한데, 나는 여태까지 너를 단 한순간도 친구로 생각한 적 없어.”

“……뭐라고?”

“나는 너를 처음 만났을 때부터, 그리고 지금까지 계속 사랑했어.”

“…….”

“그리고 말이야, 내가 호구가 되어도 행복한 순간은…… 네 앞에 서일 뿐이야.”

오로지 그 순간밖에 없다고. 네 앞이 아닌 다른 사람들 앞에서 호구가 되면, 그건 정말 기분 나쁘다고. 그냥 네 앞이니까, 내가 사랑하는 네 앞이니까, 나는 호구가 되어도 행복한 거라고.

수희의 눈에 눈물이 차오르는 게 보였다.

“진짜…….”

입술을 깨무는 것도 보였다. 나는 나도 모르게 수희를 껴안았다. 호구처럼 또 사과하고 말았다.

“호구 같아서 미안해.”

“그게 뭐가 미안한데?”

“그냥 다.”

“그런 말이 제일 싫어.”

나는 수희가 왜 이렇게 우는지 알 수 없었다. 수희가 나중에 말해줬다. ‘사실 나도 네가 나 계속 여자로 보는 거 알고 있었어’라고 말이다. 그래, 눈치를 챘을 거다. 어쩌면 나는 수희의 어장 안에 있던 물고기일지도 모르겠다.

'그러면 어때.'

누군가는 수희를 욕할 수도 있지만 나는 그럴 생각이 전혀 없었다. 어장이든 뭐든 나는 상관없었다.

내가 말했다.

"나 가진 게 아무것도 없어."

"……."

"잘생기지도 않았어."

"……."

"그런데 진짜 딱 하나는 분명히 약속할 수 있어."

"……."

뭔가에 홀린 것 같았다. 내가 무슨 정신머리로 그렇게 말했는지 전혀 알 수 없었다. 그냥 입이 저절로 움직였다.

"나는 너를 세상에서 가장 사랑받는 여자로 만들어줄 수 있어."

"……."

"그거 하나만큼은 약속할게."

"……."

그때부터 나와 수희의 연애가 시작되었다. 물론, 갑과 을은 완벽하게 정해져 있었다. 수희가 갑, 나는 을. 그래도 좋았다.

'이게 꿈이냐 생시냐?'

나는 침대에 누워서 속칭 '지랄 발광' 난리를 쳤다. 하루 종일 미쳐서 춤을 췄다.

"이거 진짜지?"

내 방에는 아무도 없는데, 나는 나 혼자서 묻고, 대답했다.

"그래! 그러엄, 진짜지! 그렇고 말고오오오오오옷!"

기쁨을 참지 못하고 제자리에서 방방 뛰었다.

"크핫!"

침대에 누워 마구 굴러다녔다.

"내가 해냈어! 해냈다고!"

지성이면 감천이라고 했다. 결국 나는 수희와 만나기 시작했다. 끝이 보이지 않을 것 같던 짝사랑이 끝났다. 짝사랑이 끝난 대신, 사랑이 시작됐다. 하지만 그때부터가 고난의 시작이었다.

나는 수희와 사귀면 온 세상이 내 것이 될 줄 알았다. 그러나 그것은 내 착각이었다는 걸 얼마 지나지 않아 알게 됐다.

'세상에…… 또?'

수희와 나는 오래 알았다. 서로에게 비밀을 두지 않았다. 친구 사이에서 연인으로 발전한 커플의, 아니, 적어도 우리 둘만의 특징이었다.

"또 고백받았어?"

"……응."

수희는 남자 친구가 있다는 것을 숨기지 않았다. 그럼에도 사방에서 왜 이렇게 남자들이 꼬이는지.

'미치겠군.'

그때마다 수희는 남자 친구가 있다고 말하며 고백을 거절하곤 했지만, 그래도 남자 친구가 된 이상 걱정되는 것은 당연한 것이었다.

"이번엔 또 누군데?"

"모르겠어. 돈은 많아 보이더라."

개중에는 내가 보기에도 정말 괜찮은 놈들도 있었다. 얼굴도 잘생기고 키도 크고 돈도 많은, 그런 상상 속에나 존재하는 줄 알았던 엄마 친구 아들쯤 되는 놈들이 세상에 뭐 이리 바글바글한지.

“그래서?”

“어떡하긴, 남자 친구 있다고 했지.”

나는 나도 모르게 안도의 한숨을 내쉬었다. 솔직히 말해, 수희와 처음 사귀기 시작했을 그때 나는 수희에게 자신감이 없었다. 수희와 비교하면 내 스스로가 작아지는 것 같은 느낌이랄까? 한심한 노릇이지만 그때의 나는 분명히 그랬다.

“그랬구나. 여전히 인기 많네.”

수희는 딱히 대답하지 않았다. 수희는 자기가 인기가 많다는 사실을 너무나도 잘 알고 있었다.

‘나 같은 건…….’

어쩌면 수희에게 어울리지 않을지도 모르겠다.

‘그래도 행복해.’

언제 이 행복이 깨어질지 모른다는 불안감은 있었지만 그래도 나는 행복했다. 수희와 함께 같은 공간에서 같은 시간을 공유하고 같은 웃음을 지을 수 있다는 것이 내게는 얼마나 큰 축복이고 행운인지. 당시의 나는 정말로 행복했었다.

내가 물었다.

“뭐 먹고 싶은 거 있어?”

“글쎄.”

나는 열심히 생각해야만 했다.

“피자 먹을래?”

“별로 안 땡겨.”

"그럼, 파스타는 어때?"

"음…… 별로야."

수희는 내게 있어서 절대적인 갑이었다.

"그럼, 짜장면은?"

"중식 싫어."

"한식 먹을까?"

"밥은 아까도 먹었어."

이럴 때면 나는 일종의 멘붕 상태에 빠져들곤 했다. 한식, 중식, 양식, 일식. 그 모든 것이 별로란다. 그럼, 나는 도대체 무엇을 선택해야 하는가.

수희가 말했다.

"그냥 피자 먹자."

"그래!"

드디어 인고의 시간이 끝이 났구나. 아, 더 정확히 말하자면 내게 인고의 시간이라는 뜻은 아니다. 내 친구들이 그랬다. 너는 어떻게 그런 인내와 고통의 시간을 그렇게 웃으면서 잘 넘어가냐고. 그런데 내게는 아니었다. 내게는 그 고민의 순간조차도 행복한 순간이었다.

어느 날, 수희에게 전화가 왔다.

–비 오는데 어떡해?

"우산 없어?"

–응.

"학원 언제 끝나?"

–1시간 정도 있다가 끝나.

그래서 나는 강남에 있는 토익 학원으로 수희를 데리러 갔다. 지하철로 1시간 정도 걸리는 거리였다. 내 친구들은 이렇게 말했다. 그러면 그냥 우산 사라고 하면 되지 않느냐. 요즘 널리고 널린 게 편의점인데, 편의점에서 3천 원짜리 우산 사서 쓰면 되지 않냐. 하지만 나는 아니었다.

"알았어. 학원 앞으로 갈게."

우산을 가지고 가는 행위 자체도 나는 즐거웠다. 지옥철이라고도 불리는 퇴근 시간대의 지하철 속에서 낑낑대며 토익 학원으로 향하는 그 시간마저도 내겐 행복이었다.

'곧 있으면 수희를 볼 수 있어.'

그냥 수희가 아니다. 내 여자 친구 수희를 볼 수 있는 거다.

'빨리 보고 싶다.'

조금 더 욕심이 나기도 했다.

'한 우산을 같이 쓰면……!'

그러면 은근슬쩍 스킨십도 좀 하고, 손도 잡고, 수희 쪽으로 우산을 기울여서 매너남인 척도 좀 하고. 좋았어! 점수를 딸 수 있는 절호의 기회닷! 이 정도가 내 마음가짐이라고 할 수 있겠다.

'지하철아, 막히지 말고 빨리 좀 가라.'

내 친구들은 욕했다. '이 등신, 호구 새끼야' 이렇게 말이다.

"야, 솔직히 수희가 예쁘고 착한 건 알겠는데, 그거 말고 뭐가 있냐?"

내가 대답했다.

"신경 꺼라. 나는 좋다."

"어휴, 호구, 등신 새끼. 오라면 오고 가라면 가고, 잔심부름이나 하고. 남친이 아니라 무슨 종이냐?"

나는 몇몇 친한 친구들과도 거리를 두게 됐다. 친구들과의 만남이 있어도, 나는 수희가 나를 부르면 어디든지 달려갔다. 그게 반복되면서 나는, 그런 나를 이해하지 못하는 몇몇 친구와 멀어지게 되었다. 나는 아깝지 않았다. 정신병이라고 해도 할 말 없다. 나는 수희가 가장 중요했다.

'호구면 어때?'

호구여도 좋다.

'을이면 어때?'

을, 아니, 저기 저 아래 슈퍼 병이 되어도 상관없었다.

'내 여자한테 호구가 되는 거잖아.'

다른 사람한테 호구가 되면 문제가 있다. 하지만 적어도 내 여자한테만큼은 호구가 되어도 좋았다.

그래서 내가 말해줬다.

"짜식들아, 너네가 진정한 사랑을 몰라서 그래."

"좆 까라. 진정한 사랑은 무슨. 그러는 너는 걔한테 뭐 받았는데?"

"나?"

뭘 받긴 수희가 내 옆에 있잖아.

이 말을 했다가는 정말 답답해할 것 같아서 그냥 씨익 웃고 말았다.

"에라이~ 호구, 등신 새끼야. 요즘 세상이 어떤 세상인데. 걔 더치페이는 하냐?"

더치페이는 잘 안 했던 것 같다. 어차피 둘 다 학생이고 둘 다 돈 없다. 둘 다 없는 살림이면, 차라리 내가 몇 번 굶고 내가 허리띠 졸라매면 됐다. 수희가 더치페이 할 돈으로 예쁜 옷 좀 더 사고, 맛있는 거 좀 더 먹으면 된다. 세상 사람들이 어떻게 생각할지는 모르겠지만 어쨌든 나는 그렇게 생각해서 수희가 돈을 쓰지 못하도록 했다.

어느 날, 수희가 말했다.

"진수야."

"응?"

"넌 도대체 나한테 왜 이렇게 잘해 줘?"

"그거야."

당연하잖아. 너를 좋아하니까.

수희는 몇 번이나 이런 비슷한 질문을 했다. '나는 너한테 이렇게까지 못해 주는데, 네가 너무 잘해 줘서 미안하기도 하고 고맙기도 하다'고 그렇게 말하기도 했다. '미안하고 고마워' 그 한마디는 적어도 내게 있어서만큼은 세상에서 가장 힘이 되는 말이었다.

"더 잘해 주고 싶은데……."

너한테 접근하는 다른 남자들처럼 명품 백도 선물해 주고 싶고 멋진 선물도 주고 싶고, 근사한 데이트도 하고 싶다.

"……그런데 그러지 못해서 미안해."

오히려 미안했다. 수희가 만약, 내가 아닌 다른 사람을 만났다면 어쩌면 수희는 더 행복하게 살 수도 있었다. 수희에게 접근한 남자들 중에는 정말 괜찮은 남자들도 있었으니까.

"……미안하긴 뭐가 미안해? 너는 진짜 바보야."

"내가 왜 바보냐?"

"사람들이 뭐라 그러는지 알아?"

"뭐?"

뭐긴 뭐겠어, 호구겠지. 호구, 등신이겠지. 하지만 나는 대답하지 않았다. 수희가 난데없이 울먹거렸다.

"너보고 호구, 등신이래."

"……너 왜 울어?"

갑자기 너무 뜬금없지 않은가.

"나 정말 못된 년 된 것 같아. 너는 나 정말로 정말로 엄청 사랑해 주는데, 나는…… 제대로 보답도 못해 주고……."

"보답 같은 거 애초에 바라지도 않았어."

네가 나한테 줄 수 있는 최고의 보답은 다른 게 아니니까.

"그냥 내 옆에 있어."

그게 나한텐 최고의 보답이니까. 그렇게 시간이 흘렀다. 시간이 흐르면 흐를수록 수희는 조금씩 변했다.

수희를 만난 지 12년이 흘렀다. 그사이 수희는 많이 변했다. 나를 훨씬 더 많이 배려해 주고, 훨씬 더 많이 나를 생각해 주는 것이 이젠 느껴졌다. 그게 아마도 우리가 26살이 되던 그 해였을 거다. 비록 수희는 내게 단 한 번도 '사랑해'라고 말해준 적은 없었지만 나는 분명 느낄 수 있었다.

'언젠가는 분명 나한테도 말해줄 거야.'

겨우 12년 만에 이렇게 변했다. 12년이 아니라 한 50년쯤 지나면, 수희도 나한테 사랑한다고 말해주지 않을까?

그때, 나는 그런 꿈을 꿨다. 언젠가 먼 훗날에는 수희가 나한테 사랑한다고 그렇게 말해줄 수 있는 날이 올 거라고.

나는 학원을 다녔다. 없는 형편에 무슨 학원이냐고? 수희에게 말을 하지는 않았지만 나는 주말에 요리 학원을 다녔다. 주말 오전반이다. 친구 어머니께서 요리 학원을 운영하셨는데, 나는 거기서 돈을 받고 요리를 배웠다. 무슨 말이냐면, 나는 그곳에서 간단한 아르바이트를 했다. 청소, 설거지 등 간단한 업무였고 시급은 최저 시급밖에 되지 않았지만, 그게 중요한 게 아니었다.

"실력이 빨리 느네?"

"에이, 아니에요."

나는 그곳에서 공짜로 요리를 배울 수 있었다. 요리라는 거, 나름 재미있었다. 내 손에서 탄생한 음식이 내가 원하는 맛을 내보일 때면, 그때에 느껴지는 쾌감이 제법 상당했다. 그리고 만약 내가 만든 음식을 수희가 맛있게 먹는다면?

'크으……!'

생각만 해도 황홀하기까지 했다.

'연습을 열심히 해야겠어.'

몇 달이 흘렀다. 나는 내 자취방에 수희를 초대했다. 자취방에 데려오기 전에 나는 수희와 약속을 해야만 했다.

"이상한 짓 안 할게. 꼭 보여주고 싶은 게 있어서 그래."

"진짜다. 약속했어."

"응."

나는 밝게 웃었다. 기대됐다. 수희가 어떤 반응을 보일지. 수희가 내 방에 들어왔다. 나는 열심히 연습한 대로 음식을 만들었다.

"짜자잔."

메인 메뉴는 된장찌개였다.

"너 된장찌개 엄청 좋아하잖아."

"……."

"내가 해주고 싶었어."

그래서 너 몰래 요리 학원도 다녔다고. 나는 속으로 웃었다. 음하하핫! 이렇게 말이다. 주책이라고 해도 어쩔 수 없다. 나는 정말로 기대가 됐다. 수희는 감격한 듯, 감격하지 않은 듯 약간은 무성의한 태도로 찌개를 떠먹었다.

"……맛있네?"

"뭐야, 그 반응은?"

"맛없을 줄 알았는데. 너 원래 요리 못하잖아. 중학교 때……."

"그만!"

중학교 때 가정 시간에 내가 만든 쿠키를 먹고 무려 7명이 토를 했다. 그건 흑역사다. 잊고 싶은 기억을 떠올리지 말아줘.

수희가 웃었다.

"맛있어."

행복했다. 수희가 맛있다고 할 때마다 나는 하늘을 날아다니는 것 같은 기분에 사로잡혔다. 그래, 열심히 해서 맛있는 거 많이 많이 만들어주자. 그런데 그때 정말 생각에도 없었던 이상한 말을 내뱉고 말았다.

"수희야."

나는 정말 상상도 못 했었다. 내가 이 말을 하게 될 줄은.

"나랑 결혼하자."

지금 생각해 보면 정말 말도 안 되고 어처구니없는 짓이었지만 그때는 그랬다.

나는 말해놓고 나서 아차 싶었다.

'미쳤지, 내가 미쳤어!'

아무래도 미친 것이 틀림없었다. 머릿속으로는 항상 멋진 프러포즈를 그려 왔었는데 오늘은 실패다.

"아, 아냐, 마음 쓰지 마. 허언이 저절로 튀어나왔어."

수희는 당황한 것처럼 보였다. 내 앞에서 어지간하면 당황한 내색을 하지 않는데, 지금은 분명히 그랬다.

"내가 갑자기 너무 뜬금없었지? 그냥 속마음이 저절로 튀어나왔지 뭐야."

"……."

"아니, 그니까…… 그게…… 좀 미안하게 됐어."

"……."

수희의 표정이 조금 안 좋았다. 그래, 이건 내가 잘못했으니까.

"나는 아직 기반도 제대로 마련되어 있지 않고 너를 제대로 책임질 수 있는 준비도 안 되어 있고…… 그러니까……."

아, 모르겠다. 멘붕이다. 나도 모르게 진심이 튀어나와 버렸다. 횡설수설했다. 내가 무슨 말을 하고 있는지도 잘 모를 지경. 그러던 차, 수희가 내게 말했다.

"그러니까 결혼하기 싫다는 거야?"

"……응?"

"그니까 지금 결혼하기 싫어서 이러는 거냐고?"

"……아?"

응? 아? 이? 에? 오? 오, 마이 갓! 지금 무슨 일이 벌어지고 있는 건가요, 신이시여? 지금 이 상황은 도대체 어떤 상황이죠? 저 지금

추궁당하고 있는 건가요?

"아, 아니! 그럴 리가 있어? 나는 너랑 결혼만 할 수 있다면 악마한테라도 내 영혼을 팔 자신이 있어!"

"……."

수희는 아무런 말도 하지 않았다. 시간이 한참 흘렀다. 그 시간은 침묵과 함께였다. 그 오랜 침묵을 깬 사람은 내가 아닌 수희였다.

"정말?"

"응?"

"정말 그럴 수 있냐고!"

"다, 당연하지! 나는 평생! 아니, 죽어서도 너만 따라다닐 거야!"

또 한참의 시간이 흘렀다. 그리고 수희는 짐짓 엄하게 말했다.

"넌 평생 바가지 긁힐 줄 알아."

투덜거렸다.

"어떻게 프러포즈를 이렇게 할 수가 있어?"

반지도 없고, 멋진 이벤트가 있는 곳도 아니고, 그저 그런 단칸방에서 된장찌개 끓여 주면서 프러포즈를 하다니. 내가 생각해도 황당하다. 몇 시간 전으로 돌아간다면 절대로 반복하지는 않으리…… 응? 그러면 나 지금? 설마? 진짜?

"겨, 결혼하겠다는 거야?"

정말 황당하게도, 정말 어이없게도, 정말 믿을 수 없게도 수희는 내 청혼을 받아들였다.

오, 맙소사! 세상에…… 어떻게 이런 일이 있을 수 있단 말인가! 신이시여! 감사합니다! 정말 황당한 프러포즈였지만 수희는 내 프러포즈를 받아줬고, 나는 수희와 결혼하게 되었다.

우리에게 고비가 없었던 건 아니다. 나는 경제적 기반이 제대로 마련되지 않은 상태였으니까. 하지만 수희가 이렇게 말해줬다.

"돈이야 같이 벌면 되지."

"미안해."

조금만 더 지나면 내가 열심히 노력해서 너 행복하게 해줄게. 너 하고 싶은 거 다하게 해줄게. 나는 속으로 약속했다.

"뭐가 미안해?"

내가 돈이 많았다면 정말 많은 걸 너한테 해줄 수 있을 텐데. 난 그 말은 하지 못했다. 수희가 내게 말했다.

"미안해하지 마. 돈 없는 거, 창피한 거 아니야. 돈 없어도 우리 예쁘게 살자."

그랬다. 우리에게는 돈이 별로 없었다. 그래서 부모님들도 반대하셨다. 완강한 반대까지는 아니었지만, 하여튼 고비가 있기는 했다. 시간이 흘러 결국 부모님들도 허락하셨고, 우리는 결혼에 성공하게 된 거다.

'매일매일이 꿈같다.'

번쩍이는 자동차도, 안락한 신혼집도, 화려한 예물도 아무것도 없었지만 그래도 매일매일이 너무나 행복했다. 일을 마치고 집으로 돌아와 수희와 함께 저녁을 먹을 때면, 그 순간이 그토록 감사할 수가 없었다.

결혼한 이후, 수희는 내 닭살 멘트들에 점점 더 익숙해져 갔다.

"나는 다시 태어나도 무조건 너랑 결혼할 거야."

예전 같았으면 그냥 시크하게 웃으며 넘길 얘기였는데, 이제는 제법 반응도 잘해 줬다.

"내가 만약에 너보다 엄청 연상이고, 엄청 못생겼고, 뚱뚱하고, 엄청 가난해도?"

"나는 네가 예쁘고 착해서 좋아하는 게 아냐. 네가 수희라서, 그래서 좋아하는 거지."

그래도 역시 10년 넘게 친구로 지내온 내게 이런 말을 듣는 것이 익숙하지 않은지 수희는 몸서리를 쳤다.

"닭살!"

"진짜야."

그래. 수희야, 너는 이미 나와 결혼했어. 나의 닭살 멘트에 익숙해져야지 뭐 별수 있겠니. 너의 복이란다. 나는 진심을 담아서 얘기했다.

"다시 태어난다면 나는 네가 그 어떤 모습을 하고 있더라도 알아차릴 수 있어. 나보다 나이가 10살쯤 많아도, 아니, 100살쯤 많아도 나는 너를 찾아서 사랑한다고 고백할 거야. 약속할게."

"어휴, 말이나 못하면!"

수희는 민망한 듯 내 어깨를 툭 쳤다. 나는 수희의 웃음을 볼 수 있었다. 나는 내 삶의 모든 순간이 저 웃음으로 보상받는 것 같은 행복감에 사로잡혔다. 아무것도 없어도 그냥 저 웃음만 볼 수 있으면, 그거면 됐다. 그게 내가 살아가는 이유라고 해도 과언이 아니었다. 그게 내 솔직한 진심이었다.

그리고 이따금씩 나는 수희에게 짓궂은–'짓궂은'이라고 쓰고 '야한'이라고 읽는다–장난을 치기도 했다.

"혼전 순결 주의자라고 해서 내가 얼마나 힘들었는지 알아?"

"느, 늑대야!"

수희는 기겁을 하며 도망쳤다. 물론, 도망이라고 해봤자 침대 안에서 겨우 한 30㎝ 정도 멀어졌을 뿐이다. 결혼에 골인한 나는 수희와 뜨겁게 행복한 밤을 보낼 수 있었다. 그리고 나는 아침마다 이렇게 물었다.

"어떻게 잠들어 있을 때도 그렇게 예뻐?"

내 말은 서비스성 멘트가 아니었다. 그냥 눈 감고 있는 모습, 새근새근 잠들어 있는 모습, 가끔 움찔움찔 떠는 모습들까지 전부 어떻게 그렇게 사랑스럽고 예쁜지 알 수가 없었다. 수희는 아침이 되면 눈이 조금 부었다. 그래서 내가 '눈 통통이'라고 부르곤 했다. 그 눈 통통이는 잠이 덜 깬 상태로 눈을 비비면서 내게 말했다.

"나는 원래 예뻐."

"내 눈에만 예뻤으면 좋겠는데, 역시 불가능하겠지?"

아침부터 또 시작이냐는 듯한 수희의 표정에 나는 이유도 없이 문득 질투심이 무럭무럭 피어올랐다. 내 눈에도 이렇게 예쁜데, 딴 놈팽이들 눈에도 예쁠 거 아니냐! 수희는 내 마누란데!

"불가능한 거 아는데, 내 눈에만 좀 예쁘면 안 돼?"

"아침부터 뭐라는 거야."

"딴 남자들 말고 나만 널 원하고 싶어. 그니까 그만 좀 예뻐."

어휴, 정말 내가 너 때문에 못 살겠다. 수희는 그렇게 중얼거리다가 내게 물었다.

"어디 가?"

"아침밥 하러. 우리 눈 통통이는 좀 더 자요. 내가 밥할게."

며칠 뒤, 우리는 언제나 그렇듯 함께 저녁에 드라마를 봤다. 드라마에서는 여자 주인공이 조폭이리라 짐작되는 남자들에게 둘러싸여 괴롭힘을 당하고 있었다. 여차여차하다 보니 우리는 저런 상황에 대한 얘기를 나누게 됐다. 나는 남자로서의 허세, '내 여자는 내가 지킨다!'라는 멋진 포부를 드러냈다.

"걱정 마. 무슨 일이 있어도 내가 너 지켜줄게."

하지만 수희는 지극히 현실적이었다.

"그러지 말고 그냥 경찰에 신고해."

아니, 그럴 수는 없지!

"경찰 오기 전에 너 다치면 어떡해! 나 그 꼴은 절대 못 봐! 차라리 내가 죽으면 죽었지."

우리는 드라마를 보면서 이런저런 얘기를 나눴다. 결국 답은 정해져 있지 않은 얘기였다. 실제로 그런 상황이 일어난다? 나는 상상할 수도 없다. 나는 미쳐 버릴 것 같다. 흔히들 말하는 '꼭지가 돌아버릴 것' 같았다.

'그런 상황은 절대 없을 거야!'

아니, 없어야만 했다. 나는 빙긋 웃으며 수희의 머리를 쓰다듬었다.

"왜?"

"그냥. 너무 사랑스러워서."

"치."

수희는 분명 모르고 있을 거다. 이제 며칠만 있으면 너 생일이야. 모르고 있지?

'된장찌개 끓여 줄게.'

수희는 미역국보다 된장찌개를 훨씬 좋아했다. 된장찌개가 뭐라고. 나는 프러포즈할 때 사용했던 아이템(?)인 된장찌개를 끓여 주는 걸 좋아했다. 이번 생일에는 그걸 끓여 줄 생각이다.

며칠이 흘렀다.

“나중에는 꼭 멋진 생일상 차려줄게.”

지금은 내가 할 수 있는 최선을 다하기로 했다. 수희에게 문자를 보냈다.

[오늘 일찍 퇴근해서 된장찌개 끓여 놨어. 얼른 와. 보고 싶어.]

회사는 조퇴까지 하며 일찍 퇴근했다. 우리 예쁜 수희, 아니, 우리 예쁜 마누라한테 더 맛있는 거 해주고 싶어서.

“룰루랄라.”

나는 미친 사람처럼 웃었다. 음식을 하는 와중에 몇 번이나 선물을 확인했다.

“드디어 반지다.”

궁상맞다고 욕할 수도 있겠지만 이제야 제대로 된 결혼반지를 샀다. 전에 산 건 너무 싸구려라서 마음이 안 좋았었다. 그래서 용돈 한 푼도 안 쓰고 악착같이 모았다. 수희 몰래 아르바이트도 좀 했다. 어찌 됐든 나는 아주 작긴 하지만 다이아가 박힌 반지를 마련할 수 있었다.

“얼른 와. 네 번째 손가락에 껴줄게.”

수희가 곧 있으면 올 거다.

저녁 7시.

“이제 오겠지?”

저녁 7시 30분.

“왜 안 올까?”

저녁 7시 40분.

"뭐지?"

저녁 7시 50분. 뭔가, 무슨 일이 일어난 것이 틀림없었다. 아무리 전화를 해도 받지 않았다.

저녁 8시.

왠지 모를 불안이 엄습했다. 문자도, 전화도, 아무것도 없었다. 분명 오고 있다고 했었는데.

나는 밖으로 뛰어나갔다. 애타게 수희를 찾으러 다녔다. 회사에서 집으로 오는 길을 역으로 되짚어 갔다.

저녁 8시 15분.

나는 경찰차를 봤다.

저녁 8시 16분.

경찰차 주위에 사람들이 많이 몰려 있었다. 뭔가 커다란 사건이 벌어진 게 틀림없었다.

저녁 8시 17분.

여기서 어떤 남자가 칼로 어떤 여자를 찔렀단다. 사람들이 웅성대는 소리가 들려왔다. 그 여자, 거의 죽었을 거란다. 피를 엄청나게 많이 흘렸단다.

'아닐 거야.'

아닐 거야. 그럴 리 없어.

저녁 8시 20분. 병원에서 전화가 왔다.

–김수희 씨 남편 되십니까?

"네, 그런데요……?"

아닐 거야. 그럴 리 없어. 절대로.

저녁 8시 22분.

누군지 알 수 없었다. 병원 관계자나 의사인 것 같았다. 내게 아주 조심스레 얘기를 꺼냈다.

저녁 8시 23분.

죄송하다는, 살리지 못해 정말 죄송하다는 전화를 끝으로 내 세상도 끝나버렸다.

나는 아무것도 할 수 없었다. 장례식장에서 나는 정신 나간 사람처럼, 허공에 부유하는 쓰레기처럼 그렇게 둥둥 떠다녔다. 무슨 일이 있었는지, 뭐가 어떻게 됐는지 아무것도 알 수 없었다. 정말 한심하게도 나는 장례식장에서 몇 번이나 혼절해 응급실로 실려 갔단다. 상주 노릇을 제대로 못했다.

'수희야…….'

아무것도 내 머릿속에 들어오지 않았고, 아무것도 눈에 보이지 않았다. 수희가 없는 세상은 온통 암흑천지였다. 깜깜했다. 수희와 함께했던 그 기억들이 신혼집 곳곳에 남아 있었다. 얼마 지나지 않아, 수희를 찌른 범인이 잡혔단다. 그때, 퍼뜩 정신이 들었다.

"죽여 버릴 거야!!!"

하지만 그럴 수 없었다. 왜냐하면 그는 이미 죽어 있었으니까. 자살을 한 모양이었다. 나는 삶의 이유를 잃어버렸다. 집에서 한 발자국도 나가지 않았다. 아니, 나갈 수 없었다. 수희가 없는 세상은 내게 아무것도 아니니까. 밥도 먹지 않았다. 물도 마시지 않았다. 정말로 아무것도 할 수 없었다. 그냥 숨만 쉬었다.

며칠이 흘렀다.

'제발요.'

나는 혹시 있을지도 모를 신에게 빌고 또 빌었다.

'제발 딱 한 번이라도 좋으니까 수희를 보게 해주세요. 제가 바라는 건 그거 하나밖에 없어요. 제발요.'

애석하게도 신은 내 말을 들어주지 않았다. 수희는 끝내 내 앞에 모습을 드러내지 않았다.

안 먹고 안 마신 지 며칠이 흘렀는지 모르겠다.

'졸려…….'

평소에 졸린 것과는 약간 다른 느낌이었다.

'왜 이렇게…….'

눈꺼풀이 무겁지?

'이런 게…….'

혹시 죽는 걸까?

'혹시 죽으면 수희를 볼 수 있을까?'

수희를 다시 볼 수만 있다면 그러면 훨씬 더 사랑할 수 있을 텐데. 그럴 수 있을 텐데. 내일이 마지막인 것처럼 수희를 더 많이 사랑할 텐데.

'이제는 눈을 뜰 수 없을 거야.'

확실히 느껴졌다. 지금 잠이 들면 눈을 뜰 수 없을 거다. 눈물이 흘러나왔다. 지금 이 순간, 수희가 너무 보고 싶었다. 형광등을 향해 손을 뻗었다. 수희의 얼굴이 보이는 것 같았다.

"보고 싶……."

눈을 통해 보이는 세상이 점점 작아졌다.

제발요. 수희가 너무 보고 싶어요. 제발. 제발 한 번만 보게 해주세요. 그것만 허락해 주신다면 저는 어떻게 되어도 좋아요.

눈이 감겨 왔다. 나의 소원을 담은 세상은 가느다란 실선에서 이내 깜깜한 어둠이 되어버렸다.

이제는 정말로 아무것도 보이지 않았다.

〈외전 완결〉

작가 후기

안녕하세요? 비츄입니다.

드디어 '왕의 딸로 태어났다고 합니다'를 종이책으로 만나 뵙게 되었습니다. 이 글을 보고 계시다면 이 책을 구매하신 분이겠죠? 부족한 제 글을 아껴주시고 사랑해 주셔서 정말 감사드립니다.

지난 2014년 12월 첫 연재를 시작으로, 15년 9월 본편 완결, 그리고 2016년 3월 외전 2부가 완결되었습니다. 종이책에는 '종이책 특별 외전 : 그 남자의 기억'이 추가되었습니다. 여기까지 길다면 길고 짧은 여정이었는데 여기까지 함께하여 주시고, 왕의 딸로 태어났다고 합니다를 통하여 저와 소통하여 주신 독자분들 사랑합니다.

앞으로 더 좋은 글로 찾아뵙도록 하겠습니다. 종이책 후기를 빌어 처음 말씀드리는 건데, 차기작 제목은 '아빠? 오빠!'입니다. 이 글은 '왕의 딸로 태어났다고 합니다'와 거의 비슷한 시기에 구상하여

시놉시스를 짰고, 그 이후로 거의 2년간 다듬은 뒤 2016년 6~7월 경 본격적인 연재를 시작할 예정입니다.(확실하진 않아요. 약간 변동 가능합니다.)

어쨌든 왕의 딸로 태어났다고 합니다를 사랑해 주신 여러분들, 저도 정말 정말 사랑하구요. 다음 작품에서는 조금이라도 더 나은 모습 보여 드릴 테니까 예쁘게 봐주시면 좋겠어요.

감사합니다.